FEBEAPÁ

A marca FSC® é a garantia de que a madeira utilizada na fabricação do papel deste livro provém de florestas que foram gerenciadas de maneira ambientalmente correta, socialmente justa e economicamente viável, além de outras fontes de origem controlada.

STANISLAW PONTE PRETA

Febeapá
Festival de Besteira que Assola o País

Apresentação
Sérgio Augusto

Posfácio
João Adolfo Hansen

1ª *reimpressão*

COMPANHIA DAS LETRAS

Copyright © 2015 by herdeiras de Sérgio Porto

Grafia atualizada segundo o Acordo Ortográfico da Língua Portuguesa de 1990, que entrou em vigor no Brasil em 2009.

Capa
Mateus Valadares

Foto da capa
Leonard McCombe/ Getty Images

Foto do autor
© Douglas Ferreira da Silva/ O Cruzeiro/ EM/ D.A Press

Preparação
Leny Cordeiro

Revisão
Jane Pessoa
Marise Leal

Dados Internacionais de Catalogação na Publicação (CIP)
(Câmara Brasileira do Livro, SP, Brasil)

Ponte Preta, Stanislaw, 1923-1968.
  Febeapá : Festival de Besteira que Assola o País / Stanislaw
Ponte Preta ; apresentação Sérgio Augusto ; posfácio João Adolfo
Hansen — 1ª ed. — São Paulo : Companhia das Letras, 2015.

  ISBN 978-85-359-2606-4

  1. Crônicas brasileiras 2. Humor na literatura 3. Humorismo
brasileiro I. Augusto, Sérgio II. Hansen, João Adolfo. III. Título.

15-04143   CDD-869.93
Índice para catálogo sistemático:
1. Crônicas : Literatura brasileira   869.93

[2016]
Todos os direitos desta edição reservados à
EDITORA SCHWARCZ S.A.
Rua Bandeira Paulista, 702, cj. 32
04532-002 — São Paulo — SP
Telefone: (11) 3707-3500
Fax: (11) 3707-3501
www.companhiadasletras.com.br
www.blogdacompanhia.com.br
facebook.com/companhiadasletras
instagram.com/companhiadasletras
twitter.com/cialetras

Sumário

Apresentação —A metamorfose, Sérgio Augusto, 15

Febeapá 1 (1966), 21

PARTE I

O Festival de Besteira, 25
O puxa-saquismo desvairado, 47
O informe secreto, 49
Meio a meio, 51
Nas tuberosidades isquiáticas, 53
A conspiração, 55
Desrespeito à região glútea, 57
Garotinho corrupto, 59
Por trás do biombo, 61
Depósito bancário, 63
"O general taí", 65

PARTE II

O antológico Lalau, 71
O paquera, 74
Eram parecidíssimas, 77
O sabiá do almirante, 81
Aos tímidos o que é dos tímidos, 83
O filho do camelô, 87
O diário de Muzema, 91
Um cara legal, 95
Desastre de automóvel, 98
Barba, cabelo e bigode, 101
Liberdade! Liberdade!, 104
O padre e o busto, 107
Diálogo de Réveillon, 110
Um predestinado, 112
Mitu no menu, 116
"Não sou uma qualquer", 119
O analfabeto e a professora, 122
Adúlteros em cana, 125
Urubus e outros bichos, 127
Futebol com maconha, 129
Vacina controladora, 132
Adesão, 134
O cafezinho do canibal, 136
Arinete — a mulata, 138
Deu mãozinha no milagre, 140
A bolsa ou o elefante, 142
Suplício chinês, 144
O homem das nádegas frias, 146
O passeio do pastor, 148
O correr dos anos, 150
O homem que mastigou a sogra, 152
As retretes do senhor engenheiro, 154

Dois amigos e um chato, 156
Mirinho e o disco, 158
A governanta, 160
O alegre folião, 163
Movido pelo ciúme, 165
Patrimônio, 168
A nós o coração suplementar, 171
"Transporta o céu para o chão", 173

Febeapá 2 (1967), 175

PARTE I

O Febeapá nº 2, 179
Delegado alienado, 181
Mato Grosso também engrossa, 182
Olhe o pulso, 182
Semanário do Piauí, 183
Nos urinóis da vida, 183
Cavalar inauguração, 184
As adoráveis, 184
Fortaleza civiliza-se!, 185
Janeiro começa bem, 186
Bota o Boto, 186
A bicha e a bolsa, 187
O procurador e o prefeito, 187
O lixo é luxo, 188
Calça e bota, 188
Começa fevereiro, 189
O dentista e o bispo, 190
É proibido nascer, 191
O matadouro, 192
Sul..., 192

... E Norte, 193
É Carnaval, 193
Ode ao burro, 194
Uma de padre, 196
Nas cadeiras delas, 196
Os fatais, 197
Bem que eu disse!, 198
Educação e "curtura", 198
Rio e Niterói, 199
Pois, pois, 200
Pará, capital Berlim, 201
Abril em Porto Alegre, 201
No Ceará tem disso sim, 202
E. Santo e Brasília, 203
Sem afeto e sem açúcar, 204
O Grapete da Brahma, 204
Tsar subversivo, 205
De Pedro a Pedro, 205
Grande era o Rui, 206
As candocas, 207
Os magníficos reitores, 208
Maré fluminense, 208
Batizando o leite, 209
Mineiros e capixabas, 209
Um depufede, 210
Eremildo e o bidê, 211
Precisa-se de almirante, 211
De bruços, 212
Outro depufede, 213
Pela barba, 213
A bruxa solta, 214
Papa censurado, 215
Em Alagoas, 216

Mais para o Sul, 216
Bad translation, 217
O secretário e o pipi, 217
A executiva executa, 219
Que rei sou eu?, 219
Tudo claro, 221
A falada e a escrita, 221
Autocrítica, 222
Singela homenagem, 222
D. Dalva, 223
Debaixo da batina, 223
Honroso empate, 224
Mania de Napoleão, 225
Outra de burro, 225
Outra de Ibrahim, 225
Confissão, 226
As solteiras, 226
É o fim, 227
Do contra, 227
Formiga enlatada, 228
Padre nosso que estais na Dops, 228
Salvando a pátria, 229
Na Saúde, 229
Mais respeito na bagunça, 230
Depufede diplomado, 230
O governo e os astros, 231
Música, doce música, 231
Pedro para para Pedro, 232
Luta íntima, 232
Literatura, 233
Em setembro, 233
Repristinatório, 234
A sigla, 234

Um detalhe, 235
Baiano é mau mamífero, 235
Vai de asfalto, 236
Infantilidades, 236
Ganha mas não leva, 237
Dois críticos, 237
Um otimista, 238

PARTE II

Teresinha e os três, 241
Zezinho e o coronel, 244
Ândrocles e a patroa, 247
Momento na delegacia, 250
A vontade do falecido, 254
Papo furado, 257
O caso da vela rolante, 260
Não me tire a desculpa, 263
Bronca — arma de otário, 266
O major da cachaça, 270
O apanhador de mulher, 274
Uma carta de doido, 278
O marechal e o bêbado, 281
Três fregueses no balcão, 284
O cego de Botafogo, 286
Não era fruta, 290
O umbigo da mulher amada, 292
Filosofias do nefando Altamirando, 294
Ninguém tem nada com isto, 297
Um sargento e sua saia, 299
Essas galinhas desvairadas, 301
Transistor anticoncepcional, 303
Antes só do que muito acompanhado, 305
Bom para quem tem dois, 308

Ginástica respiratória, 312
A guerra das deslumbradas, 315
A experiência matrimonial, 318
Já estava acostumada, 320
A importância do título, 322
Vantagens do subdesenvolvido, 324
O homem do telhado, 326
Teatro moderninho, 328
Os doces de Amarante, 332
Por causa do elevador, 335

Febeapá 3 (1968), 337

Previdência e previsão, 341
Foi longe, 341
Educação, 342
Ora!, 342
O problema, 342
Surpresa, 343
Dr. Mirinho, 343
Indigestão, 343
Um doente, 344
Em São Paulo, 344
Os judeus e a pílula, 344
Ainda o INPS, 345
Desperdício, 345
O impostor, 346
Insulto cerebral, 346
Os suicidados, 347
O elegante, 347
Em trânsito, 347
Em Niterói, 348
Dobre a língua, 348

Ela é carioca, 348
Espiritismo, 349
Desquite, 349
O urso amigo, 350
Grego procurado, 350
O padre e a moça, 350
O que eles recomendam, 351
Em Niterói, 351
Índio quer apito, 351
O decálogo, 352
Palmas, que ele merece!, 352
Concurso de juiz, 353
Cada um paga o seu, 353
A separação dos poderes, 354
O disfarce, 354
Bruxas no Ceará, 354
Castrado o rei Saul, 355
Com o rabo do olho, 355
Fiesta, 355
Cansaço, 356
Os inocentes, 356
Os judas óbvios, 356
O bom pastor, 357
Em seco, 357
Eloquência, 358
O leite do bode, 358
Sem cedilha, 359
O fanático, 359
O diálogo, 359
Agressão, 360
Uma de depufede, 360
Ainda a censura, 361
Bomba atômica, 361

Opinião, 362
Hábito, 362
Proibição, 362
Tem razão, 363
Aeromoças, 363
Juiz contra menores, 363
Os justiceiros, 364
Julgando em causa própria, 364
Títulos, 365
Tevê, 365
Soa mal, 365
IPM, 366
Ululante, 366
Pobres jovens, 366
A favor do contra, 367
Compromisso, 367
Escabreada, 367
O nono mandamento, 368
Cartório pra frente, 368
Delicadeza, 369
Olho-grande, 369
Duro *ma non troppo*, 369
Esqueceram-se, 369
Padre não, 370
Distorções, 370
Continua, 370

A MÁQUINA DE FAZER DOIDO

Minha estreia na TV, 375
Os diretores comerciais e... artísticos, 378
O café da esquina, 380
Americano e baiano, 382
TV "para você", 384

O Ibope, 386
O famoso John Gruneberg, 388
Histórias ibopeanas, 389
Espera até as sete, 391
O pessoal e os telefones, 393
O Contel bem que sabe, 394
"Deixa isso pra lá", 395
Os donos dos canais, 396

NA TERRA DO CRIOULO DOIDO

O grande compositor, 403
O estranho caso do isqueiro de ouro, 406
Luís Pierre e o túnel, 410
A escandalosa, 413
A solução, 416
Diálogo de festas, 420
JK e o crioulo doido, 423
A anciã que entrou numa fria, 426
A minicausa na justiça, 429
O candidato ideal, 431
Os grávidos em graves greves, 433
O inferninho e o Gervásio, 435
Foi num clube aí, 438
Zona de solução estudantil, 440
O poder velho, 444
O homem, esse passional, 447
O vagabundo e a previdência, 449

Posfácio — Notícia do *Festival de Besteira que Assola o País*, João
Adolfo Hansen, 453

Apresentação
A metamorfose

Sérgio Augusto

Sérgio Porto foi apenas Sérgio Porto durante vinte anos. Em setembro de 1953, depois de ter sido crítico de cinema, jazz e música popular, o filho de d. Dulce virou Stanislaw Ponte Preta, sobrinho de Tia Zulmira, primo de Altamirando. Cada um tem o Mr. Hyde que merece; o de Sérgio foi merecidíssimo, pois de monstro nada tinha, muito antes pelo contrário, como ele próprio diria, com o seu estilo inconfundível. O jornalista já estava pronto desde 1947. Debutara comentando filmes num jornal comunista, *Folha do Povo*, de Aparício Torelly, o hilário Barão de Itararé. O jazz e a música popular ficaram para a etapa seguinte, na revista *Sombra*, mensário de grã-finos que seu tio e guru musical Lúcio Rangel tornara menos fútil com a colaboração de poetas, escritores e artistas plásticos que, ao cair da tarde, enchiam a cara e diziam coisas inteligentes no Vermelhinho e no Villarino (os dois mais bem frequentados redutos boêmios do centro da cidade na metade do século passado), para em seguida rumar para a zona sul do Rio, onde a "festa móvel" da turma prosseguia noite adentro.

Entre maio e outubro de 1952, Rubem Braga e Joel Silveira editaram um semanário político e cultural, *Comício*, que merece ser considerado um dos precursores dos alternativos *Pif-Paf* e *Pasquim*, até pela presença em sua equipe de Millôr Fernandes — e mais Fernando Sabino, Otto Lara Resende, Clarice Lispector, Lúcio Rangel, Antônio Maria e... Sérgio Porto, a quem entregaram uma coluna de variedades intitulada "A semana na cidade". Segundo Millôr, *Comício* teve "a redação mais alegre do jornalismo carioca, onde só uma coisa era sagrada: a hora de fechar o expediente e abrir o Haig's", ou seja, abrir a primeira garrafa de uísque da noite.

A redação de *Sombra* não era tão alegre, mas ficava dentro da redação do *Diário Carioca*, o que facilitou a transferência de Sérgio para o jornal, onde assumiu de cara a coluna de música "Discos em revista" e, de lambujem, uma crônica semanal sobre episódios de sua infância em Copacabana, reminiscências que serviriam de matéria-prima para seu primeiro livro, *O homem ao lado*, publicado cinco anos mais tarde pela editora José Olympio e reeditado com acréscimos em 2014 pela Companhia das Letras.

Das duas dezenas de matutinos e vespertinos que então circulavam no Rio, o *Diário Carioca* era o mais atualizado com os últimos avanços da técnica jornalística. Introduziu aqui o lead e o copidesque, e abriu espaço para alguns dos jornalistas mais cultos e criativos do pós-guerra, como Pompeu de Souza, Janio de Freitas, Otto Lara Resende, Armando Nogueira e... Sérgio Porto. Até o colunismo social do *Diário Carioca*, aos cuidados de Jacinto de Thormes (pseudônimo de Maneco Muller), fugia ao ramerrão do gênero.

Quando Muller deixou o jornal, Sérgio, convidado para substituí-lo, impôs duas condições: abordar na coluna outros assuntos além das frivolidades da alta burguesia e assiná-la com outro nome. Acabou criando uma seção de variedades e potins sobre a vida noturna carioca, intitulada "O Rio se diverte", e quase assinada com o pseudônimo Serafim Ponte Grande, em homenagem ao endiabrado personagem de Oswald de Andrade. Sérgio imaginava seu alter ego como um comentarista, acima de tudo, petulante. Porque tencionava competir com os cronistas mundanos da praça, que "falavam sempre de si mesmos antes de dar a notícia", e gozar a vaidade e as tolices dos poderosos e bem-nascidos, o maior piadista do modernismo lhe parecia uma escolha perfeita. Até que Oswald de Andrade, sem querer, comprometeu o batismo, enviando ao jornalista um exemplar de *Serafim Ponte Grande*, com uma carinhosa dedicatória. Sérgio, receoso de que pudesse desagradá-lo, mudou de ideia e, conciliando duas sugestões — do ilustrador e artista plástico Santa Rosa e de Lúcio Rangel —, batizou sua nova persona Stanislaw Ponte Preta.

Pseudônimo ou heterônimo? A maioria prefere a segunda acepção, dada a aparente nobreza que à palavra deu o poeta Fernando Pessoa. Nos dicionários, uma particularidade as distingue: o heterônimo, ao contrário do pseudônimo, designa alguém com qualidades e tendências marcadamente diferentes do verdadeiro autor. Quem conviveu com Sérgio Porto talvez devesse, pois, considerar Stanislaw Ponte Preta mais um pseudônimo que um heterônimo.

Eram almas gêmeas: oswaldianamente irreverentes, folgazões, sem frescura, livres de qualquer parti pris ideológico, paladinos de todas as manifestações da cultura popular, mulherólogos, carioquíssimos. Abominavam os hipócritas, os racistas, os puxa-sacos, e não tinham em melhor conta o milico metido a machão, o burro metido a sabido e o intelectual metido a besta. Sérgio era comprovadamente mais retraído, sentimental, e escrevia com menos, digamos, exuberância que Stanislaw. "Em comum, tínhamos só os direitos autorais", declarou Sérgio a uma repórter, tentando encerrar de forma jocosa uma questão até hoje em aberto. E profundamente bizantina.

Com sua verdadeira identidade, Sérgio manteve por dois anos uma coluna diária de notícias curtas sobre música, show business e vida noturna na *Tribuna da Imprensa*, de Carlos Lacerda, não obstante publicasse outra, só de música, para a concorrente *Última Hora*, de Samuel Wainer. Bons tempos aqueles em que jornalistas podiam trabalhar simultaneamente para quantos veículos seu fôlego aguentasse. Sérgio abusou dessa prerrogativa, colaborando em dois jornais que não eram apenas concorrentes diretos, mas inimigos figadais.

Dois meses após deixar a *Tribuna de Imprensa*, seu alter ego recebeu a incumbência de escrever uma série de "reportagens de bolso" sobre eventos e figuras pitorescas da cidade. Em sua estreia, na edição de 22 de novembro de 1955, Stanislaw alertou: "Tremei, cronistas menores; moçoilas que voltais em nossas ribaltas, regozijai-vos! Eis que está de volta o mais vivo dos Ponte Preta, o mais fero dos cronistas, o mais noticioso dos noticiadores". Na frase seguinte, parafraseou a carta-testamento de Getúlio Vargas: "Nada puderam contra nós as manobras golpistas dos que tramaram a derrubada daquele que representa a verdade popular".

Ainda inspirado pelo espírito golpista vigente no discurso político do período, prosseguiu com sua ameaça: "Stanislaw, exilado em si mesmo, para evitar despesas de viagem, esperou o momento oportuno e aqui está outra vez, para gáudio de seus leitores universais, empunhando, sempre em defesa do interesse comum, a sua intimorata e brilhante pena que, por sinal, é uma Remington semiportátil". E fechou a invectiva, parodiando o cabotinismo de alguns de seus companheiros de ofício:

De uma honestidade franciscana, o vosso vivo repórter fará outra vez o inferno dos falsificadores de uísque, estará — como nunca "devera" ter deixado de estar — informando, abordando, entrevistando, furando, elogiando ou desancando tudo ou todo aquele que merecer ser transformado em notícia. Assim, pois, louvai-vos mutuamente, dai-vos abraços uns aos outros, porque todos estão de parabéns com o retorno do mestre do colunismo social — um colunismo... democrático; porque não tem preconceito de classe. Cumprimentai-vos, portanto, leitores, que vós mereceis cumprimentos. E após este introito tão impregnado de modéstia, tão no estilo dos colunistas modernos, Stanislaw, muito a contragosto, passa a falar dos outros.

Não perdoou ninguém imerecidamente. Sentia especial prazer em debochar da classe ociosa, de seu consumo conspícuo, de sua escancarada arrogância e da proverbial burrice de alguns de seus mais badalados representantes, com destaque para os coleguinhas que nos jornais e revistas repercutiam as últimas frioleiras do café-soçaite. Não desperdiçava uma chance de encarnar nas gafes e solecismos de Ibrahim Sued, sumo sacerdote do colunismo social, e no patético esforço do potiguar Jeff Thomas, "o ignorólogo patrício", para se passar por súdito britânico.

Castigando os costumes com o riso — e também as habituais e, pelo visto, perenes mazelas da cidade (falta de luz, água, telefonia decente, ruas e estradas bem conservadas) —, Stanislaw reinou cinco anos na *Última Hora*. Levado por uma oferta irrecusável para o *Diário da Noite*, lá ficou três anos, até ser recontratado por Samuel Wainer, em janeiro de 1963, para nunca mais deixar o seu mais bem situado e duradouro picadeiro. Nele redimensionou aspectos e episódios banais, aparentemente insignificantes, do nosso dia a dia, lançou gírias e neologismos ("cocoroca", "teatro rebolado", "picadinho-relations", "depufede", "cremilda") e criou bordões comparativos que logo entraram para o linguajar da rua: "mais por fora que umbigo de vedete", "mais por baixo que calcinha de náilon", "mais branco que bunda de escandinavo", "mais feio que mudança de pobre". Escrevia como um malandro mais íntimo do vernáculo que de uma navalha.

Se já tinha farto material para uma antologia de cretinices e absurdos do cotidiano nacional, seu anedotário aumentou exponencialmente a partir do golpe militar de abril de 1964. Alimentado pela Pretapress, fictícia agência noticiosa que o enriquecia de histórias e personagens recolhidos em recortes de jornais enviados pelos leitores, "seus olheiros especializados", e tirados do serviço de clippings do *Lux Jornal*, Stanislaw foi montando o mais variado e divertido painel da debilidade moral e mental que do Brasil tomou conta depois da "redentora", que era como gostava de se referir ao regime autoritário e moralista implantado por civis e militares de direita, com as bênçãos de pias senhoras das classes média e alta.

Assim nasceu o Festival de Besteiras que Assola o País (Febeapá), diariamente atualizado por Stanislaw na *Última Hora* e consumido com avidez por uma legião de leitores sobretudo carentes de um jubiloso (e catártico) sarro na ditadura. Compilado em livro, rendeu, para início de conversa, dois volumes. O primeiro saiu em 1966 pela Editora do Autor e depois pela Sabiá; o segundo, em 1967. Precedido por outra coletânea de cunho político, que já no título (*Garoto linha-dura*) aludia ao ambiente de censura, alcaguetagem e perseguição política imposto pela "redentora", o besteirol completo de Stanislaw abarcaria mais duas compilações, *A máquina de fazer doido* e *Na terra do crioulo doido* — as duas últimas aqui reunidas.

Com a morte de Sérgio Porto, em 1968, o festival chegou ao fim. Infelizmente, só por escrito.

Febeapá 1

(1966)

PARTE I

O Festival de Besteira

É difícil ao historiador precisar o dia em que o Festival de Besteira começou a assolar o país. Pouco depois da "redentora", cocorocas de diversas classes sociais e algumas autoridades que geralmente se dizem "otoridades", sentindo a oportunidade de aparecer, já que a "redentora", entre outras coisas, incentivou a política do dedurismo (corruptela de dedo-durismo, isto é, a arte de apontar com o dedo um colega, um vizinho, o próximo enfim, como corrupto ou subversivo — alguns apontavam dois dedos duros, para ambas as coisas), iniciaram essa feia prática, advindo daí cada besteira que eu vou te contar.

Lembrem-se que notei o alastramento do Festival de Besteira depois que uma inspetora de ensino no interior de São Paulo, portanto uma senhora de um nível intelectual mais elevado pouquinha coisa, ao saber que seu filho tirara zero numa prova de matemática, embora sabendo que o filho era um debiloide, não vacilou em apontar às autoridades o professor da criança como perigoso agente comunista. Foi um pega pra capar e o professor quase penetra pelo cano. Foi preciso que vários pedagogos da região

25

— todos de passado ilibado — se movimentassem em defesa do caluniado, para que ele se livrasse de um IPM.*

Mas tais casos, surgidos ainda no primeiro semestre de 1964, foram arrolados no livro *Garoto linha-dura*, que antecede este volume na série que se iniciou em 1961 com *Tia Zulmira e eu* e aumentou nos anos subsequentes com a publicação de *Primo Altamirando e elas* e *Rosamundo e os outros*. *Garoto linha-dura* apareceu em fins de 1964 e, no ano passado, nenhum livro da série foi publicado. Portanto, as manifestações do Festival de Besteira que Assola o País — Febeapá, para os íntimos — só aparecem no *GLD*, quando de suas manifestações iniciais, e — no presente volume, que leva seu título como homenagem — estão casos ocorridos no ano passado e no ano corrente de 1966.

O resumo abaixo foi feito na coluna "Fofocalizando", publicada no vespertino *Última Hora*, junto com as crônicas que motivaram a série de livros. São apenas tópicos colhidos pela agência informativa Pretapress — a maior do mundo, porque nela colaboram todos os leitores de Stanislaw — e aqui relembrados sem a menor preocupação de exaltar este ou aquele membro do Febeapá. Vão na base da bagunça, para respeitar a atual conjuntura, e sua ordem é apenas cronológica.

O ministro da (que Deus nos perdoe) Educação, sr. Suplicy de Lacerda, que viria a se tornar um dos mais eminentes membros do Festival, reunia a imprensa para explicar aquilo que o coleguinha Nelson Rodrigues apelidou de óbvio ululante. Disse que ia diminuir os cursos superiores de cinco para quatro anos. E acrescentou: "Agora, os cursos que tinham normalmente cinco anos, passam a ser feitos em quatro". Não é bacaninha?

---

* Inquérito policial-militar. [Todas as notas são do editor.]

Ibrahim Sued, que já era do Festival antes de sua oficialização, estreava num programa de televisão e avisava ao público: "Estarei aqui diariamente às terças e quintas". No mesmo dia, aliás, o governo tomava uma resolução interessante: depois da intervenção em todos os sindicatos, resolvia enviar uma delegação à 16ª Sessão do Conselho de Administração da OIT,* em Genebra. O Brasil faria parte, justamente, da Comissão de Liberdade Sindical.

Um time da Alemanha Oriental vinha disputar alguns jogos no Brasil e o Itamaraty distribuiu uma nota avisando que os alemães só jogariam se a partida não tivesse cunho político. "Cunho político" — explicaria depois o próprio Itamaraty — era tocar o hino nacional dos dois países que iriam jogar. Um dia eu vou contar isto aos meus netinhos e os garotos vão comentar: "Esse vovô inventa cada besteira!".

Em Mariana (MG) um delegado de polícia proibiu casais de sentarem juntos na única praça namorável da cidade e baixou portaria dizendo que moça só poderia ir ao cinema com atestado dos pais. No mesmo estado, mas em Belo Horizonte, um outro delegado distribuía espiões da polícia pelas arquibancadas dos estádios porque "daqui para a frente quem disser mais de três palavrões, torcendo pelo seu clube, vai preso".

Era o IV Centenário do Rio e, apesar da penúria, o governo da Guanabara ia oferecer à plebe ignara o maior bolo do mundo. Sugestão do poeta Carlos Drummond de Andrade, quando soube que o bolo ia ter cinco metros de altura, cinco toneladas, duzentos e cinquenta quilos de açúcar, quatro mil ovos e doze litros de rum: "Bota mais rum".

O secretário de Segurança de Minas Gerais, um cavalheiro chamado José Monteiro de Castro — grande entusiasta do Festi-

---

* Organização Internacional do Trabalho.

val de Besteira — proibia (já que fevereiro ia entrar) que mulher se apresentasse com pernas de fora em bailes carnavalescos "para impedir que apareçam fantasias que ofendam as Forças Armadas". Como se perna de mulher alguma vez na vida tivesse ofendido as armas de alguém! Já era fevereiro quando o diretor de Suprimento, em Brasília, proibia a venda de vodca "para combater o comunismo". E Minas continuava fervendo: depois de aparecer um delegado em Ouro Preto que tentou proibir serenata; depois de aparecer um delegado em Mariana que proibiu namorar em jardim de praça pública; depois de aparecer um delegado em Belo Horizonte que proibia o beijo (mesmo em estação de trem na hora do trem partir); depois de aparecer, na mesma cidade, uma autoridade que não queria mulher de perna de fora no Carnaval, um juiz de menores proibia as alunas dos colégios de fazer ginástica "porque aula de educação física não é desfile de pernas". Mas impressionante mesmo foi o prefeito de Petrópolis, que baixou uma portaria ditando normas para banhos de mar à fantasia. Eu escrevi prefeito de Petrópolis, cidade serrana do estado do Rio.

Em Niterói — isto é até pecado, cruzes!!! —, numa feira de livros instalada na praça Martim Afonso, a polícia apreendeu vários exemplares da encíclica papal *Mater et magistra*, sob a alegação de que aquilo era material subversivo. Para representar o mês de março de 65 no Festival, isso é mais do que suficiente.

Abril, mês que marcava o primeiro aniversário da "redentora", marcou também uma bruta espinafração do juiz Whitaker da Cunha no Departamento Nacional de Estradas de Rodagem, que enviara seis ofícios ao magistrado e, em todos os seis, chamava-o de "meritríssimo". Na sua bronca o juiz dizia que "meritíssimo" vem de mérito e "meritríssimo" vem de uma coisa sem mérito nenhum.

Quando se desenhou a perspectiva de uma seca no interior cearense, as autoridades dirigiram uma circular aos prefeitos, solicitando informações sobre a situação local depois da passagem do equinócio. Um prefeito enviou a seguinte resposta à circular: "Dr. Equinócio ainda não passou por aqui. Se chegar será recebido como amigo, com foguetes, passeata e festas".

Ainda na faixa do Nordeste: um telegrama informava que, para não morrerem de fome, os retirantes nordestinos estavam comendo formiga saúva. Isto bastou para que vários jornais consultassem nutrólogos, tendo eles afirmado que, de fato, a formiga apresentava qualidades nutritivas. Era uma temeridade tal afirmação, pois isso talvez fosse o bastante para que tirassem a formiga da boca do nordestino.

Uma das mais belas manifestações do Festival, entretanto, estava reservada para o mês de maio. Eis a solução encontrada pelos técnicos do governo para o pagamento dos novos aluguéis. Simplíssimo: no caso de aluguéis que não sofreram aumento porque o inquilino já pagava a mais do que a majoração autorizada pela lei, a pessoa deve subtrair do aluguel vigente o aluguel que teria que pagar por lei e multiplicar a diferença encontrada por 1,079, que dará "X". Depois multiplica o aluguel que seria o corrigido pela lei por 1,17235, conforme manda a tabela, obtendo o resultado "Y" da terceira operação. A soma de "X" e "Y" é igual ao novo aluguel a pagar.

As besteiras andando soltas pela aí provocaram — como era justo de esperar — mau exemplo em todo o interior. No nordeste de Minas a cidade de Itaobim, que fica à beira da estrada Rio-Bahia, viria para o noticiário depois que o prefeito local plantou lindas e tenras palmeiras para enfeitar a estrada, e a oposição — com inveja — soltou cem cabritos de madrugada, que jantaram as palmeiras.

Em Fortaleza um colunista político, irritado com as bandalheiras dos vereadores em nome da liberdade, escreveu em sua coluna que metade da Câmara era composta de ladrões. No dia seguinte saiu fumacinha e fizeram ameaças ao colunista se ele não desmentisse. Ele, em vez de desmentir, ratificou e ninguém percebeu, pois deu uma segunda notícia, dizendo que havia uma metade na Câmara de Vereadores que não era composta de ladrões.

Chovia muito em maio e os sonegadores do leite estavam em plena sonegação sem a menor punição. Houve um cavalheiro, presidente da CCPL* e da Cia. Fluminense de Laticínios, que veio a público para explicar que, com chuva, as vacas dão menos leite. O interessante é que a Holanda é uma superprodutora de leite, lá chove três quartos do ano, e as vacas não encolhem. Mas isto é um detalhe sem importância, que não iria barrar a trajetória vitoriosa do Festival de Besteira que Assola o País.

Em Recife, quem tocasse buzina na zona considerada de silêncio, pagava uma multa de duzentos cruzeiros. O deputado estadual Alcides Teixeira sabia disso mas distraiu-se e tocou. Imediatamente apareceu um guarda e multou-o. Alcides deu uma nota de mil cruzeiros para pagar os duzentos e o guarda informou-o de que não tinha troco. O deputado quebrou o galho: deu mais quatro buzinadas na Zona de Silêncio, ficou quite com a Justiça e foi embora.

Era lançada a peça *Liberdade, liberdade*, de Millôr Fernandes e Flávio Rangel, que teve uma publicidade impagável (nos dois sentidos) organizada pela linha-dura. Agentes de uma sociedade terrorista tentaram tumultuar o espetáculo e o promoveram de tal maneira que *Liberdade, liberdade* está em cartaz há quase dois anos; um recorde nacional, graças ao Festival.

Até o Dasp,** repartição criada para cuidar dos quadros de servidores da nação, consumindo para isso bilhões de cruzeiros anualmente, nomeava para a coletoria de São Bento do Sul dois

---

* Cooperativa Central dos Produtores de Leite.
** Departamento Administrativo do Serviço Público, extinto em 1986.

funcionários que já tinham morrido havia anos. Em compensação, para chefiar seus próprios serviços em Santa Catarina, o Dasp nomeava um coitado que estava aposentado há três anos, internado num hospício de Florianópolis.

Foi então que estreou no Theatro Municipal de São Paulo a peça clássica *Electra*, tendo comparecido ao local alguns agentes do Dops para prender Sófocles, autor da peça e acusado de subversão, mas já falecido em 406 a.C. Era junho e o pensador católico Tristão de Ataíde, o mesmo Alceu de Amoroso Lima, uma das personalidades mais festejadas da cultura brasileira, chegava à mesma conclusão da flor dos Ponte Preta em relação à burrice reinante, ao declarar, numa conferência: "A maior inflação nacional é de estupidez".

A coisa atingia — como já disse — todas as camadas sociais, inclusive a intocável turma dos grã-finos. Por exemplo: num dos clubes mais elegantes de Belo Horizonte, realizou-se a festa para a escolha da Glamour Girl de 1965. A eleita, sob aplausos gerais, foi devidamente cercada e enfaixada. Na faixa, lia-se: "Glamour Gir de 65". Levando-se em conta que gir é uma raça de gado vacum, foi chato.

Nas prefeituras municipais é que o Festival se espraiava com maior desembaraço: o prefeito Tassara Moreira, de Friburgo (RJ), inaugurava um bordel na cidade "para incentivar o turismo", enquanto o prefeito de Fortaleza, Murilo Borges, atendia ao apelo do Instituto Histórico cearense e suspendia a construção de um mictório público em frente à estátua de José de Alencar na praça do mesmo nome. O instituto tinha classificado de "incontinência histórica" a instalação de um sanitário ali, justamente quando se comemora o centenário de Iracema. Agora o mictório está sendo construído atrás da estátua e o instituto agradeceu à prefeitura, ressaltando que "as pétreas narinas alencarianas não serão mais molestadas". Foi uma solução honrosa, sem dúvida, e agora, se alguém ficar aperreado, como se diz no Ceará, que vá atrás da estátua.

Na Assembleia Legislativa fluminense um deputado chamado José Miguel Simões, sem o menor remorso, pedia moção de solidariedade à novela *O Direito de Nascer*, por ver naquela cocorocada toda uma "mensagem útil à família brasileira". Noutra assembleia, mais importante pouquinha coisa, pois é federal, o deputado Eurico de Oliveira apresentava um projeto de anexação das Guianas ao território nacional. E, felizmente, com essas duas bombas, terminava o mês de junho, que é mês de foguetório.

Julho começava com a adesão do Banco Central à burrice vigente, baixando uma circular, relativa ao registro de pessoas físicas, na qual explicava:

> Os parentes consanguíneos de um dos cônjuges são parentes por afinidade do outro; os parentes por afinidade de um dos cônjuges não são parentes do outro cônjuge; são também parentes por afinidade da pessoa, além dos parentes consanguíneos de seu cônjuge, os cônjuges de seus próprios parentes consanguíneos.

Dois acontecimentos absolutamente espantosos, cuja justificação só pode ser aceita se arrolados como inerentes ao Festival de Besteira: o costureiro Denner casou e Ibrahim Sued publicou um livro.

O secretário de Saúde da Guanabara, dr. Ozir Cunha, proibia os hospitais do estado de atenderem doentes vítimas de alcoolismo. Como é que um médico dá uma ordem dessas ninguém soube. Provavelmente ele estava influenciado pela chatíssima novela do dr. Valcourt. Aliás, essa novela influenciou muita gente. Tempos depois, quando um grupo de médicos do interior procurou o então candidato exclusivo à presidência da República — marechal Costa e Silva — para expor problemas de assistência médica, o candidato disse que sabia do que se passava pois acompanhara a novela. Os médicos se entreolharam, perceberam que não adiantava ir em frente, fizeram um pouquinho de hora e se mandaram.

Eram instituídos mais dois dias: o Dia do Pobre e o Dia da Vovó. O primeiro por projeto do deputado Geraldo Ferraz e até hoje o pobre ainda não viu o dia dele; o segundo inventado por uma radialista "porque existem tantos dias e ninguém ainda se lembrou da avozinha". A distinta não reparou que existe o Dia das Mães e que — jamais em tempo algum — mulher nenhuma conseguiu ser avó sem ser mãe antes.

A Delegacia de Costumes de Porto Alegre mandava retirar das livrarias, sem dar a menor satisfação aos livreiros, todos os livros que fossem considerados pornográficos. Um dos livros apreendidos era *O amante de Lady Chatterley* e, quando o delegado soube que o autor era súdito de sua majestade britânica, mandou devolver todos os exemplares, explicando aos seus homens: "Nós não temo nada que ver, tchê, com a pornografia inglesa. Só com a nacional, tchê!".

O ministro da Saúde — dr. Raimundo de Britto — pronunciava uma frase lapidar: "Para aliviar a despesa do Tesouro Nacional devem morrer de fome dez por cento dos funcionários públicos, nem que para isso se inclua meu filho". Somente uma outra frase conseguiu rivalizar com esta para gáudio do Febeapá, foi aquela que pronunciou o ministro Juraci Magalhães:* "O que é bom para os Estados Unidos é bom para o Brasil".

Em João Pessoa, no dia 17 de agosto de 65, era presa quando almoçava num restaurante local d. Eunice Lemos Jekiel, paraibana, mas que vivera vinte e dois anos nos Estados Unidos

---

* Embaixador do Brasil em Washington no governo Castello Branco.

esquecera o português. Para soltá-la houve o empenho do próprio governador Pedro Gondim. Motivo da prisão: ela estava falando inglês em público e, portanto, talvez fosse comunista.

Outra vez o deputado Eurico de Oliveira: apresentava à Câmara um projeto sobre a importação de um milhão de portugueses para espalhar pela selva amazônica. Dias depois lascava outro: para tornar obrigatório, em todas as solenidades onde se tocasse o Hino Nacional, o canto do mesmo pelas autoridades presentes.

Policiais da Dops* e elementos do Exército invadiam a casa da escritora Jurema Finamour e carregavam diversos objetos, inclusive um liquidificador. Vejam que perigosa agente inimiga esta, que tinha um liquidificador escondido dentro de sua própria casa.

Segundo Tia Zulmira, "o policial é sempre suspeito" e — por isto mesmo — a polícia de Mato Grosso não é nem mais nem menos brilhante do que as outras polícias. Tanto assim que um delegado de lá terminou seu relatório sobre um crime político, com estas palavras: "A vítima foi encontrada às margens do rio Sucuriú, retalhada em quatro pedaços, com os membros separados do tronco, dentro de um saco de aniagem, amarrado e atado a uma pesada pedra. Ao que tudo indica, parece afastada a hipótese de suicídio".

Repetia-se em Porto Alegre episódio semelhante ao ocorrido com Sófocles, em São Paulo. O coronel Bermudes, secretário da insegurança gaúcha, acusava todo o elenco do Teatro Leopoldina de debochado e exigia a presença dos atores e do autor da peça em seu gabinete. Depois ficou muito decepcionado, porque Georges Feydeau — o autor — desobedeceu sua ordem por motivo de força maior, isto é, faleceu em Paris, em 1921.

---

* Aqui, Delegacia de Ordem Política e Social. Ao longo do livro, o autor também se refere ao Departamento de Ordem Política e Social, de mesma sigla.

A revista *Boletim Cambial*, no seu número de novembro, publicava um artigo chamado "What Is Meant by Brazilian Revolution" e explicava aos leitores que era "o nosso esforço para tentar explicar em língua inglesa o que é a revolução brasileira".

Em Campos ocorria um fato espantoso: a Associação Comercial da cidade organizou um júri simbólico de Adolf Hitler, sob o patrocínio do Diretório Acadêmico da Faculdade de Direito. Ao final do julgamento Hitler foi absolvido.

Em São Paulo, entrevistado num programa de televisão, o deputado Arnaldo Cerdeira explicou por que seus coleguinhas aumentam constantemente os próprios subsídios: "Quando eu entrei para a política, meus charutos custavam trezentos réis, agora estão custando mil e duzentos cruzeiros cada um". Infelizmente, quem entrevistava o sr. Cerdeira era uma mulher e não ficava bem ela mandar que ele enfiasse o charuto noutro lugar.

Janeiro de 66! A Pretapress continuava trabalhando ativamente e colecionando novas notícias para o Festival de Besteira que Assola o País. E este ano começou tão bem que na Paraíba o prefeito da cidade de Juarez Távora nomeou para a prefeitura local, como funcionário público, figurando na folha de pagamento, o cavalo "Motor" de sua propriedade. Dizem que o cavalo do prefeito João Mendes é muito cumpridor dos seus deveres.

E no Maranhão, o prefeito de São Luís, sr. Epitácio Cafeteira, da família dos bules, começa a provar que é um alcaide de excelentes planos administrativos. Logo depois de assumir o cargo, uma de suas primeiras providências foi anunciada: Cafeteira proibiu o uso de máscaras em festas carnavalescas.

E quando isto aconteceu, todo mundo pensou que era brincadeira: a Procuradoria Geral da Justiça Militar encaminhou ao juiz corregedor um IPM instaurado na Dops para apurar atividades subversivas. Esta nem a linha frouxa esperava: IPM na Dops.

35

O sr. Juraci Magalhães tomava posse no Ministério das Relações Exteriores. A tônica de seu discurso era "continuar a obra de Vasco Leitão da Cunha". Continuar a obra do Vasco Leitão da Cunha era uma boa maneira de dizer que não estava pretendendo fazer nada.

Fiscais da Alfândega do porto do Rio de Janeiro apreenderam trezentos litros de plasma sanguíneo enviados pelo governo de Israel à Cruz Vermelha Brasileira, para socorrer flagelados. Só depois de paga a taxa de armazenagem e várias providências do próprio embaixador do país amigo foi que os hospitais puderam receber o plasma. Pelo jeito o Febeapá em 66 seria muito mais animadinho que em 65, coisa que era considerada impossível pelos técnicos em imbecilidade.

O economista Glycon de Paiva pronunciava a seguinte frase, durante a posse do sr. Harold Polland no Conselho Nacional de Economia: "O Brasil é um país com problemas urgentes, ingentes, mas sem gente". Segundo Tia Zulmira, "essa frase que parece inteligente é justamente de gente indigente metida a dirigente".

O casamento do padre Vidigal, político mineiro e matreiro, servia para ativar debates dos mais cocorocas sobre o celibato dos sacerdotes. O casamento em si foi muito interessante porque o padre Vidigal era um tremendo cara de pau e, quando seu colega que oficiava a cerimônia lhe perguntou se aceitava a noiva como legítima esposa, respondeu com postura militar: "Aceito para cumprir um dever para com a pátria". Aventou-se então a hipótese de que, tendo o padre Vidigal aderido tardiamente ao positivismo, talvez conseguisse ordem e progresso na lua de mel.*

Em Belo Horizonte assumia a Secretaria de Agricultura o ruralista Evaristo de Paula e saudava o governador Israel Pinheiro

---

* Padre Maciel Vidigal, deputado federal de 1959 a 1971, dispensado de seus votos sacerdotais em 1965 pelo Papa Paulo VI, para que pudesse se casar.

36

em sua posse, afirmando que "o sr. Israel tem sangue de boi em suas veias, cheira a capim e traz em si o movimento telúrico dos milharais em espiga". Só faltou o cara dizer que o sr. Israel Pinheiro era a própria estátua da reforma agrária.

O medo de alma do outro mundo acabava com um programa. Foi assim: a TV Globo apresentava o programa *Globo Especial*, onde eram debatidas teses religiosas. Era um programa sério e de um alto nível educativo, principalmente se levarmos em conta a cretinice que é o grosso (nos dois sentidos) da programação na máquina de fazer doido. Pois muito bem: num domingo estiveram presentes aos debates um padre católico e um espírita, tendo este levado certa vantagem sobre o outro, nas suas explanações. No dia seguinte a TV Globo recebia um ofício do Contel,* proibindo o programa em todo o território nacional. Era o medo oficial dos espíritos. Na atual conjuntura, controlar as matérias já atrapalhava as autoridades, imaginem só controlar os espíritos.

E o secretário de Turismo da Guanabara, sr. Rio Branco, mudava a ornamentação para o Carnaval, na avenida Rio Branco, por uma outra mais leve, e saía-se com esta: "Deus me livre acontecer um acidente na avenida do vovô".

Era dos mais democratizadores o caso criado pelo coronel comandante do Batalhão de Carros de Combate, sediado em Valença (RJ), que cercou Barra do Piraí com oitocentos soldados e exigiu que a Câmara de Vereadores local elegesse os membros da mesa conforme listinha que entregou ao presidente da Assembleia. Dizem que foi a eleição "democrática" mais rápida que já houve. Num instante estavam eleitos os candidatos do coronel e, se mais rápida não foi essa eleição, é porque alguns vereadores,

* Conselho Nacional de Telecomunicações.

ao verem tanto soldado embalado, tiveram que ir primeiro lá dentro, cumprir prementes necessidades fisiológicas.

A minissaia era lançada no Rio e execrada em Belo Horizonte, onde o delegado de Costumes (inclusive costumes femininos) declarava aos jornais que prenderia o costureiro francês Pierre Cardin (bicharoca parisiense responsável pelo referido lançamento), caso aparecesse na capital mineira "para dar espetáculos obscenos, com seus vestidos decotados e saias curtas". E acrescentava furioso: "A tradição de moral e pudor dos mineiros será preservada sempre". Toda essa cocorocada iria influenciar um deputado estadual de lá — Lourival Pereira da Silva —, que fez um discurso na Câmara sobre o tema "Ninguém levantará a saia da Mulher Mineira".

No Nordeste o problema não era saia, era sutiã. Técnicos da Sudene* consideravam de interesse prioritário para o desenvolvimento econômico da região a instalação de uma fábrica especializada nesse artigo que os nacionalistas preferem chamar de "porta-seios".

O general Olímpio Mourão Filho doava ao Museu Mariano Procópio, de Juiz de Fora, a espada e a farda de campanha que usava como comandante das forças que fizeram a "redentora" de 1º de abril. Isso é que foi revolução: com pouco mais de dois anos já estava dando peças para museu.

Na cidade de Mantena (MG) o delegado deu tanto tiro que a cidade deixou de ter população e passou a ter sobrevivente. Em Tenente Portela (RS) um policial chamado Neider Madruga prendeu toda a Câmara de Vereadores porque o candidato da sua corriola não foi eleito na renovação da mesa diretora. Mesmo com o habeas corpus aos vereadores, dado pelo juiz local, o

---

* Superintendência do Desenvolvimento do Nordeste.

Madruga levou todos em cana para Porto Alegre, preferindo "fazer democracia com as próprias mãos". Aliás, o direito penal periclitava. Em Brasília, depois de um dos maiores movimentos do Festival de Besteira, que bagunçou a universidade local, o reitor Laerte Ramos — figurinha que ama tanto uma marafa que cachaça no Distrito Federal passou a se chamar "reitor" — nomeava um professor para a cadeira de direito penal. O ilustre lente nomeado começou com estas palavras a sua primeira aula: "A ciência do direito é aquela que estuda o direito". Manchete do jornal *Correio do Ceará*: "Todo fumante morre de câncer a não ser que outra doença o mate primeiro". Começa o novo martírio de Tiradentes! Um historiador mineiro levantou a questão, dizendo que Tiradentes barbudo e cabeludo era besteira, pois o mártir da Independência era alferes e, portanto, usava cabelo curtinho, como todo militar. O blá-blá-blá comeu firme e obrigou o marechal presidente a se manifestar, assinando um decreto que estabelecia a figura de Tiradentes a ser cultuada, isto é, seria a mesma da estátua do falecido, colocada na frente do Palácio Tiradentes, antiga Câmara Federal, no Rio. Nessa altura já tinha sido distribuído para as escolas um Tiradentes bem mais remoçado, sob protesto de professoras primárias que diziam ser o outro "mais respeitável". Recolheu-se o Tiradentes mocinho, emitiu-se uma nota de cinco mil cruzeiros, com a forca aparecendo, e o *Diário Oficial* publicou a resolução presidencial de se venerar "a efígie que melhor se ajusta à imagem de Joaquim José da Silva Xavier gravada pela tradição na memória do povo brasileiro". Quando todos esperavam que iam deixar Tiradentes sossegado, no *Diário Oficial* seguinte ao da publicação do decreto presidencial constava uma retificação que ninguém entendeu, dizendo: "Onde se lê Joaquim José, leia-se José Joaquim". Ora, todo mundo sabe que o nome do mártir era Joaquim José, até mesmo aquele samba da

Escola de Samba Império Serrano, que venceu um Carnaval, mas os que estavam salvando o país tinham dúvidas. Uma plêiade de altas autoridades esteve reunida para confabular e veio a retificação da retificação. O *Diário Oficial* do dia 27 de abril de 66 publicava: "Fica sem efeito a retificação publicada no *Diário Oficial* de 19/04/66, na página 4101". Felizmente a coisa parou aí, do contrário iam acabar escrevendo Xavier com "CH".

Correu o mês de maio mais ou menos tranquilo, embora o coronel Costa Cavalcanti, deputado pernambucano e líder da tal linha-dura, afirmasse que a candidatura Costa e Silva "cheirava a povo", mostrando um defeito olfativo impressionante. Um outro coronel, chamado Pitaluga, ainda em maio, ao passar o comando de seu regimento, fez um discurso no qual afirmava: "A Revolução de Março livrou o mundo da Terceira Guerra Mundial". Lá no Vietnã todo mundo achou que o coronel Pitaluga tinha razão.

Em Belém do Pará um vereador era o precursor dessa bobagem de proibir mulher em anúncio publicitário. É verdade que o prefeito Faria Lima, de São Paulo, foi mais bacaninha ainda, porque iria — mais tarde — proibir mulher e propor que "figuras da nossa história ilustrem os anúncios", isto é, Rui Barbosa vendendo sabão em pó, Tiradentes (já definitivamente barbudo) fazendo anúncio de lâmina de barbear etc. No entanto, quando da proposta do precursor, na Câmara de Vereadores de Belém, um outro edil protestou, afirmando: "O mal não reside nas figuras femininas, mas no coração de quem vê nelas o lado imoral. Eu, por exemplo, seria capaz de olhar a foto de minha mãe nua e não sentiria a menor reação". Nome desse vereador que respeita o chamado amor filial: Álvaro de Freitas, ao qual aproveitamos o ensejo para enviar nossos parabéns.

Voltando a Minas: o Instituto Estadual de Florestas determinava que só seria concedida licença para caçar àquele que apresentasse seu título de eleitor. E ainda tinha nego derrotista dizendo que o título de eleitor não servia para mais nada. Era mentira. Pelo menos em Minas, o título servia para ir cercar bicho no mato.

Em Bauru (SP) o delegado de polícia oficiava ao presidente da liga de futebol de lá que não ia enviar mais policiamento para os jogos porque os campos "não oferecem segurança à polícia". Em Brasília o general Riograndino Kruel declarava-se contrário à passagem do Serviço de Censura para um órgão especializado, a fim "de evitar a propaganda subversiva através das artes". E o mês de junho começava de lascar. No estado do Rio, o governador escalado pela "redentora" distribuía através da Agência Fluminense de Informações uma nota à imprensa muito bacaninha: "O governo do estado prestou homenagem póstuma à antiga mestra do grupo escolar de Itapeba, primeiro distrito de Maricá — professora Cacilda Silva —, dando seu nome ao estabelecimento de ensino. A conhecida educadora dirige ainda o curso noturno anexo ao grupo escolar". Coitada da conhecida educadora. Deve ter virado fantasma. Só assim se explicava o fato de ter recebido homenagem póstuma e ter passado a lecionar no curso noturno.

Enquanto isso, o secretário de Saúde de Brasília, dr. Pinheiro Rocha, concedia uma entrevista sobre o hospital da L2 e dizia ao *Correio Braziliense*: "Logo que seja inaugurado será entregue ao público, recebendo até mesmo doentes que necessitem de cuidados médicos". Não é formidável? Um hospital que atende a doentes até mesmo necessitando de cuidados médicos. Queremos crer que esta inovação revolucionou a medicina.

O cidadão Aírton Gomes de Araújo, natural de Brejo Santo, no Ceará, era preso pelo 23º Batalhão de Caçadores, acusado de ter ofendido "um símbolo nacional", só porque disse que o pescoço do marechal Castello Branco parecia pescoço de tartaruga, e logo depois desagravava o dito símbolo, quando declarava que não era o pescoço de sua excelência que parecia com o da tartaruga: o da tartaruga é que parecia com o de sua excelência.

41

O comandante da Base Aérea de Curitiba proibia o padre Euvaldo de Andrade de rezar missa em ritmo de iê-iê-iê. Recorde-se que foi naquela Base que o piedoso sacerdote rezou pela primeira vez uma missa com música dos Beatles no Evangelho, bolero de Wanderley Cardoso na Comunhão, e uma versão de "Quero que tudo mais vá pro inferno" ao final do ato religioso. A falta de respeito era tanta que no fim da missa, quando o padre abriu os braços, os fiéis pensaram que ele ia dar uma de Wanderley Cardoso e berrar: "Abraça-me fo-or-teeee!". Mas o padre Euvaldo saiu com uma de Roberto Carlos e berrou: "Meu Deus, eu te amo, mora". O brigadeiro Peralva, comandante da Base, não quis mais saber disso, com medo que aparecessem esses taradinhos de cabelo comprido e começassem a dar festinhas para dançarem ladainha.

E quem estava de parabéns era o Serviço de Trânsito de São Paulo. Nomearam para diretor um ex-delegado da polícia que, ao tomar posse, foi logo declarando: "Não entendo nada de trânsito". Enfim, era mais um formado pela Faculdade Ademar de Barros.*

O coronel brigou com o major porque um cachorro, de propriedade do primeiro, conjugava o verbo defecar bem no meio da portaria do edifício de onde o segundo era síndico. Por causa do que o cachorro fez, foi aberto um IPM de cachorro. King — este era o nome do cachorro corrupto — cumpriu todas as exigências de um IPM. Seu depoimento na auditoria foi muito legal. Ele declarou que au-au-au-au.

Durante umas manobras da Polícia Militar de Belo Horizonte, os guerrilheiros de mentirinha saíam vencedores da guerra simulada, quando duzentos e setenta elementos que fin-

---

* Gozação com Ademar Pereira de Barros (1901-69), que foi prefeito da cidade de São Paulo entre 1957 e 1961 e duas vezes governador pelo mesmo estado, nos períodos de 1947 a 1951 e de 1963 a 1966.

giam ser combatentes contra a guerrilha sofreram violenta indigestão, do que se aproveitaram os guerrilheiros para ganhar a guerra. Sem dúvida alguma, a Polícia Militar de Minas Gerais descobrira uma arma secreta: o desarranjo intestinal.

E julho começava com uma declaração muito bacaninha da deputada espiroqueta Conceição da Costa Neves, que afirmava nos bastidores da Assembleia Legislativa de São Paulo: "A Arena,* se quiser, pode cassar o meu mandato e fazer dele supositório para quem estiver precisando".

E no mês de agosto o general Jaime Graça, então chefe de gabinete da Secretaria de Segurança, mandava prender por trinta dias um soldado da Polícia Militar, que estando de guarda em sua residência, durante a ausência da família, tinha tomado um banho de piscina. O engraçado é que dias antes o general Jaime Graça tinha caído na piscina com roupa e tudo, ao tentar salvar um marimbondo que se afogava. O general ficava muito triste quando caía qualquer coisa em sua piscina, e adorava marimbondos. Pouco tempo antes, era o contrário: quem jogava mendigo dentro d'água era a polícia. (*Remember* "rio da Guarda".)** Depois a polícia cairia dentro d'água, para salvar marimbondo.

O ministro da Saúde — dr. Raimundo de Britto — proibia qualquer funcionário de fazer declarações sobre o controle da natalidade naquele ministério. Doravante, afirmava o ministro, ele mesmo iria controlar o controle da natalidade. Como é que ele ia controlar, ninguém sabia. Provavelmente ficaria olhando de binóculo do prédio em frente, escondido atrás do muro, aga-

---

* Aliança Renovadora Nacional.
** Afluente do rio Guandu, onde, segundo jornais de oposição ao governador Carlos Lacerda, policiais do estado da Guanabara desovavam os corpos de mendigos por eles assassinados — acusação jamais comprovada.

chadinho na moita de capim, ou talvez mesmo dentro do armário. O dr. Raimundo para administrador era fraquinho, mas para observar era ótimo. Naquela época a Pretapress dava um alerta aos seus leitores: "Aceite nosso conselho. Antes verifique se o dr. Raimundo não está espiando".

E em Palmeira dos Índios, um lavrador alagoano de nome José João dava à luz uma robusta menina, e os rapazes do elenco do show *Les Girls* tomavam pílulas anticoncepcionais. Depois de acurado exame os médicos atestavam que o vaqueiro que virou vaca não era lá tão homem assim. Aliás, o exame não é muito difícil.

E setembro começava com uma determinação do governador escalado Laudo Natel, criando um novo órgão, que tinha a sigla: SIRCFFSTETT. Ou seja, Setor de Investigações e Repressão ao Crime de Furto de Fios de Serviços de Transmissões Elétricas, Telegráficas ou Telefônicas. Deve ser de lascar o cara trabalhar lá, atender o telefone e ter que dizer: "Aqui é da SIRCFFSTETT".

O médico Parga Rodrigues era o primeiro psiquiatra contratado pelo Itamaraty para examinar seu pessoal. E revelava estar recebendo inúmeras consultas de membros do Corpo Diplomático, inclusive dos que estavam fora do país, porque — dizia ele — "Lá fora a estrutura social é diferente e o indivíduo tem mais possibilidade de manifestar o que já possui de anormal". Eu, hem...

A peça *Liberdade, liberdade* estreava em Belo Horizonte e a censura cortava apenas a palavra prostituta, substituindo-a pela expressão: "mulher de vida fácil", o que, na atual conjuntura, nos parece um tanto difícil. Ninguém mais tá levando vida fácil.

Enquanto estudantes faziam manifestações por todo o país, desembarcava no Galeão, vindo de Recife, o general Rafael de Sousa Aguiar, chefe do IV Exército, que explicava aos repórteres: "Em Pernambuco está tudo calmo e a imprensa aqui do Sul é que fica inventando coisas, querendo encontrar chifre em cabeça de burro". Vinte e quatro horas depois chegava ao Rio a notícia de que cento e cinquenta estudantes tinham sido presos em Recife. Pelo jeito tinham achado o chifre.

Um grupo de teatro amador da Guanabara ia a Sergipe para encenar *Joana em flor*, de autoria do coleguinha Reinaldo Jardim, e o general Graciliano não sei das quantas, secretário de Segurança, mandou chamar a rapaziada, mantendo o elenco preso por várias horas, proibindo a peça, emitindo opiniões sobre teatro, citando autores, entre os quais J. G. de Araújo Jorge, não antes de ser soprado pelo ordenança, e disse que todo mundo era subversivo. Depois fez uma declaração digna de um troféu: "Em Sergipe quem entende de teatro é a polícia".

Um grupo de senhoras beneméritas de uma agremiação se dirigia à praia do Pinto e no ambulatório local começava a fazer uso dos remédios anticoncepcionais, numa tentativa de limitar os filhos dos favelados. Muitas moradoras do local disseram na ocasião que ali na favela ninguém conhecia os anticoncepcionais, e pelo jeito as senhoras beneméritas estavam querendo acabar com a favela à noite.

E quando a gente pensava que tinha diminuído o número de deputados cocorocas, aparecia o parlamentar Tufic Nassif com um projeto instituindo a escritura pública para venda de automóveis. Na ocasião enviamos os nossos sinceros parabéns ao esclarecido deputado, com a sugestão de que aproveitasse o embalo e instituísse também um projeto sugerindo a lei do inquilinato para aluguel de táxis.

O novo chefe do Serviço de Censura, sr. Romero Lago, enviava telegrama a todas as delegacias do Departamento Federal de Segurança Pública ordenando que impedissem cineastas estrangeiros de filmarem no Brasil, "a fim de evitar que distorcessem a realidade nacional". Que grande pessimista o dr. Lago, capaz de acreditar que exista um cineasta tão maquiavélico a ponto de distorcer a realidade nacional.

E assim vem correndo o Festival de Besteira que Assola o País, sem solução de continuidade, pelo menos até o momento em que enviávamos este livro à editora. A primeira parte tem pretensões de ser mais uma reportagem do que uma coletânea de crônicas. Ele tem, aliás, duas partes: a primeira, dedicada ao Febeapá, com este prólogo e mais alguns casos dignos dele, mas que foram anotados em forma de crônicas, e a segunda, onde vai uma coleção de crônicas e casos do cotidiano, sem compromissos com a verdade nua e crua.

O relato é interrompido aqui, mas o Festival persiste. Ainda na semana passada, democratas do governo mandavam a polícia baixar o cacete em quem fizesse passeatas contra a ditadura, e a Pretapress recebia um comunicado do Serviço de Trânsito explicando que os talões de multa para motoristas infratores passariam a ter três vias, para evitar o suborno do guarda. E este é bem um exemplo do que é o Festival: em todo lugar do mundo, quando o guarda é subornável, muda-se o guarda. Aqui muda-se o talão. É a subversão a serviço da corrupção. Entenderam?

O puxa-saquismo desvairado

Puxar saco do presidente da República é coisa que chaleira nenhum jamais conseguiu ou conseguirá ultrapassar. O verdadeiro puxa-saco é vidrado em presidente da República, seja ele um verdadeiro homem de Estado, seja ele um cocoroca total. Esta condição intransponível dos puxas é que levou o falecido Getúlio Vargas à Academia Brasileira de Letras, numa época em que o ilustre homem público ainda não tomava semancol em doses suficientes para escapar ao ridículo de uma imortalidade literária das mais rebarbativas.

No setor administrativo, então, Deus me livre! Não há um prefeito cretino de cidade do interior que não sonhe com uma praça para inaugurar com o nome do presidente da República. A Pretapress, inclusive, já contou até a história daquele prefeito bronqueado com essas besteiras de estar mudando a toda hora o nome da praça principal da cidade, com as constantes oscilações democráticas, ora inaugurando placa nova com o nome de praça Presidente Café Filho, para logo mudar para praça Presidente Kubitschek, depois praça Presidente Jânio Quadros, e em seguida praça Presidente João Goulart, outra vez para praça Presidente Castello Branco. O homem, provando ser um bom administrador municipal, acabou com essa fofoca, inaugurando a placa definitiva com o nome da praça: praça Presidente Atual. Mas por que foi que eu falei isto tudo? Ah sim... no Ceará. Conforme vocês sabem, ninguém puxa mais saco da "redentora" do que os estados de Pernambuco, Ceará e Rio Grande do Sul. Pois imaginem só que no time do Ceará Sporting Clube, time que vem sendo um dos melhores do Norte-Nordeste, na disputa da Taça Brasil, tem um beque esquerdo chamado Eraldo, que é parente do marechal presidente. Ah rapaziada... pra quê! O rapaz tem recebido as mais variadas demonstrações de puxa-saquismo do momento, a ponto de ser recebido no aeroporto do Recife, quando o time do Ceará Sporting Clube foi jogar contra o Náutico, de Pernambuco, por autoridades do IV Exército. Diz que o Eraldo não é militar, mas apenas capitão do time do Ceará, condição a que chegou mais por sua técnica futebolística do que por chaleirismo e, se é verdade o que nos manda dizer o correspondente, os jornais do Ceará não fazem por menos quando anunciam a formação do quarteto de beques do time campeão, formado por Pipiu, Bacabau, Caiçara e o dito Eraldo. Volta e meia as folhas esportivas metem lá: "Pipiu, Bacabau, Caiçara e o capitão Eraldo de Alencar Castello Branco".

O informe secreto

Esse negócio de ser funcionário de Serviço Secreto só pega bem mesmo é em filme daquele cocoroca, o tal de James Bond. No Brasil então, onde tem mais gozador que carestia, o cara que se meter a dizer que é do Brazilian Intelligence Service vira perua — fica na roda o tempo todo e a moçada gozando. O episódio abaixo, para evitar mau-olhado, vamos logo explicando, caso tenha semelhança com qualquer pessoa viva ou morta, é mera coincidência. Ainda com o devido cuidado, vamos colocá-lo num certo país da América Latina, que eu nem quero saber o nome.

Diz que era um general, chefe do Serviço Secreto. Isto é, ficava o dia inteiro dentro de uma sala vendo se havia conspiração, manifesto, contrabando, mau-olhado e demais crimes contra a nação. Como sempre, não tinha nada. A coisa era de uma monotonia de fazer inveja ao cotidiano de Brasília.

Até que um dia aconteceu um troço chato. Correu que o general tinha feito uma excelente descoberta. A notícia se esparramou pela aí. Ligações telefônicas no maior código secreto.

Secretárias e agentes cruzando os corredores na maior agitação. Os que trabalhavam no edifício onde se instalava o Serviço Secreto moraram logo que tinha linguiça por debaixo do pirão. Foi aí que um curioso resolveu perguntar ao contínuo do gabinete "qual era o pó".

— Mas seu fulano, que movimentação! Houve alguma coisa grave? O general descobriu alguma coisa? Vão prender aqueles comunistas de sempre?

O contínuo, muitos anos a serviço do Serviço Secreto, fez o moita. Ficava balançando a cabeça, que nem amante de plantão, quando quer negar que teve um caso com certa senhora, mas ao mesmo tempo quer que a suspeita fique bem positivada.

Vanja* vai, Vanja vem, apareceu no Gabinete um jornalista que era um velho amigo do contínuo. Puxou-o pelo braço, levou-o para um cantinho discreto e quis saber:

— Derrama a verdade, velhinho. Que qui houve? O general descobriu alguma infiltração nas áreas de cúpula, de perigosos agentes vermelhos?

O contínuo arregalou os olhos e sussurrou:

— Coisa mais pior. O homem fez um serviço belíssimo. Descobriu um cargo vago de fiscal de renda e nomeou o filho dele. São quinhentos e cinquenta mil por mês e mais as multas. Tá bem?

---

* Vanja Orico (1931-2015), cantora e atriz, célebre por viajar ao exterior com enorme frequência.

Meio a meio

Ontem um grupo de coleguinhas jornalistas estava comentando a nota enviada pelos outrossim coleguinhas jornalistas de Brasília ao sr. ministro das Relações Exteriores. A nota, em síntese, pede a sua excelência que tenha suas relações exteriores, mas sem prejudicar suas relações interiores; isto é, os notistas ficaram um bocado chateados com as declarações de sua excelência, de que o noticiário dos repórteres que fazem a cobertura do contrabando de minérios por cidadãos norte-americanos é tudo mentira e os rapazes são todos comunistas, interessados apenas em atrasar nossas relações diplomáticas com a grande nação da América do Norte. Entre os que discutiam a coisa, um havia que defendia a tese de que o melhor é a gente cumprir o dever e não dar bola para fofocas oficiais. Mas os outros protestaram contra isso, porque — hoje em dia — ser chamado de comunista é uma barbada. O Ibrahim, por exemplo, chama de comunista todo aquele que lê o seu livro, *000 contra Moscou*, e não gosta. Ora, como todo mundo que lê não gosta, é claro... todo mundo é comunista, não é mesmo? Esta folga precisa acabar.

Precisa, não precisa — a discussão ia nessa base, quando um dos presentes afirmou que era muito chato ser comunista por antecipação. E contou o caso do deputado fluminense José Antônio da Silva, cassado pela Assembleia de seu estado, acusado de comunista e subversivo. O deputado foi cassado e instaurado um IPM contra ele. Agora o IPM foi arquivado, depois de concluir-se sua completa inocência. O arquivamento deu-se por inexistência de ilícito penal na acusação formulada.

Pombas, a cassação da precipitada Assembleia fluminense não pode voltar atrás, porque aí enveredava tudo pelo perigoso caminho da galhofa (como se já não tivesse enveredado — o parêntese é aqui do Lalau).

— E como é que ficou o deputado então? — perguntou um interessado.

— Bem — foi dizendo o que contava o caso — ficou assim, nessa esculhambação. O jeito seria considerar-se metade da conclusão da Assembleia acertada e metade da conclusão do IPM também acertada. Assim o deputado José Antônio da Silva fica sendo um ótimo cidadão às segundas, quartas e sextas, e um comunista nojento às terças, quintas e sábados. Aos domingos ele descansa.

Nas tuberosidades isquiáticas

Trata-se de uma portaria do sr. ministro do Trabalho sobre a propalada reivindicação dos comerciários para trabalharem sentados. Conforme vocês sabem, os comerciários, gente que trabalha em lojas, atendendo fregueses, servindo em balcões, recepcionando visitantes, é tudo gente que trabalha em pé. Claro, trabalha em pé por causa da natureza de suas funções, do contrário, todos sentariam, pois o comerciário não é mais sabido nem mais burro do que ninguém; é uma classe como outra qualquer.

Mas é sempre assim: de vez em quando aparece um digno representante da classe inventando besteira para ganhar a simpatia alheia, que capitalizará para um outro troço qualquer, que hoje em dia ninguém é bonzinho de graça. Recentemente apareceu um cara reivindicando para os comerciários o direito de trabalharem sentados. É uma imbecilidade essa reivindicação, porque comerciário que pode trabalhar sentado já trabalha assim, mas tem uns que, se sentarem, perdem o emprego (nunca esquecendo que o jogador de futebol, por exemplo, desconta pro IAPC* e, se sentar no trabalho, tá barrado do time).

No entanto, o tal cara apareceu, conseguiu as adesões de praxe, fez a onda e o ministro do Trabalho, conivente com a demagogia boboca, meteu lá a portaria que foi cair nas mãos de agentes da Pretapress. A portaria reza: "Art. 1º — para evitar a fadiga, será obrigatório, nos locais de trabalho, a colocação de assentos ajustáveis, para utilização dos empregados — § único — os assentos devem possuir os seguintes requisitos mínimos de conforto: a) ajustáveis à altura do empregado e à natureza de sua função: b) permitir que o empregado mantenha os pés apoiados, as pernas fazendo ângulo reto com eles e com as coxas; c) apresentar bordas arredondadas e escavações para as tuberosidades isquiáticas; d) possuir encostos".

De toda essa besteirada, que patrão nenhum levou a sério, mesmo com a assinatura do ministro, o que me deixou mais cabreiro foi a exigência de escavações para as tuberosidades isquiáticas. Que diabo seria isso? Tuberosidade é o nome vernacular que se dá às excrescências carnudas, e isquiáticas, com o perdão da palavra, é aquilo que tem relação com o ísquio, ou seja, a parte inferior do osso ilíaco, aquele que forma os quadris dos esqueletos. Mesmo assim fiquei boiando em matéria de "escavações para as tuberosidades isquiáticas" e, quando estou em dúvida, faço o que todos deviam fazer: consulto Tia Zulmira. A velha é batata e num instante matou a charada:

— Meu filho, tá na cara, embora eu esteja dizendo isto em sentido figurado. Não tá na cara não, mas "escavações para tuberosidades isquiáticas" só pode ser porta-nádegas.

---

* Instituto de Aposentadorias e Pensões dos Comerciários.

A conspiração

A denúncia dizia que era na residência do coronel. Nestes casos a casa do envolvido nunca é casa, é sempre residência ou então domicílio. Outro detalhe que dá autenticidade à coisa é o fato de o carro que vai verificar a denúncia nunca ser carro propriamente dito: é sempre viatura. Mas deixa isso pra lá. O importante é que veio a denúncia de que havia conspiração no domicílio do coronel. Logo uma viatura partiu para colocar os conspiradores a par de que o regime é de liberdade. Quem me conta o caso burila a descrição com aspectos de mistério. Tramava-se diariamente na residência do coronel e o interessante seria apanhar os conspiradores em flagrante, isto é, durante a conspiração, que — segundo ainda a denúncia — começava aí por volta das dez da noite e terminava de madrugada. Várias pessoas de aparência suspeita entravam no edifício e lá ficavam, fazendo o silêncio mais constrangedor que se podia imaginar. As luzes permaneciam acesas, quem estava de fora pressentia que o apartamento enchia-se de gente, mas os sons discretos que vinham de dentro não coincidiam com esses detalhes. Eram palavras quase que murmuradas.

A viatura chegou de mansinho, encostou na outra esquina, para não ser identificada, e os componentes da patrulha desceram para cercar o domicílio. Foi tudo muito fácil, pois os conspiradores nem sequer tinham tomado providências contra um possível flagrante. O militar que chefiava a turma subiu ao andar onde o coronel tem domicílio e — protegido pela sua metralhadora — bateu na porta devagarinho, para que não desconfiassem. Abriram a porta e lá dentro estavam vários casais jogando biriba.

Desrespeito à região glútea

O contingente da Dops que atua no Aeroporto Internacional do Galeão — não é pra me gambá* — é dos que mais têm contribuído para o Festival de Besteira que Assola o País. Ainda recentemente tentou prender um diplomata russo que estava no Brasil havia dois anos, baseando-se numa informação de Ibrahim Sued de que o cara tinha sido expulso dos Estados Unidos há seis meses, como espião soviético. O elemento da Dops que comandou a operação foi Murilo Néri, coleguinha de Ibrahim na TV-Rio e que, animado pelo fogo patriótico, esqueceu um detalhe importante: um cara que está no Brasil há dois anos não pode ter sido expulso dos Estados Unidos há seis meses. Essa mancada, aliás, foi merecedora de cobertura completa da Pretapress.

Agora esta brilhante folha informativa, em sua edição de anteontem, descobre mais uma proverbial mancada da Dops do

---

* Trocadilhesca corruptela da expressão "não é pra me gabar, não".

Galeão, digna de medalha. Vou transcrever porque tenho uma reivindicação a fazer:

"A Dops da Guanabara tentou revistar, no Aeroporto do Galeão, um grupo de turistas russos, inclusive duas crianças, que transitavam pelo Rio a caminho de Montevidéu. A intervenção da Dops foi solicitada pelas autoridades da Alfândega (também muito bem representada no Festival de Besteira — o parêntese é nosso) que segregaram o grupo e o entregaram aos policiais, por suspeita de que uma russa levava 'algo esquisito' sob o vestido. Os turistas chegaram a telefonar para a Embaixada da União Soviética no Rio, mas a intervenção dos diplomatas não foi necessária, porque Alfândega e Dops, depois do vexame que deram, chegaram à conclusão de que qualquer providência no caso cabia às autoridades de Montevidéu (de resto, desde o início da fofoca). Na verdade, a turista russa não trazia contrabando, como supunham os argutos e inteligentes rapazes da Alfândega e da Dops: ela tem um defeito físico na região glútea que se acentua com o andar."

Vejam vocês: não contentes em se darem a vexames periódicos, os tiras ainda arrastam pessoas respeitáveis a vexames piores. Onde já se viu revistar região glútea de mulher, tenha ela o rebolado que tiver? A região glútea de cada um (principalmente das mulheres) só deve ser franqueada a médicos e enfermeiros para o caso de aplicação de injeções. Nenhuma outra desculpa justifica qualquer devassa.

Portanto, aqui fica o nosso apelo às autoridades afoitas: respeitem ao menos a região glútea.

Garotinho corrupto

Aqui no Brasil pegou a moda de subversão. Tudo que se faz e que desagrade a alguém é considerado subversivo. Outro dia eu vinha andando na rua e um cara, dirigindo uma Mercedes espetacular, entrou lascado num cruzamento e quase atropelou um pedestre. Foi o bastante para o andante dar o maior grito: "Subversivo, comunista". Depois eles dizem que é marcação da gente, mas a notícia que veio de Curitiba é de lascar. Eles fecharam um jardim de infância, chamado Pequeno Príncipe, e o general-comandante da Região Militar de lá disse que este título era subversivo. O general — o nome dele é Caudal — disse que o colégio deveria se chamar "Pequeno Lenine". Já entrou fácil no Festival.

Acontece que a maior das criancinhas que ali estuda tem cinco anos de idade e a menorzinha ainda está molhando a sala de aula e o resto. É o Festival de Besteira que segue em caudal. O general e os encarregados de um IPM contra o jardim de infância dizem que as professoras estavam ensinando marxismo e leninismo. Esta então foi pior. Coitado do garotinho, que mal sabendo o a, e, i, o, u, terá que soletrar "Khruschóv", "Stálin", "Gromiko" e outras bossas. O aviador católico Saint-Exupéry, cujo livro serve de nome para a escola, jamais pensou, depois de tantas proezas aéreas, que ia entrar pelo caudal, digo cano. E em terra firme. Quem conhece a vida de aventuras do coleguinha escritor Saint-Exupéry sabe que ele mais de uma vez esteve perdido no deserto do Saara, quando servia ao Correio Aéreo da França. Duas vezes ele caiu e ficou perdido nas areias candentes do terrível deserto. Duas vezes se salvou. Mesmo que Saint-Exupéry estivesse vivo, jamais imaginaria que iria cair neste deserto de ideias, no qual acaba de aterrissar sem a menor esperança de salvamento.

Não irmãos, esta também é demais. Criancinhas subversivas também já é dose pra elefante. Ainda se fosse por corrupção, vá lá. Vamos que o Juquinha, vítima de pertinaz ideia diurética, levantasse de sua carteira e fosse fazer pipi na saia da professora. Crime de corrupção, sem dúvida. Mas subversão? Aqui, ó...

Por trás do biombo

O homem é atropelado na rua ou cai fulminado por um ataque cardíaco. Pode morrer de indigestão ou pode morrer de fome, não importa. Depois da morte todos são iguais e lá fica aquele corpo estirado no asfalto, logo cercado por duas velas acesas, que mãos piedosas e incógnitas providenciam com impressionante presteza.

O homem está morto e os curiosos o rodeiam, dividindo-se entre retardatários curiosos e prestativos informantes.

— Como é que foi, hem?

— Ele sentiu-se mal, coitado. Nós sentamos ele no meio-fio, mas ele acabou morrendo.

— Pobrezinho!

A nossa imperturbável e deficiente polícia se incumbe de amainar o espírito do próximo; o seu sentimento de solidariedade. O falecido pode morrer à hora que for que ficará estirado na calçada, exposto à curiosidade pública, porque as autoridades policiais só vão aparecer depois que o caso já caminhou para o perigoso terreno da galhofa e o falecido já goza da intimidade dos que passam. Já não há mais aquele amontoado de gente à sua volta; apenas um ou outro curioso se detém por um instante, espia e parte. Já queimaram as velas que iluminaram sua alma na subida aos céus; enfim, o defunto virou vaca. Um cara que tinha ido pra lá, pouco depois do momento fatal, e que estava voltando pra cá algumas horas mais tarde, vê o corpo espichado no chão e berra:

— Puxa... Ainda não fizeram o carreto desse boneco!

Os que ouvem acham graça. A presença da morte já é da intimidade de todos e todos aceitam o desrespeito com o sorriso desanuviador. No dia seguinte os jornais comentam o fato e terminam a notícia com as palavras de sempre: "O corpo do extinto ficou durante horas exposto à curiosidade pública, porque a perícia demorou a chegar".

Agora aparece o projeto do deputado Fioravante Fraga. Vejam que beleza! O projeto obriga as delegacias distritais a contarem permanentemente com um biombo, para esconder os que morrem nas vias públicas. Como se isso adiantasse. Se a polícia é que chega atrasada, tá na cara que se ela trouxer o biombo, este também chega atrasado, pombas! De qualquer maneira, o noticiário policial vai variar o final da notícia: "O corpo do extinto ficou durante horas exposto à curiosidade pública, porque a polícia demorou a chegar com o biombo".

Depósito bancário

Coisas ótimas têm ocorrido no estado do Paraná, prenhes de belas demonstrações da ala paranaense do Festival de Besteira que Assola o País. Principalmente depois que o coronel Pitombo resolveu ser crítico cinematográfico de araque e vive de viatura a rodar de um cinema para o outro, apreendendo filme que tem beijo. Tem cada cara dodói, que eu vou te contar!

Mas o episódio para o qual peço espaço foge um pouco ao comum e tem provocado os mais variados comentários em Curitiba, onde o pessoal inscrito no Sindicato de Gozação se diverte a valer. Deu-se que Curitiba tem agora um banco bacanérrimo, todo de vidro, que parece até um aquário com os peixinhos (funcionárias) lá dentro. Claro que é um banco da turma do Nei Braga, conhecido pela plebe ignara e pelos depositantes em geral, pela sigla Banímpar.

Tão alinhado é o banco que passou a ser até visitado por turistas mixurucas, isto é, curiosos que ficam do lado de fora, olhando pelo vidro o pessoal lá dentro. E eis senão quando — movido por vingança ou simples maluquice (até agora não foi apurado) — um cidadão entrou no banco com vontade de ir ao banheiro mas, ao invés de se encaminhar para o dito, usou o tapete da entrada principal, onde deixou um montículo constrangedor e provocou o maior pânico. Na hora em que produzia o montículo o movimento era intenso, houve correria de senhoras, protesto de senhores, o gerente ficou indeciso e quase dá o alarma de assalto, mas depois recuou porque o que o cara estava fazendo no tapete não era assalto não. Enfim, foi uma confusão dos diabos.

O cara que fez o estranho depósito no banco da turma do Nei Braga está preso, mas chovem os comentários jocosos. Dizem que, no ato do depósito, telefonaram para o governador contando o fato e usando o verbo vulgar para definir o que o cara fizera "pra o banco". E o governador gritou:

— Mas isto é um problema da Sumoc!* — provavelmente achando que o verbo fora usado no sentido figurado.

Outros gozadores afirmam que o coronel Pitombo está investigando para ver se não é agente comunista o autor da façanha, já que o apelido de Pitombo agora é "007 de Curitiba". E há quem afirme que o guarda que foi colocado na porta do Banímpar é para impedir que o caso se repita. Há quem afirme que o guarda foi posto ali para fornecer papel aos próximos depositantes.

De qualquer forma, foi um escândalo danado. Tendo — inclusive — o banco fechado, logo após o acontecimento. Uns dizem que fechou para balanço. Outros dizem que fechou para descarga.

---

* Superintendência da Moeda e do Crédito: autoridade monetária em atividade antes do Banco Central.

"O general taí"

Genésio, quando houve aquela marcha de senhoras ricas com Deus pela família e etc., ficou a favor, principalmente do etc. Mesmo tendo recebido algumas benesses do governo que entrava pelo cano, Genésio aderiu à "redentora", mais por vocação do que por convicção (ele tinha — e ainda tem — um caráter muito adesivo). Porém, com tanto cocoroca aderindo, Genésio percebeu que estavam querendo salvar o Brasil depressa demais. Mesmo assim foi na onda.

Adaptou-se à nova ordem com impressionante facilidade e chegou a ser um dos mais positivos *dedos-duros* no ministério. Tudo que era colega que ele não gostava, ele apontou aos superiores como suspeitos. Naquele tempo — não sei se vocês se lembram — não era preciso nem dizer "de quê". Bastava apontar o cara como suspeito e pronto... tava feita a caveira do infeliz.

Com isso, Genésio conseguiu certo prestígio junto à administração e pegou umas estias, ganhando um dinheirinho extra. Quando veio a tal política financeira do dr. Campos,* foi dos primeiros a aplaudir a medida. Num desses coquetéis de gente bem, onde foi representando o diretor do departamento, aproveitou um hiato na conversa, para falar bem alto, a fim de ser ouvido pelo maior número possível de testemunhas:

— A política de contenção do dr. Roberto é simplesmente gloriosa! Breve até as classes menos favorecidas estarão aplaudindo a medida.

Todos ouviram e, como tava todo mundo com o traseiro encostado na cerca, naqueles dias (e muitos estão até hoje), ninguém contestou. Houve até um certo ambiente de admiração pelo Genésio, que nenhum dos grã-finos presentes sabia quem era, mas que, nem por isso, foi esnobado, pois podia ser algum coronel, enfim, essas bossas!

O que eu sei é que o Genésio deu o grande durante uns quatro ou cinco meses. Depois, como era um filho de jacaré com cobra-d'água, caiu de novo no seu chatíssimo cotidiano e só ficou elogiando a "redentora" por vício ou talvez por causa de uma leve esperança de se arrumar ainda.

Mas teso é teso, é ou não é? O tempo foi passando e o boi sumiu; o leite é isso que se vê aí; o feijão anda tão caro que, noutro dia, num clube da zn, promoveram um jogo de víspora marcando as pedras com caroço de feijão e foi aquela vergonha... alguém roubou os caroços todos para garantir o almoço do dia seguinte. Genésio começou a desconfiar que tinha entrado numa fria. Aquilo não era revolução pra quem vive de ordenado. Em casa, a mulher dava broncas ciclópicas, porque o ordenado mensal dele estava acabando mais depressa do que a semana.

Houve um dia em que botou sua bronca:

— Você é que não sabe fazer economia — disse para a mulher. — Pode deixar que eu vou fazer a feira.

---

* Roberto Campos (1917-2001), ministro do Planejamento do governo Castello Branco.

Ah, rapaziada, pra quê! Genésio foi à feira e só via gente balançando a cabeça; todo mundo resmungando, dizendo coisas tais como "assim não é possível", "desse jeito é fogo", "como está não pode ser". Em menos de cinco minutos do tempo regulamentar, ele também estava praguejando mais que trocador de ônibus. Voltou pra casa, arrasado. Daí por diante entrou pro time dos descontentes de souza. Só abria a boca para dizer que é um absurdo, onde é que nós vamos parar, o Brasil está à beira do abismo etc. Mesmo na repartição, onde era visto com suspeita pelos colegas, rasgou o jogo. No dia em que leu aquela entrevista do Borghoff,* dizendo que o povo devia comer galinha, porque boi é luxo, fez um verdadeiro comício, na porta do mictório do ministério, onde a cambada se reúne sempre para matar o trabalho.

Foi aí que aconteceu: Estava em casa, deitado, lendo um X-9, quando a empregada chegou na porta. A empregada era dessas burríssimas, mas falou claro:

— Seu Genésio, tem um general aí querendo falar com o senhor!

Ficou mais branco que bunda de escandinavo! Meu Deus, iria em cana. Não pensou duas vezes. Arrumou uma valise, meteu dentro alguns objetos, uma calça velha e — felizmente morava no térreo — pulou pela janela e está até agora escondido no sítio do sogro, em Jacarepaguá.

O vendedor é que não entendeu nada. Tinha ido ali fazer uma demonstração do novo aspirador General Electric, falou com a empregada, ficou esperando na sala e — quando viu — o dono da casa estava pulando a janela, apavorado.

---

* Guilherme Borghoff, secretário de Economia do governo Carlos Lacerda.

PARTE II

O antológico Lalau

Lá vinha eu ladeira abaixo, comendo minhas goiabinhas, quando cruzei com a figurinha entusiástica de Bonifácio Ponte Preta (o Patriota). Mesmo subindo a ladeira ele conseguia marchar, enquanto assoviava baixinho o Hino dos Dragões da Independência.

— Olá! — exclamei eu, com as goiabinhas na mão.

Ele parou, reconheceu-me e, após uma reverência, um tanto ou quanto germânica, lascou:

— Como vai o caro patrício?

Respondi que ia mais ou menos, enganando pela meia cancha, me defendendo como podia e atacando quando oportuno. Enfim, nem lá nem cá. Vivendo sem maiores sucessos.

— O caro patrício engana-se — interrompeu-me ele. — Saiba que está de parabéns. É um orgulho para a nossa família ter escritor antológico em seu seio — abraçou-me em postura militar e, vendo as goiabinhas na minha mão, regozijou-se: — Oh... goiabas! Fruta brasileira. Adoro-as — apanhou um punhado delas e seguiu ladeira acima, comendo tudo, o miserável.

Voltei para casa intrigado. Que história era essa de antológico? Será que o Bonifácio estava me gozando? A resposta obtive logo depois, quando a fogosa mucama veio trazer a correspondência do dia. Entre os avisos de banco e outras cobranças envelopadas, um volume se destacava. Rasguei o papel e dei com um livro: *Rio de toda gente: Antologia para o ensino médio de português* — Helena Godói Britto, M. Cavalcanti Proença, Maria da Glória Sousa Pinto. Abro o volume e lá está a dedicatória do ilustre polígrafo: "Ao Stanislaw, que honra esta coletânea nas págs. 23 e 100, muito cordialmente o seu admirador — Cavalcanti Proença". Puxa! Então era isto? Aqui o filho de d. Dulce tinha se tornado antológico num livro pedagógico? O que é a natureza, hem? Sinceramente, eu não merecia tantas lantejoulas.

Começo a folhear a obra e dou com escritos meus: uma "História do Rio de Janeiro" que escrevi há algum tempo. Lá está o primeiro parágrafo: "A coisa começou no século XVI, pouco depois que Pedro Álvares Cabral, rapaz que estava fugindo da calmaria, encontrou a confusão, isto é, encontrou o Brasil. Até aí não havia Rio de Janeiro".

Abaixo, o questionário para os estudantes: "COISA apresenta significado 'preciso', 'pejorativo' ou 'irônico'?".

E segue o texto:

Depois de 1512, rapazes lusitanos que estavam esquiando fora da barra, descobriram uma baía muito bonita e, distraídos que estavam, não perceberam que era baía. Pensaram que era um rio e, como fosse janeiro, apelidaram a baía de Rio de Janeiro. Eis portanto, que o Rio já começou errado.

Procuro o questionário: "'Esquiando fora da barra' é um anacronismo. Por quê? Que quer dizer anacronismo? E sincronismo?".

Nessa altura começou a minha aflição. Que qui é mesmo anacronismo? Se eu cometi um anacronismo, tinha obrigação de saber na ponta da língua que diabo é anacronismo. Será o ponto de semelhança entre coisas diferentes? Não, não... isto é analogia. Ah... deixa pra lá. Sobre o parágrafo transcrito há outra pergunta: "'Como fosse janeiro' é uma construção sintática de uso clássico. Qual seria a forma mais corrente na atualidade?". E assim segue o texto, acompanhado do questionário. Num certo trecho eu explico que os portugueses, de saída, não deram muita bola para o Rio de Janeiro e logo o questionário cobra a multa, querendo saber: "'Não deram muita bola'. A expressão metafórica provém do jogo de futebol e significa não dar atenção. Explique como se compreende a translação do sentido".

Coitados dos menininhos que estiverem estudando meu texto. Eu, que escrevi, estou aqui meio sobre o embasbacado com essa tal de translação do sentido, imaginem as crianças do ensino médio!

De repente, a minha aflição aumenta assustadoramente. Lembro-me que, no tempo de estudante, eu e toda a minha turma odiávamos Camões por causa das análises dos *Lusíadas* a que nos obrigava o professor de português. Puxa vida... com a minha promoção a antológico, breve vai ter garoto aí me achando o maior chato do ano letivo.

Preciso abrir os olhos. Camões não o fez porque só tinha um olho, mas eu estou com os dois em dia. É necessário abri-los.

O paquera

Conheci o Batalha quando ele ainda era garoto. Aliás, todos os que foram meninos aqui no bairro conheceram o Batalha. Naquele tempo o bairro era calmo, os garotos unidos, havia espaço, era ótimo. O Batalha era um garoto legal, e só depois que foi crescendo é que foi ficando feio. Ao atingir a puberdade, o Batalha já era tão feio que — francamente — eu estava vendo a hora que ele ia acabar presidente da República.

Talvez tenha sido a feiura dele que o levou ao vício de espiar mulher de longe. Namorava à distância, sem que a moça soubesse de nada, para não estragar o namoro. Uma de suas primeiras experiências amorosas ensinou-lhe esse truque. Laurinha, que era muito bonitinha e muito senhora de sua beleza, que a secura da rapaziada exaltava às pampas, era, por isso mesmo, perversa como só ela. O Batalha namorou-a durante dois anos e, quando ela soube, desfez. Foi até tragicômico: alguém foi dizer pra ela que o Batalha falava pra todo mundo que namorava ela. Laurinha não conversou: telefonou pro Batalha e, no que ele disse "alô", ela lascou:

— Escuta aqui, seu nojento, se eu te pegar de novo me olhando com esse teu olhar de garoupa congelada, eu cuspo, tá bem? — e desligou o telefone e as esperanças do rapaz.

Talvez tenha sido desde aí que o Batalha aprendeu a apreciar mulher de longe. Depois de homem-feito e feio — definitivamente feio — já o bairro estava todo edificado na base de altos edifícios. Batalha especializou-se em espiar mulher da janela.

Foi quando se deu a história triste que ele me contou como, de resto, me contou esta última, pois sabe que eu não vou sair pela aí esparramando, como fizeram quando ele era paquera oficial da Laurinha. Deu-se, eu dizia, que o Batalha ficou tempos de olho numa mocinha que morava no prédio em frente. Um dia ele pegou e contou pra mim que ela não só já notara o interesse dele como também aderira. Ficava do lado de lá, muitas vezes, debruçada na janela, de olhar na sua direção. Ele achou, inclusive, que a mãe dela não fazia gosto porque, em dado momento, chegava para a mocinha, segurava-a pelo braço e levava lá pra dentro, estragando tudo. A mocinha era muito dócil, e ia.

Eu nem devia ter contado esse episódio, pois é muito triste, mas serve para ilustrar muito bem o caiporismo do Batalha. Na verdade, a mocinha não era dócil. Era cega, isto sim. E o Batalha só descobriu muito tempo depois, quando teve oportunidade de vê-la de perto, na rua. Ficou sentidíssimo; afinal, a primeira que olhou fixo para ele só o fazia porque não o enxergava. É duro.

Mas não é à toa que ele se chama Batalha. Há coisa de uns meses, mudou-se para o Leme e andava entusiasmado com uma dona do edifício que dava fundos para a sua rua. É que ela tomava banho de sol no terraço com um biquíni um bocado minibiquíni.

Isso foi no começo. Com o correr do tempo ele foi me contando mais coisas. Por exemplo: estava certo de que a moça percebera sua paquera, embora a paquera fosse de uma distância considerável. Ela olhava em direção à sua janela e sorria.

— Ontem ela tomou banho de sol só com a parte de baixo do biquíni — me falou certa vez, com a voz embargada de emoção. E, num recente encontro, dei com o Batalha sobraçando enorme pacotão. Disse-me que a dona do Leme estava se despindo totalmente para ele.

— De manhã, quando eu vou espiar, ela já tá lá, nuinha no terraço. E fica horas, na mesma posição. Peladinha — garantiu. E ratificou: — Peladinha.

— E esse pacotão aí? — perguntei.

— É uma luneta. Ela merece. Meu binóculo nunca foi grande coisa. Ela merece uma luneta. Gastei uma nota para comprar esta luneta, mas ela merece. Vou estrear amanhã, se fizer sol.

E lá se foi o Batalha e seu pacotão. Eu não o vi mais, até esta semana. Vinha cabisbaixo e meditabundo — adjetivos que sempre se juntam para definir o cara que entra numa fria.

— Como é, Batalha? E a dona do Leme?

— Nem me fale — suspirou.

— Já sei. Mudou-se.

— Pior. Ela tava me gozando... Você não se lembra que eu falei que ela ficava horas nuinha, na mesma posição?

Fiz que sim com um movimento de cabeça.

— Pois é... Comprei a luneta, e só aí eu reparei. Ela sabia que eu olhava e fez aquilo...

— Mas fez o quê?

— Armou no telhado um manequim velho. Botava a peruca dela no manequim e deixava lá, para me enganar.

— Puxa vida... tem certeza?

— Absoluta... eu vi pela luneta, na coxa dela tava escrito *Made in USA*.

76

Eram parecidíssimas

Peixoto entrou no escurinho do bar e ficou meio sobre o peru de roda, indeciso entre sentar-se na primeira mesa vaga ou caminhar mais para dentro e escolher um lugar no fundo. Mas sua indecisão durou pouco. Logo ouviu a voz de Leleco, a chamá-lo:

— Ei, Peixoto, venha para cá!

Estremeceu ao dar com o outro acenando, mas estufou o peito e aceitou o convite com ar muito digno, encaminhando-se para a mesa de Leleco.

— Senta aí, rapaz — disse Leleco, ajeitando a cadeira ao lado: — Você por aqui é novidade.

— De fato — concordou Peixoto, evasivo.

Leleco era todo gentilezas:

— Que é que vais tomar? Toma um Vat, o uísque daqui é ótimo. Você sabe, eu venho a este bar quase todas as tardes. É um hábito bom, este uisquinho antes de ir para casa.

— É. Eu sei que você costuma vir aqui de tarde.

Peixoto aceitou o uísque sugerido, o garçom afastou-se e Leleco não perdeu o impulso. Continuou falando:

— Engraçado você ter aparecido aqui, Peixoto.

— Engraçado por quê? — a pergunta foi feita num tom ansioso, mas o outro não pareceu notar.

— É que, ultimamente, eu toda hora estou me lembrando de você.

Peixoto fez-se sério como um ministro de Estado quando vai à televisão embromar o eleitorado. Apanhou o copo que o garçom colocara em sua frente, deu um gole minúsculo e pediu:

— Explique-se, por favor.

Leleco sorriu:

— O motivo é fútil e eu espero que me perdoe. Mas é engraçado. De uns tempos para cá eu me meti com uma pequena de São Paulo. Moça rica, com facilidade de aparecer aqui no Rio de vez em quando. Sabe como é. A gente vai levando. No princípio eu não notei a semelhança. Mais tarde ela mesma é que me chamou a atenção. Num dos nossos encontros ela me perguntou se eu te conhecia.

— A mim?

— Sim, a você. Ela, aliás, não te conhece. Vai escutando só... Ela perguntou e eu — é lógico — disse que sim. Ela então quis saber se de fato era parecida com sua mulher.

— Alice?

— Isto, a Alice, sua esposa. Disse que pessoas aqui do Rio, que conhecem vocês (ela não me contou quem foi), haviam afirmado que ela se parecia muito com sua mulher. Só então eu notei que, de fato, as duas se parecem bastante, apenas num ou noutro detalhe são diferentes. Por exemplo: a Laís é loura.

— O nome dela é Laís?

— É Laís. Ela é loura e sua esposa, se não me engano, tem os cabelos pretos, não?

— Pretos, não digo. São castanho-escuros.

— Eu não vejo a Alice há algum tempo. Mas que são parecidas, não há dúvida. Lógico, a Laís... eu posso dizer porque é uma simples aventura, entende? ... a Laís é meio boboquinha, grã-finoide. Não tem a classe, assim... como direi, a postura da Alice. Nesta altura Peixoto deu uma gargalhada, deixando o Leleco meio sobre o aparvalhado. Ia perguntar o porquê da risada, mas Peixoto ria e fazia-lhe um sinal com a mão de que ia explicar:

— Leleco, esta é ótima. Você não sabe por que qui eu vim aqui.

— Tomar um uísque, não foi?

— Bem, o uísque era pretexto. Eu vim aqui justamente porque recebi um telefonema anônimo, de alguém que jura que viu minha mulher entrando no seu apartamento.

— O quê??? — Leleco ficou meio embaraçado: — Pelo amor de Deus, você não contou isto à sua esposa, não cometeu esta injustiça por minha causa.

— Claro que não — mentiu Peixoto, que ficou sem graça por um instante, mas o bastante para que qualquer um percebesse que tivera a maior bronca com a mulher e saíra da discussão sem estar convencido de sua inocência.

Mas repetiu:

— Claro que não. Eu vim encontrar você aqui para conversar sobre o assunto. Eu não dei maior importância ao telefonema, mas queria que você tomasse conhecimento dele. Alguém que não gosta de você está querendo metê-lo numa fria.

— Pelo visto não é bem assim.

— Claro — apressou-se Peixoto em dizer: — Quem telefonou tinha uma certa razão — e virando-se para o garçom: — Mais dois aqui — ajeitou-se e com visível satisfação: — Vamos tomar mais um que eu tenho que sair.

Meia hora depois Peixoto saía do bar, rumo ao lar. Ia lépido, fagueiro, como alguém que se livra de um problema chato. Ia pensando em como é bom o sujeito ser calmo e precavido antes de tomar uma atitude.

Quanto a Leleco, assim que Peixoto saiu, foi para o telefone do bar, ligou para Alice e quando ela atendeu, falou:

— Neguinha? Quebrei o galho. A história colou — e, com certa apreensão na voz: — Mas, por favor, joga fora essa peruca loura antes que ele chegue aí.

O sabiá do almirante

O almirante gostava muito de ir ao cinema na sessão de oito às dez. Era um almirante reformado e muito respeitado na redondeza por ser bravo que só bode no escuro. Naquela noite, quando se preparava para ir pro cinema, a empregada veio correndo lá de dentro, apavorada:

— Patrão, tem um homem no quintal.

Era ladrão. Pobre ladrãozinho. O almirante pegou o .45, que tinha guardado na mesinha de cabeceira, e saiu bufando para o quintal. Lá estava o mulato magricela, encolhido contra o muro, muito mais apavorado que a doméstica acima referida. O almirante encurralou-o e deu o comando com sua voz retumbante:

— Se mexer leva bala, seu safado.

O ladrão tratou de respirar mais menos, sempre na encolha. E o almirante mandou brasa:

— Isto que está apontado para você é um .45. Se eu atirar te faço um furo no peito, seu ordinário. Agora mexe aí para ver só se eu não te mando pro inferno.

O ladrão estava com uma das mãos para trás e o almirante desconfiou:

— Não tente puxar sua arma, que sua cabeça vai pelos ares.

— Não é arma não — respondeu o ladrão com voz tímida:

— É o sabiá.

— Ah... um ladrão de passarinho, hem? — vociferou o almirante.

E, de fato, o almirante tinha um sabiá que era o seu orgulho. Passarinho cantador estava ali. Elogiadíssimo pelos amigos e vizinhos. Era um gozo ouvir o bichinho quando dava seus recitais diários.

Vendo que o outro era um covarde, o almirante resolveu humilhá-lo:

— Pois tu vais botar o sabiá na gaiola outra vez, vagabundo. Vai botar o sabiá lá, vai me pedir desculpas por tentar roubá-lo e depois vai me jurar por Deus que nunca mais passa pela porta de minha casa. Aliás, vai jurar que nunca mais passa por esta rua. Tá ouvindo?

O ladrão tava. Sempre de cabeça baixa e meio encolhido, recolocou o sabiá na gaiola. Jurou por Deus que nunca mais passava pela rua e até pelo bairro. O almirante enfiou-lhe o .45 nas costelas e obrigou-o a pedir desculpas a ele e à empregada. Depois ameaçou mais uma vez:

— Agora suma-se, mas lembre-se sempre que esta arma é .45. Eu explodo essa sua cabeça se o vir passando perto de minha casa outra vez. Cai fora.

O ladrão não esperou segunda ordem. Pulou o muro como um raio e sumiu.

O almirante, satisfeito consigo mesmo, guardou a arma e foi pro cinema. Quando voltou, o sabiá tinha desaparecido.

Aos tímidos o que é dos tímidos

Tímido que ele era. Um desses sujeitos assim cujo complexo de inferioridade é tamanho que, ao se olhar no espelho, sente-se mal ao deparar sua própria imagem, por considerá-la superior ao original. Tem uns caras que, francamente: eu — por exemplo — conheci um que o pessoal chegou a apelidar de Zé Complexo. Um dia ele me confessou que, muitas vezes, quando saía de casa, tinha ímpetos de deixar o elevador pra lá e descer pela lixeira. Acabou morrendo por timidez, numa véspera de Natal. Foi assim: a família tinha engordado um peru para a ceia natalina, e ele ficou encarregado de matar o peru. Na véspera da coisa, e dia do peru, levou-o lá pros fundos e começou a dar cachaça para o condenado, e foi lhe dando aquela tristeza e, então, pra ver se levantava o moral, começou a beber junto com o peru, e foi bebendo e foi piorando, e piorando, baixou nele uma neura bárbara, até que considerou as circunstâncias, olhou para o peru mais uma vez, o peru olhou pra ele com aquele olhar de peru encachaçado, que é pior que olhar de deputado nordestino. Enfim, para encurtar o caso: acabou considerando que o peru merecia mais que ele e se suicidou, deixando o peru sozinho lá no quintal no maior pileque.

Mas não era desse cara que eu queria falar não. Esse morreu, deixa pra lá. O tímido desta história tinha as suas mumunhas, tanto assim que chegou a arrumar uma namorada. Não era nenhum estouro de mulher, mas também não era como aquela que o gato cheirou e cobriu de areia. Na verdade a namorada deste tímido que eu estava falando, e depois passei pro outro que morreu, levava um certo jeito. Pernudinha, nem baixa nem alta, nem magra nem gorda. Engraçadinha, sabe como é? Pois não é que apareceu um desses bacanos de cabelão, pele tostada no moderno estilo "Castelinho", folgado às pampas, e cismou com a pequena do tímido?

Como, minha senhora? A pequena do tímido é que deu bola pro bonitão?

Nada disso, madama, nada disso. Embora eu não ponha a mão no fogo por mulher, porque eu não quero ficar com o apelido de maneta, posso garantir à senhora que a pequena do tímido tinha fama de batata. Tanto isto é verdade que foi ela quem inventou o plano.

Quando o namorado descobriu que havia cabrito na sua horta, ficou numa fossa tártara. Dava até pena ver: perto da dele a fossa de qualquer um parecia apartamento de cobertura. Ainda bem não tinha morado no assunto, ficou logo achando que perderia a parada, porque o outro era mais forte, mais frequentador do Le Bateau, sabia dançar *surf* muito bem, e mais diversas outras papagaiadas que hoje em dia as mulheres consideram predicados masculinos.

Aí a pequena dele ficou tão chateada que lhe deu uma bronca:

— Toma uma atitude, Lelé! (O nome dele era Leovigildo, mas ela chamava de Lelé.) Contrata aí um desses latagões a serviço da bolacha e manda dar uma surra nesse atrevido!

Tá certo, a pequena era um pouco chave de cadeia, mas essa atitude dela provava que, entre o bacanão e o Lelé, ela era mais o Lelé. Foi, aliás, o que o Lelé deduziu, dedução esta que o levou a procurar Primo Altamirando. Ora, o Mirinho vocês conhecem e, se não conhecem, perguntem na polícia, que lá eles sabem. Procurou Mirinho e propôs o negócio: dez "cabrais" ou dois "tiradentes"* — a escolher — para dar um corretivo no cara. Mirinho achou o negócio legal e saiu em campo. Não demorou muito, encontrou o perseguido badalando num balcão de sorveteria, fazendo presepada no meio das menininhas. Chamou-o num canto, como quem vai pro banheiro, e, agarrando o braço dele, colocou-o a par da conjuntura. O cara foi ficando branco que nem parecia freguês de sol do Castelinho, começou a gaguejar, e o primo viu logo que aquela transação podia render mais. Soltou o braço do cara e meteu a proposta:

— Faz o seguinte. Manda vinte mil aí que eu transfiro o negócio pra outra firma.

O bonitão nem quis ouvir mais nada. Filho de pai rico e coisa e tal meteu a mão no bolso e pagou à vista. Com trinta mil em caixa, o abominável parente resolveu tirar licença-prêmio e foi gastar o lucro.

Deu-se que, ontem, estava ele parado numa esquina, paquerando o ambiente, quando o tímido apareceu de braço com a pequena. Ao passar por ele, fez um gesto largo, sorriu, piscou um olho e berrou:

— Olha! Aquele nosso negócio; perfeito, velhinho! A firma concorrente entrou pelo cano.

Mirinho olhou pra ele, lembrou-se dos vinte mil que o outro lhe confiara e suspendeu a licença. Caminhou em sua

---

* As cédulas de um cruzeiro (Pedro Álvares Cabral) e cinco cruzeiros (Tiradentes).

direção e tacou-lhe um bofetão em si bemol que o coitado saiu catando cavaco e foi cair sentado no meio-fio.

Tá certo! O fim desta história é meio chato. Mas, é como me explicou Mirinho: onde já se viu tímido bancar o expansivo só porque tá com mulher?

O filho do camelô

Passava gente pra lá e passava gente pra cá como, de resto, acontece em qualquer calçada. Mas quando o camelô chegou e armou ali a sua quitanda, muitos que iam pra lá e muitos que vinham pra cá pararam para ouvir o distinto. Camelô, no Rio de Janeiro, onde há um monte de gente que acorda mais cedo para ficar mais tempo sem fazer nada, tem sempre uma audiência de deixar muito conferencista com complexo de inferioridade.

Mas — eu dizia — o camelô chegou, olhou pros lados, observando o movimento e, certo de que não havia guarda nenhum para atrasar seu lado, foi armando a sua mesinha tosca, uma tábua de caixote com quatro pés mambembes, onde colocou a sua muamba. Eram uns potes pequenos, misteriosos, que foi ajeitando em fila indiana. Aqui o filho de d. Dulce, que estava tomando o pior café do mundo (que é o café que se vende em balcão de boteco do Rio), continuou bicando a xicrinha, pra ver o bicho que ia dar.

Era bem em frente ao boteco o "escritório" do camelô. Armada a traquitanda, ele olhou outra vez para a direita, para a

87

subversiva, para a frente, para trás e, ratificada a ausência da lei, apanhou um dos potes e abriu.

Até aquele momento, seu único espectador (afora eu, um admirador à distância) era um menino magrela, meio esmolambado que, pelo jeito, devia ser o seu auxiliar. Ou seria seu filho? Sinceramente, naquele momento eu não podia dizer. Era um menino plantado ao lado do camelô — eis a verdade.

O camelô abriu o jogo:

— Senhoras, senhores... ao me verem aqui pensarão que sou um mágico arruinado, que a crise nos circos jogou na rua. Não é nada disso, meus senhores.

Parou um gordo, com uma pasta preta debaixo do braço, que vinha de lá. Quase que ao mesmo tempo, parou também uma mulatinha feiosa, de carapinha assanhada, que vinha em companhia de uma branquela sem dentes na frente.

— Eu represento uma firma que não visa lucros — prosseguiu o camelô —, visa apenas o bem da humanidade. Estão vendo esta pomada?

O camelô exibiu a pomada, e pararam mais uns três ou quatro, entre os quais uma mocinha bem jeitosinha, a ponto de o gordo com a pasta abrir caminho para ela ficar na sua frente. Mas ela não quis. Olhou pro gordo, notou que ele estava com ideia de jerico e nem agradeceu a gentileza. Ficou parada onde estava, olhando a pomada dentro do pote que o vendedor apregoava.

— Esta pomada, meus amigos, é verdadeiramente miraculosa e fará com que todos sorriam com confiança.

"Que diabo de pomada era aquela?" — pensei eu. E comigo pensaram outras pessoas, que se aproximaram também, curiosas. Uma velha abriu caminho e ficou bem do lado da mesinha, entre o camelô e o menino.

— É isto mesmo, senhores... ela representa um sorriso de confiança, porque é o maior fixador de dentaduras que a ciência já produziu. Experimentem e verão. A cremilda ficará presa o dia inteiro, se a senhora passar um pouco desta pomada no céu da boca — e apontou para a velhinha ao lado. Todos riram, inclusive a branquela desdentada.

— Uma pomada que livrará qualquer um de um possível vexame, numa churrascaria, num banquete de cerimônia. Mesmo que sua dentadura seja uma incorrigível bailarina, a pomada dará a fixação desejada, como já ficou provado nas bocas mais desanimadoras.

Um cara de óculos venceu a inibição e perguntou quanto era:

— Um pote apenas o senhor levará por cem cruzeiros. Dois potes cento e setenta e mais um pente inquebrável, oferta da firma que represento. Um para o senhor, dois ali para o cavalheiro. Madame vai querer quantos?

E a venda tinha começado animada, quando parou a viatura policial sem que ninguém percebesse sua aproximação. Os guardas pularam na calçada com aquela delicadeza peculiar ao policial. O guarda que vinha na frente deu um chute no tabuleiro da pomada miraculosa que foi pote pra todo lado. Dois outros agarraram o camelô, e o da direita lascou-lhe um cascudo.

Aí o povo começou a vaiar. Um senhor, cujos cabelos grisalhos impunham o devido respeito, gritou:

— Apreendam a mercadoria mas não batam no rapaz, que é um trabalhador!

— Isto mesmo — berrou uma senhora possante como o próprio Brucutu.

O vozerio foi aumentando e os guardas começaram a medrar.

— Além disso o coitado tem um filho — disse a velha.

E, ao lembrar-se do filho, o camelô abraçou-se ao garoto, que ficou encolhido entre seus braços. Leva não leva. Um sujeito folgadão deu um murro na viatura que, em sendo policial, era velha

89

como a necessidade, e quase desmontou. Os guardas se entreolharam. Eram quatro só, contra a turba ignara, sedenta de justiça.

— Deixe o homem, que ele tem filho! — era a velha de novo.

Os guardas limitaram-se a botar a muamba toda na viatura e deram no pé, sob uma bonita salva de vaia. O camelô, de cabeça baixa, foi andando com o garoto a caminhar ao seu lado, e o bolo se desfez. Era outra vez uma calçada comum, onde passava gente pra lá e passava gente pra cá.

Eu fui andando pra lá e dobrei na esquina. Não tinha dado nem três passos e vi o camelô de novo, conversando com o garoto.

— Que onda é essa de dizer que eu sou seu filho, meu chapa? Eu nem te conheço! — perguntava o menino, para o camelô.

— Cala a boca, rapaz. Toma duzentas pratas, tá bem?

Eu parei junto a um carro, fingindo que ia abri-lo, só para ouvir o final da conversa.

— Eu tenho mais potes naquele café lá embaixo — disse o homem: — Queres ficar de meu filho na Cinelândia, eu vou pra lá vender. Quer?

— Vou por trezentos, tá?

O camelô pensou um pouco e topou. E lá foram "pai" e "filho" para a Cinelândia, vender a pomada "que dá confiança ao sorriso".

O diário de Muzema

Muzema é um bairrozinho pequeno e pacato, ali pelas bandas da Barra da Tijuca. Pertence à jurisdição da 32ª Delegacia Distrital e nunca dá bronca. Ou melhor, minto... não dava bronca porque esta que deu agora foi fogo. Diz que o delegado da 32ª estava em sua mesa de soneca tirando uma pestana, feliz com o sossego, quando um bando de perto de duzentas pessoas invadiu a delegacia, carregando no ar um coitado, baixote e magrinho, com a cara mais amassada que para-choque de ônibus de subúrbio. E a turba fazia um barulho de acordar prontidão.

O delegado, que era o Levi, deu um pulo da cadeira e berrou:

— Chamem a polícia!!! — mas aí percebeu que ele mesmo é que era a polícia e perguntou que diabo era aquilo. Logo todo mundo começou a berrar ao mesmo tempo, o que obrigou o dr. Levi a berrar mais alto ainda, ordenando:

— Um de cada vez, pombas!

Aí um dos que carregavam o pequenino, ordenou que os companheiros pusessem "aquele rato" no chão (a expressão é lá do cara) e começou a explicar:

— Nós somos moradores do bairro de Muzema, doutor delegado.

— Sim. E esse pequenino aí?

— Pois é, doutor. Nós somos todos de lá e esse cretino aí também é. Imagine o senhor que ele tem um caderno grosso, que ele chama de "Meu diário", onde escreve as maiores sujeiras sobre a gente.

— Como é que é? — estranhou o delegado.

Começou todo mundo a berrar outra vez e, enquanto um guarda dava um copo de água para o diarista arrebentado, o delegado viu-se outra vez a berrar mais alto:

— Calem-se! Um só de cada vez!

Foi aí que deram a palavra pro dono do caderno:

— É o seguinte, doutor: eu tenho um diário. Ando muito lá pela Muzema e ninguém nunca repara em mim. Assim eu posso ver o que os outros fazem sem ser importunado. Mas acontece que eu não sou fofoqueiro. Eu vejo cada coisa de arrepiar. Ainda ontem eu vi a mulher daquele ali (e apontou para um sujeito do grupo) num escurinho da praça, abraçada com aquele lá (e apontou um outro sujeito no canto da delegacia, que, ao ser apontado, encolheu-se todo).

Esta informação bastou para que o assinalado marido partisse pra cima do encolhido e o tumulto se generalizasse. Coitado do delegado, já estava quase rouco, quando conseguiu reimplantar a ordem na 32ª DD.

— Prossiga! — disse pro pequenino.

O pequenino pigarreou e prosseguiu:

— Como eu dizia, eu tenho o meu diário e anoto nele tudo que vejo. Não faço fofoca com ninguém. Tudo o que está escrito aqui é verídico.

— Como é o seu nome? Onde você mora?

— Edson Soares. Moro lá mesmo na Muzema. Lote A, casa 18.

O delegado Levi pediu o diário e folheou algumas páginas. Havia coisas mais ou menos assim, escritas nele: "D. Jurema, do lote B, casa 75, estava saindo de madrugada da casa 67 do mesmo lote, onde mora o Sebastião, que tem um cacho com ela há muito tempo". Ou então: "Lilico continua fingindo que é noivo da filha de d. Júlia, mas se aquilo é noivado eu sou girafa. Como eles mandam brasa, atrás do muro da casa dela".

O delegado Levi tossiu, embaraçado, e quis saber como é que os personagens daquele diário tinham descoberto o que estava escrito ali. O pequenino foi sincero:

— Eu dei azar, doutor. Eu esqueci o diário num banco da pracinha e fui jantar. Quando eu voltei estava todo mundo em volta desse garoto aí — e apontou um garoto sorridente, que se divertia com o bafafá —, e o miserável do garoto lendo em voz alta: "...o seu Osooo... Osorío não: Osório. O seu Osório quando sai pra o tral... tralba... para o trabalho, devia levar a muuu... a mulher dele. Ela é muito assada... assada não... muito assanhada".

— Eu achei o diário dele — falou o garoto, mas calou-se logo ao levar um cascudo de um gordão que devia ser, na certa, o seu Osório.

Já ia saindo onda outra vez. O pessoal do bairro pacato estava mesmo disposto a beber o sangue de Edson Soares, o historiador da localidade. Sanada, todavia, mais esta tentativa, o delegado Levi perguntou ao dono do diário:

— O senhor também é poeta?

— Mais ou menos, né?

— Eu pergunto — esclareceu o delegado — porque este versinho aqui está interessante, e leu no diário: "Para o José Azevedo/ O futebol não cola/ Pois se for cabecear/ Na certa ele fura a bola".

Pimba... mais uma bolacha premiou a cara do poeta. Ninguém conseguia segurar José Azevedo, residente na Muzema, lote

93

J, casa 77. O pau roncou solto e só quando chegou reforço é que o delegado conseguiu botar em cana uns quatro ou cinco, inclusive o biógrafo muzemense. O resto mandou embora, aconselhando:

— Vocês vejam se não dão margem ao artista de se expandir tanto, em seu futuro diário, tá?

O pessoal prometeu.

Um cara legal

O Carlão era um cara meio trapalhão, desses que cruzam cabra com periscópio pra ver se arrumam um bode espiatório. Vivia confortavelmente instalado num apartamento pequeno, porém indecente, e tinha dinheiro para gastar com o chamado supérfluo. De vez em quando dava umas festinhas em casa e convidava um monte da vida-torta e umas garotinhas dessas que mastigam chiclete de bola com a alegria de retirante quando pega um punhado de farinha. Dessas mocinhas assim no estilo "noiva de Drácula", isto é, que usam batom branco e estão sempre com uma alegre coloração de defunto.

Aquele dia, era um dia especial, pois o Carlão fazia anos e ia ter festinha de arromba. As armas do crime já estavam todas na geladeira: Coca-Cola, Guaraná, rum, vodca, cervejinha — tudo para tomar com bolinhas fabricadas pelos mais categorizados laboratórios bromatológicos do Brasil. Tinha até uns cigarrinhos diferentes, com cheiro de pano queimado.

Os distintos convidados eram o fino. Pelos apelidos a gente via que a turma era pinta-brava: Bomba-d'Água, Puxa Firme, Sutileza, Julinha Toda Hora, Dedão, Mariazinha Vapor, Odete Prize, Creuza Deixa Pra Mais Tarde etc. etc. O grupo foi chegando e já estava a vitrolinha esquentando, a tocar "Gasparzinho", "Olha o Brucutu", "Help" e outras partituras do mesmo valor musical. Na salinha apertada os pares escorregavam o maior *surf* em trejeitos que só ultimamente são usados na vertical. A festa já ia pelo meio, quando tocaram a campainha. Era a primeira coisa que se tocava ali que cantor nenhum da Jovem Guarda tinha gravado. Carlão abriu a porta, saiu aquele bafo de fumaça que mais parecia aviso de índio, e quando a fumaça se esvaiu, surgiu por trás dela um velhinho que morava no mesmo andar e que vinha reclamar o barulho. O Carlão mandou o velhinho entrar e a turma envolveu o recém-chegado, que foi logo cumprimentando todos e engrenou um papo-furado muito interessante. Meia hora depois o velhinho estava tão à vontade que rebolava frente a frente com Creuza Deixa Pra Mais Tarde um *surf* legalérrimo, aos gritos incentivadores de "boa, velhinho", "dá-lhe, coroa", "sacode, vovô" e outros que tais.

Nisso a campainha tocou outra vez.

"Diabo de campainha que tá tocando mais que disco de Roberto Carlos", pensou o Carlão. E foi abrir. Agora não era um velhinho. Era uma velhinha. Uma velhinha que também morava no mesmo andar, por sinal que no apartamento do velhinho, em suma, pra que fazer suspense, não é mesmo? A velhinha era casada com o velhinho desde o tempo em que Papai Noel tinha barba preta. Foi o Carlão abrir a porta e ela espiar lá pra dentro e ver o folgado ancião badalando firme com a pistoleira acima citada.

Meus irmãos, o pau comeu! A velha até parecia porta-estandarte do Bloco Unidos do Cassetete, conhecida agremiação carnavalesca que, todo ano, desfila junto com as escolas de samba, usando uniforme da polícia e baixando o cacete em jornalista. Entre uma pernada e outra a velhinha abusava do baixo calão com vibrante personalidade. A falecida mãe do velhinho nunca foi tão premiada com xingação.

Foi quando apareceu o síndico do edifício. A coisa já tinha entrado na faixa do escândalo. Gente no corredor, vizinhos nas janelas em frente. Com a sua autoridade no prédio, o síndico agarrou a velha pela saia e separou a briga. Ela protestou:

— Ele é meu marido. Vive dizendo que essas dancinhas modernas deviam ser proibidas e olha só o sem-vergonha. Me larga que eu ensino a ele.

Um dos presentes tratou de esclarecer tudo:

— Espera aí, vovó. A senhora está estragando a festa. Afinal de contas foi aí o velho que nos convidou.

E a velha engoliu em seco, virou-se para o Carlão e quis saber:

— Verdade, Carlinhos?

Era. Mesmo com o olhar súplice do velho, Carlão dedurou o vizinho. Quem tinha planejado tudo fora o velhinho. Carlão dava a festa, ele chegava mais tarde, fingindo que ia reclamar e ficava no pagode. Só não contaram foi com a insônia da velha que, geralmente, dormia como uma pedra.

O Carlão ainda mora no local do crime. Os velhinhos eu ouvi dizer que se mudaram.

Desastre de automóvel

Diz que aconteceu mesmo. O cara que me contou falou que o caso era verídico e ficou até de me apresentar o Cravino, personagem central desta lamentável historinha de cunho conjugal. É que esse tal de Cravino tem uma mulher que eu vou te contar: se ele fosse casado com um tamanduá estava mais bem servido. Há uns cinquenta quilos atrás ela ainda era mais ou menos, isto é, tinha um rebolado não de todo desprezível e um rostinho bem razoável. Mas depois que casou, a distinta só fez engordar e embuchar. Hoje em dia — se o Cravino pudesse — dava ela de entrada em qualquer crediário.

E, como se não bastasse, a mulher do Cravino é mais ciumenta que um pierrô. Por qualquer coisinha, parte pra ignorância. A coisa foi num crescendo de amargar. No começo, o Cravino olhava pro lado e levava uma catucada nas costelas, porque a mulher achava que ele estava dando bola para alguma desajustada social. Depois, passou da catucada ao beliscão, que é muito mais doloroso e, ultimamente, diante da complacência do marido (complacência essa ditada por total incapacidade física diante da mulher), iniciou, com bastante êxito, o chamado festival de bolacha. O pobre do Cravino, por qualquer besteira, apanha mais em casa que o time da Portuguesa no campeonato. O pobre coitado é um conformado de souza. Até já esqueceu como é mulher e a impressão que se tem é a de que — se alguém mandar ele desenhar uma mulher — o Cravino não vai saber desenhar de cor. Para falar francamente, a única coisa que ainda interessa um pouco o Cravino é automóvel. O rapaz é tarado por um carro bacana, um modelo esporte, um carro de corrida. E foi mais ou menos por causa de um desastre de automóvel que foi parar num hospital. Não que o Cravino estivesse dentro de um carro acidentado; nada disso. O desastre de automóvel dele foi diferente.

O negócio foi o seguinte: o Cravino tem um amigo que comprou a maior Mercedes-Benz. Um carro alinhadíssimo, o fino da máquina e, sabendo que o seu cupincha ama carro assim, telefonou para ele e perguntou se não queria dar uma voltinha no Mercedes.

Ora, tá na cara que o Cravino ficou assanhado e topou logo. Seu entusiasmo foi tal que esqueceu a mulher que tinha. O amigo chegou com o carro na porta da loja onde o Cravino é gerente e entregou-lhe a chave:

— Pode rodar pela aí quanto quiser — falou.

O Cravino, encantado, pegou o carro e saiu rodando pelo asfalto, feliz como um passarinho. Tão entusiasmado estava que esqueceu a hora de voltar. Quer dizer, ele esqueceu, mas a mulher não. Bastou passar cinco minutos da hora normal do marido chegar, que ela começou a pensar o pior:

— Deve estar metido em algum canto, com mulheres! — falou a monstra para si mesma.

Quando já fazia uma hora da hora do Cravino chegar, a mulher já estava queimando óleo 40. Sua indignação era tanta que começou a babar numa bela coloração arroxeada. E o Cravino, nem nada, passeando no Mercedes do amigo. Só deu as caras em casa duas horas depois. Vinha alegre, de alma lavada, amando o carro do outro. Nem se lembrou do perigo que corria e, ao abrir a porta e dar com a megera indomada à sua frente, ficou estupefato.

— Com que mulherzinha você estava, cretino? — berrou a mulher.

— Eu estava com a Mercedes... — mas nem chegou a dizer Benz. Levou uma traulitada firme por debaixo das fuças e não viu mais nada. Só soube o quanto apanhou no dia seguinte, no hospital, lendo sua ficha médica.

Foi ou não foi um desastre de automóvel?

Barba, cabelo e bigode

A barbearia era na esquina da pracinha, ali naquele bairro pacato. Um recanto onde nunca havia bronca e o panorama era mais monótono que itinerário de elevador. Criancinhas brincando, babás namorando garbosos soldados do fogo em dia que o fogo dava folga, um sorveteiro que, de tão conhecido na zona, vendia pelo credi-picolé, e o português que viera do seu longínquo Alentejo para ser gigolô de bode: alugava dois carrinhos puxados por bodes magros, para as criancinhas darem a volta na pracinha. Quem estava na barbearia esperando a vez para a barba, o cabelo ou o bigode, só tinha mesmo aquela paisagem para ver. E ficava vendo, porque seu Luís, o barbeiro, tinha uma freguesia grande e gostava muito de conversar com cada freguês que servia. O cara sentava e seu Luís, enquanto botava o babador no distinto e ia lhe ensaboando a cara, metia o assunto:

— E o nosso Botafogo, hem? Vendeu o Bianchini.

O freguês só gemia, porque freguês de barbeiro não é besta de mexer a boca enquanto o outro fica com a maior navalha esfregando seu rosto. Assim, o diálogo de seu Luís era um estranho diálogo. Trocava o freguês e lá ia ele:

— Como é? Ainda acompanhando aquela novela?

— Hum-hum!

— É uma boa novela. Movimentada, não é?

— Hum-hum!

— Aliás, a história eu já conheço. Fizeram até um filme parecido.

— Hum-hum!

Mesmo conversando muito (mais consigo mesmo do que com os outros), mesmo demorando mais do que o normal para atender a freguesia, seu Luís tinha sempre a barbearia cheia. Todos esperavam a vez, com paciência e resignação, menos o Armandinho, um vida-mansa que eu vou te contar! Até para fazer a barba tinha preguiça e saía de casa à tardinha, na hora em que a barbearia estava mais cheia, para se barbear. Mas não gostava de esperar — o Armandinho. Vinha, parava na porta e perguntava:

— Quantos tem?

Seu Luís dava uma conferida com o olhar e respondia:

— Tem oito!

Armandinho fazia uma cara contrariada e ia em frente. Se tinha gente esperando, ele não entrava. Voltava mais tarde. Isto era o que pensava seu Luís, até o dia em que o folgado parou na porta e perguntou, como sempre:

— Quantos tem?

Chovia um pouco naquela tarde e a barbearia estava com um movimento fracote. Seu Luís nem precisou conferir, para responder:

— Só tem um!

O Armandinho fez a mesma cara de contrariedade, aliás, fez uma cara mais contrariada do que o normal e, ao invés de ir em frente, como fazia sempre, deu uma marcha a ré que deixou o barbeiro intrigado. Passou o resto do dia pensando naquilo e grande parte da noite também. A mulher dele, que era uma redondinha de olhos verdes, até perguntou:

— Que é que tu tens, Lulu? — mas seu Luís não respondeu.

No dia seguinte, lá estava a pracinha pacata, as criancinhas, babás, sorveteiro, português cafiola de caprino. Tudo igualzinho. A barbearia com seu movimento normal quando passou o Armandinho:

— Quantos tem? — perguntou.

Seu Luís respondeu que tinha doze e o Armandinho foi em frente. O barbeiro terminou a barba do freguês que estava na cadeira e explicou para os que esperavam:

— Vocês vão me dar licença um instantinho. Eu vou até em casa.

Todos sabiam que seu Luís morava logo ali, dobrando a esquina a terceira casa e ninguém disse nada. Seu Luís saiu, entrou em casa devagarinho e puxa vida... que flagra! Felizmente ele não tinha levado a navalha, senão o Armandinho, nos trajes em que se encontrava, tinha perdido até o umbigo. Ou mais. Saiu pela janela como um raio, tropeçando pelas galinhas, no quintal. A mulher de seu Luís berrou e apanhou que não foi vida. Até hoje não se pode dizer de sã consciência o que foi que ela fez mais: se foi apanhar ou gritar.

O que eu sei é que foi um escândalo desgraçado. Acorreram os vizinhos, veio radiopatrulha e até um padre apareceu no local, porque ouviu dizer que alguém precisava de extrema-unção quando, na verdade, o que disseram ao padre foi que seu Luís dera uma estremeção na mulher. O padre era meio surdo.

Agora — passado um tempo — o Armandinho mudou-se, seu Luís continua barbeiro, mas a mulher dele é manicura no mesmo salão, que é pra não haver repeteco.

Liberdade! Liberdade!

Andando nu pelo apartamento já gozava a sensação de liberdade tantas vezes sonhada. Entrou no banheiro e meteu a mão dentro da banheira, sentindo a temperatura da água. Estava tépida, acariciante como espuma de sabonete em anúncio de televisão. Fechou as torneiras e foi se enfiando na banheira devagarinho, prolongando o prazer. A água, por causa daquela lei de Arquimedes que muitos pensam chamar-se "eureca", começou a transbordar e a molhar o chão. Dane-se! Que tudo se molhasse à vontade; estava sozinho em sua casa, podia fazer o que quisesse. Puxa vida! Solteiro outra vez!

Sorriu satisfeito e ficou olhando o próprio umbigo.

Onde estaria aquela chata agora? Bem... não teve tempo de ir muito longe. Provavelmente na casa da mãe, aquela velha cretina. Laurinha, nas brigas que tiveram ao longo daqueles seis anos de casamento, sempre ia para a casa da mãe.

Pouco importava para onde tinha ido. Ah... esta tinha sido a briga definitiva. Enfim, só! O homem, quando casa, tem duas alegrias: na primeira noite, em companhia da mulher, quando murmura carinhoso "enfim, sós!", e na primeira noite depois que a mulher se mandou, quando murmura aliviado "enfim, só!".

Achou o pensamento um bocado filosófico e voltou a se interessar pelo umbigo, testemunha muda, constante e próxima de sua vida conjugal:

— Quanta chateação, hem, compadre? — perguntou ele ao umbigo, falando alto, assustando-se com o som da própria voz. Epa, assim não! Falando sozinho iam pensar que era maluco. Ora, mas não havia mais ninguém ali para achar qualquer coisa a seu respeito. Se houvesse alguém já tinha dado o teco. E lembrou-se que nunca demorava assim no banho como estava demorando agora, porque a voz esganiçada de Laurinha viria lá do corredor, pra chatear:

— Vai ficar morando no banheiro, vai?

De repente começou a fazer planos. Laurinha tinha se mandado de vez — isto era ponto pacífico. Arrumaria o apartamento a seu modo. Contrataria um mordomo; sempre achou o detalhe bacanérrimo. Um cara que cuidasse de suas roupas, seus compromissos sociais, que nem naquele filme do Jack Lemmon, que o mordomo se interessava até pela comida que o patrão comia.

O umbigo estava estufado, olha só... andava comendo demais. Também, com aquela vida chata que estava levando, emagrecer pra quê? Mas contrataria um cara primeiro time, desses que se orgulham de servir um patrão alinhado, como ele. Em primeiro lugar, mandaria fazer uns ternos novos, organizaria um barzinho na varanda, cheio de bossinhas, para receber os amigos. Os amigos e as amigas. Garotas bem desinibidas, indo à cozinha preparar canapés. Ia ser o máximo.

Saiu do banho e imaginou-se sendo enrolado, pela solicitude do mordomo, numa tremenda toalha felpuda de cores berrantes. Atravessou o corredor molhando o tapete. Azar o dele... e entrou no quarto. A cama poderia ser a mesma, com outro espaldar de cabeceira, madeira trabalhada, antigão... móvel antigão. O armário de Laurinha saindo dali, ia ficar espaço para uma escrivaninha legalzinha, com muitos objetos masculinos espalhados: cachimbo, binóculo, essas bossas.

Acabou de se enxugar e atirou a toalha em cima da cama. Num reflexo condicionado, já ia apanhar a toalha e pendurar, como fazia sempre, mas conteve-se. Precisava ir se acostumando a ser servido. Breve teria empregados para fazer as coisas chatas que Laurinha o obrigava a fazer. Esta noite jantaria fora: num desses restaurantes sofisticados. Talvez depois desse uma esticada pelos bares, flertar com uma grã-fina qualquer. Quem sabe, trazê-la até ali para... claro, era preciso começar vida nova. A vida que ele merecia.

Caminhou sorrindo para a sala e estava servindo um drinque, assobiando "These Foolish Things", quando a campainha tocou. Outra coisa que iria mudar: aquela campainha estridente, antipática, por uma dessas que fazem "bim bom".

Acabou de servir a bebida e fechou a garrafa de cristal. A campainha tocou outra vez. Caminhou tranquilo para ver quem era. Laurinha, com voz choramingosa, de olhar baixo e toda encolhidinha, perguntou:

— Posso entrar, neném?

É... quem nasce pra cavalo vai morrer pastando. Que entrasse logo. E pensou: "Pelo menos durante as próximas vinte e quatro horas, ela não será tão chata".

O padre e o busto

Foi na esquina das ruas Leopoldo Miguez e Barão de Ipanema. A flor dos Ponte Preta mora pertinho e sua janela dá para o lado da igreja de São Paulo Apóstolo, que fica justamente num dos quatro cantos da mencionada esquina. Explicado o cenário, vamos à cena.

Passa muita mulher jeitosinha pelo local, vindo ou indo para a praia, banhar-se nas águas azuis do Atlântico sul. Claro, passa também muito xaveco, muita gorda, muita magricela, mas quem for membro do SNP (Serviço Nacional de Paquera) e tiver um pouco de paciência vê passar cada certinha de fazer deputado largar Brasília.

Era assim a mocinha que vinha vindo. Ela caminhava pela Barão de Ipanema, no sentido contrário às outroras alvas areias de Copacabana. Tinha dado o seu mergulhinho, sem dúvida, e vinha com seus curtos cabelos pingando e a pele toda molhada e brilhante do óleo que pusera para se proteger do sol.

Eu disse que ela vinha caminhando? Besteira. Ela vinha era flutuando rente ao chão, balançando legal os seus pedaços mais encantadores. Uma sandalinha sumária, um pano colorido a que chamam "pareô" envolvendo-lhe a cintura, mas numa parte remota, a ponto de deixar-lhe o umbigo de fora e, daí pra cima, de atrapalhar a visão havia somente a parte superior do biquíni, um sutiã tão mixuruca que mais parecia uma gravatinha-borboleta pregada ao busto. Trazia na mão direita uma cesta de palha com seus teréns de maquilagem e sob o braço esquerdo uma esteirinha enrolada.

E lá ia ela indiferente ao ronco dos homens que cruzavam o seu caminho, até que chegou na esquina e parou no meio-fio, observando o trânsito. Foi aí que apareceu o padre. Para falar a verdade eu não vi de que lado veio o padre e vocês vão me perdoar o detalhe, mas é que, com aquilo tudo de mulher atravessando a rua, como é que eu ia observar padre, não é mesmo?

O que eu sei é que, de repente, ficaram os dois lado a lado. O Padre e a Moça. Eu até me lembrei do poema de Carlos Drummond de Andrade sobre este tema; poema que vem de ser transformado num belo filme com a Helena Ignez. Só que, no poema, o padre fica encantado pela moça e ali na esquina o padre era velhusco e gordo e estava era indignado com a exposição dos encantos da moça. Seu olhar de censura envolveu a bonitinha de alto a baixo, parando nos olhos, no pescoço, nos ombros, no busto, no umbigo, enfim, parando por ali tudo. E não se limitou à inspeção o piedoso sacerdote. Da minha janela eu ouvi quando ele chamou a certinha de sem-vergonha:

— Isto é uma falta de pudor. Suas carnes serão queimadas pelas chamas eternas do inferno — ele gritou.

Ela reagiu. Encolheu-se um pouco, mas reagiu:

— O senhor não tem nada com isso.

— Engana-se — retrucou o padre. — Tenho sim. Todos nós temos — e olhou em volta, buscando parceirada, mas, pelo jeito, estava todo mundo contra. O padre resolveu dar-se ao trabalho

108

da catequese. Já tinha gente às pampas. Ele pigarreou e lascou:

— São moças sem pudor, rapazes sem os freios da educação, que estão botando o mundo a perder.

E tome de blá-blá-blá. A moça, irritada com o ataque, titubeou um pouco no meio-fio e procurou abrir caminho para se mandar dali. Uma mulher mulata e barriguda tentou impedir, mas a mocinha tinha as suas mumunhas. Deu um empurrão na mulata e foi saindo. E o padre lá:

— É por isso que a mocidade de hoje conhece melhor o busto de Gina Lollobrigida ou Sophia Loren (o padre era um bocado cinematográfico) do que os bons princípios. — Deve ter achado a imagem boa, porque repetiu:

— A mocidade conhece melhor o busto das atrizes do que os bons princípios.

A mocinha já ia lá longe, mas ainda assim tinha um advogado de defesa que, virando-se para o padre, ponderou:

— Seu padre, os bons princípios não têm decote e o busto das atrizes tem. Vai ver que é por isso.

Risada da turba ignara. O padre queimou-se. Saiu pisando duro, a turba foi se diluindo, em pouco tempo na esquina estavam a carrocinha de sorvete, a banca do jornaleiro, um ou outro passante.

De dentro da igreja vinha o som do órgão, suave, suave!

Diálogo de Réveillon

Madame também estava com a moringa cheia, mas — em comparação com o sujeito que a cumprimentou, podia até ser classificada de dama sóbria em festa de pileque. Quando ela passou, o cara levantou a cabeça e falou assim:

— Olá.

A dona não devia ser mulher de olá, porque olhou-o com certo desprezo e não respondeu. Já ia seguindo para atender ao chamado de um outro pilantra que lhe fez sinal, mas o que dissera olá continuou falando e ela escutou:

— Feliz 66 pra você, tá?

A dona aceitou:

— Para você também.

O cara deu um risinho de quem não está acreditando muito em 66. Depois pegou uma taça, botou champanhe dentro e ofereceu:

— Vira esta aí, em homenagem ao cabrito que morreu.

— Você já não bebeu demais? — ela quis saber.

— Que pergunta besta, minha senhora. Isso é pergunta de mulher casada.

— Mas eu sou casada.

— Não me diga! Eu também sou. Eu sou casado às pampas — deu um soluço de bêbado e ficou balançando a cabeça, a considerar o quanto ele era casado. Em seguida esclareceu:

— Eu sou casado desde 1950, tá bem?

— Eu também — a dona disse.

— Que coincidência desgraçada, né? Ambos somos casados desde 1950. Você também casou naquele igrejão enorme que tem lá na cidade e que eles já tão achando pequena e estão construindo outra?

— A que estão construindo agora é a nova catedral, a que eu me casei chama-se Candelária.

— Isto mesmo: Candelária. Foi lá que eu me casei.

— Eu também.

— Também??? Puxa. Casada como eu, em 1950 como eu, na Candelária como eu. Não vai me dizer que a sua lua de mel foi na Europa também.

— Muita gente passa lua de mel na Europa — a dona ponderou.

— É isso mesmo — o cara concordou: — Lua de mel na Europa. Até parece que isso adianta alguma coisa.

— A lua de mel não depende do lugar para ser melhor ou pior. Depende do casal.

O cara deu uma risadinha e explicou:

— Minha mulher sempre diz isso que você está dizendo — e tratou de encher novamente a taça. Mas aí a dona mudou o tom da conversa:

— Escuta, Eduardo, você já bebeu demais. Vamos embora.

E agarrando o marido cambaleante, levou-o para casa.

Um predestinado

Os dois estavam na esquina, paquerando as mulheres que passavam. Era uma esquina de Copacabana e passava mulher às pampas. E os dois ali, numa abstenção dolorosa. Em se tratando de mulher, estavam mais atrasados que o interior de Mato Grosso. Quando passava uma mais bonitinha pouquinha coisa, um catucava o outro com o cotovelo e dizia, quase babando:

— Olha que coisinha!!!

O catucado concordava e iam ambos virando a cabeça devagarinho, à medida que a boa ia passando. Daquele jeito não iam apanhar ninguém: no máximo, um torcicolo. Também, eu vou te contar, eram ambos tesos de fazer pena. Duros que só nádega de estátua.

Fizeram-se amigos casualmente. Os dois tinham vindo do interior para "fazer" o Rio. Um de um estado do Sul, outro de um estado do Norte. Copacabana era uma fascinação; por isso moravam em vaga de apartamento.

Uma dessas velhotas, que lutam com as maiores dificuldades e alugam quarto para rapaz respeitador e de boa família, alugou a cama da esquerda para um deles, o que veio do Norte e trabalhava num banco, agência de Copacabana, é lógico. Um mês depois chegou o do Sul, leu o anúncio no jornal: "... para rapaz de respeito. Alugo quarto com café da manhã".

"Ao menos o café da manhã eu garanto", pensou, e ficou com a vaga, cama da direita. A solidariedade da pobreza os fez amigos. Um tinha vinte e sete anos e o outro eu não sei, mas era mais ou menos da mesma idade. A necessidade do amor, da ternura feminina, de um carinho enternecedor, fazia do quarto um ambiente irrespirável. Por isso, de noite saíam, comiam uma besteirinha ali mesmo, debaixo do prédio, num restaurante anônimo, mas que poderia perfeitamente chamar-se "As Mil e Uma Moscas", e depois ficavam numa esquina de movimento, vendo passar mulher.

A intenção não era apenas ver passar. Havia sempre a esperança de que uma olhasse e desse bola. Neste caso o contemplado saía atrás e atropelava a caça, metia uma conversa. Mas bola mesmo só recebiam das profissionais. No começo chegaram a confundir, e um deles entrou na maior gelada. Pensou que estivesse agradando, foi em frente, e depois, na hora de pagar, teve que deixar o relógio na cabeceira da piranha.

Isto não acontecia mais. Estavam com muita prática; só que não conseguiam atropelar bulhufas. Era desesperador; há meses que estavam invictos e um deles estava pensando justamente nesse recorde, quando passou um carro conversível com uma loura bacanérrima. A loura sorriu para o cara gordinho que dirigia, passou o braço pelo seu pescoço e sapecou-lhe um beijo na bochecha.

Os dois se entreolharam, enquanto o carro sumia:

— Viste que covardia? — perguntou um.

— Vi — gemeu o outro.

— E viste o cara que estava com ela?

— Parecia uma foca. E nós dois aqui. Dois boas-pintas.

— ... boas-pintas mas tesos — lembrou o que achara covardia um sujeito tão feio com uma mulher tão legal.

Voltaram para o quarto numa fossa de fazer inveja a Franz Kafka. No dia seguinte, o que trabalhava num banco (o outro era comerciário e descontava para o IAPC, coitadinho) estava em sua cama, fazendo hora para o jantar no "As Mil e Uma Moscas", quando o companheiro chegou. Entrou no quarto, deu um boa-noite alegre e começou a cantarolar, enquanto desembrulhava umas compras. Mostrou:

— Olha só. Comprei uma calça que é o fino, uma camisa italiana tártara e este mocassim aqui que só falta falar.

— Quem te deu a dica? — perguntou o amigo, deslumbrado.

— Que dica?

— De que o mundo vai se acabar.

— Não é nada disso, velhinho. Hoje, no trabalho, eu estive pensando. Só quem apanha mulher é dinheiro. As minhas economias que vão para o diabo. Você não viu ontem? Mulher, quando vê homem gastando, a gente nem precisa atropelar. Elas é que atropelam a gente, morou? O papai aqui vai mudar de tática. Vou mandar brasa. O Frank Sinatra, por exemplo...

— Que qui tem o Sinatra?

— As mulheres vivem atropelando ele. É claro: elas sabem que o homem ganha os tubos.

— Mas você não ganha.

— Mas vou fingir, ora essa! — meteu as roupas novas, penteou-se no caprichado e se mandou. Antes de sair, ainda disse pro outro: — Tô com um palpite, meu camarada. Hoje elas é que vão me atropelar.

O que trabalhava no banco não teve ânimo de acompanhar o amigo. Ficou onde estava, deitado na cama da esquerda. Foi aí que ouviu a freada. Correu para a janela. O outro estava estatelado no asfalto. Um carro se afastava rápido do local, com uma loura na direção. Como era do Norte, pensou assim:

— Virge! Num é que os pensamento dele deu certo, esse menino?

Mitu no menu

Se o distinto aí tivesse ido a Liverpool, durante a lamentada Copa do Mundo, ficaria espantado com o grande número de patrícios desembarcados no movimentado porto inglês. Dizem até que lá chegou um navio da Costeira, cheio de torcedor apaixonado, dois dias depois de a seleção brasileira ter ido pra cucuia. Dizem também que o navio voltou de marcha a ré — mas isto eu não afirmo, apenas comento de ouvir dizer. O que eu vi mesmo foi muito brasileiro se virando pra poder dormir. Lembro-me de uma tarde, em que saíamos do *press center* — eu e o coleguinha Achilles Chirol, que não me deixa mentir. A gente ia saindo e conversando em português, porque era muito pedante ficar ali gastando inglês entre si, quando se aproximaram três sujeitos meio ressabiados. Um deles virou-se para o coleguinha e perguntou:

— Os senhores são brasileiros?

Nós éramos (e ainda somos). O cara então quis saber se naquele prédio de onde saímos tinha poltronas no corredor. O Achilles disse que tinha e os três ficaram muito contentes. Entreolharam-se e um deles propôs:

— Vamos entrar aí, turma. Assim a gente dorme um pouquinho nas poltronas.

Tô contando o caso para vocês sentirem o drama de quem faz do futebol uma paixão capaz de levar um coitado a atravessar um oceano para ir dormir em banco de jardim, numa cidade onde chove de duas em duas horas, e onde o verão é tão extenso que — no ano passado — caiu num domingo.

A sorte desses dignos representantes da plebe ignara que foram parar em Liverpool era a quantidade de brasileiros presentes. No idioma pátrio eles conseguiam pedir uma ajudazinha e iam maneirando. Mas, depois que o Brasil foi eliminado e os jornalistas tiveram que partir para outras cidades, onde prosseguiria o campeonato mundial, eles ficaram na maior bananosa, e quem não conseguiu passagem de volta nos primeiros aviões passou até fome.

Foi o caso do homem que comia mitu!

Deu-se que, uma tarde, descia um grupo de jornalistas a principal avenida de Liverpool (cujo nome eu esqueci, porque de Liverpool não estou querendo me lembrar de nada), quando apareceu o homem que comia mitu. Eu estava no grupo e vi quando ele se aproximou. Disse que era brasileiro, que não falava nem *yes* de inglês, e perguntou se não podia almoçar com a gente. Vimos logo que ele estava pedindo bênção a mendigo e chamando cachorro de dindinho. Quem lhe pagaria o almoço seria mesmo o grupo, mas como éramos vários nesse grupo, concordamos em levá-lo. Saía barato e era menos um nordestino com fome (o nossa-amizade era pernambucano).

No restaurante, cada um pediu seu prato. O penúltimo a escolher pediu costeletas de carneiro com legumes, e o último, como quisesse a mesma coisa, disse, em inglês, para o garçom:

— *Me too!*

Quando vieram os pratos o fominha olhou para as costeletas, depois olhou pro garçom e — como ouvira a pedida — apontou para o prato e disse:

— Mitu!

Ora, "mitu" pode ser "me too", e o garçom trouxe o mesmo prato para ele também.

Depois soubemos que o distinto dava o golpe em tudo que era brasileiro que entrava em restaurante. Pedia para almoçar junto e era o último a pedir:

— Mitu! — e o garçom trazia.

Mas aí o Brasil entrou bem, os brasileiros se mandaram e ele ficou lá. Consta que, depois de muita luta, arranjou uns xelins e entrou num restaurante. Quando o garçom se aproximou, fez a pedida:

— Mitu!

O garçom não entendeu nada. Parece que, depois que os brasileiros foram embora... o mitu acabou.

"Não sou uma qualquer"

Ela notou que ele estava meio bronqueado por causa das respostas monossilábicas que dava às suas perguntas. Conhecia-o muito bem. Quando ele ficava emburrado para falar é porque estava com minhoca na cuca.

— Que é que há, meu bem? Você está meio chateado!

Ele não respondeu logo. Meteu um suspensezinho legal, puxando uma tragada forte do cigarro. Depois caminhou até o armário da sala, tirou uma garrafa de uísque e deu aquele gole prolongado no mais belo e ultrapassado estilo Humphrey Bogart. Depois sentou-se na poltrona, cruzou as pernas e disse:

— É... andaram me buzinando aí umas coisas.

— A meu respeito? — e ela espalmou a mão sobre o cobiçado busto.

Novo silêncio, e a distinta, muito preocupada, levantou-se de onde estava e foi se aninhar no colo dele. Fez vozinha de criança:

— Meu queridinho, conta pra ela, vá! Deve ser mais uma fofoca dessa gente, mas é melhor você contar logo pra ela, sabe? Assim a gente tira logo as dúvidas. Não gosto de ver o meu querido zangado não — e começou a enfiar os dedos esguios e bem tratados pelos cabelos dele.

O cara suspirou, todo despenteado, e foi soltando o que tinham contado pra ele. Tinha sido na noite de apresentação do Charles Aznavour, no Copacabana Palace, a mais recente badalação de grã-fino com renda para excepcionais. Agora a moda é esta: tudo o que é festa de grã-fino é para dar renda para excepcionais, pois ninguém é mais excepcional do que um grã-fino. Ela tinha ido à tal apresentação do cantor francês e fizera muito sucesso. A Léa Maria deu até uma nota no Caderno B, dizendo que ela estava um show. De fato (enquanto ele falava ela ia se recordando), o seu vestido *op art*, com minissaia, foi um sucesso. Era daquela saia que, quando a mulher senta, a saia some e aparece o que a saia tinha obrigação de fazer sumir. Um fenômeno da elevação dos costumes — como diz a veneranda Tia Zulmira.

— Me disseram que você flertou a noite toda — o cara falou.

Ela esticou-se, ainda sentada em suas pernas. Outra vez a mão espalmada sobre o cobiçado busto:

— Eu???

Ele ratificou. Ela mesma. Tinham contado pra ele que ela dançara de rosto colado com um tal de Collatini.

— Cola aonde? — perguntou ela.

— Collatini.

Ela ficou indignada. De fato, os Collatini, de São Paulo, estavam na mesa dela, mas isto era uma infâmia. Imaginem, logo quem? O Collatini, aquele velhote. De maneira nenhuma. De mais a mais, a Bequinha, mulher do Collatini, era sua amiga de infância. Essa gente é assim mesmo. Quando não tem nada para comentar sobre uma mulher... inventa. Dela eles não podiam dizer nada, tá bem? Absolutamente nada. Nunca deu margem para falatório nenhum. Pelo contrário: procurava se portar em público — aliás, procurava se portar em qualquer lugar, ora esta! — com a máxima dignidade, justamente por isso. Porque sabia que essa gente de sociedade é fogo; não pode ver uma mulher bonita fora da panelinha desses cretinos, que começa logo a tentar descobrir coisas, para fazer dos outros gente igual a eles. É isto mesmo: falam só para justificar a vida que levam, esses amorais. Mas com ela não.

— Comigo não — repetia indignada: — Eu não sou uma qualquer!

Ele, impressionado com a reação dela, puxou-a para o seu regaço. Deu-lhe mais um beijo e falou baixinho que sabia disso, sabia que ela não era uma qualquer.

Pouco depois ela se levantava do colo dele, ia até o banheiro: ajeitou-se, pintou-se e de lá mesmo perguntou:

— Meu be-em! Que horas são?

— Quase seis! — respondeu o cara.

Ela veio espavorida lá de dentro, deu-lhe um beijinho rápido, apanhou uns embrulhinhos de compras que deixara sobre a mesa, quando chegara, e despediu-se:

— Tchau, querido! Deixa eu correr senão meu marido me mata!

E foi embora.

O analfabeto e a professora

Foi quando abriram a escolinha para alfabetização de adultos, ali no Catumbi, que a Ioná resolveu colaborar. Essas coisas funcionam muito na base da boa vontade, porque alfabetizar adultos nunca preocupou muito o governo. No Brasil, geralmente, quando o camarada chega a um posto governamental, acha logo que todos os problemas estão resolvidos, sem perceber que — ao ocupar o posto — os problemas que ele resolveu foram os dele e não os do país. Mas isto deixa pra lá.

Eu falava no caso da Ioná. Quando inauguraram o curso de alfabetização de adultos no Catumbi, os beneméritos fundadores andaram catando gente para ensinar, e entre os catados estava um padre, que era muito bonzinho e muito amigo da família da Ioná. O piedoso sacerdote sabia que ela tinha um curso de professora tirado na PUC, e só não professorava porque tinha ficado noiva. Mas depois — isto eu estou contando pra vocês porque todo mundo sabe, portanto não é fofoca não — a Ioná desmanchou o noivado. Ela era uma moça moderna e viu que o casamento não ia dar certo; o noivo era muito quadrado, embora para certas coisas fosse redondíssimo.

Enfim, a Ioná tinha o curso mas não usava pra nada, e aí o padre perguntou se ela não queria ser também professora do Curso de Alfabetização de Adultos do Catumbi. Ela topou a coisa, e as aulas começaram.

No início eram poucos alunos, mas depois houve muito analfabeto interessado, e o curso se tornou bem mais animado. Uns dizem que esse aumento de interesse foi por causa da administração bem-feita, outros — mais realistas, talvez — acharam que o aumento de interesse foi por causa da Ioná, que também era muito bem-feita.

Professora certinha tava ali. Tamanho universal, sempre risonha, corpinho firme, muito afável, e um palmo de rosto que a gente olhando de repente lembrava muito a Claudia Cardinale. Além disso, ela ensinava mesmo. Seus alunos, para impressioná-la, caprichavam nos estudos, e sua turma tornou-se em pouco tempo a mais adiantada de todas.

Só um aluno era o fim da picada. Sujeito burro e duro de cabeça. Era um rapaz até muito bem-apessoado, alto, louro, que trabalhava numa fábrica de tecidos. Chamava-se Rogério, era esforçado, educado, mas não conseguia ler a letra "o" escrita num papel. A turma se adiantando e ele ficando para trás. Ioná tinha pena dele, mas não sabia mais o que fazer, até que uma noite (os cursos eram noturnos) ela fez ver ao Rogério que assim não podia ser, e ele ficou tão triste que a Ioná sentiu pena e perguntou se ele não queria que ela lhe desse umas aulas particulares.

— Seria bom, sim — ele falou. E, então, sempre que terminavam as aulas, aluno e professora seguiam para a casa desta, para repassarem os estudos da noite. Era um caso curioso o desse aluno, que se mostrava tão esperto, tão comunicativo, mas que não conseguia vencer as lições da cartilha. O livro aberto na frente dele e ele sem saber se foi Eva que viu a uva ou se foi vovô que viu o ovo.

Mas, justiça se faça, com as aulas particulares Rogério melhorou um pouquinho. Não o suficiente para acompanhar o adiantamento da turma, mas — pelo menos — já soletrava mais ou menos.

Nesta altura o Caac — Curso de Alfabetização de Adultos do Catumbi — já progredira a ponto de se tornar uma escola oficializada, e a Ioná estava tão interessada no Rogério que tinha noite até que ele ficava pra dormir.

Quando chegou o dia das provas e iam lá o inspetor de ensino e outras autoridades pedagógicas, Ioná foi informada do evento e ficou nervosíssima. Disse para o seu aluno favorito que era preciso dar um jeito, que ele ia ser a vergonha da turma etc. Ele pegou e falou pra ela que pra decorar era bonzinho e, se ela fosse lendo para ele, decoraria tudo.

Claro que a Ioná não levou muita fé no arranjo, mas como era o único, aceitou. Na noite das provas o Rogério esteve brilhante e parecia mesmo que decorara aquilo tudo. Ela ficou orgulhosíssima e, mais tarde, já em casa, enquanto desabotoava o vestido, perguntou:

— Puxa, como é que você conseguiu decorar aquilo tudo, querido, tendo trabalhado na fábrica o dia inteiro?

— Eu não trabalhei não. Eu telefonei para o meu pai e disse que não ia.

— O quê??? Seu pai é o presidente da fábrica?

— E eu sou o vice.

Ela ficou besta:

— Quer dizer que você já sabia ler... escrever...

— Desde os cinco anos, neguinha!

Adúlteros em cana

Foi noutro dia, num prédio da rua Barata Ribeiro. Quando chegou a polícia, naquela viatura da Polícia Secreta portuguesa, que quando encosta no meio-fio todo mundo manja, os vagabundos que circulavam pela redondeza pararam logo para ver o bicho que ia dar. Que qui foi, que qui não foi — ficou-se sabendo que era um marido cretino, interessado em dar flagrante de adultério na mulher. Ora, uma bossa dessas dá mais renda que Fla-Flu. Enquanto as autoridades subiam em companhia do cocoroca enganado, juntou mais gente embaixo que mosca em banheiro de botequim. E foi aí que a nossa reportagem descobriu um fato interessante na psicologia das multidões: tava todo mundo torcendo pela adúltera. Quando ela apareceu no asfalto, nervosa e pálida, foi aquela salva de palmas, consagradora. Ao passo que o marido, apontado por um dos circunstantes com o grito esclarecedor de "o corno é aquele ali", foi saudado com uma vaia firme e de certa forma surpreendente.

Mas isso deixa pra lá. Eu só contei porque o episódio me pareceu deveras interessante, e dele me lembrei por causa da notícia que acabo de ler aqui no jornal. É sobre o novo Código Penal na Argélia. Aqui no Brasil, entre as muitas reformas que a "redentora" prometeu e que não fez ainda, estava incluída a do Código Penal. Daí, eu me interessei pelo que o jornal dizia; principalmente por este trecho:

O adultério tornou-se ontem um crime sob a lei argelina, e a mulher será punida duas vezes mais fortemente que o homem. O novo Código Penal dispõe que a mulher que cometer o adultério é passível de dois anos de prisão. Já para o homem a pena máxima é de um ano. O novo código pune ainda o homossexualismo com uma pena de três anos de prisão.

Está aí um troço que aquela turma daquela tarde, na rua Barata Ribeiro, ia vaiar na certa. Por que metade da pena para o homem, se para o pecado do adultério são precisos um homem e uma mulher? Ora, numa disputa dessas é muito difícil dizer qual dos dois está pecando mais.

Desconfio que o código argelino está injusto. E sabem por quê? Primo Altamirando, quando leu a notícia elogiou muito e ainda me chamou a atenção para o detalhe dos três anos, que pega o bicharoca na Argélia. E com aquela desfaçatez peculiar ao seu deformado caráter, comentou:

— Coitada da adúltera que se meter com um bicha lá na Argélia. Vai pegar cinco anos de cana. Dois de adultério e três de frescura.

126

Urubus e outros bichos

O primeiro urubu de exportação negociado pelo Brasil foi para a Holanda. Não sei para que é que os súditos da rainha Juliana queriam um urubu, se o país lá deles é de uma impressionante limpeza. Em todo o caso, como o urubu foi exportado para Amsterdam, limitei-me a dar a notícia. Depois, outros urubus foram exportados para outras tantas capitais europeias. Isto sem contar certos urubus do Itamaraty que — verdade seja dita — não foram exportados propriamente. Atravessaram a fronteira "a serviço", para serem recambiados mais tarde.

Mas deixa isso pra lá. Se volto ao assunto é porque leio aqui um telegrama vindo de São Paulo no qual se conta que há representantes de jardins zoológicos da Alemanha, da Holanda e da Itália nas cidades de Santos, São Paulo e Manaus preparando a compra de diversos urubus.

O fato de haver um representante da Holanda entre os compradores de urubu deixou Bonifácio Ponte Preta (o Patriota) regurgitando de alegria cívica, uma vez que — como ficou dito acima — a Holanda foi a primeira nação a adotar urubu brasileiro. O detalhe deixou o Boni tão excitado que chegou a recitar de orelhada um poema de Fagundes Varela que começa assim: "Pátria querida, pátria gloriosa!/ Continua fitando os horizontes...". E depois, olhos marejados de patriotismo, acrescentou:

— Se a Holanda quer mais urubu é porque o nosso urubu está agradando na Europa.

Só não disse que a Europa curvou-se mais uma vez ante o Brasil, porque Bonifácio não é acaciano. É patriota.

Entretanto, se esse detalhe do telegrama impressionou o Boni, a mim o detalhe do mesmo telegrama que mais impressionou foi o final, onde se lê: "Os europeus querem também comprar animais embalsamados".

Acho que este negócio também é interessante para nós, mas os europeus vão desculpar: terão que esperar um pouco para adquirir animais embalsamados. Por um dever democrático é preciso que antes eles cumpram os seus respectivos mandatos no Senado.

Futebol com maconha

Tem cara que é tricolor, tem cara que é vascaíno; uns torcem pelo Flamengo, outros pelo Botafogo. Mas Primo Altamirando tinha que ser diferente: o miserável me confessou noutro dia que é torcedor do Puxa Firme F. C., Sociedade Recreativa do Morro do Queimado. Aliás, essa história foi ele que me contou. Diz que dos vinte e dois jogadores, mais técnico, massagista, enfermeiro do Puxa Firme, não tem um que não seja apreciador da erva maldita. O preparo físico do time se resume numa rápida concentração, para puxar maconha. Em véspera de jogo a janela da sede, que fica no sobrado de um botequim, parece até incêndio: como sai fumaça! No sábado passado, o técnico do time — um tremendo crioulo que atende pelo vulgo de Macarrão — deu o grito:

— Olha, cambada, amanhã nós tem que jogar comportado. Nós vai enfrentar o time do padre Evaldo e é em benefício da Igreja.

Como Macarrão é muito respeitado, ninguém chiou, e no dia seguinte, no telheiro do campo, que a turma apelidou de vestiário, o time uniformizado contava com: Dentinho; Macaxeira, Bom Cabelo, Pau Preto e Lamparina; Melodia e Fubecada; Chaminé, Praga de Mãe, Porém e Parecido (tudo apelido, inclusive Parecido, porque fazia um sorriso igual ao do sr. Juraci Magalhães sempre que acertava um). Macarrão deu as instruções e perguntou:

— Argum poblema?

Lamparina levantou o dedo e perguntou:

— Que tipo de marcação que a gente vai usar?

Macarrão pegou um papel de embrulho e deu uma de técnico formado. Traçou uns riscos e disse:

— Marquemo por zona. É mais melhor.

O time saiu pro campo e com cinco minutos a turma do padre já tava dando de goleada. Macarrão berrava as instruções cheio de ódio: "Não intrapaia os beques, crioulo nojento". "Oia a marcação, desinfeliz." "Para de fumar, Dentinho." E o time do padre fazendo gol.

Quando já tava uns cinco a zero, Porém fingiu que mancava, chegou perto do telheiro e quis saber de Macarrão se podia apelar.

— Apela pra sua mãe, sem-vergonho. Tá levando come aí pra todo lado. Arrespeita o time do padre, que é tudo gente dereita.

Diz Primo Altamirando que o Puxa Firme F. C. quando joga respeitando o adversário perde metade de sua estrutura técnica. O jogo acabou oito a zero e o piedoso sacerdote estava todo satisfeito, tendo mesmo se dado ao trabalho de ir cumprimentar o crioulo Macarrão, pela lisura com que seus atletas se comportaram durante a refrega.

— Parabéns, sr. Macarrão — disse o padre. — Certas derrotas têm o gosto da vitória. Seu time jogou com muita esportividade. Só não entendi por que jogaram com dez.

130

— Com dez??? — estranhou Macarrão. — Como é que eu não arreparei?

Foi aí que Melodia, que era o capitão do time, esclareceu:

— Pois é, o Lamparina não jogou. O senhor foi falar aí em marcação por zona. Sabe como é o Lampa. Não pode ouvir falar em zona que ele vai pra lá.

Vacina controladora

Conforme vocês sabem, o problema da natalidade se está tornando crucial e como a humanidade adora entortar os caminhos, descobriram a pílula que resolveria o problema, mas criaram o problema do uso da pílula. E, enquanto políticos e religiosos discutem se podem ou não podem tomar a pílula, os americanos, sempre apressadinhos, inventaram a vacina.

Agora passemos a palavra a Mr. Frank Notestein, presidente do Conselho de População de Nova York, órgão que nenhum de vocês imaginava que existia, mas que existe. Mr. Frank anunciou ao mundo que o controle da natividade, muito mais breve do que se pensa, poderá ser obtido através de vacinas que terão garantia de seis meses a um ano de imunização.

Diz o distinto que o atual ritmo de natividade vem num crescendo tal, que, mais cedo ou mais tarde, até mesmo as entidades religiosas serão levadas a aceitar uma solução médica para tão sério problema.

Aqui o guia espiritual de vocês, que não acredita em nada sem antes consultar a sábia Tia Zulmira, esteve no casarão da

Boca do Mato, contando para a velha e experiente ermitã o que se propala sobre a vacina, e indagando em seguida o que titia acha disso.

Ela retirou o pincenê, coçou o nariz, e explicou que os anticonceptivos já existem às pampas e muitos deles são batata. Apenas, razões de ordem religiosa obrigam a medicina a não caprichar demasiado na fórmula, restringindo com isto a ação dos laboratórios, razão pela qual, de vez em quando, uma consumidora de anticonceptivo penetra pela tubulação.

— De qualquer maneira — acrescentou a veneranda senhora — a melhor vacina para controle da natividade era a que eu adotava, no meu tempo.

— Qual era?

— Cada um dormia num quarto.

Adesão

Diz que era um camarada que ia viajando num trem, no interior de São Paulo. Ia para a sua cidade, para visitar os parentes. No vagão em que viajava iam também os componentes de uma chatíssima embaixada futebolística. Iam aos berros, alegres, comunicativos e, pelo que o homem pôde ouvir, vinham de uma cidade, próxima, onde venceram um jogo pelo escore de três a dois, ganhando com isso uma taça de péssimo gosto, a qual — de vez em quando — enchiam de cerveja e bebiam fartamente, como faziam os nababos de outros tempos, só que não era cerveja, era champanhe, e também não era na taça, era nos sapatos daquelas "vidas tortas" da belle époque.

O homem vinha imaginando essas coisas, quando um dos jogadores, ao passar rumo ao banheiro, derramou cerveja em sua calça. O homem ficou muito do furioso e levantou-se, para ver se dava um jeito de enxugar. Passou à frente do jogador, entrou no banheiro e trancou a porta. Depois tirou a calça, esfregou um lenço e pendurou na janela, para acabar de secar. Foi aí que deu galho, isto é, numa árvore à beira da estrada de ferro ficou presa a calça, a balançar, como a lhe dar adeus.

O homem ficou no banheiro, abilolado. A próxima cidade era a sua cidade, mas como desembarcar nela, sem calça? E estava sentado naquele negócio, chateadíssimo, quando percebeu que o trem ia parar. Abriu a janelinha, desconsolado, no justo momento em que o comboio parava. E foi então que percebeu: o time de futebol ia desembarcar também ali, na sua cidade. O homem não conversou. Num instantinho tirou o paletó e a gravata, vestiu a camisa ao contrário, dando a impressão àqueles que o vissem de frente que era a camisa de um goleiro, e desembarcou no meio dos jogadores, a berrar: — três a dois!!! Três a dois!!! — depois correu e entrou num táxi.

O cafezinho do canibal

Deixa eu ver se dá pra resumir. Foi o seguinte: o avião ia indo fagueiro por sobre a densa selva africana. Dentro dele vários passageiros, inclusive, e muito principalmente, uma lourinha dessas carnudinhas, mas nem por isso menos enxutas, uma dessas assim que puxa vida... Foi aí que o avião deu um estalo, começou a sair aquela fumaça preta e pronto: num instante estava o avião todo arrebentado no chão, com os passageiros todos mortos.

Aliás, minto... todos não; a lourinha era a única sobrevivente do desastre. Tanto assim que os canibais, quando chegaram ao local do acidente, só encontraram ela, que foi logo aprisionada para o menu do chefe da tribo. Canibal é canibal, mas a loura era tão espetacular que a turma viu logo que ela era coisa muito fina e digna apenas do paladar do maioral.

Levaram a loura para a maloca deles e entregaram na cozinha, onde um ajudante de cozinheiro já ia prepará-la para o jantar, quando chegou o cozinheiro-chefe e examinou a loura. Ela era muito da bonitinha, tudo certinho, tudo tamanho universal, aquelas pernas muito bem-feitinhas, aquilo tudo assim do melhor.

Então o experimentado cozinheiro disse para o ajudante:

— Não sirva isto no jantar do chefe não. Deixa pro café da manhã porque o chefe gosta de tomar café na cama.

Arinete — a mulata

Começou num ônibus de São Gonçalo (RJ). Lá vinha ele sacudindo a carcaça pelos buracos niteroienses, naquele calor da tarde. Os passageiros suados e sonolentos, jogados uns contra os outros, no desagradável contato da promiscuidade dos coletivos. O soldado da Polícia Militar, Aroldo, era o único passageiro cujo coração pulsava além do indispensável para continuar vivendo até as palpitações de novas esperanças. É que no coração do guarda Aroldo já vivia essa esperança, na figura de Arinete, mulata boa que Deus a conserve no esplendor de tanta saúde. Nome todo: Arinete da Conceição, como convém às mulatas. E lá ia o velho ônibus de São Gonçalo (RJ), castigado pelos buracos niteroienses.

De vez em quando o braço nu de Arinete encostando na farda do Aroldo. Foi quando ela abriu a bolsa para retocar a maquilagem. Ao abri-la o espelhinho preso por dentro revelou lá no fundo a maior .45. Aroldo viu a pistola. Desde que sentara ao lado dela que ele não perdia detalhe. Meteu o olho no espelhinho de novo e lá estava o reflexo: a maior .45.

Tinha que cumprir o seu dever e deter a mulata. Ia ser triste, prender aquilo para fins outros que não os que trazia em mente. Mas vem cá: e se prendesse a mulata e depois ficasse amiguinho dela e coisa e tal? Hem? Estava precisando de um pretexto, não estava? Não pensou duas vezes. Deu a voz de prisão e aí foi aquele delírio no Maracanã. Arinete era boa de tudo, inclusive de bronca. Falou que a arma era dela e daí? Que não era bandida não, mas tinha pistola para se defender dos vagabundos.

A plebe ignara em volta, cansada de tanto assalto, que assalto naquela zona é que nem quadro ruim no Museu de Belas Artes — tem às pampas —, a plebe ignara, eu repito, ficou logo a favor do guarda. Arinete da Conceição berrou mais alto: que em carro de radiopatrulha ela fazia um escândalo mas não entrava; que estava quieta no seu canto e ninguém, ouviu?, ninguém podia acusá-la de nada.

Aroldo Soares (o guarda) então propôs: "E se formos de braço dado até a delegacia, como um casal qualquer?". (Palavra de honra, tá aqui no jornal e não me deixa mentir.) Arinete topou e assim foi: braço dado e a maior .45 na bolsa. Ao subdelegado Joel Machado, do 1º Distrito de Niterói, explicou que achara a pistola na rua:

— E fiquei com ela pra mim pra proteger minha beleza. Graças a Deus nunca precisei usá-la, mas se for preciso eu uso.

O subdelegado explicou que não podia; a arma tinha que ser confiscada e — depois de sindicar — soube que Arinete tem mesmo ficha limpa. É doméstica correta e seus patrões não têm queixa dela. Foi liberada e saiu bamboleando aquilo tudo de mulata para o seu domicílio.

Ao guarda Aroldo resta a esperança de muito brevemente andar de novo de braço dado com Arinete. Já então ela irá desarmada e o casal não estará caminhando rumo ao distrito. De jeito nenhum. Seu destino é outro, seu destino é outro.

Deu mãozinha no milagre

É o milagre que ajuda o padre ou é o padre que ajuda o milagre? Pelo menos em tese, o milagre deveria ajudar o padre. Entretanto, o piedoso padre Poclat, do bairro de Senador Canedo, em Goiânia, resolveu que — na prática — pode ser ao contrário. O telegrama vindo de lá diz assim:

> Por ter umedecido uma imagem de Jesus Cristo, fabricada em gesso, para fazê-la chorar, o padre Poclat foi advertido pelo arcebispo de Goiânia, d. Fernando Gomes, que lhe determinou a cessação imediata de explorações sobre a imagem, sob pena de ser castigado pela Igreja.

Diz que o vivíssimo sacerdote, diante da vazante em seu templo, resolveu ser mais realista do que o rei (ou mais divino do que Deus, se preferem) e anunciou, durante a missa, que a imagem de Nosso Senhor Jesus Cristo, ali entronizada, começara a chorar de desgosto. Foi o quanto bastou para que a plebe ignara

140

ficasse mais assanhada que um galo velho no galinheiro das fran-gas. Uma grande romaria mandou-se para o local.

Mas parece que o arcebispo — embora não sendo Alziro Zarur, que fala com Jesus em vários programas de rádio, todos patrocinados — desconfiou do milagre e mandou sindicar. O resultado foi o já descrito: uma bronca do arcebispo para a qual o padre Poclat teve uma resposta realmente desconcertante; man-dou dizer ao superior que o "milagre" se transformara numa si-tuação de fato "que nem d. Fernando pôde mais deter". É a coragem de afirmar de que fala Eça de Queirós em *A relíquia*. O negócio é ter peito para afirmar; o resto pode deixar que a crendice popular funciona melhor do que o melhor dos *public relations*. O exemplo desse milagreiro de araque serve para ilustrar a teoria do escritor português e serve também para ilustrar o dito que Tia Zulmira costuma repetir, precisamente para casos como esse do padre Poclat: "Certos padres, quando pedem para Deus, estão pedindo para dois".

A bolsa ou o elefante

Começou a história com a senhora prometendo ao filhinho que o levava para ver o elefante. Prometido é devido, a senhora foi para o jardim zoológico da Quinta da Boa Vista e parou diante do elefante. O garotinho achou o máximo e não resta dúvida que, pelo menos dessa vez, o explorado adjetivo estava bem empregado. Mas sabem como é criança, nem com o máximo se conforma:

— Mãe, eu quero ver o elefante de cima.

Taí um troço difícil: ver um elefante de cima. Mas se criança é criança, mãe é mãe. A senhora levantou o filho nos braços, na esperança de que ele se contentasse. Foi quando se deu o fato principal da história. A bolsa da senhora caiu perto da grade e o elefante, com a calma paquidérmica que deu cartaz ao Feola, botou a tromba pra fora da jaula, apanhou a bolsa e comeu.

E agora? Tava tudo dentro da bolsa: chave do carro, dinheiro, carteira de identidade, maquilagem, enfim, essas coisas que as senhoras levam na bolsa. A senhora ficou muito chateada, principalmente porque não podia ficar ali assim... como direi?...

ficar esperando que o elefante devolvesse por outras vias a bolsa que engolira.

Era uma senhora ponderada, do contrário, na sua raiva, teria gritado:

— Prendam este elefante!

Pedido, de resto, inútil, porque o elefante já estava preso. Mas, isso tudo ocorreu numa segunda-feira. Dias depois ela telefonou para o diretor do jardim zoológico, na esperança de que o elefante já tivesse completado o chamado ciclo alimentar.

Não tinha. Pelo menos em relação à bolsa, não tinha. O diretor é que estava com a bronca armada:

— O que é que a senhora tinha na bolsa? O elefante está passando mal — disse o diretor.

E a senhora começou a imaginar uma dor de barriga de elefante. É fogo... lá deviam estar diversos faxineiros de plantão.

— Se o elefante morrer teremos grande prejuízo — garantia o diretor — não só com a morte do animal como também com o féretro. A senhora já imaginou o quanto está custando enterro de elefante?

A senhora imaginou, porque tinha contribuído para o enterramento de uma tia velha, dias antes. E a tia até que era mirradinha.

Deu-se então o inverso. Já não era ela que reclamava a bolsa, era o diretor que reclamava pela temeridade da refeição improvisada. Para que ele ficasse mais calmo, a dona da bolsa falou:

— Olha, na bolsa tinha um tubo de Librium, que é um tranquilizante.

Até agora o diretor não sabe (pois ela desligou) se a senhora falou no tranquilizante para explicar que não era preciso temer pela saúde do elefante, ou se era para ele tomar, quando a bolsa reaparecesse.

Suplício chinês

Era um hotelzinho pacato e que só recebia hóspedes durante o verão. Clima de montanha, boa comida e muito sossego. Enfim, essas bossas. Durante a maior parte do ano os cozinheiros ficavam dando peitada um no outro. Não tinham mesmo nada pra fazer!!! Cidade pequena, sabe como é? Igual a Cachoeirinha, onde nasceu Primo Altamirando. Diz ele que a população da cidade não aumenta porque sempre que nasce um filho... foge um pai.

Mas voltando ao hotelzinho: o velho escrivão do cartório local, um cara solteiro e doido por mulher, morava lá e sua constante reclamação era justamente a falta de hospedagem feminina, para que ele pudesse praticar o salutar esporte da paquera.

Por longo tempo foi assim. O escrivão, sendo o morador mais antigo e fiel, ocupava o melhor quarto (o quarto nupcial, que hotelzinho mixa também tem dessas besteiras) e era tratado como um Pelé em Santos. Até que — um dia — um coronel político foi ao hotel e pediu um quarto para a filha. A mocinha

— que era o que havia de mais redondinho e cor-de-rosa na região — ia casar e passaria a lua de mel ali.

Então foi feita a troca. O dono do hotel conseguiu convencer o escrivão de mudar de quarto e o pilantra topou logo, desde que ficasse num quarto ao lado. Lua de mel era o que mais incomodava o serventuário da justiça, porque ele ficava olhando o casalzinho na hora do jantar e, de noite, não tinha jeito de dormir: ficava acordado, imaginando coisas.

No dia do casamento o escrivão fechou o cartório mais cedo, mandou a justiça para o inferno e chegou no hotel antes da hora. Não quis conversa com ninguém e, quando não viu o casal na sala de jantar, achou que os dois tinham comido no quarto. Alvoroçado que só bode no cercado das cabritas, subiu para seus aposentos provisórios e só reapareceu no saguão no dia seguinte, mais pálido que o conde Drácula.

— Mas o senhor não dormiu bem no outro quarto? O vizinho fez muito barulho? — perguntou o solícito gerente.

— Pois é... sabe como são essas coisas. Casal em lua de mel no quarto ao lado sempre incomoda, né? A gente fica pensando besteira — insinuou o escrivão.

— Mas... — o gerente estava boquiaberto: — O casal não veio. O quarto estava vazio. Apareceu aqui um chinês com dor de dente. Eu botei o chinês lá. — E acrescentou: — Coitado do chinês, gemeu a noite toda.

O homem das nádegas frias

A historinha que vai contada abaixo, naquele estilo literário que fez de Stanislaw Ponte Preta um escritor de importância transcendental, é absolutamente verdadeira e — a par de ser jocosa — serve para provar que na época hodierna a mulher está tão desacostumada ao cavalheirismo, que engrossa a toda hora, por falta de treino.

A pessoa que foi testemunha do episódio merece todo crédito e garante que aconteceu no interior de um desses ônibus elétricos que a irreverência popular apelidou de chifrudo. O ônibus vinha lotado e, como acontece com tanta frequência, com vários passageiros em pé. Antigamente, quando havia passageiro em pé, era tudo homem, porque a delicadeza mandava que os cavalheiros cedessem seus lugares às damas. Hoje, porém, é na base do chega pra lá.

Vai daí, havia um senhor que estava sentado distraidamente lendo o seu jornal e nem percebeu que havia em pé, ao seu lado, uma jovem senhora dessas que não são nem de capelão largar batina, nem de mandar dizer que não está. Em suma: uma mulher bastante razoável.

O senhor acabou de ler o seu jornal, dobrou-o e deu aquela espiada em volta, ocasião em que percebeu a distinta viajando em pé, ao seu lado. Devia ser um cavalheiro de conservar hábitos d'antanho porque, imediatamente, levantou-se e disse pra dona:

— Faça o obséquio de sentar-se, minha senhora.

Seu ato não parecia esconder segundas intenções, tão espontâneo ele foi. Mas, se o cavalheiro era antigão, a madama era moderninha. Achou logo que o senhor estava querendo fazer hora com ela e, desacostumada ao gesto delicado, torceu o nariz e falou:

— Muito obrigada, mas eu não sento em lugar quente.

Houve risinho esparso pelo ônibus e comentários velados, o que deixaria o senhor com cara de tacho, não fosse ele — conforme ficou provado — pessoa de muita presença de espírito.

Notando que todos o olhavam como se ele fosse um palhaço, o gentil passageiro voltou a sentar-se e disse, no mesmo tom de voz da grosseira passageira, isto é, naquele tom de voz que despertara a atenção geral:

— Sinto muito que o lugar esteja quente, minha senhora. Mas não existe nenhum processo que nos permita carregar uma geladeira no rabo.

Aliás, ele não disse rabo. Ele disse mesmo foi bunda.

O passeio do pastor

Para um pastor, francamente, acabara de ter um comportamento indigno: pulara o muro sorrateiramente e abandonara sua vigília, para farrear. Mal se viu na rua, o pastor olhou para os lados e reparou que não havia ninguém na rua que, de resto, àquela hora da madrugada costumava estar sempre deserta. O pastor ficou satisfeito de não ter sido pressentido e seguiu caminhando junto ao muro, até atingir a esquina, onde parou indeciso. Não parecia ter um caminho premeditado e, se alguém estivesse a observá-lo, acharia que fugira por fugir, apenas para entregar-se à aventura.

Afinal o pastor resolveu-se pela direita. Dobrou a rua e foi seguindo lampeiro, gozando sua liberdade. Foi aí que pareceu vislumbrar alguém do sexo oposto no jardim de uma bela residência. Parou e ficou observando.

Depois de alguns segundos atravessou a rua e tentou empurrar o portão do jardim. Devia estar trancado, mas isto não era problema para um pastor que, momentos antes, dera uma bela prova de destreza, galgando um muro bem mais alto.

Era um pastor danado aquele. Recuou um pouquinho, tomou distância e, pimba... pulou o portão e foi entrando pelo jardim tranquilamente, para namorar à vontade. O que aconteceu lá dentro eu não vou contar que não estou aqui para dedurar pastor nenhum, mas que ele demorou lá dentro um tempo comprometedor, isto eu não vou negar.

O que eu sei é que passada quase uma hora (pelo menos uns quarenta e cinco minutos), ele ficou lá dentro e os dois podiam ser vistos, por um observador mais atento, entre as sombras dos ciprestes que se prestavam muito para cenas românticas, mas — como eu dizia — passado o tempo comprometedor, o pastor voltou pelo mesmo caminho, isto é, pulou o portão, como um ladrão vulgar, e saiu para a rua.

Foi então que o pastor parou no poste e tornou a observar em volta, para ver se havia alguém. Não havia, e ele, sem a menor cerimônia, "regou" a base do poste e foi em frente.

Era, realmente, um pastor bacana. Um belo exemplar de cão pastor-alemão.

O correr dos anos

Quem ficou contente foi Bonifácio Ponte Preta (o Patriota), com a inauguração da tal adutora do Guandu, que resolve o problema da água no Rio de Janeiro até o ano 2000. Tudo que é noticiário da imprensa sobre o assunto o Boni recorta e cola num álbum confeccionado por ele mesmo e que tem uma bonita fita verde-amarela, badalando na capa. Por exemplo, aquele artigo do David Nasser, que saiu no *O Cruzeiro*, sob o título de "As águas da ingratidão", no qual o repórter começa assim: "As águas da ingratidão municipal começaram a rolar", e depois diz que "a obra do século", que quebrou o galho da falta de água até o ano 2000, foi inaugurada e se esquece, deliberada, criminosa e vergonhosamente o nome de Carlos Lacerda, que foi — segundo Nasser — o homem que botou o cano lá no rio; pois esse artigo — eu dizia — o Bonifácio achou tão bacana que comprou dez *O Cruzeiro* e colou tudo no álbum.

Estou contando o detalhe para mostrar que o patriótico Boni está exagerando às pampas no seu fervor cívico pela obra. Ele não fala noutra coisa e ficou uma fera com o distraído

Rosamundo, quando soube que o coitado nem tinha sabido dessa inauguração:

— Perfile-se! — berrou o Boni, assustando o Rosa: — Fique sabendo que estou lhe prestando uma informação que orgulha qualquer patrício, ouviu? Saiba o senhor que inauguraram o Guandu. Teremos água até o ano 2000.

Rosamundo ficou besta com o que o outro lhe contou. Que coisa, não é mesmo? Água até o ano 2000!

Mas Rosamundo mora na zona do centro, pois ainda não percebeu que aquilo não é zona residencial. Ontem ele passou os olhos pelos jornais e — como sempre — nem notou o que estava lendo, passando-lhe despercebida a notícia de que caiu uma ponte de Lajes, o que acarretou total falta de água no lugar onde ele mora.

E quando Rosamundo chegou em casa, ainda impressionado com o que lhe contara o patriótico Bonifácio sobre essa coisa de que não vai faltar água até o ano 2000, e abriu o chuveiro para um banho reparador, só caiu uma gotinha na cabeça dele e olhe lá.

Na sua proverbial vaguidão, ele comentou, apenas:

— Puxa! Como os anos passaram depressa!

O homem que mastigou a sogra

Foi em Niterói! É o caso do sargento Gilson Calado, que não é tão calado assim e, depois de botar a boca no trombone, por causa das imposições da ex-futura sogra, gorda senhora de sólido físico e sólidos princípios, avançou para a indefesa senhora "prostrando-a com diversas dentadas na região cervical", isto é, mordeu-lhe o cangote dela com força.

Diz que a vítima (a vítima da agressão, porque no caso em si, Calado era muito mais vítima), d. Laudenira Santana, era fogo e não deixava a filha ir nem na esquina sozinha, muito menos acompanhada. O sargento, no entanto, já tinha estabilidade, não só porque era noivo da filha de d. Laudenira, como também já estava há cinco anos noivando firme.

— O senhor quer conversar com ela, tem que ser aqui na sala — dizia a gorda e implacável futura sogra. — A Délia só sai de casa comigo.

Délia — eu ia esquecendo de dizer — era a noiva do Calado. E convenhamos: assim era demais. Se ao invés de "pra casar" o sargento estivesse paquerando na base do "pra que é", ainda vá... mas noivo no duro; um tremendo noivo de cinco anos; era muito chato!

Sempre a mesma coisa. O sargento chegava, batia continência pra d. Laudenira e ia pra sala, onde ficava a Délia num canto e ele no outro, só de olho, porque a velha dava uma incerta a toda hora. Qualquer silêncio maior, ela botucava o ambiente.

Até que chegou o domingo. A situação, que encheria até saco de filó, permanecia a mesma e Calado resolveu contrariar o nome de família, metendo lá um independência ou morte, às margens de d. Laudenira. Chegou pra ela e vomitou:

— Olha, dona, eu e a Délia vamos até a esquina, dar uma voltinha.

— É o que você pensa, rapaz! — teria respondido a vigilante maternal ao vigilante municipal (Calado é sargento da Polícia Municipal). — Eu já disse e repito que a Délia só sai de casa comigo.

Aí foi aquela forra: Calado avançou para a futura sogra e quando esta virou as costas para se mandar, ele deu com aquele suculento cangote a tremer na sua frente, de raiva e medo. Não conversou, tacou-lhe a primeira dentada, a segunda, a terceira... enfim, deu de goleada.

Tão alucinado ficou que, ao ver a Délia tomando a defesa da mãe, deu-lhe uma dentada de sobra, no nariz. O noivado tá desfeito. O sargento, satisfeito.

As retretes do senhor engenheiro

Está no livro *Encanamentos e salubridade das habitações*, já em terceira edição em Lisboa, fazendo parte da coletânea da Livraria Bertrand: Biblioteca de Instrução Profissional. É obra do engenheiro português João Emílio dos Santos Segurado e, no capítulo v, eu num guentei mais e resolvi transcrever. Lá vai:

Instalações sanitárias (retretes coletivas) — Na instalação de retretes coletivas nos quartéis, escolas e, principalmente, nas grandes oficinas, é necessário adotar disposições especiais, por assim dizer: disciplinares, para evitar que o pessoal ali permaneça além do tempo indispensável. É de todos conhecido que os operários menos cuidadosos com os seus deveres aproveitam a ida à retrete amiudadamente para abandonarem o trabalho. Recorre-se por isso a diversos meios que tornam incômoda a permanência nas retretes. As portas dos sanitários devem ser baixas, para que facilmente se veja de fora quem lá está. Usam-se muito as retretes turcas, onde as pessoas se têm de acocorar para delas se servirem, mas tem-se reconhecido que não é bastante isso, por não ser a posição incômoda para todas as pessoas. Também se costuma colocar nas retretes desse sistema uns descansos de ferro encastrados nas paredes e que correspondem aos sovacos e onde as pessoas ficam por assim dizer penduradas para fazer as necessidades. Ainda se tem usado o tampo das retretes bastante inclinado, para que o pessoal não fique bem sentado, mas apenas encostado, numa posição bastante incômoda, mas todos esses dispositivos são ineficazes quando se trata de mandriões incorrigíveis. Recorre-se, igualmente, à ação da água ou do vapor. Periodicamente lança-se nas retretes uma violenta corrente, que as lava, arrastando os dejetos, mas dirigida de um modo que uma parte da água molhará as pessoas que ali estiverem sentadas ou acocoradas; mas exige esta disposição que se disponha de um volume considerável de água, o que nem sempre sucederá. Empregando as retretes do sistema Doulton já descritas, pode usar-se com o mesmo fim a descarga de vapor das máquinas, feita na canalização; a temperatura do vapor é bastante para queimar ou, pelo menos, tornar insuportável a permanência nas retretes. Um meio preconizado por industriais para evitar a permanência do seu pessoal nas latrinas é mantê-las num estado de imundície tal que o cheiro afugenta dali os operários logo após satisfazer suas necessidades.

Texto extraído — sem comentários — das páginas 148 e 149 do livro do engenheiro acima mencionado.

Dois amigos e um chato

Os dois estavam tomando um cafezinho no boteco da esquina, antes de partirem para as suas respectivas repartições. Um tinha um nome fácil: era o Zé. O outro tinha um nome desses de dar cãibra em língua de crioulo: era o Flaudemíglio.

Acabado o café o Zé perguntou:

— Vais pra cidade?

— Vou — respondeu Flaudemíglio, acrescentando: — Mas vou pegar o 434, que vai pela Lapa. Eu tenho que entregar uma urinazinha de minha mulher no laboratório da Associação, que é ali na Mem de Sá.

Zé acendeu um cigarro e olhou para a fila do 474, que ia direto pro centro e, por isso, era a fila mais piruada. Tinha gente às pampas.

— Vens comigo? — quis saber Flaudemíglio.

— Não — disse o Zé: — Eu estou atrasado e vou pegar um direto ao centro.

— Então tá — concordou Flaudemíglio, olhando para a outra esquina e, vendo que já vinha o que passava pela Lapa:

— Chi! Lá vem o meu... — e correu para o ponto de parada, fazendo sinal para o ônibus parar.

Foi aí que, segurando o guarda-chuva, um embrulho e mais o vidrinho da urinazinha (como ele carinhosamente chamava o material recolhido pela mulher na véspera para o exame de laboratório...), foi aí que o Flaudemíglio se atrapalhou e deixou cair algo no chão.

O motorista, com aquela delicadeza peculiar à classe, já ia botando o carro em movimento, não dando tempo ao passageiro para apanhar o que caíra. Flaudemíglio só teve tempo de berrar para o amigo:

— Zé, caiu minha carteira de identidade. Apanha e me entrega logo mais.

O 434 seguiu e Zé atravessou a rua, para apanhar a carteira do outro. Já estava chegando perto quando um cidadão magrela e antipático e, ainda por cima, com sorriso de Juraci Magalhães, apanhou a carteira de Flaudemíglio.

— Por favor, cavalheiro, esta carteira é de um amigo meu — disse o Zé estendendo a mão.

Mas o que tinha sorriso de Juraci não entregou. Examinou a carteira e depois perguntou: — Como é o nome do seu amigo?

— Flaudemíglio — respondeu o Zé.

— Flaudemíglio de quê? — insistiu o chato.

Mas o Zé deu-lhe um safanão e tomou-lhe a carteira, dizendo:

— Ora, seu cretino, quem acerta Flaudemíglio não precisa acertar mais nada!

Mirinho e o disco

Fomos juntando os telegramas sobre novos aparecimentos de discos voadores. Aqui está um de Lima, Peru: "Um disco voador e seu tripulante, um anão de cor esverdeada, pele enrugada e noventa centímetros de altura, foram vistos, ontem à noite, no terraço de uma casa pelo estudante Alberto San Roman Nuñez". Este outro de Assunção, Paraguai: "Diversas pessoas tiveram oportunidade de ver nos céus desta capital um estranho objeto voador, que durante vinte minutos evoluiu sobre suas cabeças, desaparecendo depois em grande velocidade". Já de Santiago, Chile, o telegrama conta diferente:

> Novas notícias de aparecimento de objetos voadores não identificados nos céus reacenderam controvérsias desencadeadas com visões nas bases científicas da Antártida, no mês passado. Na Vila de Beluco, pequena localidade chilena, os habitantes viram um disco pousar durante cinco minutos e logo levantar voo para desaparecer no horizonte.

Agora noutro continente: "Em Oklahoma City a polícia informou que, na base de Tinker, perto desta cidade, o radar registrou a presença de quatro objetos não identificados, que evoluíam a cerca de sete mil metros de altura". Na Europa e na Austrália também houve disco voador assombrando populações. De Portugal, por exemplo, chegou telegrama contando que foi visto objeto estranho "que parecia um esférico de plástico". E no Brasil, ainda no domingo passado, em Paquetá, uma porção de gente viu disco voador, o que prova que eles andam pela aí de novo. Mas deixemos os discos voadores momentaneamente de lado e passemos a Primo Altamirando. No prédio onde Mirinho mora tem uma mocinha que eu vou te contar. Vai ser engraçadinha assim lá em casa! O primo vinha cantando a vizinha há bem uns seis meses, sem conseguir nem pegar na mão. Anteontem, porém, depois de muita insistência, ela amoleceu e andou dando sopa para o nefando parente: combinou com ele um encontro noturno no terraço do prédio. E, de fato, na hora marcada, apareceu assim meio medrosa. Mirinho começou a amaciar a bonitinha, fazendo festinha, dizendo pissilone no ouvido, dando mordidinha na ponta da orelha. E quando já tava quase, ela deu um grito:

— Que foi??? — assustou-se Mirinho.

— Olha lá no céu. Um disco voador — apontou ela, nervosa. Com medo de perder a oportunidade, Mirinho apertou-a contra si e lascou:

— Deixa pra lá. Finge que não vê. Finge que não vê!

A governanta

— Ela chega amanhã. Vai ganhar cem mil cruzeiros, mas vale a pena — quem falava assim era a mulher do Alcindo. Já tinham discutido às pampas, o Alcindo e a mulher, por causa da tal empregada. D. Miriam — mulher do Alcindo — tinha conseguido a empregada com uma parceira de pif-paf, uma tal de Iolanda, com a qual o Alcindo sempre implicou. Mulherzinha gastadeira, que esbanjava o dinheiro do marido no jogo. D. Miriam era vidrada na Iolanda. Achava a Iolanda o fino da elegância. Imitava a Iolanda, fazia vestidos na costureira da Iolanda, penteava o cabelo no mesmo cabeleireiro da Iolanda e dera até para gastar como a Iolanda. O Alcindo ia suportando tudo porque os programas de pif-paf da d. Miriam lhe davam uma frente bárbara. Enquanto a mulher estava fazendo sequências, trincas, "lobas" e outras besteiras, ele ia se espalhando pelas boates, fazendo suas miserinhas pela aí. O Alcindo era muito assanhado.

Ultimamente, porém, a Iolanda começara a mandar também em sua casa. Aconselhara d. Miriam a mudar os móveis da sala (Alcindo teve até que assinar um papagaio no Zé Luís para

160

quebrar o galho), fizera d. Miriam aderir às suas dietas para manter a linha (Alcindo já se sentia um mísero herbívoro de tanto mastigar saladas), e tudo culminara com a dispensa das duas empregadas, que não eram lá essas coisas, mas pelo menos respeitavam o patrão.

D. Miriam — sempre achando que a Iolanda era o máximo — ia seguindo os conselhos. Lá se foram as duas domésticas simplórias e viera a novidade: a Iolanda arranjara uma espécie de governanta. Uma moça que trabalhara para os Martorelli.

— Uma governanta perfeita. Fala até um pouco de inglês — informou d. Miriam, exaltando as qualidades da nova contratada.

E naquela tarde discutiram pra valer, com Alcindo irritado de tanta badalação dentro de casa. Mas, como d. Miriam ia passar a noite na casa do pai (o velho estava quase abotoando o paletó) e ele ia a um pré-carnavalesco legal organizado pelo Pindoba — grande técnico na estruturação de badernas íntimas —, acabou concordando.

— Ela chega amanhã. Vai ganhar cem mil cruzeiros, mas vale a pena — foram as últimas palavras de d. Miriam, antes de sair para a casa do pai moribundozinho.

Alcindo inda ficou zanzando pela casa, tentando se acostumar à ideia de uma governanta em casa; uma mulherzinha provavelmente cheia de chiquês, que iria inibir sua comodidade dentro do próprio lar. Grande chateação! Não fosse a perspectiva da farra no tal pré-carnavalesco, e o Alcindo estaria uma fera.

Quando saiu pra festa estava mais calmo. Meteu uma bermuda, uma camisa folgada e mandou brasa. O forró foi numa dessas boates também chamadas de "inferninho", onde o diabo não entra para não se comprometer. No escurinho tava valendo tudo. Com dois minutos do tempo regulamentar o Alcindo já estava armado. Pegou uma zinha, mais ou menos, lourinha, de narizinho fino e um rebolado que não era assim aquele estouro mas que também não era de se deixar pra lá. A noite inteira agarrado, enquanto uma charanga segundo time tocava uma marchinha chamada "O cachorrinho do Lalau". Quando a charanga meteu o "Cidade maravilhosa", que dá por encerrados os debates, o Alcindo estava de moringa cheia e doido pela lourinha. Fez tudo para comprar o seu passe, mas na confusão da saída, caindo pelas tabelas de tão bêbado, a lourinha sumiu e ele nem sabe como chegou em casa.

Mas que chegou, isto chegou. Tanto que, no dia seguinte de manhã, acordou com d. Miriam a catucá-lo:

— Levanta, Alcindo. A Dolores já está aí.

— Dolores? Que Dolores?

— A governanta. Já estudamos os horários. Ela acha que não devemos dormir depois das dez. O breakfast pode tirar o apetite para o almoço.

Alcindo levantou-se estremunhado. Entrou debaixo do chuveiro (era dia de adutora consertada) e tomou uma ducha legal. Quando chegou na sala de jantar, foi aquele espanto. Sua mulher ouvia encantada as "ordens" da governanta. E a governanta era igualzinha à lourinha da véspera. Seria a mesma? Era muito azar do goleiro. Alcindo cumprimentou-a meio ressabiado. Ela respondeu com um sorriso amável. Não, não era a mesma. Estava era imaginando besteira. Mas foi d. Miriam ir lá pra dentro e a governanta começou a cantarolar baixinho a marcha "O cachorrinho do Lalau".

Coitado do Alcindo, anda numa rosca soviética! Só ato institucional pra cima dele a governanta já assinou uns três para cercear os seus direitos humanos.

162

O alegre folião

Seu João é um mendigo muito digno, que exerce o seu mandato na igreja de São Paulo Apóstolo. Daqui de cima eu costumo ver seu João lá embaixo, na escadaria da igreja, onde fica sentado o dia inteiro. À noite ele continua no mesmo lugar, só que deita na escadaria e dorme. Seu João é meio doido e não costuma conversar muito. Há outros mendigos na escadaria da igreja, mas nenhum é fixo. O ponto parece ser vitalício e de exclusiva exploração por parte de seu João.

Às vezes — numa média de duas ou três vezes por ano — vem uma viatura da delegacia que finge tomar conta dos mendigos e leva seu João. Nessas ocasiões para povo em volta pra ver. Salta uma senhora machudona com farda de policial, agarra seu João pelo braço e empurra-o com o máximo de indelicadeza possível para dentro da viatura. Seu João faz força para não entrar, mas depois de levar uns pescoções, acaba entrando. Houve uma vez que uma rapaziada vinha da praia e parou na horinha em que levavam seu João. Um dos rapazes protestou e a machona quis distribuir bolacha pra cima da turma. Deu-se mal e quem apanhou foi ela e mais os dois guardas que saltaram da viatura para protegê-la. Acabou tudo dando em nada e lá foi seu João para o que a machona explicou ser "um centro de recuperação de mendigos".

É verdade que não jogaram seu João no rio da Guarda, como ocorreu com diversos coleguinhas seus, mas fizeram com ele o que fazem com a grande maioria dos mendigos. Dão um banho no coitado, cortam o cabelo e a barba, depois soltam para que ele volte ao seu ponto profissional. Dizem que essa medida é só pra prejudicar mendigo, porque mendigo lavado e barbeado arranja muito menos esmola.

Mas — eu lhes dizia — daqui de cima vejo sempre seu João. Sou um dos poucos que ele cumprimenta. Só por causa do cobertor. Foi no ano de 63 que houve um inverno mais rigoroso e seu João tossia tanto de noite que num guentei. Mandei a babá das meninas comprar um cobertor e ela levou de presente pra ele. Seu João é doido, como tantos outros que circulam pela aí, inclusive alguns em altos postos, mas é reconhecido. Nas raras vezes em que cruzamos na calçada, ele grunhe o que eu acredito que seja um agradecimento.

Pois descobri que seu João também é um alegre folião carioca. Durante os dias de Carnaval permaneceu onde sempre esteve: na escadaria da igreja, mas era Carnaval, e seu João passou os quatro dias pedindo esmolas com um chapeuzinho de tirolês.

Movido pelo ciúme

Aqui no jornal diz que Luís Caldas matou Rosa Maria dos Santos movido pelo ciúme; e dá os antecedentes do crime. Luís foi passar o Carnaval num sítio, lá no interior, casa de um amigo. Rosa Maria ficou aqui, nos quatro dias de festas carnavalescas. Diz que os dois eram noivos, mas deviam ser mais do que isso, pois Luís sentiu o ciúme a doer-lhe na carne. Pobre Luís! Sua inexperiência amorosa levou-o ao mais doloroso dos sentimentos. "Cada um mata aquilo que adora" — dizia o nem sempre ultrapassado Oscar Wilde. E Luís foi nessa. Não soube explicar à amada que há homens cujo amor não suporta o impacto de um Carnaval e sentiriam a angústia do ciúme mesmo que enfrentassem as lides carnavalescas de braço com a mulher que querem e que sentem sua. Não soube explicar e depois não soube livrar-se das provocações da amada, porque toda mulher é assim mesmo e é nas reações do homem que busca o alimento do seu amor.

Rosa Maria não tomou a ausência de Luís ou não a sentiu — melhor dizendo — em suas verdadeiras proporções: Luís sumiu por amor, por nutrir pela amada um misto de superconfiança nela e mesquinha insegurança em si mesmo. Vieram as Cinzas, voltaram a se encontrar e ela pôs-se a provocar. Ó Senhor, é preciso todo um mundo de renúncias íntimas para suportar o que diz a amada, após o reencontro. Pobre Luís, não tinha ainda aprendido a grande lição! No reencontro a amada mostra-se alegre como um passarinho e já aí começa o ciúme a maltratar o homem. Ela deixará escapar frases soltas, pequenas provocações que o homem, para proteger o seu amor por ela, deve deixar que batam contra o escudo do estoicismo.

Ela dirá, por exemplo, "há muito tempo que o Carnaval não esteve tão animado". Ao homem, nesta circunstância, resta balançar a cabeça, concordando, mas nunca perguntando: "Você achou, é?". De maneira nenhuma. Passe incólume, amigo, se ama de fato quem o ama.

Ela virá com novas armas. Haverá um momento de pausa na conversa e ela vai cantarolar baixinho: "Tristeza... por favor vai embora!". Algumas, depois de cantarolar, ainda acrescentam: "Chi, esta música não me sai da cabeça". Aguente firme, irmão, e se ânimo sobrar, diga: "Esse samba é lindo, realmente".

Sei que o ciúme está fazendo de você o "palhaço das perdidas ilusões", mas até aí você vai indo bem. Chegará o momento em que ela, a troco de nada, vai dizer: "Lá onde você passou o Carnaval tinha televisão?". Responda que não, mesmo que houvesse, pois ela arrematará: "No baile do Monte Líbano eu fui focalizada diversas vezes". Finja que não vê o olhar que ela estará usando contra você e faça de si a estátua da renúncia, quando ela informar que a fantasia dela fez muito sucesso: "Era aberta de um lado e deixava a perna toda de fora. Recebi elogios totais".

Sei que é hora do bofetão, amigo, mas — por favor — não deixe que o fantasma do ciúme invada o seu castelo. Para que sua amada continue a ser a sua amada, respire fundo e esqueça, ela poderá insistir com mais umas duas ou três, no estilo "que beleza é ver o sol nascer no Carnaval", mas está cada vez amando mais você. E então, quando ela telefonar com aquela mesma voz dengosa que tinha em janeiro, você estará de parabéns: venceu a batalha, irmão!

Mas lembre-se: vencer uma batalha não é vencer a guerra. Aguarde, que outros Carnavais virão.

Patrimônio

Benedito aguardava na fila do cartório para registrar o filho, nascido dias antes. Era o quarto, aliás o quinto, mas é que um morrera ainda pequenino e esse Benedito não contava. Quatro filhos! Pensando bem até que não era muito. Podiam vir outros, é claro, mas Benedito achava difícil. Estava ficando velho; a mulher também. Benedito sorriu ao lembrar a mulher de outros tempos. Bem jeitosinha até. Agora Isaura estava um caco, mas foi um pedaço. Se foi! Para um casal pobre, eles tinham poucos filhos, sim: quatro. Pobre costuma ter muito mais filho. Pobre não tem mais nada pra fazer.

Alguém fora atendido lá na frente, a fila andou um pouquinho. Benedito deu um passo à frente. Ali mesmo na fila estava a prova. Quase tudo gente pobre como ele, para registrar filho. Gente que pouco mais do que aquilo poderia fazer pelo recém-nascido. Era registrar; o resto viria como Deus permitisse. Se, com três filhos, sua vida já era fogo, imagine com mais este.

Mas Benedito tinha um plano para dar um patrimônio à criança. Rememorava: tivera a ideia quando tomava um troço no botequim, perto da Casa da Mãe Pobre, onde Isaura era atendida. Quando entrou e pediu a cachaça, não pensava em nada. Tinha sido um impulso besta, ir até o botequim, sentar, pedir a bebida. E ali ficou bicando devagarinho, ouvindo a conversa dos outros. Numa mesa próxima, três sujeitos conversavam, falando de política. Todos eles estavam de acordo num ponto: nada tinha melhorado, pelo menos para eles. Muda governo, discute-se, persegue-se, mas para eles era sempre igual.

— Igual não! Pior. Sempre pior! — protestou o que estava de frente para Benedito.

Os homens ficaram calados por um tempo. Um deles serviu-se de cerveja. O líquido dourado subiu pelo copo, fazendo espuma, e transbordou. O homem afastou o corpo de junto da mesa, com medo de que pudesse se molhar. Depois riu amargo e falou:

— O galão da cerveja está recordando o cretino que eu fui.

Os outros esperaram para saber que cretino fora o companheiro:

— Meu pai fez tudo para me encaminhar no Exército e eu não quis. Já pensaram? Nesta altura não era galão de cerveja que eu teria não.

— Fala, coronel — disse um deles, mexendo com o que sonhava.

— Coronel não. General. Tô ficando velho. Já podia ser general.

A fila andou de novo; Benedito deu mais um passo. Da lembrança daquela noite, no café, enquanto esperava o filho nascer, passou para outras recordações. Sempre ouvira dizer que há pais que dão nomes estranhos aos filhos. Lembrou-se do caso que lhe contaram do menino registrado pelo pai logo depois de um Carnaval. A criança foi registrada e batizada com o nome de Lança-Perfume Rodo Metálico. Benedito tinha lido nos jornais que a polícia proibira lança-perfume. Será que proibiram também o tal de Rodo Metálico de circular por aí, por causa do nome? Riu da ideia. Olhou para a frente. Estava quase na sua vez. Na hora não iria titubear. Já sabia participar daquele ritual de cor e salteado. Quinto filho. A fila ia se deslocando e Benedito ia pensando que todo o pai tem a obrigação de fazer o que puder pelos filhos. Ele pouco pudera fazer, até ali, pelos que já tinha, mas, pelo recém-nascido, faria alguma coisa. Tinha uma boa ideia.

Chegou a sua vez. Encostou no balcão e o auxiliar do escrivão apanhou uma folha limpa. Ficou esperando as perguntas:

— Nome do pai! É o próprio?

— Sou. Benedito. Benedito da Conceição Lopes.

— Lopes?

— Lopes.

— Mãe?

— Isaura Lopes.

— Como vai se chamar a criança?

— General Lopes.

— General? Mas General não é nome.

— Eu sei. Mas eu queria que se chamasse General. É um menino. O senhor compreende, eu sou pobre, ele também será. Quem sabe, quando ele crescer, os outros chamando ele de General, talvez, não sei... Talvez ele consiga ser mais do que eu fui... o senhor compreende?

O funcionário do cartório olhou para Benedito, mas, pelo olhar angustiado do pai, viu que ele não brincava: queria mesmo que o filho se chamasse General.

— Um momento — disse, e foi consultar o escrivão. Confabularam um instante, o escrivão olhou para Benedito e balançou a cabeça. General não podia.

— Então bota João — falou Benedito.

E saiu do cartório mais triste que nunca.

A nós o coração suplementar

Quem anuncia é um cientista chamado Adrian Kantrowitz. O homem se propõe a utilizar um tubo de borracha, ligado à corrente sanguínea, através do qual é automaticamente posto a funcionar um aparelho elétrico fora do corpo, que ajudará o funcionamento do coração, quando este começar a ratear, seja por falta de forças, seja por excesso de trabalho. A isto o cientista dá o nome de "coração suplementar".

Bonito nome, hem? Coração Suplementar! Claro, o doutor falou que seu experimento poderá ser aperfeiçoado a ponto de cada um, um dia, poder adquirir o seu coração suplementar. E então a gente fica imaginando como seria bom se esse coração, além de ajudar o funcionamento do coração principal nas suas funções fisiológicas, ajudasse também nas suas funções sentimentais.

Ah... como isto seria admirável! Um coração suplementar para satisfazer a doce amada, com quem gostaríamos de deixar o coração durante todas as horas, as alegres e as tristes, as decisivas ou as dúbias, as certas ou as indefinidas, qualquer hora enfim, porque a ela pertence o nosso coração que pulsa sentimento.

Mas ele mora num quarto conjugado junto com aquele que pulsa sangue e que é preciso levar para o ouro e o pão; impossível separá-los na dura lida, que onde vai um vai outro, unidos e tão inúteis um para o outro, em seus destinos tão diversos.

Meu Deus, como eu estou hoje! Que venha o coração suplementar e que o doutor seja tão genial a ponto de definir as funções dando a um os prosaicos afazeres e ao outro as lidas do sentimento. E que o suplementar fique sendo aquele e o principal fique sendo este.

E aí então, oh meu amor, você não vai reclamar mais a angústia maior da minha ausência, porque eu chegarei feliz para dizer que tenho de ir ali e volto já, mas acrescentando com toda a sinceridade d'alma:

— Até já, querida! Deixo aqui contigo o meu coração principal!

"Transporta o céu para o chão"

Era um mendigo seresteiro, um misto de coitado e boêmio, que bebeu um pouco mais e ficou alegre. Ora, a alegria de um mendigo resume-se num canto romântico misturado aos palavrões da revolta, único lenitivo para suas amarguras. Os mendigos, em geral, não dizem palavrão, porque vivem da caridade pública. Mas este, de Salvador, Cidade do São Salvador, Bahia, tinha bebido umas e outras, talvez com outros humildes como ele, no cais dos saveiros, talvez numa tendinha da beira da praia. Isto não ficou esclarecido.

Sabia-se apenas que era um mendigo que — de repente — virou seresteiro e saiu cantando pelas ruas do Salvador, subindo e descendo suas ladeiras, momentaneamente alegre:

— "A Deusa/ da minha rua/ tem os olhos onde a lua/ costuma se embriagar" — cantava ele.

Depois parava, meditava sobre o que cantara, sorria e dizia o seu sonoro e honesto palavrão:

— Quem costuma se embriagar sou eu, ora... — e arrematava com o palavrão. E lá ia cantando: — "Nos seus olhos eu suponho/ que o sol/ num doirado sonho/ vai claridade buscar."

173

Cantando. O mendigo chegou a uma praça e parou encantado em frente a uma casa. Era uma casa muito grande, parecia um palácio e todo bêbado é um rei. Ele deve ter imaginado uma seresta para sua rainha e cantou:

— "Na rua/ uma poça d'água/ espelho da minha mágoa/ transporta o céu para o chão."

Outra vez sorriu e outra vez praguejou seus palavrões. Foi então que um homem, vivendo ali seus dias e suas noites, isolado das misérias do mundo, sem mais um resto de temperança, de compreensão, achou que o mendigo estava lhe faltando com o respeito e chamou a polícia.

Pombas! A polícia. Esta mesmo é que não ia compreender nunca o sonho do mendigo-rei. Chegou e tentou agarrá-lo à força.

— Assim não — gritou o intrépido monarca. — Assim não.

Mas o policial insistiu e deu-lhe um tranco. O rei foi magnífico na sua dignidade, esfregando um bofetão certeiro e merecido nas fuças do policial. Um companheiro do esbofeteado sacou da arma e fez fogo. Morreu o rei, morreu o seresteiro, morreu o mendigo.

Caiu desfalecido na calçada, veio-lhe uma estranha impressão e ele morreu: "Na rua/ uma poça d'água/ [...]/ transporta o céu para o chão" — cantara ele ainda há pouco. Mas desta vez não. A poça era de sangue.

Febeapá 2
(1967)

PARTE I

O Febeapá nº 2

Aquele que se dedica, tal como Stanislaw, ao estudo da história do Brasil contemporâneo, deve ter notado que aconteceram dois acontecimentos importantes (a redundância é uma homenagem do autor ao Febeapá). O primeiro acontecimento importante que aconteceu foi o Festival de Besteira que assolou — e continua assolando — o país. O segundo foi o lançamento de um livro sobre esse evento, cuja venda surpreendeu os meios literários e até mesmo os livreiros mais tranquilos, pois liderou — durante grande parte do ano de 1967 — as vendagens de livros, alcançando um recorde notável: no período de nove meses vendeu trinta e sete mil exemplares. Ora, em nove meses, mesmo os casais mais prolíferos, raramente conseguem mais de um rebento. Mas deixemos de divagações e voltemos à história e ao livro citado, do qual o presente volume pretende ser uma continuação.

Os que leram *O Festival de Besteira que Assola o País* devem se recordar que o autor tentou dar uma explicação do fenômeno Febeapá — sigla que ele criou para não estar repetindo um nome tão grande. Assim, no primeiro livro, dizia:

É difícil ao historiador precisar o dia em que o Festival de Besteira começou a assolar o país. Pouco depois da "redentora", cocorocas de diversas classes sociais e algumas autoridades que geralmente se dizem "otoridades", sentindo a oportunidade de aparecer, já que a "redentora", entre outras coisas, incentivou a política do dedurismo (corruptela de dedo-durismo, isto é, a arte de apontar com o dedo um colega, um vizinho, o próximo enfim, como corrupto ou subversivo — alguns apontavam dois dedos duros, para ambas as coisas), iniciaram essa feia prática, advindo daí cada besteira que eu vou te contar.

E contei mesmo!

É verdade que a prática do dedurismo arrefeceu um pouquinho e — ultimamente — a Pretapress e seus atentos agentes assinalam apenas uns raros casos de delatores, podendo-se resumir tais figurinhas nas pessoas dos srs. Eremildo Viana, Hélio Gomes e Laerte Ramos de Carvalho — o primeiro da Faculdade de Filosofia e useiro e vezeiro em chamar a radiopatrulha para baixar o porrete em estudante, o segundo catedrático da Faculdade de Direito (imaginem se não fosse), que tem hábito parecido com o do sr. Eremildo; o terceiro é o reitor (nada magnífico) da Universidade de Brasília e que, ainda no mês de agosto, "alertou as autoridades contra estudantes que se reuniram no campus da Universidade para tratar de interesses da classe estudantil" — vejam vocês que perigo!!!

Como veem os leitores, o vício ficou sendo uma atitude comum aos professores, mas não encontrou bons alunos. A boa índole do brasileiro jamais fará desta terra um aquário de cocorocas, e o Febeapá prosseguiu apenas no setor da falsa autoridade, do ridículo em que caem alguns pretensiosos que querem impor à nação uma pseudomoral, em nome da hipocrisia. Há certos setores onde o primarismo e o provincianismo se debatem, daí advindo cada besteira de encabular dupla caipira. É a turma da recueta que ama dificultar tudo que poderia ser fácil e, a tal ponto, que minha Tia Zulmira, senhora prenhe de saber e transbordante de experiência, chegou a uma conclusão importante: na atual conjuntura, quem não atrapalha ajuda.

Algumas frases lapidares, que serviram para incrementar a besteira, como — por exemplo — "O que é bom para os Estados Unidos é bom para o Brasil" (Juraci Magalhães) ou então "Aceito minha noiva como legítima esposa para cumprir o meu dever com a pátria" (padre Vidigal) são marcos da história contemporânea do Brasil, e suscitaram outras tantas frases, assim como outras tantas atitudes, cujo relato o sociólogo Stanislaw apenas assinala, por ser um observador e não um novidadeiro.

DELEGADO ALIENADO

Em fins de 1966 o Febeapá brilhava intensamente. O jornal *Cinco de Março*, que se edita em Goiás, para provar aos leitores que o delegado adjunto do 1º Distrito de Anápolis assinava qualquer papel que lhe pusessem sobre a mesa, publicou o atestado de residência do presidente da França. Um gaiato colocou o papel na mesa e o delega já mandou o jamegão, saindo esta maravilha, em papel oficial:

Estado de Goiás — Secretaria do Estado da Segurança Pública — Delegacia do 1º Distrito Policial — Anápolis — Atesto, a requerimento da parte interessada, que, o sr. *Charles de Gaulle*, de nacionalidade: *francês*, estado civil: *casado*, exercendo a profissão de: *presidente da República da França*, é residente e domiciliado nesta cidade, à rua Benjamin Constant, nº 306.

MATO GROSSO TAMBÉM ENGROSSA

Aliás, no estado vizinho — Mato Grosso — um jornal chamado *A Luta Mato-Grossense* publicava em capítulos uma coluna chamada "Reflexões do general", onde o chefe da Zona Militar, nessa época, deitava conceitos tais como:

Arranque-se a árvore e ela não dará mais flores e frutos.

Foi ontem que os Guardas Vermelhos começaram a construir o novo mundo... o mundo do iê-iê-iê, apenas com a diferença que lá na China a coisa já é para valer e Mao Tsé-tung é o Cristo deles, é o chefe supremo dessa nova religião que a própria Rússia repele.

A juventude não pode e não deve ficar presa às páginas de um livro, às regras de uma escola, às ordens severas da vida familiar. Ela tem que dar vazão ao potencial de energia e à vida que traz em si, no seu coração grande e bondoso, nos seus músculos fortes e na sua mente criadora e ativa. Se para isso ela necessita gritar, que grite. Se para isso ela quer usar calças apertadas, cabelos grandes, andar suja, usar camisas coloridas, dar gritos desafinados em qualquer lugar, comportar-se como mal-educada que é, realmente, que o faça, porque senão ela, a juventude, vai adoecer e nós vamos ter que levá-la ao médico.

OLHE O PULSO

Essas "Reflexões do general" eram notáveis e saíam publicadas também no *Jornal do Comércio*, de Campo Grande (MT). Mas, em matéria de publicações dignas desta comovente relação, nada de esquecer o jornal *Pulso*, que circula entre os médicos cardiologistas. Em janeiro de 67, havia um artigo interessantíssimo sobre as doenças cardíacas na Finlândia onde, segundo estatísticas lá deles, em cada duas pessoas que morrem, uma foi vítima do próprio coração. O título do artigo lascava: "Coração mata por ano cinquenta por cento de finlandeses" — o que levou o distraído Rosamundo a lamentar: "Neste caso, morre metade este ano e, no ano que vem, a Finlândia acaba".

SEMANÁRIO DO PIAUÍ

Muito bacaninha também era o *semanário* que se lançava em Teresina (PI), chamava-se — e talvez ainda se chame — A *Voz do Piauí* e estava escrito — talvez ainda esteja — no "expediente": "Semanário — publica-se às quintas e domingos". Não sei se A *Voz do Piauí* fez campanha política mas — como vocês sabem — houve uma eleição (em alguns lugares era eleição, em outros o camarada era escalado mesmo e não se falava mais nisso).

NOS URINÓIS DA VIDA

Era cada propaganda eleitoral, meu camaradinha!
Em Itabuna (BA), por exemplo, o sr. Antônio Carlos Magalhães, que um cronista de Salvador chama de "único reacionário de esquerda do mundo", publicava um folhetinho relatando os seus feitos, que terminava assim: "... e outras realizações que o espaço não nos permite citar". Era a primeira vez que o espaço ficava com a oposição.
Pior, porém, fez o candidato a prefeito de João Pinheiro (MG). Mais conhecido pelo apelido, não teve dúvidas: mandou

fazer um cartão: "Para prefeito — em 15 de novembro — José Carlos Romero. MDB,* Ação, juventude e gabarito a serviço da nossa terra. Vote em Zé Pinico".

Em tempo: o Pinico não se elegeu. Foi uma pena!

CAVALAR INAUGURAÇÃO

De prefeito em prefeito, poderíamos chegar àquele, de uma cidade do interior do Rio Grande do Sul, que inaugurou um bebedouro público para cavalos, usando as mãos em concha e, depois do primeiro gole, gritando para seus correligionários: "Tá inaugurado, tchê". Mas este é um pouco forte, né? O melhor é passarmos para Niterói, onde o prefeito não muda tanto mas, em compensação, é a capital do estado que mais muda de governador. Tanto assim que, entrevistando a esposa do penúltimo governador fluminense, o jornalista local — Vidal dos Santos — meteu lá: "Como é que a senhora se sente como segunda primeira-dama?".

AS ADORÁVEIS

Janeiro ainda não tinha começado, mas o vereador pernambucano, lá em Recife, um senhor chamado Wandenkolk Wanderley já começara. No velho Teatro Santa Isabel, único da capital pernambucana, iria se exibir um time de bicharocas, num espetáculo chamado *Les Girls*, e o vereador — mais tarde famoso por ser contra minissaia e calça de rapaz apertadinha na bunda — berrava, na Câmara Municipal:

---

* Movimento Democrático Brasileiro.

— É inadmissível que o recifense veja o seu teatro, relíquia histórica, transformado em palco onde indivíduos que deviam estar presos, atendendo pelos nomes de Cassandra, Vera, Vanda, Ira, Geórgia e Monique, pretendem exibir um show de travesti. Coitado do Wandenkolk, as bichas caíram em cima dele, deram entrevista chamando-o de bofe, e Cassandra, quase histérica, declarou à imprensa, numa entrevista coletiva e badalativa:

— Esse vereador é um provinciano, tá bem? Lá no Rio, nós somos recebidas em qualquer lugar. A sociedade nos adora.

FORTALEZA CIVILIZA-SE!

Tudo isso numa cidade onde os problemas de habitação, condução, alimentação etc. são cruciais. Problemas, aliás, que também afligem Fortaleza, a capital cearense, onde o *Correio do Ceará* publicava alguns eventos que considerava "coisas boas que aconteceram na cidade e que contribuíram para a civilização de Fortaleza".

Entre outras, estas:

a invasão do iê-iê-iê nos clubes, como elemento altamente civilizador; inauguração do videotape na televisão, permitindo a exibição de novelas modificadoras dos hábitos sociais; realizações de desfiles de modelos em maiôs ou biquínis; a vinda de artistas como Hélio Souto, Brazilian Bitles e Jerry Adriani, que permitiram às mulheres desta praça desinibirem-se etc.

Mas essa era a opinião do jornal citado; para o nosso correspondente em Fortaleza, o melhor índice de civilidade e civilização era a votação irrisória que teve nas urnas o deputado Paulo Sarasate.

JANEIRO COMEÇA BEM

E entremos nos méritos de janeiro, para o Festival de Besteira: começando com o fiscal de rendas Armando Carlos dos Santos que, na estrada, entre as cidades de Rio Claro e Laranjal Paulista, interditou a falecida sra. Dirce Campanha e seu caixão, alegando que o cortejo fúnebre não tinha nota fiscal. Num discurso de saudação ao Ano-Novo, o então ministro do Trabalho — sr. Nascimento Silva — dizia textualmente: "Já não há mais classes privilegiadas neste país". Os trabalhadores que escutavam o discurso ficaram encantados com a novidade. A Estrada de Ferro Central do Brasil se mancava e prometia renovar seus obsoletos serviços. Colocava em seus trens, melhores pouquinha coisa, moças selecionadas para fazerem serviço semelhante ao das aeromoças, a bordo dos aviões. Mas como as selecionadas iam funcionar em trens, apelidaram as pobrezinhas de ferromoças. Taí um apelido que promete dar em besteira a bordo.

O Instituto Brasileiro de Reforma Agrária — o Ibra — comprava mais dois helicópteros para a sua frota de jatos. O Ibra é o único instituto que cuida de reforma agrária no mundo que tem um jato caríssimo para passageiros, modelo moderníssimo. A reforma — pela primeira vez — começa por cima.

BOTA O BOTO

Lembram-se do almirante Pena Boto?* Pois voltou. Voltou e deu uma entrevista no aeroporto, dizendo-se a favor da guerra

---

* Presidente da Cruzada Brasileira Anticomunista e um dos líderes contra a posse de Juscelino Kubitschek.

no Vietnã e declarando que é preciso invadir a China e acabar de vez com Mao Tsé-tung. Bonifácio Ponte Preta — o Patriota — vibrou com as palavras do almirante, principalmente em relação à invasão da China. O Boni, espumando de civismo, berrava: "Deixa ele ir! Deixa ele ir!".

A BICHA E A BOLSA

Outra vez o problema de homossexualismo tratado à luz do Febeapá: em Niterói, Wilson Jardim, da Delegacia de Costumes e Diversões, proibia uma festa de travestis, que se realizaria no Hotel Balneário de Itaipu. O delegado, apesar de se chamar Jardim, não queria fruta na redondeza. Houve uma bicha que telefonou para ele e perguntou: "Doutor, se eu for em cana por causa da festinha, o senhor me arranja uma cela de casal?".

Cada vez vai ficando mais complicada a explicação para a política econômica do país. Qualquer caso que envolva finanças, deixa o otário mais otário ainda. O sr. José Willemsens Jr., diretor da Bolsa de Valores do Rio de Janeiro, deu uma informação à imprensa sobre uma alta: "A alta atual é uma reação a uma baixa prolongada que houve". É verdade!!!

O PROCURADOR E O PREFEITO

O procurador-geral da Justiça Militar — Eraldo Gueiros Leite — já começava a tentar explicar. Entregava ao Supremo Tribunal Militar um parecer sugerindo o arquivamento do inquérito feito contra o ex-governador Mauro Borges, porque nada se apurou contra ele, nas muitas acusações que lhe foram imputadas. Arquivava-se o processo, mas o governador ninguém pensou em desarquivar. E, grande torcedor da "redentora", o dr. Gueiros procurava explicar, rápido: "A intervenção federal em Goiás foi feita pacificamente, objetivando-se a vontade do Executivo, calçada com a chancela do Legislativo e com as cautelas constitucionais".

O LIXO É LUXO

Como eu dizia, linhas acima, uma das mais constantes manifestações do Festival de Besteira, na sua fase presente, é a mania de querer explicar o que não tem explicação. Muito melhor é não dar explicação nenhuma, como fez o prefeito de Palmital (SP). Só mandou publicar:

> O prefeito municipal de Palmital sente-se no dever de comunicar à laboriosa população que, a partir do dia 2, a municipalidade não mais procederá o serviço de limpeza pública, bem como à coleta de lixo domiciliar, dando assim integral obediência ao que estabelece a lei tributária do município, aprovada pela egrégia câmara local que, pela votação unânime de seus vereadores, em sessão realizada a 19 do corrente mês, suprimiu os referidos serviços, existentes em nossa cidade há mais de trinta anos. ass.) Manuel Leão Rego — Prefeito municipal.

CALÇA E BOTA

Depois o pneu furou. Falou-se numa explosão da fábrica Goodyear. Entre as provas apresentadas pela Dops paulista contra os jovens acusados da suposta explosão, figuravam uma calça e um par de botas. O pai do prisioneiro dono de tão perigosos apetrechos ficou indignado com a perseguição ao seu filho e explicava — numa entrevista — que os objetos apreendidos pertenciam ao equipamento normal do rapaz, que é estudante de geologia. A Dops se atrapalhou toda com as calças e as botas, talvez por desconhecer a máxima do barão de Itararé: "Calça é uma coisa que se bota, bota é uma coisa que se calça".

E janeiro terminava com manifestações febeapadianas em Paracambi, onde um coronel prendeu o prefeito da cidade e os delegados de polícia. Motivo: discordaram da opinião de um sargento. Enquanto, em Belo Horizonte, o então ministro do Planejamento — dr. Robert Fields — era convidado especial de mil mágicos que se reuniam na capital mineira para fundar a Associação dos Mágicos de Minas. Até agora não se sabe se havia ironia no convite (o ministro não foi) ou se os mágicos consideravam mesmo Mr. Fields um grande ilusionista.

COMEÇA FEVEREIRO

Fevereiro começava com um vereador de Mafra (SC) pedindo em plenário que se fabricassem fósforos com duas cabeças, para economizar o pauzinho. Já em Dona Eusébia, cidadezinha mineira, a Câmara Municipal tinha sérias dificuldades para realizar a sua sessão de instalação, porque os nove vereadores da Arena, que a integram (o MDB não apresentou candidatos), não conseguiram ler o regimento interno e nem a última ata da legislatura anterior. Todos os edis desfilaram diante dos documentos mas ler mesmo que é bom, bulhufas. Como medida salvadora, o presidente da Câmara convocou conceituado advogado local, dr. Herberto Dias, e este fez a leitura, salvando, já não digo a pátria, mas Dona Eusébia.

Em Salvador (BA), um inspetor de trânsito impediu o sr. Sérgio Pimentel Gomes, gerente da agência do Bank of London & South America, de dirigir sem uma autorização do dono do carro, que era o próprio. Diante disso, o referido senhor enviou um requerimento à Inspetoria Geral de Trânsito nos seguintes termos: "O sr. Sérgio Pimentel Gomes, gerente do Bank of London & South America, autoriza o sr. Sérgio Pimentel Gomes, gerente do Bank of London & South America, a dirigir o veículo marca Volkswagen, chapa tal e tal. Assinado: Sérgio Pimentel Gomes". O requerimento foi aprovado.

O DENTISTA E O BISPO

O *Correio Braziliense*, jornal da capital, mantinha um dentista no seu corpo redacional, para dar conselhos aos leitores sobre a higiene dos dentes. Em fevereiro, ele publicou um artigo aconselhando àqueles que tivessem dor de dentes a rezarem. Explicava o odontólogo que respeitava a devoção de cada um, mas garantia que há uma santa "maravilhosa pelos seus milagres, para aqueles que buscam seu auxílio, quando acometidos de graves moléstias da boca ou de dor de dentes". E acrescentava: "Trata-se de santa Apolônia, cuja data de consagração é a 9 de fevereiro. Nesse dia, voltemos nossas atenções e agradeçamos ao benefício que ela nos dá na conservação bucal".

Por falar em santa, a Igreja se pronunciava, através da Conferência Nacional dos Bispos do Brasil, sobre recentes publicações pretensamente científicas, "que abordam problemas relacionados ao sexo com evidente abuso".

O documento não explicava se o abuso era do problema ou se o abuso era do sexo. Em compensação, nessa mesma conferência, d. José Delgado, arcebispo de Fortaleza, dava entrevista à Agência Meridional sobre pílulas anticoncepcionais, uma pílula formidável para fazer efeito no Festival de Besteira. Como se disse bobagem sobre o uso ou não da pílula, meu Deus!!! D. Delgado, por exemplo, dizia:

"A protelação do casamento é a única conclusão a que chego, atualmente, para a planificação da família e o controle da natalidade. E, depois disso, só existe um caminho seguro: o da continência na vida conjugal."

Como veem, o piedoso sacerdote era um bocado radical e queria acabar com a alegria do pobre. Ainda mais, falando em sexo e em continência na vida conjugal, deixou muito cocoroca achando que, dali por diante, era preciso bater continência para o sexo também.

É PROIBIDO NASCER

Toda essa fofoca sobre "publicações pretensamente científicas" foi causada pela revista *Realidade,* que publicou uma reportagem sobre o nascimento de uma criança e, por isso mesmo, foi apreendida e espinafrada por ligas de famílias, juizados de menores, senhoras marchadeiras etc. etc. O juiz de menores de São Paulo, Pedro Wilson Torres, reuniu a imprensa para esclarecer por que tinham apreendido uma revista que mostrava como se nasce: "Foi medida saneadora" — disse o magistrado.

O MATADOURO

A transcrição abaixo é de uma transcrição, isto é, transcrevemos do jornal de Nova Friburgo (RJ) a transcrição que fez de um decreto municipal:

Decreto nº 166 — O prefeito municipal de Nova Friburgo, usando das atribuições que lhe confere o artigo 20, nº 3, da lei nº 109, de 16 de fevereiro de 1948, e considerando que o marechal Castello Branco tem se conduzido na presidência da República como um estadista de escol; considerando que o presidente Castello Branco com o seu manifesto de então chefe das Forças Armadas foi o primeiro grito de alerta contra a corrupção e subversão que assoberbava a pátria brasileira; considerando que o presidente Castello Branco, como chefe da revolução baniu a subversão comunista e a corrupção do Brasil; considerando que o presidente Castello Branco trouxe a paz, a tranquilidade à família brasileira; considerando que o presidente Castello Branco vem implantando no país o clima de ordem, respeito e trabalho; considerando que o presidente Castello Branco, como herói da FEB, se fez credor da gratidão do povo brasileiro, decreta: — Artigo 1º — Fica denominada praça Presidente Castello Branco o logradouro público conhecido por largo do Matadouro — ass.) Engenheiro Heródoto Bento de Melo — Prefeito.

SUL...

Em Porto Alegre, o desembargador Osvaldo Barlém, eleito deputado pelo MDB, decidia concorrer à presidência da Assembleia gaúcha com uma plataforma racista. Como um deputado de cor, o sr. Carlos Santos, pleiteava o mesmo cargo, o desembargador lançava-se candidato e pedia os votos de seus coleguinhas "em nome dos interesses superiores de nossa raça". Eta ferro!!!

... E NORTE

Em visita a Belém do Pará, o presidente pronunciava um discurso no Instituto Astério de Campos, de educação de surdos e mudos. O redator da Agência Nacional informava que "em seu discurso no Instituto de Surdos e Mudos o presidente foi muito aplaudido".

É CARNAVAL

E então chegava o Carnaval, registrando-se grandes comemorações ao Festival de Besteira. Em Goiânia o folião Cândido Teixeira de Lima brincava fantasiado de papa Paulo VI e provava no salão que não é tão cândido assim, pois aproveitava o mote da marcha "Máscara negra" e beijava tudo que era mulher que passasse dando sopa.

Um padre local, por volta da meia-noite, recebeu uma denúncia e foi para o baile, exigindo da polícia que o papa de araque fosse preso. Em seguida, declarou: "Brincar o Carnaval já é um pecado grave. Brincar fantasiado de papa é uma blasfêmia terrível".

O caso morreu aí e nunca mais se soube o que era mais blasfêmia: um cidadão se fantasiar de papa ou o piedoso sacerdote encanar o sumo pontífice.

E enquanto todos pulavam no salão, o dólar pulava no câmbio. Ah, coisas inexplicáveis! Até hoje não se sabe por que foi durante o Carnaval que o governo aumentou o dólar, fazendo muito rico ficar mais rico. E, porque o ministro do Planejamento e seus cúmplices, aliás, digo, seus auxiliares, aumentaram o dólar e desvalorizaram o cruzeiro em pleno Carnaval, passaram a ser conhecidos por Acadêmicos do Cruzeiro — numa homenagem também aos salgueirenses que, no Carnaval de 1967, entraram pelo cano.

ODE AO BURRO

O Carnaval acabou para uns, continuou para outros, mas fevereiro foi embora e março entrou firme. Em primeiro lugar, por motivos óbvios, transcrevemos a circular distribuída pela Câmara Municipal de Pindamonhangaba:

Parecer da Comissão de Finanças ao projeto de lei nº 4/67, do poder Executivo — Presidente-relator: vereador Aníbal Leite de Abreu — Com o projeto de lei em epígrafe, pretende o executivo municipal a venda de dois muares de propriedade da prefeitura e que contam mais de trinta anos de idade. Para muitos essa providência há de parecer normal ou corriqueira, sem que mereça maiores estudos ou ponderações. Não o pretendemos e não é do nosso propósito apenas lamentar a triste sorte desses muares e, muito menos este parecer tem sentido laudatício, a esses injustiçados animais que após vinte e cinco anos de exaustivos serviços prestados à limpeza pública, hoje, trôpegos e em pleno decréscimo de sua energia e força, serão vendidos por trinta dinheiros. Por certo viverão os seus últimos dias sob a rude chibata de alguns perversos tidos como racionais, soltando seus suspiros finais presos aos varais de pesados carroções, ou ainda poderão ter os seus corpos esquartejados em algum saladeiro, que fabrica salame de muares ou de equinos. Nesta época em que os animais, quer pela sua dedicação, amizade, trabalho ou humildade santificante, vêm granjeando merecidamente u'a maior consideração dos seus irmãos racionais, quando personagens representativas do mundo intelectual ou político da nossa turbulenta metrópole ensaiam levantar um monumento ao burro, este animal de multimilenar espécie, que cedeu a sua manjedoura para o leito do Mestre dos Mestres, conduzindo ainda no seu lombo aconchegante Maria e o Menino Jesus para o Egito, não é admissível que em Pindamonhangaba a sua prefeitura pratique tamanha injustiça contra esses esquecidos muares. Poderíamos lembrar aos nobres pares a participação eloquente do burro nos albores do Brasil Império, lutando heroicamente sob o peso de enormes jacás, descendo as serras no transporte do ouro, metais ou pedras preciosas e retornando serra acima com o bom vinho importado, ferramentas ou outras riquezas.

Nas bandeiras, nos movimentos de expansão ou nas investidas pelos sertões em busca de minas ou plantando cidades, o burro esteve sempre presente como condutor do progresso e da civilização.

Cada um de nós, na sua função pública, em muitas ocasiões deve raciocinar com o coração e ser mais humano o quanto possível. Não que queiramos com essa manifestação demonstrar uma excessiva bondade ou qualidade que muitas vezes não possuímos, mas não é de justiça que velhos e cansados muares da municipalidade paguem com o seu sofrimento e com a sua vida o preço do nosso desinteresse ou omissão. Por isso, manifestamo-nos contrariamente à aprovação do projeto de lei 4/67, recomendando ao sr. prefeito municipal, e se preciso elaboraremos um projeto de lei, determinando que todos os animais de propriedade da prefeitura, que pela sua idade se tornem inservíveis para o serviço, sejam soltos na fazenda da represa, que é um próprio da municipalidade onde eles passarão a viver os seus derradeiros dias. A renda que a prefeitura deixa de auferir com a venda desses animais é insignificante, mas o exemplo de justiça e de compreensão do nosso poder público há de dizer alto sobre as atitudes dos administradores municipais de hoje. Pindamonhangaba, 6 de março de 1967 — Aníbal Leite de Abreu — Presidente-relator da Comissão de Finanças.

UMA DE PADRE

Em Cataguases (MG), uma pracinha inaugurada havia pouco tempo transformava-se no local preferido pelos namorados. O padre Solino, sacerdote um bocado pra frente e procurando sempre falar uma linguagem capaz de calar fundo nas ovelhas de seu rebanho, fez um sermão contra a praça; sermão bacaninha, onde dizia: "Minhas paroquianas, santo Antônio é que é santo casamenteiro. Esse ao qual estão fazendo promessa é um vigarista. Não é santo. Pelo contrário. Na hora ele garante que faz o milagre, mas depois quem faz o milagre é mesmo o médico-parteiro".

Consta que dias depois, pressionado pelas senhoras beatas, o padre foi obrigado a fazer novo sermão sobre o assunto e instado a ir dar uma espiada na pracinha.

Padre Solino esteve lá e depois deu uma deliciosa declaração, do tipo Tia Zulmira, afirmando: "Se peito de moça fosse buzina, ninguém dormiria nos arredores desta praça".

NAS CADEIRAS DELAS

O jornal *Folha do Povo*, de Campos (RJ), prestava homenagem das mais rebarbativas a três deputadas cariocas, pouco depois das distintas tomarem posse. Publicava uma fotografia onde apareciam as deputadas Edna Lott, Velinda da Fonseca e Latife Luvizaro, colocando sob a foto esta legenda: "As três saias da Guanabara já estão no exercício de suas cadeiras com grandes responsabilidades pela frente".

O *Correio da Manhã* também auxiliava esta relação, publicando este episódio:

> Em um dos lugares em moda da cidade, na noite passada, um rapaz da sociedade, com alguns conhecimentos de literatura comparada, afirmou que está faltando no Rio de Janeiro, hoje em dia, um Scott Fitzgerald. Ouvindo a observação, uma senhora da nossa sociedade, frequentadora das colunas sociais, afirmou com ar de enfado: "Eu acho que este *scotch* eles não têm aqui. Por que você não pede outra marca?".

OS FATAIS

O sr. Juraci Magalhães, que brilhou tanto no primeiro volume desta história contemporânea vista à luz do Febeapá, respondia a um repórter que lhe perguntara se ele tinha tomado conhecimento das acusações do deputado Mário Piva (então acusando o seu filho, vice-governador escalado da Bahia, como um dos que tinham ganho dinheiro com a alta do dólar); e respondeu zangado: "Se eu tivesse ouvido tal ataque, eu o mataria. Por isso, aliás, é que deixo a política. Sinto que sou um perigo ambulante".

Manchete do *Correio Braziliense*: "Diante do cadáver do irmão morto jurou matar o criminoso". Como podem notar os leitores, falou-se muito em matar, no mês de março de 1967.

BEM QUE EU DISSE!

O ministro da Justiça do governo que saía para entrar o novo foi o autor da Lei de Imprensa e do amontoado que se constituiu na nova Constituição. A publicação antecipada do que seria a nova Lei de Imprensa fez chiar até o dr. Júlio Mesquita, diretor de *O Estado de S. Paulo*, matutino paulista conhecido na intimidade pelo apelido de *Estadão*. Por causa da bronca, d. Lili, esposa do ministro Carlos Medeiros Silva (da Justiça, como ficou dito — e sempre é bom frisar porque tem muito ministro que a gente esquece), afirmou, entre amigos: "Bem que eu disse ao meu marido para fazer a Lei de Imprensa antes da Constituição, porque assim ele arrolhava essa imprensa e podia fazer a Constituição em paz". Nessa ocasião e sobre tal afirmativa, Primo Altamirando tinha uma observação muito feliz: "Rolha no gargalo dos outros é refresco".

EDUCAÇÃO E "CURTURA"

Sigamos na área ministerial que se foi: alunos do Colégio Pedro II procuravam o autor destas notas para contar que o ministro da Educação (na época o sr. Moniz de Aragão), antes de deixar o ministério, fez uma visita ao colégio e declarou que a culpa pela existência de excedentes nas faculdades é do brasileiro que só se interessa pelo título de doutor em engenharia, medicina ou direito. Até parece que tem engenheiro, advogado e médico sobrando pelo Brasil afora. Um dos alunos do grupo que procurou Stanislaw arrematou nossa conversa com esta frase: "É duro a gente começar o ano letivo ouvindo uma coisa dessas da boca do ministro da Educação". Um outro aluno do Pedro II ponderou: "Educação e curtura".

Ah, sim, houve a posse! Quem ia chegando atrasado para a posse do presidente, em Brasília, era o ministro da Viação, Juarez Távora, que se propôs chegar à capital viajando no trem inaugural. A chegada desse primeiro trem a Brasília estava marcada para as doze horas mas ele só chegou às dezoito horas (até que não é muito atraso, se considerarmos uma instituição chamada Estrada de Ferro Central do Brasil que, segundo Rubem Braga, "é um belo undecassílabo que separa o Rio de São Paulo"). Até avião da FAB andou sobrevoando a linha férrea para localizar o comboio, que afinal foi visto a sessenta quilômetros do Distrito Federal, desenvolvendo uma velocidade média de doze quilômetros. Na época alguns derrubadores diziam que até de caminhão a locomotiva do primeiro trem para Brasília andou viajando. A composição era esperada na estação com a banda e foguetório, que rompeu quando o trem apitou na curva e entrou de marcha a ré na estação. E por causa disso foi logo apelidado de trem Costa e Silva. Costa, porque entrou de marcha a ré, e Silva, porque apitou na curva.

RIO E NITERÓI

Entre muitas investiduras — com o perdão da palavra — os deputados do estado da Guanabara iniciavam a terceira legislatura do referido estado, com o presidente da casa — deputado Augusto do Amaral Peixoto — fazendo um discurso no qual pedia ao povo — muito cabreiro depois das catástrofes do início do ano — para, "ao invés de reclamar das catástrofes, cantar o hino da cidade: 'Cidade maravilhosa'". Por sinal que sua excelência disse que a marchinha famosa, que hoje é hino, era de autoria de Ary Barroso, o que deve ter deixado chateado o André Filho. Muito mais chateado ficou foi o povo, com um conselho desses. Já pensaram?

199

Cantar "Cidade maravilhosa" na hora do desabamento? Ia ter nego desafinando mais do que cantor de iê-iê-iê.

No estado do Rio o secretário de Educação e Saúde — dr. Hélio Monnerat Sólon de Pontes —, numa entrevista transmitida pela Rádio Difusora Fluminense, dizia que ia cuidar da educação e alfabetização do homem rural fluminense, com uma campanha pela televisão. O repórter o advertiu de que o interior do estado carecia (e ainda carece) de energia elétrica e, principalmente, de televisores. Mas o secretário rebateu: "Farei o trabalho com tevê de pilha".

O mesmo sr. Sólon de Pontes, meses mais tarde, visitaria um entreposto de pesca do estado do Rio e ficava tão impressionado que diria aos circunstantes: "Vou propor ao governo fundar a Universidade do Peixe".

O *Diário Oficial* publicava ainda vários decretos do governo anterior. Entre eles havia um que substituía o decreto 1949, que regulamenta os assuntos secretos. Entre outras informações, o *Diário Oficial* esclarecia que os assuntos secretos não devem ser ventilados.

POIS, POIS

Março terminava com a imprensa publicando o caso criado em Natal (RN) pelo secretário de Segurança — Ulisses Cavalcanti — que proibia o cantor Ary Toledo de apresentar o seu espetáculo na capital potiguar, embora já tivesse sido exibido em quase todas as capitais do país. Tal espetáculo chamava-se *A criação do mundo segundo Ary Toledo* (gravado até mesmo em disco), mas, em Natal, o sr. secretário de Segurança declarou que aquilo era um desrespeito e ameaçou o artista com a Lei de Idem, isto é, de Segurança. Ary Toledo andou espalhando, mais tarde, que o general Ulisses Cavalcanti não gostara do episódio de o descobrimento do Brasil ser relatado com sotaque português. Ora pois!

PARÁ, CAPITAL BERLIM

1º de abril, e o nosso Correio resolveu dar um ar de sua graça. A vítima enviou o envelope à Pretapress para provar a mancada. Essa vítima mandou uma carta para sua avó, que reside em Belém (PA) e o Correio não entendeu bem a letra ou leu de mau jeito, indo a carta parar em Berlim. Foi o Correio alemão que conseguiu ler Belém e mandou a carta para a avó da moça.

ABRIL EM PORTO ALEGRE

Os estudantes continuavam apanhando com grande regularidade, principalmente no Rio, São Paulo, Belo Horizonte, Brasília, Recife, Salvador e — a partir de abril — em Porto Alegre. Na capital gaúcha os estudantes chegaram a entrar em greve, revoltados com os espancamentos sofridos na véspera, quando — por causa de uma simples passeata de protesto contra a expulsão de um colega, que consideraram injusta — foram tratados como um exército inimigo em campo de batalha. A passeata ia em tom menor, quando surgiu a brigada gaúcha — polícia especializada em transformar briga em conflito. Aliás, justiça seja feita, as diversas polícias do Brasil herdaram esse mau exemplo do governo Vargas (que era outra boa bisca mas, depois de morto, virou bonzinho). Foi no tempo de Getúlio que se criou — nos moldes nazistas — uma polícia especial e foi ela que começou esta imbecilidade: em todo lugar do mundo, quando há uma briga, a polícia vai ao local e tenta acabar com ela. Aqui não, aqui a polícia vai ao local e transforma a briga em conflito.

Quem se destacou nessa manifestação maciça de força bruta foi o general Ibá Ilha — um secretário de Segurança cercado de guardas por todos os lados. Premidos pelos porretes da brigada, os estudantes gaúchos se abrigaram contra a brigada na catedral metropolitana. Mas não adiantou o abrigo, porque a brigada é de briga e invadiu o lugar, onde os estudantes — segundo se propalou no Rio Grande — foram agredidos com os castiçais do templo. Depois dos ânimos serenados, seu Ilha apareceu num programa de televisão e disse que foram os estudantes que agrediram a polícia e esta não bateu em ninguém com os castiçais e sim com suas próprias armas. O interessante é que, no mesmo dia, e talvez à mesma hora em que o general Ibá Ilha se responsabilizava pelo espancamento de estudantes dentro de uma igreja, o novo ministro da Justiça — sr. Gama e Silva — criava o Conselho de Defesa dos Direitos da Pessoa Humana. Minha Tia Zulmira, muito cética, afirmava então que as constantes surras nos estudantes eram para comemorar a criação do conselho.

NO CEARÁ TEM DISSO SIM

Do outro lado do Brasil, mais precisamente no Ceará, um jornal de Fortaleza, sob a legenda "Técnico de sêmen chega dos Estados Unidos", informava:

Chegará a Fortaleza, procedente dos Estados Unidos, o sr. Robert F. Boese, vice-presidente da Curtiss Breeding Inc., empresa exportadora de sêmen para o Brasil e, particularmente, para o Ceará, onde a prática do processo de inseminação artificial vem se desenvolvendo incipientemente.

Ficávamos sabendo, assim, que o Brasil estava importando até técnico de sêmen, com tantos técnicos nacionais do mesmo produto dando sopa pela aí, sem nenhum contrato de ejaculação, quanto mais de inseminação. E, afinal, para que inseminação artificial no Ceará, pombas, se o processo ortodoxo de inseminar tem dado resultados tão bons, principalmente em terras alencarinas?

E. SANTO E BRASÍLIA

Voltemos Brasil abaixo e paremos numa cidade do interior capixaba, onde um vereador, em pleno gozo de sua capacidade oratória, pronunciou no plenário a palavra "obivio". Um outro vereador pediu um aparte e explicou que a palavra certa não é "obivio" e sim "óbvio". Daí nasceu tremenda discussão e o presidente da Câmara Municipal se viu obrigado a colocar a palavra em votação. Ganhou "obivio".

O novo prefeito de Brasília chamava-se Wadjó. No momento em que batíamos estas mal traçadas linhas ainda era Wadjó. O eleito era recém-casado e, nas costas do convite do casamento, junto com o clássico "os noivos convidam para a recepção", vinha o menu a ser servido. Foi o primeiro casamento à la carte, no país.

E, se em Brasília havia um novo prefeito, já não havia mais o ministro da Justiça velho: Medeiros Silva. Este já voltara à Guanabara e recusara dar a aula inaugural num curso de debate da nova Constituição, criado na Pontifícia Universidade Católica. Declinava do convite "por não querer se envolver em política". Ele, que fizera a nova Carta Magna, não queria mais vê-la. Imaginem os outros.

SEM AFETO E SEM AÇÚCAR

Tomava posse mais um presidente no Instituto do Açúcar e do Álcool — o usineiro pernambucano Evaldo Inojosa, para — na posse — afirmar: "Senhores, o instituto deveria melhorar a produtividade sem, contudo, aumentar a produção".

Quando a flor dos Ponte Preta colocou esta frase como lídima representante do Febeapá, houve protestos, porque acharam que o sobrinho de Zulmira pensava que produtividade e produção eram a mesma coisa. Mas não foi por isso que seu Inojosa escafedeu-se pela tubulação. A verdade era que, numa época em que faltava açúcar até na xicrinha do café, vinha um novo presidente do Instituto do Açúcar e do Álcool dizer que não precisava aumentar a produção. Das duas uma: ou não havia açúcar ou os usineiros estavam escondendo açúcar. Ambas as coisas podem ser arroladas como um desserviço à pátria amada — como frisou Bonifácio Ponte Preta — o Patriota.

O GRAPETE DA BRAHMA

Mas bacaninha mesmo, quando se trata de besteira, é a televisão — célebre máquina de fazer doido. Disputava-se em diversas capitais do país o Torneio Roberto Gomes Pedrosa, de futebol. A emissora Continental, do Rio, fazia as transmissões (por rádio e tevê) sob o patrocínio da Cervejaria Brahma. Acontecia que o Clube Atlético Mineiro tinha, entre os seus jogadores, um zagueiro conhecido por Grapete. E, como o Grapette é um refrigerante de outra fábrica, os locutores da Continental só chamavam o rapaz de Guaraná. Palavra de honra! Guaraná!

TSAR SUBVERSIVO

O célebre filme de Serguei Eisenstein — *Ivan, o terrível* —, que seria exibido pela primeira vez em Belém do Pará, durante um festival de cinema russo, teve sua exibição proibida pelo secretário de Educação. Segundo o distinto, a ordem veio "de escalões superiores (?), preocupados com o credo vermelho de festival". Portanto, nessa altura, deixava de ser festival cinematográfico e virava festival de besteira, porque a Revolução Russa ocorreu em 1917, enquanto o biografado Ivan (ou Ivã, se preferem) morreu em 1584. Entre sua época e a época do comunismo, vai uma diferença de trezentos e trinta e três anos e seria muito difícil Ivan estar metido nisso, por mais terrível que ele fosse.

DE PEDRO A PEDRO

Foi em abril que um semanário carioca publicou as cartas amorosas de d. Pedro ii, até então considerado pela história como um imperador dos mais domésticos. Deu cada bode!!! Como se disse besteira sobre tal publicação, como se falou mal do diretor do museu onde as cartas estavam guardadas! É um fenômeno tipicamente nacional este de se criar uma personalidade exclusiva para a história, muito embora o personagem nada tenha a ver com essa personalidade. Lembram-se das bobajadas que saíram por causa do livro de R. Magalhães Jr. sobre Rui Barbosa — *Rui, o homem e o mito?* Pois as cartas amorosas do imperador — que graças a Deus não era o velhote bonachão que a falsa história do Brasil criou — perturbaram horrores.

O — que Deus nos perdoe — historiador Pedro Calmon, o mesmo que lutou para a conservação do "h" na palavra Bahia "para que as futuras gerações não pensem que Rui Barbosa nasceu numa baia" (são palavras textuais), o mesmo Pedro Calmon — repito, embora seja meio chato repetir Pedro Calmon — opinava sobre as cartas do imperador e sua divulgação, explicando que isto "não modificou a figura tradicional do imperador", acrescentando que suas prevaricações com a ala feminina da corte são insuficientes para abalar a figura histórica.

É um negócio danado: os historiadores preferem a figura histórica de araque à figura real do estadista ou lá o que foi Pedro II. O sr. Pedro Calmon, na sua cocorocagem, ainda acrescentou: "em vida ele deu um exemplo oficial dos bons costumes". O que, aliás, é verdade. Deu mesmo, mas isto não era mais do que a sua obrigação. Em nada diminui o carinho do imperador pela família, seu amor ao Brasil, o conhecimento de suas cartas amorosas. Mas como explicar isto aos homens que defendem a caduca história do Brasil, se Pedro Calmon é um dos eminentes historiadores do Brasil?

Aí veio a guerrilha do Caparaó, sobre a qual é melhor nem falar. É muita vantagem que se dá ao Febeapá. No entanto, não custa nada lembrar as palavras do general Sousa Aguiar, chefe do IV Exército: "Não se trata de ficção o que a imprensa vem publicando sobre a guerrilha do Caparaó. Os guerrilheiros de Castro e Mao Tsé-tung estão mesmo em luta contra os democratas".

GRANDE ERA O RUI

Voltar até Rui Barbosa, se me dão licença, é minha intenção, para contar que na Faculdade de Direito de São Paulo, o professor Soares de Mello — grande apreciador do tribuno baiano, tendo, inclusive, proposto a criação na faculdade de uma cadeira só sobre Rui — terminou uma aula de direito penal com esta confissão categórica: "Fora eu mulher e me casava com Rui Barbosa".

206

AS CANDOCAS

Sob o patrocínio da Camde* — a associação que mais marcha no Brasil — realizava-se um congresso — o I Congresso Sul-Americano da Mulher. Não sei por que, e até agora ainda estou ignorando, me enviaram uma cópia da sessão de encerramento. Fiquei muito impressionado com o que disse a presidenta da Camde, d. Amélia Molina Bastos, pois a distinta convocava suas coleguinhas a "distribuir o supérfluo para os necessitados". Mas isto foi fogo de palha, porque nenhum marido de dama da Camde vendeu iate, casa de campo, os automóveis a mais, as dezenas de apartamentos que fazem a tortura dos inquilinos, os sítios, as joias delas etc. para dar o dinheiro apurado para os pobres. No entanto, o distraído Rosamundo, quando soube que d. Amélia ia convencer as candocas a distribuir o supérfluo, saiu gritando pela casa: "Que beleza!!! Que beleza...". Coitado do Rosa, cada vez mais distraído.

Abril terminava, mas a fofoca causada pela publicação das cartas amorosas de d. Pedro II à condessa de Barral continuava firme. Quem também palpitou sobre o assunto foi o sr. Pedro Moniz de Aragão, diretor do Arquivo Nacional. Disse ele: "A publicação das cartas não atinge a figura histórica do imperador em nenhum sentido. O que é preciso não esquecer é que a condessa de Barral não foi amante de Pedro II, mas apenas sua amiga".

Dizem que o que faz o historiador é a coragem de afirmar. O sr. Moniz de Aragão não sabe quem está com quem no apartamento ao lado do seu e, no entanto, garante que a condessa de Barral foi apenas amiguinha do imperador, há quase um século.

---

* Campanha da Mulher pela Democracia.

OS MAGNÍFICOS REITORES

Maio vinha com o Festival revigorado. Era de cambulhada. Logo de saída, o governo nomeava o ex-ministro da Educação, Flávio Suplicy de Lacerda, que foi um suplício para os estudantes, para reitor da Universidade do Paraná. E uma nota oficial admitia que o governo agira assim, nomeando o homem com antecedência, "para que a nomeação não fosse tomada como uma provocação à classe estudantil". Ora! Ora! Ora! E vinha uma atrás da outra: no Ceará, por exemplo, o reitor da universidade do estado, professor Fernando Leite, escreveu um livro chamado *A casinha do meu sertão*, e se assinava com o esclarecedor pseudônimo de Zé do Brejo, que antigamente era o lugar para onde a vaca ia.

MARÉ FLUMINENSE

E tome mais: o prefeito de um município fluminense, irritado com o pouco caso que o DNER dispensava à estrada que ia dar na sua cidade, berrou — no Dia do Trabalho: "É por isso que o nosso município não progressa". Enquanto em Campos (RJ), um vereador chamado Martins de Lima dizia a visitantes oficiais: "Não ofereço uma boa cajuada aos senhores porque os cajuzes ainda não estão admoestados". Já o sr. Coelho de Almeida, ilustre parlamentar com sede em S. João da Barra (RJ), ficou muito chateado com a saída de um prefeito que lá havia e informou aos seus pares que depois que o alcaide se foi "S. João da Barra está exaltando um mau hálito inaudito". Mas, em Caxias (RJ), um deputado chamado Poubel também foi muito sincero, afirmando que "não precisava aprender português porque todos os seus antecedentes eram professores".

BATIZANDO O LEITE

Retornando a Campos (RJ), o jornal *Correio de Campos* mantinha uma coluna sob o título "Usinas e fazendas", onde se publicavam coisas como "O leite e a higiene" que, entre outros conselhos, dava este: "O ordenhador não deve tocar o leite com as mãos, nem tossir, espirrar ou cuspir sobre o vasilhame contendo leite". Que temeridade, o redator esqueceu que o ordenhador também às vezes se vê premido por necessidades fisiológicas e nada recomendou sobre o ato de mictar ou defecar no leite. Mas num outro artigo da mesma coluna "Usinas e fazendas", elaborado pela equipe de extensionista do 2º Distrito Agropecuário — segundo informa o jornal —, havia interessantes anotações sobre a lavoura no mês de maio, no qual se lia que o mês "é mui adequado para a colheita do algodão. O lavrador já deve ter providenciado todo o pessoal e material necessários para o início da apanha de capulhos. É também maio o melhor mês para a colheita de sementes de capins". Mais abaixo a equipe lascava esta: "Embora estejamos no primeiro dia do mês de maio, vamos dar o calendário agrícola referente ao mês de abril".

MINEIROS E CAPIXABAS

O estado de Minas Gerais já não trabalhava tão em silêncio como anunciava antigamente, pois o próprio governo mineiro garantia que, no ano de 1966, gastou sessenta e quatro bilhões de cruzeiros velhos com a educação e oitenta e quatro bilhões com a Polícia Militar. A segurança a serviço da ignorância — berrava um matutino. E, no estado ao lado, Espírito Santo, *A Gazeta*, de Vitória, comunicava: "O vereador Boécio Pache de Faria, premiado com um mandato no último pleito, defendendo-se de críticas de um jornalista, acabou apelando e não se conteve: disse ao jornalista que as críticas de que fora vítima não eram justas, porque ele era um homem desenrabado". Ainda bem! Ainda bem!

Mas, publicação por publicação, talvez seja mais interessante a de um jornal de Parnaíba (PI), que anunciava a presença na cidade de um oculista cego e aconselhava àquele "que deseje um exame de vista, poderá procurar o oculista cego no Palace Hotel".

UM DEPUFEDE

Um verdadeiro show de provincianismo, no Parlamento, sob os auspícios de um deputado federal paranaense que até então era um desconhecido, fora do seu estado. Tudo por causa do filme *Quem tem medo de Virginia Woolf?* Anteriormente a história de Edward Albee tinha entrado para o Febeapá quando um tradutor cocoroca traduziu seu título para "Quem tem medo do lobo da Virgínia?". Em seguida foi esse deputado chamado Hermes Macedo — logo classificado pela Pretapress como *depufede* (corruptela de deputado federal chegado ao febeapadianismo). Mal informado, ou talvez imaginando que Virginia Woolf fosse uma versão feminina de Bronco, Zorro ou Django, entrou no cinema para ver a versão cinematográfica da famosa peça e saiu de lá uma fera, indo para a tribuna da Câmara Federal berrar que "a fita não educa, não distrai e até irrita o espectador". Depois aproveitou para meter lá: "Mais lamentável é saber que a fita, para ser importada, custou preciosos dólares ao país". Pobre depufede que jamais perceberá que foi por causa da demagogia e a incongruência, entre outras coisas, que a pobre Virginia acabou daquele jeito.

EREMILDO E O BIDÊ

A 10ª Vara Criminal enviava à Procuradoria da Justiça Federal da Guanabara (onde seria arquivado na camaradagem) o volumoso processo em que era acusado de peculato o professor Eremildo Viana, ex-diretor da Faculdade Nacional de Filosofia, onde se transformou no maior dedurista da "redentora" e de onde foi afastado por incompetência a pedido dos próprios alunos. Essa figura passou à direção da Rádio Ministério da Educação, onde persegue funcionários até hoje e onde entrou definitivamente para membro insigne do Festival de Besteira: primeiro, porque mandou instalar um bidê preto no seu gabinete com intenções inequívocas (afinal, para que serve um bidê?); segundo, porque organizou para a rádio que dirige um balé, transformando-se a Rádio Ministério da Educação na única emissora de rádio do mundo que tem corpo de baile. A propósito, seu Eremildo voltou à Faculdade de Filosofia, depois de todos os desserviços prestados e — como ninguém conseguisse explicar por quê — houve quem pensasse que foi por causa do bidê preto que instalou no seu gabinete, providência considerada por muitos como a única coisa prática feita por um diretor no Ministério da Educação e Cultura, nos últimos três anos.

PRECISA-SE DE ALMIRANTE

E os dois maiores inimigos do regime perseveraram? Bem... a subversão estava concentrada em Caparaó, mas a corrupção continuava tranquila, principalmente através de uma de suas maneiras mais nocivas — o tráfego de influência. Num belo domingo de maio vários jornais publicavam o anúncio abaixo, na seção de classificados, a mesma onde os infelizes de souza procuram emprego:

ALMIRANTE (reformado) — Para relações-públicas em organização de conceito internacional. Em bom estado de saúde e bem relacionado, que consiga ser recebido pelo presidente da Comissão de Marinha Mercante e outras repartições federais de difícil acesso. Três milhões de cruzeiros mensais, mais comissões. Cartas com curriculum vitae, para a portaria deste jornal. Máximo sigilo. Conforme prestígio que gozar na classe poderemos considerar capitão de mar e guerra.

Parece brincadeira, não é mesmo? E é bem possível que fosse, do contrário, diante da impunidade dessa "organização de conceito internacional", haverá estímulo para que outros pilantras anunciem nos classificados: "Suborno — Necessita-se funcionário federal altamente qualificado para subornar um ministro meio chato, que não quer despachar favoravelmente a negociata que conceituada firma vem tentando há mais de um ano".

DE BRUÇOS

Voltava a Câmara Municipal de Recife a se preocupar com bicharocas. Era a vez do edil Moacir Lacerda que — discursando sobre a decadência de costumes, embora os costumes (pelo menos as saias) estejam cada vez mais altos — espinafrava os cabeludos pernambucanos, declarando que "eles estão usando bobes à noite e dormindo de bruços para não desmantelar seus penteados". Fez sérias acusações também à minissaia, que "mostra partes do corpo antes nunca vistas em público" e acabou fazendo acusações diretas ao cantor Wanderley Cardoso, que considerava responsável pelo uso dos bobes entre os cabeludos locais e essa novidade de deitarem de bruços. Um mau pesquisador, portanto, o sr. Lacerda, pois deitar de bruços é uma constante nesse tipo de rapazes.

OUTRO DEPUFEDE

O depufede padre Bezerra de Melo não ia deixar maio passar sem dar a sua, e meteu lá, num dos seus sermões-discursos: "Comparo o marechal Costa e Silva ao papa João XXIII, o mais popular da história, que abriu novas frentes na Igreja e fechou o abismo que existia entre a autoridade e o povo de Deus marginalizado."

Enquanto ele falava, vários deputados se benziam, com medo de serem castigados pelo Altíssimo por conivência. Ah, padrezinho pecador!!! Ainda bem que maio acabou.

PELA BARBA

Vamos começar junho lendo *O Liberal*, um dos mais esclarecidos e esclarecedores jornais do Norte, que se edita em Belém (PA):

Swami Maharaj, o místico que chegou a Belém na semana passada, era visto ontem na Delegacia de Ordem Política e Social. O que fizera? Não foi revelado à reportagem. Ouvido pelo titular da Dops foi depois mandado em paz.

Diziam, nos corredores da Polícia Central, que o professor de ioga fora confundido, por um investigador menos letrado, com um dos perigosos cubanos de Fidel Castro, carrasco de *paredón* e matador de criancinhas. Só porque tem a barba crescida.

A BRUXA SOLTA

Em certas épocas a bruxa interessada no progresso do nosso subdesenvolvimento parece que trabalha mais. Tem dias em que são tantas as adesões ao Festival de Besteira, que a Pretapress fica temerosa de cometer uma injustiça com um cocoroca qualquer e não mencioná-lo, como de direito. Num mesmo dia de junho, por exemplo, foi fogo: o governador escalado para o Piauí, seu Helvídio Barros, dava uma de Salomão de Teresina, para acabar com uma disputa entre dois de seus correligionários da Arena, ambos do município de Raimundo Nonato, onde funcionavam um ginásio e um hospital com subsídio estadual. Dois deputados do lugar queriam a direção das instituições citadas e, como o governador escalado não quisesse desgostar nenhum dos dois (um era José de Castro e o outro Waldemar Macedo), enviou uma comissão ao município, para estudar in loco o problema.

Um outro deputado, chamado Nazareno — mas, por acaso, é claro —, lá esteve e encontrou a solução. Sabem qual foi? Para não desgostar os dois deputados, a comissão fechou o ginásio e acabou com o hospital.

E se no Piauí estava assim, no Maranhão não estava melhor. Foi um jornalista que é relações-públicas do governo maranhense quem revelou: "Em São Luís existe o único restaurante do mundo — o Restaurante Bem — que fecha à hora do almoço".

Enquanto isso, em Pernambuco, a Câmara Municipal de Recife aprovava um requerimento do já citado Moacir Lacerda, proibindo mulher de vestido justo na rua.

Quanto ao *Diário Oficial*, continuava sendo a gazeta do Febeapá. Leiam os "Atos do Poder Legislativo" de um exemplar do *D. O.* onde está:

214

O presidente da República fez saber que o Congresso Nacional decreta e eu sanciono a seguinte lei: Artigo 1º) É aberto ao Tribunal Regional do Ceará o crédito especial de 22,97 cruzeiros novos destinado a atender ao pagamento de despesas com tratamento médico e hospitalar do bacharel Colombo Dantas Bacelar. Juiz da 77ª Zona Eleitoral — Pacoti, naquele estado — Brasília, ass.) A. Costa e Silva, Luiz Antônio da Gama e Silva e Antônio Delfim Netto.

Para curar o Colombo de Pacoti foi necessário o concurso de um presidente e dois ministros da República. Um outro Colombo, para se fazer convencer, bastou achatar a ponta do ovo. A verdade é que os ovos estão muito caros no Ceará.

PAPA CENSURADO

Paulo VI voltava a ser notícia em Goiás, depois de ter brincado o Carnaval em Goiânia involuntariamente. Dessa vez o caso era mais grave e o notável líder da Igreja foi cutucado por uma ignorância maior. Contava o *Cinco de Março*, folha goiana:

Havíamos programado para ontem, dia 8, uma conferência sobre o tema *Populorum progressio*, do papa Paulo VI. O diretor do colégio não consentiu a realização dela, alegando que inclusive o tema é subversivo. Afirmou ele que "sobre esse tema nunca se fará uma conferência no colégio enquanto eu for diretor". Vimos pois, a esse jornal, trazer o nosso voto de protesto, certos de que ele dará a este uma penetração nos lares goianos, mostrando como a ignorância se revela em nosso colégio.

EM ALAGOAS

Em a *Gazeta de Alagoas*, o secretário de Segurança do Estado garantia: "Nós vamos fazer uma guerra sem quartel contra o banditismo em Alagoas. Quem souber onde os bandidos se encontram que vá buscá-los. Se não tiver coragem diga para nós, que nós iremos prendê-los". Não há dúvida nenhuma de que ali se iniciava um novo método de policiamento. A polícia não procurava mais bandido, não. O povo que procurasse e depois fosse lá avisar ao secretário de Segurança.

MAIS PARA O SUL

O mendigo paulista Hécio Batista, que recolhe os jornais velhos para ler, e costuma enviar longas cartas à flor dos Ponte Preta, em junho enviava o recorte de uma reportagem sobre o cardeal Spellman, e escreveu num canto da página: "Ora cardeal, porque perde seu piedoso tempo querendo persuadir um pracinha ianque a ir para a guerra? Quem sonha com o Reino dos Céus prefere morrer a matar". Assim andam as coisas — um mendigo enviando uma esmola ao cardeal.

A situação no Rio Grande do Sul continuava muito mais para carcará que para colibri. A dívida pública do estado já subia a duzentos e quarenta e quatro bilhões de cruzeiros antigos e o déficit mensal ia beirando os quinze milhões, mas o governador Peracchi Barcellos estava muito mais preocupado com outras mumunhas, e, diante dos estagiários do Curso de Comando e Estado-Maior do Exército, fazia um discurso afirmando que queriam solapar a revolução (não disse quem era o solapador) e garantiu que não ia deixar solapar, "nem que tenha de instalar barricadas nas ruas".

Em 1967 dois encheram em Porto Alegre: o Peracchi e o rio Guaíba. Peracchi apenas ameaçou, mas o Guaíba interrompeu o trânsito na capital gaúcha.

BAD TRANSLATION

A encíclica papal *Populorum progressio* era mesmo fonte de muitas discussões e interpretações. Os leitores podem pensar que é brincadeira mas, para o cardeal-arcebispo de São Paulo — d. Agnelo Rossi —, os norte-americanos não gostaram dela por causa da tradução. Retornando de Nova York, d. Agnelo afirmava ao desembarcar que, de fato, os americanos tiveram uma reação bastante negativa contra a encíclica, mas isto se devia ao fato de a tradução para o inglês ter sido muito malfeita. Ah, esses tradutores! São terríveis, esses tradutores!

O SECRETÁRIO E O PIPI

Espancamentos de estudantes continuavam, em várias praças. Depois de uma delas, o ministro da Educação, sr. Tarso Dutra, chegava ao Rio e, abordado pela reportagem, deu uma de alienado: "Eu nem sabia" — disse sua excelência — "que tinham batido nos estudantes".

Já o secretário de Segurança de Minas — sr. Joaquim Gonçalves — sabia. Depois de violências seguidas em Belo Horizonte, ele distribuía uma nota à imprensa que começava assim:

A Secretaria de Segurança, a propósito dos fatos ocorridos, em face da atitude assumida por alguns universitários, que pretendiam organizar uma passeata ilegal [não explicou por que era ilegal uma passeata de estudantes num país que se diz de regime democrático], vem esclarecer que reina completa ordem nesta capital, como, aliás, em todo o estado. Verificou-se, mais uma vez, que a ação policial limitou-se à manutenção da ordem, o que foi assegurado de maneira integral, com serenidade, ressaltando-se que nenhum estudante foi molestado em sua integridade física.

A nota prosseguia com outras tantas informações do gênero, assim como prosseguiam internados em vários hospitais particulares estudantes feridos pelos policiais. O sr. Joaquim, porém, deve ter mudado de técnica, porque — meses mais tarde — quando agiu da mesma maneira, deixando que a polícia baixasse o porrete nas professoras primárias do estado (elas protestavam contra o não pagamento de seus vencimentos que estavam atrasados de vários meses), o secretário de Segurança mineiro não espalhou mais o boato de que não tinha mandado bater. Disse apenas que seus homens bateram nas professoras "porque elas tentaram me agredir".

Antigamente a escola era risonha e franca, mas houve uma certa evolução e as professoras apanharam. "No meu tempo" — dizia-me o distraído Rosamundo, comentando as lamentáveis ocorrências — "ninguém levantava a mão para a professora. A gente, no máximo, levantava o dedo e, assim mesmo, quando estava apertado para ir lá dentro."

Essa série de casos criados em Minas com estudantes e depois com professoras foi deixando mais irritado o sr. Joaquim Gonçalves. Algum tempo mais tarde, jornais de Belo Horizonte comentavam que ele quis prender uma churrascaria. A notícia era uma gracinha: seu Joaquim apareceu, certa noite, na Churrascaria Farroupilha, que é uma das que ficam abertas até mais tarde. Antes de comer deu vontade de fazer pipi e ele foi fazer, naturalmente. Desse simples ato diurético, ia-se criando uma onda careca. O senhor secretário saiu lá de dentro ameaçando prender todo mundo na churrascaria. O-que-foi-o-que-não-foi ele acabou explicando que, enquanto mijava, lia uma porção de sacanagem envolvendo seu nome, nas paredes do mictório. Foi uma dificuldade pra sossegar a autoridade.

A EXECUTIVA EXECUTA

Quem não chegou a se envolver em tantas trapalhadas por causa de surras nos estudantes foi o general Osvaldo Niemeyer. Depondo na comissão parlamentar de inquérito que investigava as clássicas violências ocorridas durante uma passeata dos estudantes contra o acordo MEC-Usaid,* o general, que é superintendente da Polícia Executiva da Guanabara, afirmava que a polícia não tinha batido em ninguém, garantia que não conhecia nenhum dos policiais fotografados de arma em punho, ameaçando os estudantes, e insinuava que quem atirara uma bomba num fotógrafo foram os estudantes e não a polícia. Se demorasse mais um pouquinho, o declarante ia dizer que o acordo MEC-Usaid quem assinou foram os estudantes, e que fazia parte de um plano de subversão imperialista bolado pela esquerda.

QUE REI SOU EU?

Nada dessas coisas foram inventadas. Saíram nos jornais, nas revistas, foram comentadas, criticadas, muitas delas documentadas em filmes de televisão mas, no Brasil, as coisas acontecem e depois

---

* Ministério da Educação (MEC) e United States Agency for International Development (Usaid).

— com um simples desmentido — deixaram de acontecer. Pouco tempo antes da publicação deste manual da atual conjuntura, visitava o Brasil o rei da Noruega. Ao chegar ao Rio, sua majestade assistiu ao maior pega pra capar! Nunca se soube explicar direito como a bagunça começou, mas pode-se deduzir. Um fotógrafo avançou sobre o cordão de isolamento e os fuzileiros navais que faziam o policiamento, em vez de afastá-lo para o lugar convencionado, saíram dando cacetada em tudo que era fotógrafo, piorando de tal maneira o mal-entendido que no fim não tinha mais cordão, não tinha mais isolamento, não tinha mais fotógrafo e não tinha mais nem majestade, porque até o rei se mandou.

Muito bem, veio a tão esperada "minuciosa investigação" determinada pelo ministro da Marinha para "apurar responsabilidades". Duas semanas depois o ministro almirante Rademaker enviava um ofício ao presidente da Associação Brasileira de Imprensa e lá estava:

> Ao tomar conhecimento das desagradáveis ocorrências, determinei minuciosa investigação. Lamentavelmente, ao que apurei, chegava a solenidade ao seu término quando um fotógrafo, no afã talvez de melhor executar o seu trabalho, não respeitou a área de segurança vedada a qualquer um e, embora advertido, rompeu o cordão de isolamento de fuzileiros navais ali disposto para a proteção do rei e das autoridades. Houve, como é natural, pronta reação dos fuzileiros, que tinham ordem de não permitir que tal acontecesse. É preciso que a segurança seja mantida a todo custo e, bem assim, o respeito às determinações superiores, sem o que não poderá haver ordem na realização das cerimônias nem adequada proteção às autoridades.

Realmente, é preciso haver ordem e, por isso mesmo, no meio daquele monte de fotógrafos levando cacetada (não foi um só não, foi um monte), havia um norueguês de máquina fotográfica na mão, chiando em várias línguas sem ser ouvido em nenhuma. Era a "ordem sendo mantida a todo custo".

TUDO CLARO

Mas, voltando ao mês de junho, ele até que acabava de maneira amena, salvo, naturalmente, o planejamento. Continuava muito enrolado o planejamento. E o Banco Central do Brasil mandava esta circular para os outros estabelecimentos bancários e caixas econômicas:

O Banco Central, na forma da deliberação do CMN em sessão de 09/03/67, tendo em vista o disposto nos artigos 4º, inciso VI, e 9º da lei nº 4595, de 31/12/64, esclarece [vejam bem, hem? — esclarece] com referência à resolução nº 15, de 28/01/66, que o item V da circular nº 77, de 23/02/67, passa a vigorar com a redação abaixo.

E só não transcrevo a redação abaixo porque não sou leão.

A FALADA E A ESCRITA

Do meio do ano pro fim não melhorou assim para que se diga, mas as manifestações em favor do Festival de Besteira andaram mais amenas. O jornal A Nação, de Itajaí (SC), parecia ter contratado um locutor esportivo desses empenhados em entortar o vernáculo, coisa que os locutores esportivos sempre adoraram fazer. Ainda noutro dia, ouvia eu um jogo de futebol entre o Palmeiras e Corinthians, quando o jogador Ademir da Guia, filho do famoso zagueiro Domingos, levou uma porrada firme e caiu no campo. Foi o bastante para o entortador do vernáculo de uma emissora radiofônica de São Paulo berrar: "Adentrou o gramado o facultativo esmeraldino para atender o filho do divino, grande peça na esquadra periquita".

Mas deixa isso pra lá. O perigo é a imprensa escrita (porque os locutores inventaram também esta besteira: imprensa falada) aderir à empolação vernacular, o que parecia ser a ideia do redator de *A Nação* quando, relatando um simples choque entre um caminhão e uma bicicleta, ocasião em que esta ficou imprensada num poste (era a imprensa pedalada), escreveu:

> O Ford Taunus, além de ser atingido em seu âmago, ao ter sua porção frontal rasgada pelo poste que aparou o ímpeto, foi danificado no capô. A bicicleta, se pode imaginar, ficou em estado deplorável, pois foi esmagada contra o sustentáculo dos condutores elétricos.

AUTOCRÍTICA

Os jornalistas Genival Rabelo e Nestor de Holanda eram processados por Ibrahim Sued. Tudo porque, no livro do Genival — *Do outro lado do mundo* — Nestor escreveu — na orelha — que um dos piores livros sobre a Rússia era o de um conhecido jornalista analfabeto. O nome do Ibrahim não era citado mas, por via das dúvidas, ele foi logo processando os dois.

SINGELA HOMENAGEM

Com nove artigos — arroz, extrato de tomate, feijão-preto, fubá, lombo salgado, manteiga, toucinho branco, banha e maisena — entrava em vigor uma nova lista de preços da Campanha de Defesa da Economia Popular. Apenas o papel higiênico, dos trinta artigos constantes da lista, teve seu preço majorado pela Sunab.* Tia Zulmira, que nessa ocasião andava sutil demais, comentava que o aumento do preço do papel higiênico não deixava de ser uma homenagem à atual conjuntura.

D. DALVA

Uma senhora da Censura chamada Dalva Janeiro — embora o mês fosse de julho — proibia o cantor e compositor Juca Chaves de gravar sua marcha-rancho "A outra face da rosa", na qual o autor defende a tese de que a rosa é também um instrumento de puxa-saquismo, com toda razão, aliás. Madame Janeiro proibiu o trecho que diz: "São artistas vigaristas/ Estas rosas que conheço/ São compradas as coitadas/ Nas boates a bom preço".

Não havia maiores motivos para a proibição, mas o Juca — sempre irônico — dizia que uma censora assim, com tal mentalidade, não podia ser censora em São Paulo e sim numa cidade onde os habitantes tivessem uma mentalidade igual à dela.

E acrescentava: "É pena, todavia, que nessas cidades os índios não deixem os brancos vivos".

DEBAIXO DA BATINA

A Confederação das Famílias Cristãs e a Aliança Eleitoral pela Família davam uma bronca sideral no deputado e padre Bezerra de Melo — o mesmo que antes tinha comparado João

---

* Superintendência Nacional de Abastecimento.

XXIII a Artur II (não esquecer o Bernardes). As duas entidades familiares condenavam a proposta do piedoso sacerdote de divórcio para os não católicos. Embora não tendo nada com isso, as duas associações enviaram um documento à Câmara Federal, onde diziam que "o deputado oferecia, sob as vestes sacerdotais, garantia presumida de ser legítimo defensor dos direitos da família e da sociedade brasileira". Taí no que deu gente que se diz família se meter a imaginar o que existe sob as vestes sacerdotais. E, por falar em sacerdotes: o bispo auxiliar de Aracaju — d. Luciano Duarte — também ficou meio cabreiro com a última encíclica papal e resolveu não dar entrevistas. Assim, quando lhe perguntaram o que achava de mais importante nela, d. Luciano meteu lá: "Só darei minha opinião quando a ler em latim". Toooiiinnnggg!!!

HONROSO EMPATE

Um bonito documento se incorporava ao acervo do Festival. Era o folheto de instruções para o "Concurso para serventuário da Justiça do Distrito Federal", expedido pelo Tribunal de Justiça de Brasília. No parágrafo V mandava que "os fiscais prestassem informações aos candidatos sem familiaridade". No parágrafo seguinte os fiscais ficavam avisados de que deviam pegar os cartões de identidade para "a conferência do retrato com a fisionomia do candidato". E deviam agir "com absoluto resguardo de suspeição". Finalmente este quesito aqui, dos mais bacaninhas: "O acompanhamento do candidato ao toalete será de um a um". Empatou.

MANIA DE NAPOLEÃO

Na Câmara Federal os depufedes continuavam a pontificar. O alagoano Cleto Marques terminava um discurso funerário com estas palavras: "Deixando aqui o ramalhete de flores da nossa profunda saudade". Já o capixaba Feu Rosa mostrava-se um grande estudioso de Napoleão, quando afirmava: "Dizia muito bem Napoleão Bonaparte, com aquela sabedoria napoleônica que lhe era peculiar, que com a espada podia-se fazer tudo, menos sentar-se sobre ela". Ora vejam só as peculiaridades peculiares ao peculiar Napoleão — esse napoleônico.

OUTRA DE BURRO

Em Jales (SP), o vereador Dirceu Antônio Gerlak invadiu armado a redação do jornal *A Folha da Região* e empastelou toda a composição que seria impressa, agrediu um velho funcionário das oficinas — tudo para se apossar do clichê de um burro que o jornal vinha publicando numa campanha para angariar mais leitores. O clichê do burro era publicado sobre os dizeres: "Ele não lê. Não seja como ele — Leia *A Folha da Região*". O sr. Gerlak achou que aquilo era uma provocação com ele, que não era leitor do jornal. Em tempo: segundo informações vindas de Jales, o sr. Gerlak não tinha um semblante parecido com o do burro do clichê. Foi só cisma dele.

OUTRA DE IBRAHIM

Morria o coronel Américo Fontenelle, lutando contra a corrupção em São Paulo. Ibrahim Sued — que durante anos fez duras críticas ao coronel Fon-Fon — tentava explicar essa oposição que, no fundo todo mundo sabia, era porque o coronel detestava grã-finos. E Ibrahim escrevia esta joia: "Fontenelle teve seus méritos. Inovou no trânsito alguns sistemas até então arcaicos".

CONFISSÃO

Dava a louca no diretor do jornal *Tribuna Popular*, de Feira de Santana (BA), e ele escrevia um longo artigo confessando que — na sua juventude — teve um caso amoroso com uma galinha. Informou, inclusive, que foi apanhado em flagrante pela cozinheira, que assou a galinha e serviu-a no jantar, dizendo para o sedutor de penosas, na frente de todo mundo: "Olha ela aí!". No artigo ele não informa se comeu também a galinha por via oral.

AS SOLTEIRAS

O jornal de Niterói — *O Fluminense* — informava:

O anedotário político do estado do Rio acaba de ser enriquecido pelo prefeito de Bom Jesus, sr. Jorge Assis de Oliveira, que convocou a Câmara, em caráter extraordinário, para tratar de um assunto da máxima relevância.

Os vereadores que atenderam pressurosos à convocação ficaram perplexos ao saber o motivo: era a aquisição, pela municipalidade, de três porcos reprodutores cujo pedigree foi profundamente elogiado na mensagem do Executivo. Justificando-se, disse o prefeito que os fazendeiros não tinham dinheiro para adquirir seus próprios reprodutores "por isso há muita porquinha solteira em Bom Jesus".

É O FIM

Mais trágico, e muito mais cretino, era o jornal *O Poder*, que se edita em Belo Horizonte sob os auspícios de uma missão religiosa:

Fatos de discos voadores nos vigiarem, sabotagens nas fábricas de armas nucleares por marcianos, casamentos de mulheres de bustos à mostra, e de homens, na Inglaterra, casando com homens, fora a confusão reinante — tudo indica que caminhamos para o princípio do fim.

DO CONTRA

O Festival de Besteira que Assola o País tem grande aceitação nos jornais do interior, conforme os leitores estão percebendo. Em Benfica de Minas, o jornalista e bacharel José Alves de Castro — diretor de *O Pioneiro*, em pleno mês de agosto de 1967, na sua coluna "Notas sumárias" (aliás, sumaríssimas), escrevia bobagens desta natureza:

Somos contrários na participação de empregados nos lucros das empresas, porque isso parece significar um movimento comunista. Então o patrão arrisca seu capital em determinado negócio, sujeito portanto a perdê-lo, e o empregado irá embolsar parte de seus ganhos? [...] Também inconformamos com o tal de décimo terceiro salário, que a nosso ver não devia ser legislado pelos fazedores de leis, porque parece subversivo, uma vez que o ano do nosso calendário se resume em apenas doze meses.

FORMIGA ENLATADA

Em Miguel Pereira (RJ), o Departamento de Turismo iniciava uma campanha para tornar o município conhecido como "Cidade das Rosas". Para auxiliar os cultivadores de roseiras, iniciava também uma campanha para acabar com as formigas que prejudicavam as plantações em geral. A Secretaria de Turismo comprava formiga nas seguintes quantidades e preços: "Lata de um quilo cheia de formigas — quatrocentos cruzeiros velhos; Lata de dois quilos cheia de formiga — oitocentos cruzeiros velhos".

Era uma ideia muito boa, mas a necessidade é mais antiga e, não demorou muito, começou a aparecer nego de outros municípios, levando formiga para Miguel Pereira, em latas de um e dois quilos.

PADRE NOSSO QUE ESTAIS NA DOPS

Em São Paulo, mais de quarenta padres, das mais variadas ordens religiosas, ousaram fazer manifestações de protesto em frente à Dops, principalmente por causa da maneira boçal com que os agentes da Delegacia de Ordem Política e Social agiram para efetuar a prisão injusta de alguns beneditinos. Sobre o ocorrido, comentava um matutino do Rio, onde há um redator que faz cobertura de sutilidades:

O governador Abreu Sodré declarou que os padres em São Paulo não foram presos, mas conduzidos de automóvel para prestar declarações. O sr. Gama e Silva, indiferente a eufemismos, deu logo ordem ao Departamento Federal de Segurança Pública que soltasse os presos.

SALVANDO A PÁTRIA

Ordem baixada pela Secretaria de Segurança do Estado de Minas Gerais: "Para evitar propaganda subversiva da ordem, os serviços de alto-falantes da capital e do interior devem retransmitir todos os dias o programa *A Voz do Brasil*, da Agência Nacional". O distraído Rosamundo achou a medida excepcional, e dizia: "Pronto, nunca mais vai haver subversão da ordem em Minas".

Quem voltava horrorizado com o pauperismo no Nordeste era o ministro da Justiça, que tinha ido lá tratar de problemas relacionados com o coronelismo e o cangaceirismo. Sua excelência voltava dizendo: "Imaginem que uma penitenciária de um estado nordestino foi fechada por falta de recurso para mantê-la". Que coisa, não é mesmo? Não ter escola, está certo, faltar hospital também, mas fechar uma penitenciária. Isto é o fim!

NA SAÚDE

O secretário-geral do Ministério da Saúde, sr. Luís Pires Leal, demitia-se do cargo que ocupou durante seis meses, afirmando: "Como homem de iniciativa privada, preocupado em dar um estilo pessoal à sua administração, o ministro da Saúde ingeriu na Secretaria, adotando métodos inaceitáveis".

Na mesma entrevista, o sr. Pires Leal dizia: "Discordo do ministro Leonel Miranda, embora seja meu amigo e *comprade* há quarenta anos".

Agora, vocês aí, sintam o drama: se políticos que são amigos e *comprades* há quarenta anos estão discordando, imaginem os outros.

Apesar dos alto-falantes da capital e do interior estarem transmitindo *A Voz do Brasil*, o governo não estava tão certo assim de que evitava a subversão da ordem em Minas. Por isso, em Belo Horizonte, dez agentes e um delegado do Departamento Federal de Segurança Pública, armados de revólveres e metralhadoras, vinham de Brasília e invadiam a sede administrativa do Diretório Central dos Universitários, arrombando portas e gavetas, e carregando consigo um arquivo com os nomes de todos os alunos da universidade. Do jeito que a coisa vai, é um perigo! Esses pobres universitários, naturalmente, seriam todos fichados como estudantes, no DFSP.

MAIS RESPEITO NA BAGUNÇA

Este era um acontecimento tipicamente carioca: o delegado Godofredo César Fernandes, do Serviço de Segurança da Radiopatrulha, apurava que tinha sido a guarnição da RP 8-112 que assaltara duas bancas do jogo do bicho no centro da cidade, levando a importância de um milhão de cruzeiros arcaicos.

Quando soube disso, Bonifácio Ponte Preta — o Patriota — ficou uma fera, e gritava: "Roubando os bicheiros? A polícia roubando os bicheiros? Assim não é possível. Respeitemos ao menos as instituições!".

DEPUFEDE DIPLOMADO

Em São Paulo, o padre Olinto Pegoraro, diretor do Instituto de Filosofia e Teologia, propunha publicamente a entrega do diploma do Festival de Besteira que Assola o País ao depufede Clóvis Stenzel, chefe de um grupo politiqueiro chamado Guarda-Costa pela seguinte frase lapidar: "Será intensificada a repressão policial a jornalistas, certos padres que são mais úteis do que inocentes, e certos estudantes, que se colocam sempre ao lado de Havana".

Tia Zulmira achava tão justa a proposta do padre Pegoraro, que propunha, numa reunião íntima realizada no Botequim do Fifuca, de onde Primo Altamirando é sócio, que se prepare um diploma especial, em rico pergaminho, para o piedoso sacerdote ofertar ao depufede Clóvis Stenzel — o esclarecido.

O GOVERNO E OS ASTROS

Quanto à perseguição a padres, vale a pena transcrever a frase de Jaguar : "Um governo que começa organizando uma Arena, acaba perseguindo os cristãos".

E já que mencionamos outra vez o governo, informamos que — nesta altura — ele se instalava em Recife. Aconteceram coisas, senhores! Um delegado local prendia o astrólogo Zoroastro, da Rádio Dragão do Mar, de Fortaleza, que tinha ido a Pernambuco entrevistar o sr. Costa e Silva. O astrólogo ia em cana e o delegado explicava:

"Ele é considerado elemento perigoso, uma vez que previu a morte do ex-presidente Castello Branco."

Como se não bastasse esta pedrada mental para marcar a passagem do presidente por Pernambuco, ainda um matutino do Recife dava uma destas: "O marechal Costa e Silva pronunciou, de improviso, um discurso de duas laudas e meia".

MÚSICA, DOCE MÚSICA

Tentando melhorar o ambiente cultural na Bahia, a colunista social de *A Tarde* mandava brasa nesta nota:

Lembramos ao governador Luís Viana o que o governador Negrão de Lima acaba de fazer na Guanabara, na Sala Cecília Meireles: uma semana de músicas de Beethoven. A afluência foi tão grande que já está sendo anunciada uma próxima semana com músicas de Bach. A orquestra foi regida por Villa-Lobos.

Que coisa estranha! Como é que o falecido Villa-Lobos regeu essa orquestra? Só faltou a confreirinha baiana anunciar que Cecília Meireles agradeceu muito a presença dos três em sua sala. Dos três: Villa, Beethoven e Bach.

PEDRO PARA PARA PEDRO

Um grupo de gozadores de Aracaju fundava uma associação chamada Clube Sergipano de Penetras, especializado em penetrar em festas sem ser convidado.

O clube estreou auspiciosamente, comparecendo ao casamento da filha do governador Lourival Batista, pra comer doce e aceitar croquete oferecido em bandeja.

O presidente do clube, universitário Wadson Oliveira, ainda aproveitou a presença do vice-presidente Pedro Aleixo nas bodas e pediu a palavra, saudando-o copiosamente, a chamá-lo a cada instante de benemérito do país, grande figura política, ínclito patriota etc. etc. etc.

Dizem que o Pedro Aleixo acreditou.

LUTA ÍNTIMA

Manchete do *Jornal da Cidade*, de Gravatá (PE): "É necessária muita cautela para revidarmos uma autocrítica". É verdade!!!

LITERATURA

O auditor José Tinoco Barreto, de São Paulo, entrava em entendimentos com o sr. Laucídio Garroux, secretário-geral da Comissão Regional do Instituto Nacional do Livro do estado, ficando decidido que os livros considerados subversivos, atualmente depositados na Auditoria Militar e que deveriam ser incinerados, não mais o seriam. Seriam — isto sim — entregues ao Instituto Nacional do Livro.

Agora vocês vejam se isto não é um país complicado: os livros tinham sido apreendidos porque eles achavam que quem lesse ia querer acabar com o país; agora eles pegam esses livros e entregam para a repartição oficial que cuida dos livros do país.

EM SETEMBRO

Foi em setembro que o governo resolveu repreender o general Augusto César Moniz de Aragão, chefe da Diretoria de Ensino do Exército, pela série de artigos violentos que vinha publicando num vespertino carioca.

O governo achava que o maior erro do articulista era "favorecer a reunificação das forças oposicionistas". Quer dizer: o general escrevia uma coisa, e muita gente que lia e estava a favor da coisa defendida pelo general passava a ficar contra.

Prefiro sempre transcrever, como fazem os outros historiadores. Isto aqui saiu publicado numa folha paulista:

Dezoito estudantes foram expulsos do Conjunto Residencial da Universidade de São Paulo por determinação do Instituto de Saúde e Serviço Social da Universidade, que afirmou que o motivo da expulsão fora a infração do artigo 8º do novo regulamento; artigo este que não sabe o que determina por não possuí-lo ainda.

233

REPRISTINATÓRIO

O Febeapá marcava um tento precioso com o confinamento de Hélio Fernandes! Tinha nego que antes não sabia nem o que era confinar, mas depois que puseram o jornalista na ilha de Fernando de Noronha, tinha gente às pampas dando palpite. Os juristas então, só vendo. O dr. Gueiros — já citado nesta relação — ia buscar num parecer marotíssimo do dr. Orosimbo Nonato a palavra "repristinatório", para justificar o ato de confinamento baseado noutros atos pela aí.

O dr. Data Vênia — consciencioso chefe do contencioso da Pretapress — foi quem deu o parecer mais bacaninha sobre o repristinatório. Mas quem mais se divertiu com o arranhão na Constituição foi Primo Altamirando, que sempre se diverte ao contrário. Quando o ministro Gama e Silva — que também tentou arrumar uma explicação para aplicação de ato caduco — afirmou "que nenhum ato novo poderá ser praticado com fundamento nos atos institucionais, já revogados, mas os que foram adotados durante sua vigência, e baseados neles, prevalecem inclusive quanto a seus efeitos", Mirinho riu muito e tentava, por sua vez, dar um pouco de luz à coisa, dizendo: "Os atos institucionais são como certos purgantes... fazem efeito muito depois".

A SIGLA

Duas confreirinhas jornalistas iam ao Ministério da Agricultura colher dados para uma reportagem. Como não encontrassem esses dados, resolveram telefonar dali mesmo para o IBGE, na esperança de quebrar o galho. Foi quando o secretário de Imprensa do ministério saiu-se com esta observação das mais alienadas:

"Não. Não liguem para o IBGE que esse negócio não deve ser lá. Quem deve saber isso é o Instituto Brasileiro de Geografia e não sei o que lá."

UM DETALHE

O Serviço Social contra os Mocambos de Recife ficou a favor, isto é, o referido serviço assinou um convênio com a Faculdade de Odontologia de Pernambuco para o fornecimento de dentaduras à população pobre da cidade. Os preços oscilavam entre quinhentos e dois mil cruzeiros jovens.

Tia Zulmira lia a notícia e comentava:

Espero que, ao contrário dos preços, as dentaduras não oscilem. E espero também que isto não venha causar graves problemas ao governo do estado, pois, de dentadura, essa gente vai querer mastigar, um detalhe um pouco esquecido pelas administrações pernambucanas desde a invasão holandesa.

BAIANO É MAU MAMÍFERO

Falando na televisão, o governador Luís Viana Filho referia-se ao preço do leite, que em Salvador está a seiscentas pratas o litro. O distinto saiu-se com esta maravilha de explicação:

O leite, em nosso estado, atingiu tão alto preço porque o povo baiano ainda não aprendeu a tomar leite com frequência e, em consequência, o consumo é pequeno, o que obriga os criadores de gado leiteiro a aumentarem o preço.

E disse mais: disse que seu governo, preocupado com o assunto, ia desenvolver uma campanha no sentido de "ensinar o povo a tomar leite", alimento indispensável — segundo ele mesmo, o dr. Luís Viana — "principalmente para as crianças". Assim, pelo raciocínio do ilustre governador escalado da Bahia, os problemas do povo brasileiro seriam facilmente resolvidos, bastando, para tanto, que o povo aprendesse a comer mais para diminuir o preço dos gêneros alimentícios. Pelo jeito, pobre só é pobre porque não sabe gastar dinheiro, é ou não é? E o leite na Bahia só ficará barato depois que o baiano aprender a mamar.

VAI DE ASFALTO

O ministro Mário Andreazza, dos Transportes, ficava muito impressionado com a pressa do governador Paulo Pimentel, do Paraná, em ser presidente da República. Durante a inauguração de uma estrada, perto de Curitiba, o ministro foi surpreendido com uma faixa, onde se lia: "Por aqui Paulo Pimentel começa a asfaltar o Brasil".

INFANTILIDADES

Num mesmo dia vereadores do Norte e deputados do Sul prestigiavam o movimento bestialógico nacional. Em Arcoverde (PE), havia uma sessão secreta da Câmara Municipal, mas irradiada pela rádio de Arcoverde. No Rio (GB), deputados discutiam a oficialização do jogo do bicho para ajuda à Legião Brasileira de Assistência e o sr. Souza Marques pontificava:

"O pedido da LBA foi bastante infeliz, pois a infância abandonada não poderia se sentir bem, sabendo que estava sendo ajudada através de dinheiro arrancado de humildes e mesmo de ricos, através de um determinado tipo de jogo." Como se a infância abandonada tivesse algum preconceito contra qualquer ajuda.

GANHA MAS NÃO LEVA

O ministro da Educação dava uma de sincero. Depois daquela do "eu nem sabia que estavam batendo nos estudantes", saiu-se com uma declaração democrática de morrer!!! Disse o sr. Tarso Dutra — o indigitado ministro:

"O candidato oposicionista ao governo do Rio Grande do Sul reúne condições políticas para ganhar o pleito, nas próximas eleições, que serão diretas, mas os militares não o deixarão assumir, por se tratar de um estado de fronteira, importante para a segurança da Revolução."

DOIS CRÍTICOS

Às vezes eu fico achando que há um certo exagero nas besteiras de alguns, diante da clarividência de outros. Por exemplo: a Dops paulista proibia um pintor pernambucano de concorrer à Bienal "porque considerou seus quadros subversivos" e mandou-os de volta, junto com o pintor, antes do júri encarregado da grande mostra internacional ter dado qualquer palpite. Por sua vez, um delegado de costumes de Florianópolis (SC) entrava nas livrarias da capital catarinense e retirava por conta própria os exemplares do livro *Pan América*, de José Agripino de Paula, para confiscar por "ser uma obra irreverente e pornográfica". Isto é que é um país culto, sô! Onde investigador de polícia manja um bocado de artes plásticas e delegado de costumes é crítico literário.

UM OTIMISTA

Aqui o neto do dr. Armindo vai pedindo licença para descansar, certo de que — apesar desses luminares das artes plásticas e das letras estarem pugnando pela cultura — ainda vai ter muito Festival de Besteira.

E só para ilustrar esta minha impressão, termino com mais uma notícia: o sr. Gama e Silva (o da Justiça) não queria sujeito cassado dando palpite em política "mesmo que a participação seja de apoio ao governo".

É um bocado de otimismo, puxa!

PARTE II

Teresinha e os três

Teresinha, quando veio do interior para trabalhar como copeira e arrumadeira, no solar de Tia Zulmira, quase não cooperou nada porque — principalmente —, antes de querer ser arrumadeira, pensou em se arrumar. Era muito jeitosinha a mulata. Tinha um riso branco como os votos do atual eleitorado, tinha um andar de quadris febris, tinha uma saúde dessas pra nego nenhum botar defeito. Enfim, Teresinha era o fino!

Tia Zulmira, velha e experiente, achou logo que Teresinha não ia demorar muito no serviço doméstico, tanto assim que evitou o que pôde mandar a empregada na rua. Sempre que tinha uma compra qualquer para fazer, ela mandava a cozinheira, que já estava queimando óleo 40, sorria com todas as gengivas e claudicava da canhota. Mas teve um dia que a cozinheira acordou com defeito no carburador, e titia foi obrigada a ordenar à Teresinha:

— Vai ali na farmácia e compra este xarope que está aqui escrito!

Ah, Margarida... pra quê! Ela foi, voltou e, com cinco minutos do tempo regulamentar, já tinha juriti piando no galho.

Tia Zulmira, num dos raros momentos em que chegou à janela (titia não gosta de mulher na janela, acha que é uma atitude muito colonial), viu um cara indo e vindo em frente ao portão, com aquele olhar perdido de quem está pensando besteira. Bem, eu vou encurtar. Mesmo com os conselhos da patroa, Teresinha de Jesus da Silva de uma queda foi ao chão. Só que não acudiram três cavalheiros. Não! Os três cavalheiros vieram justamente antes da queda. Mas vamos por partes.

Logo depois daquela ida à farmácia, começaram as paqueras, os telefonemas na base da voz grossa pedindo "se não fosse incomodar, poderia por obséquio falar com a d. Teresa". O primeiro cavalheiro foi um garboso soldado do fogo. Um bombeiro cerimonioso, que sempre que vinha buscar Teresinha para sair, nas tardes de domingo, curvava-se, respeitoso, para Tia Zulmira.

O segundo não tinha garbo mas tinha mais juventude. Era aviador, e isto, dito assim, parece que o rapaz era da Aeronáutica. Mas não: ele era aviador de receitas. Trabalhava na farmácia onde Teresinha fora, na sua primeira ida lá fora, lembram-se? Pois é. O aviador, como a farmácia fazia plantão aos domingos, costumava rebocar Teresinha para a rua às noitinhas de segunda-feira.

O terceiro não tinha dia. Vinha de vez em quando e era vigia de uma obra, num prédio que estavam construindo na outra esquina, do lado de lá. Pelo que ficou se sabendo depois, era o menos abonado dos três, mas isto ainda não está na hora de contar.

Foi assim: não demorou muito, Teresinha começou a ter enjoo. Enjoava que só vendo, e Tia Zulmira, sempre muito romântica, mas nem por isso menos realista, viu logo que teria de pagar carreto à cegonha. Chamou Teresinha e perguntou quem foi. A mulatinha, cheia de pudores, chorou muito, mas não quis dizer, obrigando a velha a iniciar suas diligências.

Conversou com os três suspeitos, e ficou sabendo que o bombeiro, que vinha aos domingos, era tarado pelo Flamengo e, nas vezes que levou Teresinha com ele para passear, foram ao Maracanã. O aviador (de receitas) costumava levar Teresinha ao cinema.

— Cinema, no duro? — insistiu Zulmira, que nunca foi de chupar picolé pelo lado do pauzinho.

— Cinema, sim, senhora. A senhora compreende. Eu tenho folga às segundas, quando muda o programa dos cinemas. Me acostumei a ir aos cinemas nas segundas. Quando comecei com a Teresa, passei a ir com ela.

Tia Zulmira anotou, e passou para o terceiro. O tal vigia num prédio que estavam construindo na outra esquina, do lado de lá. Instado a responder se tinha levado Teresinha ao Maracanã, respondeu que não, que quem sou eu, nunca iria levar a menina, que via-se logo ser moça de respeito, num lugar onde só vai homem. Cinema também não, porque é muito caro para quem vive de salário mínimo. Na verdade, ele não levava Teresinha a lugar nenhum. Era um pobre coitado, compreende? Os dois, quando saíam juntos, ficavam batendo papo ali mesmo, na obra.

Tia Zulmira deu um jeito, conversou com a mulata direitinho, e o casamento com o vigia é sábado. Após a cerimônia, vatapá na Boca do Mato!

Zezinho e o coronel

Coronel Iolando sempre foi a fera do bairro. Quando a patota do Zezinho era tudo criança, jogar futebol na rua era uma temeridade, porque o coronel, mal começava a bola a rolar no asfalto, saía lá de dentro de sabre na mão e furava a coitadinha. Teve um dia que Zezinho vinha atacando pela esquerda e ia fazer o gol, quando o coronel da Polícia Militar, naquele tempo ainda capitão, saiu e cercou o atacante, de braços abertos. Parecia um beque lateral direito, tentando impedir o avanço adversário. Por amor ao futebol, Zezinho não resistiu, driblou o garboso militar e entrou no gol com bola e tudo. Ah! rapaziada... foi fogo. O então capitão Iolando ficou que parecia uma onça com sinusite. Ali mesmo, jurou que nunca mais vagabundo nenhum jogaria bola outra vez em frente de sua casa. E, com a sua autoridade ferida pelo drible moleque do Zezinho, botou um policial de plantão em cada esquina, durante meses e meses. No bairro havia assalto toda noite, mas o coronel preferia botar dois guardas chateando os garotos a deslocá-los da esquina para perseguir ladrão.

Isto eu só estou contando para que vocês sintam o drama e morem na ferocidade do coronel Iolando.

Prosseguindo: ninguém na redondeza conseguia entender como é que aquele frankenstein de farda podia ter uma filha como a Irene, tão lindinha, tão meiga, tão redondinha. E entre os que não entendiam estava o mesmo Zezinho, cuja patota, noutros tempos, batia bola na rua. Muito amante da pesquisa, Zezinho foi devagarinho pro lado da Irene. Primeiro um cumprimento, na porta do cinema, depois um papinho rápido ao cruzar com ela na porta da sorveteria e foi se chegando, se chegando e pimba... desembarcou os comandos. Quando a Irene percebeu, estava babada pelo Zezinho. Se ele quisesse ela seria até o chiclete dele.

Claro, o namoro foi sempre à revelia do coronel Iolando, que não admitia nem a possibilidade de a filha olhar pro lado, quanto mais para o Zezinho, aquele vagabundo, cachorro, comunista.

Sem paqueração não há repressão. O pai não sabia de nada e a filha foi folgando, até que — chegou um dia, ou melhor, chegou uma noite — a Irene tinha saído para ir à casa da Margaridinha, de araque, naturalmente, e na volta, depois de ficar quase duas horas agarrada com Zezinho debaixo de uma jaqueira, na segunda transversal à direita, permitiu que o rapaz a acompanhasse até o portão.

Coincidência desgraçada: o coronel Iolando estava se preparando para sair e ir comandar um batalhão no combate à passeata de estudantes. Chegou à janela justamente na hora em que Irene e aquele safado chegavam ao portão. Tirou o trabuco do coldre e desceu a escada de quatro em quatro degraus, botando fumacinha pelas ventas arreganhadas. Parecia um búfalo no inverno.

Não deixou que o inimigo abrisse a boca. Berrou para Irene:

— Entre, sua sem-vergonha — e a mocinha escafedeu-se.

245

Virou-se para o pobre do Zezinho, mais murcho que boca de velha, ali encolhidinho e agarrou-o pelo congote, suspendendo-o quase a um palmo do chão e o rapaz ia até dizer "Coronel, o senhor tirou o chão de baixo de mim", pra ver se com a piadinha melhorava o ambiente, mas não teve tempo:

— Seu cretino — berrou Iolando —, está vendo este revólver? (Zezinho estava.)

— Pois eu lhe enfio o cano no olho e descarrego a arma dentro da sua cabeça, seu cafajeste. Está entendendo? (Zezinho estava.)

— E vou lhe dizer uma coisa: está proibido de continuar morando neste bairro. Amanhã eu irei pessoalmente à sua casa para verificar se o senhor se mudou, está ouvindo? (Zezinho estava.)

— Se o senhor não tiver, pelo menos, a cinquenta quilômetros longe desta área, eu passarei a enviar uma escolta diariamente à sua casa, para lhe dar uma surra. Agora suma-se, seu inseto.

O coronel soltou Zezinho que, sentindo-se em terra firme, tratou de se mandar o mais depressa possível. O coronel, por sua vez, deu meia-volta, entrou em casa, vestiu o dólmã e avisou à filha que quando voltasse ia ter.

O coronel Iolando foi cercar os estudantes na passeata, houve aquela coisa toda que os senhores leram nos jornais e, quando retornou ao lar, encontrou a esposa muito apreensiva:

— Não precisa ficar com esse olhar de coelho acuado, sua molenga — avisou Iolando: — Eu só vou dar uns tapas na sem-vergonha da nossa filha.

— Eu não estou apreensiva por isso não, Ioiô — ela chamava o coronel de Ioiô. — Eu estou com pena é de você.

— De mim??? — o coronel estranhou.

— É que a Irene e o Zezinho saíram agora mesmo pra casar na igreja do Bispo de Maura. Deixaram um abraço pra você.

Ândrocles e a patroa

Morava bem em frente ao boteco, o Ândrocles! Todos os frequentadores do canavial o conheciam. Sim, porque era um autêntico canavial aquele botequim, onde a cana escorregava firme e toda noite fornecia à boêmia local um pelotão de caneados. Alguns iam curtir o porre em casa, outros continuavam a sofrer a influência da cana e acabavam encanados. Ândrocles estava mais no primeiro do que no segundo caso. De resto, era um porrista ameno. Tomava umas duas ou três e ficava de pressão, muito falante, contando casos. Em dado momento, a mulher aparecia na janela, em frente, e chamava:

— Ândrocles, vem pra casa!

Ele respondia:

— Tô indo, nega! — olhava em volta e invariavelmente informava o que todos já sabiam: — É a minha patroa!

Uma chata, a patroa do Ândrocles. Dessas velhotas de bigode, verruga no rosto e gordona, que a gente tem a impressão de que não é bruxa porque excedeu em peso à categoria, e, se montasse numa vassoura, quebrava o cabo. Ainda por cima man-

247

dona, com mentalidade de sargento de cavalaria reformado. Diziam, inclusive, que, de vez em quando, quando o Ândrocles se rebelava pouquinha coisa, sarrafeava o coitado. A turma do boteco gostava dele. Era um velhote culto; pelo menos para aquela turma, era um Rui Barbosa. Contava história, explicava coisas, tirava dúvidas, tudo com modéstia, sem botar a menor banca. Uma vez explicou para os amigos quem fora Ândrocles:

— É uma lenda — esclareceu, logo fez-se silêncio no boteco, para que prosseguisse. Ele tomou mais um gole da que matou o guarda e prosseguiu: — Ândrocles era um escravo e um dia fugiu, isto é, eu não me lembro bem se fugiu. O que eu sei é que teve que se esconder numa gruta, e lá dentro tinha um leão. Era um *big* leão, feroz às pampas, e o xará ficou besta por não ter sido atacado. Aí, quando seu olhar se acostumou à escuridão da gruta, reparou que o leão estava com o maior espinho atravessado numa das patas... — tomou mais um gole e pediu ao português do balcão que botasse mais uma.

Servido, bicou, lambeu os beiços e continuou:

— Ândrocles, de tanto sofrer, não podia ver ninguém sofrendo, nem mesmo um leão. Por isso se aproximou devagarinho e conseguiu arrancar o espinho da pata do leão, que desapareceu gruta afora, todo contente. Os tempos passaram e, um dia, Ândrocles, por ser cristão, foi aprisionado e jogado na arena para os leões comerem — aí parou de novo, para respeitar uma técnica de *suspense* muito comum em novela de televisão.

Os olhares dos companheiros de marafa estavam todos postados nele:

— Eu sou como o Ândrocles da lenda. Agora mesmo, vendo vocês tão interessados, já estou com pena de ter interrompido a história. Segundo eu sei, os algozes de Ândrocles vibraram, quando viram aquele leãozão caminhar urrando para ele. Mas aí foi aquele pasmo; o leão era o mesmo da gruta e, reconhecendo

248

seu benfeitor, começou a lambê-lo e a fazer festinha, que nem cachorrinho de francesa.

— Quem lhe contou esta história? — perguntou um outro cachaça.

— Bernard Shaw — respondeu Ândrocles, sabendo que ali ninguém conhecia o dramaturgo irlandês.

Houve um silêncio comovido entre os bêbados. Um silêncio muito comum em comunidade de bêbados, que são pessoas que se comovem com muita facilidade. Um velhote de nariz vermelho, muito mais vermelho de conhaque do que de gripe, chegou a puxar um bruto lenço de quadrados para se assoar.

E o silêncio ainda permanecia, quando ouviu-se o grito medonho à porta:

— Ândrocles, seu capadócio... bebendo sem permissão!?!?

Todos se viravam a um tempo: era a patroa do Ândrocles.

— Querida! — ele disse, mas a velhota estava possessa e esbravejou:

— Aproveitando a minha ausência para vir beber sem ordem. Já para casa, rato imundo!

Ândrocles colocou o copo em cima do balcão e nem pensou em pagar a despesa; saiu passado, com a vergonha que a implacável "sargenta" aumentou ao dar um safanão em sua nuca, que o fez perder o equilíbrio e ajoelhar na calçada.

Ândrocles levantou-se e correu cambaleante para dentro de casa, com ela atrás e, na sua nobreza, os bêbados todos se voltaram para o balcão, para não verem mais nada daquele vexame. O velho de nariz vermelho murmurou constrangido:

— E pensar que ele fez tudo na vida por essa vaca!

Começaram a beber devagar, outra vez. Só quem estava de frente para os acontecimentos era o português do balcão. Esperou que a porta se fechasse atrás do casal, do lado de lá da rua, e falou com desprezo no sotaque:

— Até o leão foi mais humano que esta gaja!

Momento na delegacia

Foi na delegacia da Penha, onde fui parar acompanhando um amigo que tivera seu carro roubado e — posteriormente — encontrado pelos guardas da jurisdição da "padroeira". Antes de mais nada devo declarar que na delegacia da Penha acontecem coisas de que até Deus duvida. De dois em dois minutos, uma "ocorrência" para o comissário do dia registrar. O comissário, coitado, tem que quebrar mais galho do que um lenhador canadense.

Mal tinha resolvido o caso de uma gorda que fora mordida pelo cachorro da vizinha, ou foi a vizinha que mordeu o cachorro da gorda? Sei lá... já não me lembro mais. O que eu sei é que, mal tinha saído a gorda, e o pessoal em volta comentava a bagunça que a gorda tentou armar no distrito, e já começava o caso do crioulo de duas mulheres.

Para mim, sinceramente, "O Caso do Crioulo de Duas Mulheres" foi o mais bacaninha de todos. De repente entrou aquele bruto crioulo. Tinha quase dois metros de altura, era forte como um touro, e caminhava no mais autêntico estilo da malandragem carioca. Ladeado por duas mulheres imobilizadas por uma chave de braço cada uma, caminhou calmamente até o centro da sala, enquanto as duas faziam o maior banzé, sem que ele tomasse o menor conhecimento. A que ele trazia presa na canhota era meio puxada para o sarará e chamava-o, com notável regularidade, de "vagabundo", "crioulo ordinário", "hômi safado" e outros adjetivos da mesma qualidade. A que estava presa pelo lado direito, tinha a chave de braço mais apertada pouquinha coisa (devia ser mais presepeira) e, por isso, estava meio tombada pra frente. Dava as suas impressões sobre o crioulo com menos frequência, mas — em compensação — quando abria a boca, berrava mais alto que a sarará. Sua reivindicação era sempre a mesma: "Me larga, seu cachorro!". De tipo, era mulata e gordinha.

O bom crioulo nem parecia... Com a calma já assinalada, olhou em volta, bateu os olhos no comissário e adivinhou:

— Tô falando com o comissário?

O comissário respondeu que sim. A voz do crioulo era surpreendentemente fina para um sujeito de sua estatura. Isto dava um ar bem-humorado à cena, assistida pelos presentes: uns quinze ou vinte, se tanto. A gorduchinha tentou se desprender. Ele apertou mais a chave e disse, fininho:

— Quieta aí — e, virando-se para o comissário: — Boa tarde, doutor. Eu sou estivador e moro aqui pertinho, num barraco de minha propriedade, com estas duas.

— O senhor vive com as duas? — perguntou o comissário.

— Vivo, sim, senhô. Mas isto nunca foi pobrema. Urtimamente porém elas todavia dero pra brigá. Eu saio pro trabaio e quando vorto as duas tão cheia de cachaça e começa com ciumera.

— Que ciumera o quê? Eu lá tenho ciúme de você, seu ordinário? — disse a sarará.

O crioulo interrompeu sua explanação à autoridade e falou pra ela:

— Quieta aí, senão vai levá uma bolacha na frente do doutô.
A sarará não acreditou, cuspiu pro chão, em sinal de nojo e levou aquela tapona definitiva, franca, imaculada. Calou a boca e voltou para a chave de braço. O crioulo pigarreou e prosseguiu:
— Pois é como eu digo, doutô. Faz dois dia que num drumo, tá bem? Dois dia sem drumi. Vê se pode. Tudo por causa do bode que essas duas arma quando eu chego... — largou a sarará, colocou a mão sobre o peito, coberto pela camisa de seda amarela. Usava camisa de seda, uma calça de brim ordinário, mas com vinco perfeito e calçava um chinelo de couro cru, que deve ter custado uma besteira, mas na vitrina de qualquer butique da zona sul estaria com o preço marcado para cinquenta contos, no mínimo.

— E elas num têm razão — esclareceu: — Se há um sujeito que num tem preferença sou eu. Elas veve comigo há três ano e num pode ter queixa. É tudo onda delas, doutô. Hoje é minha forga no cais e eu preciso drumi. Eu trouxe elas aqui pro senhô prendê elas aí. Tá legal? O senhô faz isso pra mim? Amanhã quando eu acordá eu venho buscá.

O comissário coçou a cabeça, perguntou a um auxiliar se havia xadrez vago, o auxiliar disse que sim e ele perguntou, para que o crioulo ratificasse:

— Você amanhã passa aqui para apanhar as duas?
— Passo sim, doutô. É só esta noite pra eu podê drumi. Amanhã eu prometo ao senhô que, assim que eu acordá, faço o meu café, tomo um banho e venho aqui buscá elas.

O comissário concordou: dois guardas agarraram as mulheres, que foram lá pra dentro berrando e se debatendo. O crioulo agradeceu ao comissário, virou as costas e foi saindo. Lá dentro, as duas mulheres — longe dele — aumentaram o festival de palavrões em sua homenagem.

O crioulo parou perto de um guarda e perguntou:

— Tu que é o prontidão? — o guarda fez um movimento de cabeça, afirmativo: — Intão, tu me faz um favô. De vez em quando joga um balde d'água nelas, pra elas esfriar. Amanhã, quando eu vier reclamar a mercadoria, tu leva um "tiradente" pelos serviço prestado, tá?

— Tá! — concordou o prontidão, olhando logo prum canto para conferir a ferramenta de dar fria, ficando notoriamente tranquilo ao ver um balde velho e amassado, debaixo de um banco.

— Eu lhe agradeço — garantiu o crioulo, com uma pequena reverência. Depois retirou-se naquele mesmo passinho macio, chinelo de couro cru, camisa de seda amarela, frisada pela brisa da tarde. Ia dormir sossegado, no barraco de sua propriedade.

A vontade do falecido

Seu Irineu Boaventura não era tão bem-aventurado assim, pois sua saúde não era lá para que se diga. Pelo contrário, seu Irineu ultimamente já tava até curvando a espinha, tendo merecido, por parte de vizinhos mais irreverentes, o significativo apelido de "Pé na Cova". Se digo significativo é porque seu Irineu Boaventura realmente já dava a impressão de que, muito brevemente, iria comer capim pela raiz, isto é, iam plantar ele e botar um jardinzinho por cima. Se havia expectativa em torno do passamento do seu Irineu? Havia sim. O velho tinha os seus guardados. Não eram bens imóveis, pois seu Irineu conhecia de sobra Altamirando, seu sobrinho, e sabia que se comprasse terreno, o nefando parente se instalaria nele sem a menor cerimônia. De mais a mais, o velho era antigão: não comprava o que não precisava e nem dava dinheiro por papel pintado. Dessa forma, não possuía bens imóveis, nem ações, debêntures e outras bossas. A erva dele era viva. Tudo guardado em pacotinhos, num cofrão verde que ele tinha no escritório.

254

Nessa erva é que a parentada botava olho-grande, com os mais afoitos entregando-se ao feio vício do puxa-saquismo, principalmente depois que o velho começou a ficar com aquela cor de uma bonita tonalidade cadavérica. O sobrinho, embora mais mau-caráter do que o resto da família, foi o que teve a atitude mais leal, porque, numa tarde em que seu Irineu tossia muito, perguntou assim de supetão:

— Titio, se o senhor puser o bloco na rua, pra quem é que fica o seu dinheiro, hem?

O velho, engasgado de ódio, chegou a perder a tonalidade cadavérica e ficar levemente ruborizado, respondendo com voz rouca:

— Na hora em que eu morrer, você vai ver, seu cretino.

Alguns dias depois, deu-se o evento. Seu Irineu pisou no prego e esvaziou. Apanhou um resfriado, do resfriado passou à pneumonia, da pneumonia passou ao estado de coma e do estado de coma não passou mais. Levou pau e foi reprovado. Um médico do Samdu,* muito a contragosto, compareceu ao local e deu o atestado de óbito.

— Bota titio na mesa da sala de visitas — aconselhou Altamirando; e começou o velório. Tudo que era parente com razoáveis esperanças de herança foi velar o morto. Mesmo parentes desesperançados compareceram ao ato fúnebre, porque estas coisas vocês sabem como são: velho rico, solteirão, rende sempre um dinheirão. Horas antes do enterro, abriram o cofrão verde onde havia sessenta milhões em cruzeiros, vinte em pacotinhos de "tiradentes" e quarenta em pacotinhos de "santos dumont":**

---

* Serviço de Assistência Médica Domiciliar de Urgência.
** "Tiradentes" e "santos dumont": efígies nas cédulas de cinco e dez cruzeiros novos, respectivamente.

— O velho tinha menos dinheiro do que eu pensava — disse alto o sobrinho. E logo adiante acrescentava baixinho:

— Vai ver, gastava com mulher.

Se gastava ou não, nunca se soube. Tomou-se — isto sim — conhecimento de uma carta que estava cuidadosamente colocada dentro do cofre, sobre o dinheiro. E na carta o velho dizia: "Quero ser enterrado junto com a quantia existente nesse cofre, que é tudo o que eu possuo e que foi ganho com o suor do meu rosto, sem a ajuda de parente vagabundo nenhum". E, por baixo, a assinatura com firma reconhecida para não haver dúvida: Irineu de Carvalho Pinto Boaventura.

Pra quê! Nunca se chorou tanto num velório sem se ligar pro morto. A parentada chorava às pampas, mas não apareceu ninguém com peito para desrespeitar a vontade do falecido. Estava todo o mundo vigiando todo o mundo, e lá foram aquelas notas novinhas arrumadas ao lado do corpo, dentro do caixão.

Foi quase na hora do corpo sair. Desde o momento em que se tomou conhecimento do que a carta dizia, que Altamirando imaginava um jeito de passar o morto pra trás. Era muita sopa deixar aquele dinheiro ali pro velho gastar com minhoca. Pensou, pensou e, na hora que iam fechar o caixão, ele deu o grito de "pera aí". Tirou os sessenta milhões de dentro do caixão, fez um cheque da mesma importância, jogou lá dentro e disse "fecha".

— Se ele precisar, mais tarde desconta o cheque no banco.

Papo furado

Depois que o senhor ministro do Planejamento terminou sua palestra pela televisão sobre o cruzeiro novo (NCr$, para os íntimos), falando em aritmética frívola, conjuntura econômica, retração monetária e outros bichos; depois que todo mundo ficou sem entender bulhufas, ali, naquele mesmo estúdio onde sua excelência acabara do pontificar, nós tínhamos de gravar um videotape. Saiu do estúdio o senhor ministro, saíram os seus cúmplices, ou melhor, digo, saiu o seu staff, e o anfiteatro ficou vazio e meio na escuridão. Eu entrei e sentei num banquinho que tem lá, assim meio escondidinho, do lado direito, e fiquei aguardando que mudassem os cenários, viessem os outros, o pessoal da técnica, enfim, essas bossas.

Foi aí que entraram os dois. Ambos eram daquele time que tem muito nos estúdios de televisão; andam sempre armados de martelo e mudam cenários, tapadeiras, praticáveis, pano de fundo, entre um programa e outro. Os dois começaram a desarrumar a chacrinha anteriormente armada para o grande economista e a arrumar as coisas para o programa seguinte. E enquanto trabalhavam, eu fiquei ouvindo o papo furado da dupla.

257

O mais alto, branco e de bigodinho, muito puxado para o magro, perguntou:

— Tu entendeu alguma coisa do que esse cara falou?

E, ante o olhar perdido do outro: — Esse cara que expricô o tal de cruzero novo?

O outro, que era sobre o redondo, crioulo convicto e jeito mais descansado, respondeu:

— No começo eu prestei atenção. Depois num morei mais e pedi meu boné.

— Pois olha, pelo que eu ouvi: quem era rico ficou mais rico; quem era pobre ficou mais pobre!

— Num me diga! — e o crioulo esbugalhou os olhos:

— Você deve de ter entendido mal. Mais pobre do que eu estou eu num guento ficar.

O branco riu da própria desgraça, arrancou os pregos de um painel e botou-o nas costas, para depositar num canto do estúdio. Enquanto caminhava, dizia:

— Teso ando eu, rapaz! Te digo uma coisa: eu ando tão teso que, se eu fosse dois, o mais teso dos dois era eu.

O crioulo riu. Então ponderou:

— Quer dizer que conosco eles se estreparo. Com nóis eles num pôde fazer a gente mais pobre.

— É o que tu pensa! — e dizendo isto o branco magrela balançou a cabeça, pensativo e melancólico. Ajudou o preto a afastar outro painel para o canto e prosseguiu: — Tu num sabe que o dólar é a moeda-patrão?

— Patrão ou padrão?

— Tanto faz. O que interessa é que o dólar é a moeda que faz o câmbio, morou? Quer dizer, quando eles sobe o dólar, o cruzero se estrepa, por causa de que é preciso mais cruzero para comprar menos dólar.

— Mas quem sou eu pra comprar dólar?

— Mas isso é impótese, rapaz. Tu num vai comprar dólar, mas o que tu é obrigado a comprar fica mais caro por causa do preço mais caro do dólar e, portanto, tu entra bem de quarqué maneira.

Outra vez o bom crioulo arregalou os olhos:

— Quer dizer que eles apanharo até a gente?

— Até a gente — confirmou o magro. E deu um exemplo:

— Vamos que tu precisava de dez dólar pra comprar uma coisa.

— Que coisa?

— Quarqué uma. Vamo que tu precisasse de dez dólar. Muito bem: o dólar, antes do Carnaval, custava dois mil e duzentos cruzero, certo?

— Se tu tá dizendo...

— Pelo que eu ouvi dizê, era dois mil e duzentos. Então, se tu precisava de dez dólar, tu tinha que ter na mão vinte e dois mil cruzero. Tu tinha esses vinte e dois mil, mas esperou pra comprar o dólar despois do carnaval. Ai eles dero o gorpe e passaro o dólar pra dois mil setecentos e cinquenta, que é mais quinhentos e cinquenta que antes. Logo, enquanto tu brincava o Carnaval, tu perdeu cinco mil e quinhentos cruzero.

— Que miseraves!!! — exclamou o preto: — E eu que nem brinquei o Carnaval, porque num tinha um tostão.

— Que qui tu fez no Carnaval?

— Dormi, uai! Num tinha um tostão.

— Pois foi pior, rapaz. Quem dormiu teso acordou devendo.

E os dois deram uma bruta gargalhada.

O caso da vela rolante

E quando eu cheguei na portaria do prédio, cansado de tanto me desviar de buraco, com os olhos vermelhos da poeira que sobrou de toda aquela lama que desceu dos morros, o porteiro me explicou que a dona que eu procurava morava no décimo segundo e estava faltando energia. Quer dizer, não a mim, que para a dona que eu procurava me sobra energia às pampas, graças ao Altíssimo, muito mais alto do que o apartamento dela. Faltava energia, mas era para o elevador.

Ora, vocês compreendem: uma vez eu tive um troço no coração e, quando eu fiquei bom, o médico me falou para parar com tudo que era exercício e só usar o esforço para fazer as coisas que eu gostasse mais. Tá na cara que o que eu gosto mais não é subir escada e, então, resolvi esperar que a energia voltasse, para subir de elevador. Lá em cima, sim, faria a força que conservo.

— Quanto tempo demora para voltar a luz? — eu perguntei ao porteiro.

O nossa-amizade era falante e foi logo dizendo que devia ser dali a quinze minutos, mas que eu não confiasse muito não, ouviu?

Não confiasse não, que isso de racionamento é uma bagunça. E foi resmungando: qualquer chuvinha é esta porcaria. E ainda por cima era um porteiro mais ou menos em dia com a história do Brasil. Não somente a história contemporânea, como demonstrava ao espinafrar a atual conjuntura, como também a antiga:

— Não sei como é que ainda se presta homenagem a esse Estácio de Sá.

— Perdão! — estranhei. — Mas Estácio é o fundador da cidade.

— Fundador não, doutor. Afundador, tá bem? Com tanto lugar para fundar uma cidade, ele foi fundar logo aqui, neste lugar cercado de morro. Isto aqui é uma bruta cuia. A maior cuia do mundo, por isso é que enche. É só chover que enche.

Eu fiquei calado, encostado na parede, aguardando. Ele parou de falar e recomeçou a ler o jornal que já lia antes, com a ajuda de um toco de vela. Mas não demorou muito. Passou os olhos numa página. Interessou-se por uma ou outra manchete. Depois riu, apontou para o jornal e continuou:

— Não prendem ninguém, né, doutor?

— É... acho que não.

— Eu leio o jornal, pra ver se foi alguém em cana por causa desta porcaria que anda aí, mas qual: só prendem coitado.

Balançou a cabeça, com pena de si mesmo:

— É o fim! Quando eles fizeram aí essa revolução e falaram tudo aquilo, que iam salvar o país, que iam prender tudo que era safado, que isso, que aquilo, eu cheguei a ter uma esperançazinha. Palavra de honra! Mas logo depois eu vi que era tudo bafo. Apareceu muita gente querendo salvar ao mesmo tempo. Não podia dar certo. Até nego que já tinha comido alto antes, virou revolucionário.

Fez uma pausa e perguntou:

— Estou chateando, doutor?

— Não, absolutamente — respondi.

— Pois é isso. Iam salvar, não salvaram, mas não precisava exagerar, piorando.

Olhou o relógio:

— Olha só, já começou a bagunça. Era pra acender há cinco minutos e até agora neca.

Levantou-se da cadeira, foi até um comutador, ligou e a escuridão continuou. Coçou a cabeça:

— É... deixa pra lá. Vai ver que hoje vão acender às dez e meia. Enfim, isto hoje tá até calmo.

Olhei para ele, como a indagar se não é sempre calmo.

— Tem dia que chega gente aqui, eu informo que não tem elevador e levo a maior bronca. Tem uma velha no quinto andar que é fogo. Ela chega e quer subir mesmo no escuro, a desgraçada. Graças a Deus, quebrou a perna e não pense que foi culpa minha.

Fiz um gesto de quem não estava pensando numa coisa dessas e ele esclareceu:

— Eu até tinha umas velas aqui. Um cotoco de vela pra quem quisesse subir no escuro. Pois há dias veio essa velha do quinto andar; eta velhinha tinhosa... falou que ia mesmo no escuro e eu dei uma velinha pra ela...

Aí a luz acendeu. O porteiro olhou o relógio, verificou que eram dez e meia e disse:

— Certinho. Hoje eles deram uma de país organizado.

Caminhou comigo até o elevador, sempre contando:

— Pois a velhinha subiu e, não tinha passado um minuto eu ouvi aquele barulhão na escada. Corri e inda cheguei a tempo de ver ela rolando os degraus.

— A velhinha!?

— Não. A velinha. Ainda estava acesa. A velhinha vinha depois, também rolando, mas estava completamente apagada. Desmaiou, coitada!

Fechou a porta do elevador, e eu subi para o apartamento daquela dona que eu falei aí, logo no começo, lembram-se?

Não me tire a desculpa

Vocês se lembram daquele cara sobre o qual eu contei uma historinha; um cara que era tão mal-acabado que só não era mais feio por falta de espaço? Pois o cara desta historinha é pior. Se feiura fosse dinheiro, ele todo ano ia à Europa. Perto dele Frankenstein era Marta Rocha.

Mas, para vocês verem como são as coisas: embora fosse um tremendo filhote de Drácula, o cretino tirava sarro de conquistador. Andava bacaninha, com paletó lascado atrás, gravata italiana, abotoadura de ouro, calças dessas tão apertadinhas que pareciam ter sido costuradas com ele dentro.

E frequentador, também. Metia um jantar na Hípica, de vez em quando, e, embora não fosse sócio-atleta, comia salada de alfafa, para não engordar. E nisto talvez tivesse razão. Gordo seria pior. O magro horrendo pode ser mais fantasmagórico, mas o impacto de sua feiura é menor do que a do gordo horrendo.

O que não lhe ia bem era a pretensão. Entrava no bar e ficava encostado ao balcão, fazendo olhares para as mulheres. Bebia uísque com pose de quem está bebendo veneno por desprendimento e, quando acendia um cigarro, tirava aquela baforada farta, só para fazer olhar misterioso por trás da fumaça.

Um dia um amigo meu surpreendeu-o num restaurante, comendo "pão-sexy". Eu nem sabia que existia esta bossa. Mas o amigo me explicou. O "pão-sexy" é aquele truque que o conquistador, que costuma trabalhar na faixa do durão com mulher, gosta de empregar em lugar público onde tem a possibilidade de mastigar. O conquistador senta num canto e fica olhando fixo para uma dona dos seus desejos secretos. Quando o olhar começa a ficar insistente, segura um pedaço de pão e aguarda. Na hora em que a dona, disfarçadamente, vai conferir para ver se o chato ainda conserva o olhar insistente, ele dá o golpe do "pão-sexy"; isto é, morde o pão e arranca um pedaço com violência.

Ah, estraçalhador!!! Diz que tem mulher que vibra com esta besteira, sentindo-se mordida in loco pelo carrasco. Eu, por mim, acho que mulher que vibra com o golpe do "pão-sexy" só deve ter de Bangu pra cima, mas hoje em dia, com o lockout da finura, é bem possível que as grã-finas tenham aderido e se encontre uma ou outra que aprecie as manobras do "pão-sexy" até mesmo no bar do Iate. Ainda mais porque o cara de que eu estou falando vai muito lá.

Como todo conquistador que se preza, é também um difamador, o cara esse. Quando se fala em determinada mulher, perto dele, ele fica fazendo um olhar entre o displicente e o saudoso, até que a pessoa que fala da mulher não resiste e pergunta:

— Você conhece ela?

Ele conhece vagamente, mas dá a entender justamente o contrário, e deixa no ar aquele cheirinho de dúvida, ao responder:

— Deixa isso pra lá! Vamos falar de outra coisa! Águas passadas, águas passadas.

No entanto, ali não passa água nenhuma. Tal tipo de cretino não apanha nem goiaba no pomar. Os sujeitos que agem assim estão perfeitamente enquadrados no substancioso manual de Freud (página 4 na edição de bolso). É exatamente porque não apanha ninguém que o cara toma essas atitudes. Talvez a vida trepidante da atualidade incentive esse tipo de gente. Hoje em dia não se tem tempo para reparar se a pose do próximo condiz com a realidade e, assim, vai-se aceitando o cocoroca como ele diz que é. E não como ele é realmente.

Todo mundo sabia — pois estava na cara — que o sujeito desta historinha era mais feio que a necessidade, mas ninguém tinha ainda reparado que ele não apanhava ninguém. Estava sempre se curando de um amor ou com um amor a brotar, mas as mulheres, mesmo, ninguém via com ele.

E este importante detalhe só veio à luz no dia em que um amigo rico disse a ele que tinha montado um apartamento legalérrimo. Tinha tudo. Vitrola, gravador, geladeira, uísque, luzes indiretas, ducha, ar-refrigerado, entrada independente. O fino do esconderijo.

Por ser — como ficou dito — um cavalheiro cheio da erva, ofereceu o imóvel suspeito ao "conquistador". Falou nas vantagens do dito e acrescentou:

— Você querendo usar de vez em quando, eu te dou o endereço e uma duplicata da chave.

Mas aí era duro demais para o cara sustentar sua atitude. Engoliu em seco e disse pro outro:

— Muito obrigado! Mas, por favor, não me diga onde é, nem me dê a chave. A única desculpa que eu terei, no dia em que desconfiarem do meu sucesso com mulher, é esta.

— Esta qual?

— Dizer que não tenho onde levar.

Bronca — arma de otário

Lá vinha ele no "atrasado" das cinco para ser despejado na estação Pedro II, por conta da Central do Brasil. Hermenegildo, pacato e casado, pai oito vezes, pois jamais teve erva pra comprar a pílula, residente pra lá de Madureira. Magrinho, fanhoso e com asma; como viração: cobrador de uma firma de secos e molhados. Para ele, aquele era um dia igual aos outros. Tinha saído de casa às cinco horas da manhã e, ao atravessar o jardinzinho, tropeçou no galo que nem tinha cantado ainda. Agora eram cinco e meia e já estava levando cacetada, dependurado no vagão e dando-se por muito feliz, pois, na Central, pegar o trem é fogo porque, como dizem os chefes de estação da referida empresa, "ou o trem tá atrasado ou já passou". Quando chegou mais ou menos na altura de Piedade, em homenagem ao nome desse próspero logradouro suburbano, faltou energia e o trem parou de estalo. Era a quarta vez na mesma semana. Não havia de ser nada. De Piedade à cidade, a pé, ele conhecia um atalho. Hermenegildo saltou em meio aos palavrões dos outros passageiros, gastou botina até o armazém do português seu patrão, cavalheiro que entrou aqui com carteira modelo 19, categoria "lavrador", e foi lavrar tomates e alfaces no fundo de uma quitanda, até juntar dinheiro para entrar como sócio num armazém de secos e molhados, onde conseguiu garfar os outros e ficar sozinho no comando. Levou a espinafração regulamentar do português, por causa do atraso, pegou sua pasta, encheu de faturas e voltou para o asfalto. Pronto. Primeira cobrança: escritório de um advogado muito do safado, no décimo terceiro andar do Edifício Avenida Central. Traduzindo — catorze escadas a subir, porque, segundo a tabela do almirante da Light, é hora de racionar aquela zona. Gramou as escadas, falou com a secretária do homem (uma redondinha muito malcriada, que falava com o Hermenegildo de nariz torcido, talvez por ser ele um dos poucos que não lhe faltava com o respeito, em bolinações nas partes recônditas), deixou recado de que a dívida precisava ser saldada, saudou a secretária, pois Hermenegildo estava acostumado a engolir injustiças, e desceu outra vez as catorze escadas. A segunda fatura era em Botafogo. Justamente numa zona onde o almirante da Light corta a luz às nove horas. Faltavam vinte para as nove e, se pegasse o "chifrudo" que apontou na esquina, dava tempo. Fez sinal, o "chifrudo" parou e ele foi lá pra dentro tirar uma onda de sardinha. Fez o possível para não encostar na senhora da frente, a fim de evitar mal-entendidos. Mas, numa daquelas freadas tipo "ajeita passageiro", Hermenegildo perdeu o equilíbrio e se debruçou em cima da dona, recebendo dela uma bonita homenagem. Foi tachado de sem-vergonha. Sua vergonha incitava-o a deixar o ônibus, mas nem foi preciso. O chifre caiu do fio e o ônibus ficou parado numa esquina, atrapalhando o trânsito. Hermenegildo se mandou a pé mesmo e, quando chegou no cara da segunda fatura, o almirante tinha chegado primeiro. Tava tudo apagado.

O freguês era num apartamento de cobertura. Hermenegildo gramou nova escadaria e chegou bufando no solar do caloteiro. O homem recebeu-o de calção, sob o causticante sol da varanda. Pagar mesmo, o homem não pagou, mas prometeu para o dia seguinte ao aumento que o marechal prometeu. E assim por diante, até que chegou a hora do almoço, ou por outra, a hora de Hermenegildo poder almoçar: três da tarde, pensão da rua Larga e a pedida de sempre. Almoço comercial. Quem falou foi a dona da pensão:

— Hoje não tem. O gás acabou de repente e não deu pra fazer.

Hermenegildo saiu, tomou uma vitamina azul-marinho no botequim mais próximo, aproveitando a deixa e pedindo licença para telefonar. Precisava dar ao patrão notícias do movimento. Meia hora depois, deu linha, discou o número da mercearia, que é na rua Camerino, e atendeu o Hospital Antônio Pedro, de Niterói. Desligou com um suspiro.

— É verdade, os telefones andam assim, o que se há de fazer?!

Agora era um outro ônibus. Fatura a ser cobrada na avenida Brasil. Perto daquela fábrica de Ma Griffe pra vampiro. Este pagou e Hermenegildo voltou contente, porque tinha direito a 0,05% no recebimento da fatura. Tanto assim que nem se chateou quando o ônibus, de volta, furou o pneu na avenida Rodrigues Alves, e ele teve que atravessar o túnel João Ricardo desarmado. Encurtando: sete da noite estava em casa, depois de ter comprado aquele pão fajuto, mais milho do que trigo. Foi entrando e a mulher dizendo que iam jantar fora, na casa da mãe dela, aniversário da velha.

Hermenegildo tirou a roupa que estava, passou álcool no corpo para refrescar (Guandu apagado temporariamente) e foi, com toda a família que a falta de pílula lhe proporcionou, para a casa da sogra. Chegada, abraços, felicitações e deram ao coitado uma batidinha de limão, que ele virou de vez, para ver se esque-

268

cia. O sogro deu-lhe outra e ele ficou bebericando mais devagar, pra não espantar o fígado. Aí falou a aniversariante:

— Hoje, como eu tive dificuldade pra arranjar uma galinha gorda e também porque o homem do gás engarrafado não veio, vamos jantar fora. E como presente de aniversário, o Hermenegildo paga.

Ah, Margarida... pra quê! Começou a sair fumacinha azul do ouvido de Hermenegildo e, antes de qualquer coisa, ele fez "grrrrrr"; depois conseguiu falar:

— Isto só acontece porque aqui não tem pena de morte, seus... seus... (e resolveu diminuir para seus chatos). — Cambada de sem-vergonha, país de descarados. Todos são descarados, ouviram?

Foi quando a mulher do Hermenegildo, sorrindo, explicou para os presentes:

— Coitado do Gigi, não pode beber que fica assim.

O major da cachaça

Havia no bairro um grupo de bebedores da melhor qualidade. A turma se reunia no fundo de um armazém de secos e molhados, onde existiam uma mesa ampla e algumas cadeiras. No começo eram uns poucos, mas depois o grupo recebeu algumas adesões, e os aderentes sentavam em caixotes vazios, que era o que mais tinha no fundo do armazém.

Está claro, sendo um grupo de bebedores, embora fosse o local uma firma — como ficou dito — de secos e molhados, nunca ninguém da turma se interessou pelos secos. Era tudo gente dos molhados. E de tal forma eram que acabaram inventando uma espécie de hierarquia de bebedores. Reparem que estou a chamá-los de bebedores e não de bêbados; isto é, a turma era consciente e não um vulgar amontoado de pés de cana.

Mas, eu dizia, resolveram inventar uma hierarquia baseada no maior ou menor rendimento de cada um, na admirável (pelo menos para eles) arte de curtir um pileque com dignidade. Assim, aqueles que fossem uns frouxos e não passassem de uns tantos cálices, seriam cabos ou sargentos; os que conseguiam aguentar dose maior, seriam tenentes, e acima os capitães, majores... enfim, a graduação subia na ordem direta da cachaça de cada um ou, como disse um deles, mais cínico pouquinha coisa, na capacidade de virar gargalo.

Um detalhe importante que, depois de inventado esse pequeno exército da pinga, todos passaram a respeitar foi a obediência ao posto. Um tenente nunca entrava em qualquer lugar público sem bater continência para um major, pedir licença para permanecer no recinto etc.

Foi quando Geraldina conheceu Adamastor, que era major já fazia mais de um ano. Saiu com ele uma noite, para jantar, e ficou muito impressionada. Estavam os dois esperando os pratos encomendados, quando aproximou-se um cavalheiro e, fazendo continência para Adamastor, falou:

— Dá licença, major?

— À vontade — respondeu Adamastor, meio cabreiro, por causa da presença dela.

Aquilo deu a Geraldina um certo orgulho. Afinal, aquele cavalheiro que a acompanhava não era um qualquer. Tinha a sua importância, recebia certas deferências. É verdade que Geraldina era nova no bairro e nunca suspeitaria em que exército Adamastor servia no posto de major.

E digo mais. Pouca gente sabia daquela brincadeira. Sim, porque quem não era da turma encarava a combinação do grupo como simples brincadeira, ainda que a seriedade com que eles se davam ao ritual da continência provasse que — pelo menos os do exército da cachaça — não tinham aquilo em conta de brinquedo.

Mas voltemos a Geraldina e ao major Adamastor. Continuaram a sair juntos, tornaram-se namorados e, mais do que isto, comprometidos. Adamastor já tinha levado Geraldina para conhecer sua família e vice-versa. À beira de um noivado, portanto.

Foi então que, um dia, conversando com uma tia fofoqueira de Adamastor, Geraldina disse:

— Uma das coisas que eu mais admiro no Adamastor é a importância dele, d. Babilônia (a tia chamava-se Babilônia, embora jamais pudesse ser incluída entre as sete maravilhas do mundo, muito pelo contrário — velha vesga estava ali). — Mal Geraldina fez aquela cândida confissão, d. Babilônia meteu lá um muxoxo e uma cara de nojo, para lascar:

— Que importância que nada, minha querida. O Adamastor é um beberrão. Sabe que título de major é esse? Pois é por causa de cachaça. Aqueles moleques que fazem continência para ele também são bêbados. Quem bebe mais cachaça vai subindo de posto.

Geraldina ouviu aquilo tudo gelada, mas como já gostasse de Adamastor, não quis mais pensar no assunto. Sabem como é: só o amor constrói para a eternidade. Mas também não ia deixar que ele continuasse a enganá-la nas suas bochechas com aquela besteira de major. E foi batata.

À noite o casal combinou um cinema, e estavam ambos na fila para comprar entrada, quando apareceram dois sujeitos. Pararam em frente de Adamastor, bateram a devida continência e perguntaram se podiam entrar na fila também. Adamastor respondeu que sim, que podiam. E ficou murcho dentro da roupa, sem olhar para Geraldina, numa atitude que ela antes pensava que fosse de modéstia e agora estava achando que era de cinismo.

Pobre Geraldina, não percebia que Adamastor não tinha o menor orgulho do título. Pelo contrário, sentia-se um injustiçado, tanto assim que, ao ouvir a bronca, revoltou-se pela primeira vez.

— Não seja cretino, Adamastor — disse ela. — Não fique com esse fingimento, não. Então não sei por que é que esses vagabundos o chamam de major?

E Adamastor:

— Pois fique sabendo que é uma injustiça, ouviu? Tem nego lá no armazém que bebe muito menos do que eu e já é coronel.

O apanhador de mulher

Foi num dia aí que eu tive que ir ao Recife! Eu sou danado para chegar atrasado no Galeão. Eu e o conforto. Eu ainda chego. Atrasado mas chego. O conforto é que está demorando um bocado. Em matéria de aeroporto internacional, deviam mudar o nome daquele cercado para Galinhão — parece um galinheiro, ficava mais condizente. Mas isto deixa pra lá.

Dizia eu que tive de ir ao Recife e fui mesmo. Fui o último a entrar no avião e sentei ao lado de um cara que tinha uma cor puxada para o esverdeado:

"Esse sujeito deve ter um fígado desses que se deixam subornar pelas hostes inimigas. Ou então é desses que têm mais medo de avião do que beatnik de sabonete."

Mas não. Mal o avião levantou voo, o cara pediu um uísque duplo à aeromoça e puxou conversa. Explicou que estava saindo do Rio por causa de uma mulher. E que mulher, seu moço! Dessas que nem presidente de associação de família bota defeito. Ela soube que ele estava andando com a Julinha.

— Manja a Julinha? — ele me perguntou.

Não. Eu não manjava, e era um trouxa por causa deste detalhe. A Julinha era uma das melhores coisas que podem acontecer a qualquer sujeito apreciador do gênero. E assim foi o cara, até Vitória. Na hora em que o avião ia descer, ele estava explicando que ali, na capital capixaba, tinha tido grandes momentos. Mas grandes momentos mesmo. Se meteu com uma pequena ótima, sem saber que ela tinha duas irmãs melhores ainda. E ele foi pulando de uma para outra.

— Apanhei as três, tá bem? — batia na minha perna e dizia, balançando a cabeça, com um sorriso vitorioso (talvez em homenagem à já citada capital capixaba). E repetia para mim: — Apanhei as três!

Depois da escala em Vitória, tentei sentar longe do folgazão, mas me dei mal. Ele me viu sozinho na poltrona, isto é, com a poltrona do lado dando sopa, e não conversou. Pediu mais um uísque duplo à aeromoça e retomou o assunto mulher. Descreveu como é que foi com a mulher do quinto andar lá do prédio onde ele mora. No começo, não queria. Sabe como é — a gente não deve se meter com essas desajustadas que moram perto, porque fica fácil de controlar. E parecia que ele estava adivinhando. Todo dia de manhã era uma bronca, porque todo dia de manhã — é lógico — saía uma mulher do seu apartamento, e a dona do quinto andar ficava na paquera.

— Mandei andar, viu?

— Qual?

— A do quinto.

— Ah, sim...

Entre Vitória e Salvador o sujeito já tinha apanhado mais mulher do que o falecido Juan Tenório. Mas, nem por isso, deixou de contar mais umas duas ou três aventuras amorosas, enquanto aqui o filho de d. Dulce aproveitou a boca para comer uns dois ou três acarajés. Era eu com acarajé e ele com mulher.

Desisti até de me livrar do distinto. No Recife cada um de nós iria para o seu lado e eu não veria mais o garanhão. Retornamos ao avião. Ele, firme, do meu lado. Pediu outro uísque duplo à aeromoça — a qual, inclusive, elogiou, afirmando que tinha umas ancas notáveis.

— Hem, hem? Notáveis! — e me catucava com o cotovelo.

Foi quando sobrevoávamos Penedo que ele confessou que já tinha casado três vezes. Felizmente não tivera filhos, mas mulher não faltou. Depois do terceiro casamento, com várias senhoras de diversos tamanhos e feitios intercaladas entre cada casamento, resolveu que não era trouxa.

— Comigo não, velhinho. Chega de casar! — nova catucada: — Comigo agora é só no passatempo. Por falar nisso, você tem algum compromisso no Recife?

Fingi que tinha. Uma senhora que não poderia ser suspeitada, caso contrário poderia sair até tiro. Ele compreendeu. Embora tremendo boquirroto, concordou que, às vezes, é preciso manter o sigilo. Mas era uma pena eu não estar disponível no Recife. Ele conhecia umas garotas bem interessantes. Era bem possível que, já no Aeroporto dos Guararapes, algumas estivessem à sua espera.

— Você dá uma espiada — aconselhou-me. Se alguma delas me conviesse e — naturalmente — se a tal senhora inconfessável falhasse, eu poderia ficar com duas ou três de suas amiguinhas, para umas farras em Boa Viagem:

— A gente vai para a praia. De noite... aqueles mosquitinhos mordendo a gente.

Disse isso com tal entusiasmo na voz que, por um instante, eu cheguei a pensar que ele gostasse mais do mosquitinho do que de mulher. Mas foi só por um instante. Enquanto o avião manobrava e descia no Recife, o cara ainda falou numa prima lá dele, pela qual tivera uma bruta paixão.

Aí o avião parou, todo mundo desamarrou o cinto e — coisa estranha — o meu companheiro de viagem voltou a ficar esverdeado. Saímos, apanhamos as malas e, quando eu ia pegar um táxi, lá estava o cara sozinho, também atrás de condução. Ele me viu, sorriu e explicou:

— Olha, meu velho, aquilo tudo era bafo. Eu não apanho ninguém. Eu tenho é pavor de avião e só falando de mulher é que eu perco o medo.

Uma carta de doido

Jacarepaguá, set. de 1967. Meu caro:
Sua partida para o manicômio do Juqueri deixou saudades
em todos nós, aqui na ala dos recuperáveis onde, nos últimos
meses, é notória a melhoria dos internos. O fenômeno, por sinal,
foi observado pelo psiquiatra-chefe, na conversa que tivemos os
dois, durante a insulina das cinco. Embora eu continue com a
minha velha cisma de que a diferença entre psicopatas e psiquia-
tras é mínima; muito menor, por exemplo, do que a que existe entre
patrão e empregado, sogra e genro, padre e sacristão ou general e
soldado — durante a five o'clock insuline *de ontem, ele me pare-*
ceu quase tão lúcido quanto nós, os dementes, e me disse que o
fenômeno pode não estar em nós, mas nos de fora, isto é, nessa
gente alucinada e dita sadia, que vive isolada lá fora. Falou-me na
loucura que é a vida exterior e que — praticamente — nivela a nós
todos. Eu tenho a impressão de que ele está é doido, pois referiu-se
a certos tipos de dança que ora são cultuados pela sociedade e que
me custou acreditar sejam dançadas tal como ele me descreveu e
demonstrou, dando alguns passos para eu ver; passos que — fos-

sem dados por qualquer um de nós — seriam motivo para requisição de camisa de força à rouparia.

Depois o psiquiatra-chefe, que devia estar em recaída, passou a me falar de política, jurando-me que uma das coisas que mais aproxima os exteriores de nós, os internados, é a atual conjuntura. Confesso que não sei que diabo é isto porque essas baboseiras da política nunca me interessaram: eu sou doido mas não sou débil mental. Aliás, essas expressões da política mudam muito. Quando eu me hospedei aqui, em 1945, falava-se muito em diretrizes partidárias, como antes se falou em nacionalismo atuante, Estado Novo e outras besteiras. Só vim a saber o que era atual conjuntura mais tarde, conversando com um coleguinha recentemente inaugurado e que está na ala dos napoleões. Ele aproveitou o ensejo para me contar o que fez um grupo de externos com a mania de salvar o Brasil para eles. Pensei que este tipo de manifestação já estivesse inteiramente ultrapassado, pois não temos mais ninguém desse gênero aqui, nem mesmo na ala dos varridos. Mas, pelo jeito, este tipo de manifestação de desequilíbrio está até em moda. Nós — aqui em Jacarepaguá — é que estamos em falta.

Mas deixemos de falar nos externos e passemos a assuntos menos alienados. Você sabia que o Heitor, aquele que diz ser um dos autores da carta-testamento de Vargas, piorou? Coitado, estava indo tão bem! Tinha passado da ala dos getúlios para a ala dos recuperáveis mas, na semana passada, escreveu um manifesto no nosso jornalzinho A Verdade, dizendo que o país devia ser governado pelo pessoal do Itamaraty e tiveram que removê-lo outra vez para o lugar antigo.

Mas este é um caso isolado: no cômputo geral há melhora em todos ou — como disse o psiquiatra-chefe — estamos todos cada vez mais próximos da vida em sociedade, o que — temo eu — poderá fazer mal à maioria. Enfim, o que fazer? Lá fora está um mundo louco e é preciso enfrentá-lo mais cedo ou mais tarde.

Acredito mesmo que, se não fosse a Light, muitos de nós poderiam sair para ajudar os pobres de espírito que estão lá fora. Você compreende, não? A Light continua a mesma, falhando muito, prejudicando sensivelmente o curso de choque elétrico que nós — os excedentes — viemos fazer aqui. Mas não há de ser nada. Dia virá em que esses matusquelas que administram os serviços públicos estarão também recuperados para a vida em comum com seus semelhantes.

Até breve, meu caro, com um forte abraço deste seu companheiro e amigo — (a) Voitaire de Brás de Pina.

P.S. — Quem está praticamente bom é o Zezinho Canário-Belga, aquele que tinha vício de alpiste. Ontem deixaram que ele fosse visitar a família. E ele foi sozinho, sem enfermeiro nem nada.

O marechal e o bêbado

Catulo de Paula, o cantor e compositor, quando conversa com o cronista tem sempre umas historinhas do Norte pra contar pra gente. Noutro dia o Catulo foi lá em casa, serviu-se do legítimo escocês que contrabandista de plantão me levou a preço de ocasião, e depois perguntou se eu conhecia a do bêbado que foi assistir a uma partida de futebol entre as seleções de Maceió e Aracaju.

Não! Eu não conhecia. Eu não tenho ido a futebol desde aquela tarde, em Liverpool. Vai daí o Catulo explicou que esse jogo, entre as seleções das duas capitais nordestinas, foi antes até do vexame na Europa, e a história não interessa do ponto de vista esportivo, mas sim do ponto de vista alcoólico.

Era um bêbado que tinha em Maceió. Apanhava seus pifas e ainda levava uma garrafa de reforço, para as eventualidades. E depois ficava ali na praça Marechal Deodoro. Subia aquela escadinha e sentava bem embaixo do cavalo do proclamador da República. Se esquentasse um pouquinho, ia um gole. Se esfriasse, também.

Já era manjado, o bêbado da praça Marechal Deodoro. À tardinha, quando vinha a rapaziada para o passeio de reconhecimento, encontrava-o já mais pra lá do que pra cá, chamando Jesus de Genésio — misturando tudo.

Até que teve o dia do jogo entre as seleções de Maceió e Aracaju. O esperado prélio — como dizem os locutores esportivos, grandes entortadores do vernáculo — seria realizado na capital sergipana, mas nem por isso o time de Alagoas ia ficar sem torcida. Apesar de a estrada entre as duas capitais ser um bonito desfile de buracos, a turma se organizou e diversos caminhões saíram de Maceió, lotados de torcedores.

Foi um desses caminhões que carregou o bêbado para Aracaju. Já ia cheio de gente, mas, ao passar pela praça Marechal Deodoro, alguém viu o coitado lá debaixo da estátua, à sombra do cavalo, virando gargalo:

— Vamos levar o bêbado! — gritou, e logo a ideia foi aceita pela maioria, que fez o caminhão parar para o bêbado subir. O bêbado estava tão alto que já não subia mais pra coisa nenhuma, e foi preciso que uns três ou quatro torcedores descessem e empurrassem o distinto pela, aliás, digo, pelo traseiro, jogando-o para dentro do caminhão.

E lá foi ele, rumo a Aracaju, gritando quando os outros gritavam, rindo quando o caminhão sacolejava nos buracos do Departamento Nacional de Estradas de Rodagem. Sabem como é — vontade de bêbado também não tem dono. O que os outros faziam, ele também fazia. O caminhão chegou a Aracaju, dirigiu-se para o estádio, todo mundo saiu para ver o jogo e o bêbado também foi.

Atrapalhou às pampas. Entrou em campo várias vezes de garrafa em punho, dando vivas à equipe visitante, quase obrigando o juiz a expulsá-lo na base do "teje preso". A turma do deixa-disso arrumou um habeas corpus e ele acabou apagando o pavio num canto de arquibancada.

Foram-se os noventa minutos regulamentares, os times saíram de campo, o público também (inclusive o bêbado), e a turma de Maceió tratou de embarcar de volta, nos respectivos caminhões. Foi nesta operação que esqueceram de empurrar o bêbado de novo, para dentro do caminhão. Partiram todos e ele ficou por ali mesmo, bestando.

Entrou num boteco, comprou uma garrafa de cachaça e, como não visse praça nenhuma por perto, sentou no meio-fio e recomeçou a virar gargalo. Lá para as tantas passaram umas sergipanas jeitosas e o bêbado disse uns pissilones para elas, o que provocou imediatamente os brios dos rapazes locais. Apareceu logo um querendo baixar o porrete no atrevido, no que foi contido pelos outros.

Sentindo-se protegido, o bêbado da praça Marechal Deodoro, Maceió (AL), folgou mais pouquinha coisa, obrigando os ponderados a chamar a polícia. Não demorou muito, veio um cavalariano, e o soldado, para assustar "aquele pau-d'água estrangeiro", atiçou o cavalo pra cima dele.

O bêbado nem se assustou, apenas olhou para o cavalo e, ao vê-lo, deu um sorriso de satisfação. Olhou para cima e gritou pro soldado:

— Ó Deodoro, você também veio, esse menino? Olhe... perdemos de dois a zero!

Três fregueses no balcão

A fofoca está formada. Até o presidente do Instituto do Açúcar e do Álcool, que, por tradição política, pra falar demora mais do que urubu pra voar, divulgou nota negando que tivesse sido a fonte oficial a respeito dos efeitos nocivos do sucedâneo do açúcar na virilidade masculina. Ao mesmo tempo confessa sua ignorância no assunto e nesta mesma nota explica que "buscará os indispensáveis esclarecimentos".

Um matutino carioca tentou obter melhores informações no Ministério da Saúde e o gabinete do homem respondeu que não soube de nada a respeito, nem mesmo através de revistas técnicas "que habitualmente nos ensinam todas as novidades no campo da terapêutica". Esta ressalva, aliás, é interessante, pois se o porta-voz oficial do Ministério da Saúde ficasse apenas na base do não-sabemos-de-nada seria um pouco chato. Não é possível que eles lá não saibam que existem problemas de virilidade masculina, com ou sem açúcar.

A onda toda começou quando uma notícia vinda do Japão e publicada aqui informava que, naquele país, já havia uma proi-

284

bição à venda de todos os substitutos artificiais do açúcar, a partir do dia 1º de maio, pois cientistas nipônicos descobriram nessas substâncias efeitos nocivos à virilidade do homem.

Tudo isso foi publicado, discutido, anotado e, até agora, não provado. Mas, vocês sabem como é: o pessoal ficou cabreiro. Tem nego aí que não tá passando nem perto de canavial, quanto mais tomando sucedâneo de açúcar. E aqui é que entram os três no balcão.

O trio entrou no boteco para tomar cafezinho. Um deles pediu o café, vieram as xicrinhas e o mais redondinho dos três tirou do bolso um vidrinho de remédio adocicante, colocou umas gotinhas em sua xícara e perguntou para o que estava no meio e que também era um pouco sobre o rotundo:

— Queres isto ou vais tomar com açúcar?

O do meio sorriu e respondeu:

— Não. Eu vou tomar com açúcar — e como o outro insistisse dizendo que ele também estava gordo e devia tomar café sem açúcar, o do meio foi mais claro. — Nada disso, velhinho. Me disseram que esse troço aí tira a virilidade da gente. Se existe aquele ditado do "antes só do que mal acompanhado", eu sou apologista do "antes gordo do que desacompanhado".

Foi aí que o primeiro deles, isto é, o que estava com o remedinho na mão, olhou para o terceiro — baixinho e magrinho — e ponderou: — Tu é que é feliz. Não precisa tomar adocicante e não bota tua virilidade em xeque.

— É... mas eu quero o meu café com esse adocicante.

— Ué, mas você não tem medo que isso tire a virilidade, ainda mais você que não precisa de emagrecer?

E o magrinho:

— É que eu estou precisando de uma desculpa em casa.

O cego de Botafogo

Há conversas que surgem numa mesa de bar que dão perfeitamente para derrubar qualquer Freud num divã de psicanalista. É claro que não estou me referindo a conversa de bêbado, pois conversa de bêbado não tem dono. Refiro-me a essas conversas de bar, de tardinha, onde vão os bebedores de chope ou uísque fraquinho, todos sentados mais pelo prazer do convívio do que pelo vício de bebericar. Talvez o trânsito seja culpado. Eu me refiro ao trânsito de bebedores por uma mesma mesa e não ao tráfego no asfalto, que este é tão complicado que eu — embora não sendo velho nem macaco — jamais meteria a mão nessa cumbuca.

Na mesa de um bar onde se reúnem bebedores vespertinos, vão sentando uns, levantando outros; às vezes a roda é grande, depois diminui, para aumentar meia hora depois. Acontece que essa gente que molha o bico ao cair da noite nunca tem pressa em seus assuntos, nunca mistura conversa: fala pouco, porque são bebedores e não bêbados. A única coisa que pode perturbar um pouquinho é mulher, quando entra ou quando passa em frente ao bar.

Naquele botequim de Botafogo, só porque havia umas mesas na calçada (tão raro agora... mesas na calçada), reunia-se um grupo de senhores das redondezas. Cavalheiros que retornavam do trabalho, de ônibus, desciam na esquina e — antes de recolher a anatomia ao recôndito do lar — sentavam e tomavam um troço. Geralmente um chopinho.

Nessas alturas estavam sentados uns três ou quatro em volta da mesa comum à turminha. Não se falava coisa nenhuma, na ocasião. Um deles até — para que vejam que não estou mentindo — lia o jornal, tranquilamente. Foi quando um deles olhou para a calçada do lado de lá e falou:

— Lá vai a mulher do cego!

— É mesmo — confirmou o que lia o jornal, baixando o dito e botando os olhos na direção da mulher do cego, que caminhava com um passo solene, bacana às pampas, carregando aquele corpo que Deus lhe dera num dia em que, positivamente, estava distribuindo com elogiável prodigalidade.

— Ela é boa que dói — disse um terceiro, chamando o garçom e pagando a despesa, na esperança de seguir pela mesma calçada e paquerar um pouco a mulher do cego.

Foi nesse momento que se sentou à mesa um cara conhecido da roda, mas que não a frequentava sempre. Pelo contrário; era novo na turma. Chegou, sentou e pediu um uísque com bastante soda. Depois explicou pros outros:

— Eu nunca bebo, antes do jantar.

Ninguém disse nada. Em mesa de bebedores vespertinos cada um toma o que quer. Apenas um dos que já estavam sentados perguntou para os outros:

— Vocês não têm pena do cego de Botafogo?

— Com a mulher que ele tem eu vou ter pena dele? — estranhou o que estava à sua direita, brincando com aquela bolacha de papelão que o garçom traz cada vez que serve um chope. Houve um silêncio bastante normal no ambiente.

Mas o que era novo na turma mexeu-se inquieto na sua cadeira e deu seu palpite:

— Não há mulher que valha uma cegueira!

Alguns balançaram a cabeça, concordando. Outros sorriram, mas a opinião não ficou sem comentário. Num canto, o que havia se sentado onde antes estava o que saíra atrás da mulher do cego ponderou:

— No caso dele, talvez até seja melhor ser cego.

— O pior cego é o que não quer ver — falou um simpatizante dos chamados ditos populares.

— Mas não é o caso do cego de Botafogo — lembrou o que antes estava lendo jornal e agora não estava mais.

Todos concordaram. Conheciam muito bem o cego de Botafogo, aquele não era o seu caso; ele não via porque não via mesmo e não por atitude, ou melhor, para não ter que tomar uma atitude.

— Por falar em tomar, me dá mais um aí — gritou para o garçom o que vira passar a mulher do cego e chamara a atenção dos outros.

— Às vezes é melhor a gente ser casado com um bofe — argumentou um baixotinho, cuja esposa era dessas de carcará deixar pra lá.

Protestos gerais: isso não! isso não! E o que era novo na turma fez a pergunta de alienado:

— Espera aí, mas se o cara é cego, tanto faz que a mulher dele seja boa ou não!

Houve um espanto em cada rosto que, em alguns, se transformou em riso sincero. E alguém quis saber:

— Mas quem te disse que o cego de Botafogo não vê?

— Ué... ele não é cego?

— Que cego, homem! Ele é oculista. Enxerga pra burro. Cego de Botafogo é o apelido dele, porque a mulher passa ele pra trás a toda hora e ele nunca reparou.

A conversa continuou menos animada e foi morrendo. Em pouco tempo foram todos saindo e só ficou o que era novo na turma, que pedira um novo uísque (com menos soda), abalado pela mancada que dera havia pouco. E estava ali sentado, quando viu um casal passando do lado de lá, de braço dado. Os dois sorriam e a mulher era uma gracinha. Num instante começou a invejar aquele sujeito feliz, que ia de braço dado com uma mulher tão boa e, ao mesmo tempo, com um ar tão apaixonado. O casal sorria e lá ia, caminhando sem pressa. E o que era novo na turma invejava os dois porque não sabia.

Coitado, não sabia que ela era a mulher do cego e aquele que ia tão contente com ela era o Cego de Botafogo — seu marido.

Não era fruta

A Guanabara anda tão confusa que começaram a acontecer as coisas mais esquisitas dos últimos tempos. Deve ser o calor, o sofrimento de um cinema sem refrigeração, a falta de elevadores, a falta de água, a dificuldade de transportes, e a falta de dinheiro do povo e de vergonha do governo. Com tudo isso, o cidadão vai tendo tanta coisa para pensar, mas tanta coisa, que um dia quando ele menos espera, dá um estouro e pronto. Mufa queimada. Carteirinha de doido e caco de miolo pra tudo que é lado. E não é que tinha um amontoado outro dia na avenida Salvador de Sá? Foram conferir e tava lá. Mais um com a mufa queimada. O motorista João Claudino da Silva, durante uma das noites mais quentes da Guanabara, teve um acesso de loucura (ou de calor) e, inteiramente nu, foi dormir tranquilamente entre os galhos de uma das árvores daquela via pública. E deu o maior galho. O sr. João Claudino, depois de tirar a roupa e subir na árvore, deitou nu e de barriga pra cima numa forquilha e ficou roncando até onze horas da manhã. Mais ou menos a essa hora um — com licença da palavra — pedestre olhou e viu lá em

290

cima a parte de baixo do Claudino. A noite era de lua cheia, mas o dia não. E tome de juntar gente. Foi aí que um gaiato gritou, depois de olhar atentamente para o acontecimento:

— É fruta-pão.

Um entendido em botânica logo contestou:

— Que fruta-pão o quê, sô! É jaca.

Teve nego até que disse que era uva. Outro disse que era melancia. Tava uma discussão dos diabos. E aí chegou o Corpo de Bombeiros. Um bombeiro meio desconfiado perguntou ao tenente:

— Oitizeiro dá melancia?

— Eu nunca vi! Mas, na atual conjuntura é bem possível. Acho melhor você subir na árvore e dar uma olhada.

Quando o bombeiro se preparava para subir, ainda teve um cara que pediu:

— Ó meu... se for jaca, minha mulher tá com desejo de comer jaca. Tá com desejo, entende...

O bombeiro subiu na árvore. Deu uma olhadinha e gritou:

— Seja lá que fruta for, tá madura e vai cair.

Dito e feito. Primeiro passou o vento e depois a fruta. Era o Claudino. Devidamente descascado, foi enviado para o hospital psiquiátrico. Agora, leva mais uns três meses para amadurar novamente.

O umbigo da mulher amada

O meu amigo Caio Mourão foi o homem que revolucionou (no bom sentido da palavra) o mercado de joias do Brasil, criando-as em novos formatos e dando um cunho de brasilidade a esses valiosos objetozinhos que são a alegria da mulher e a aporrinhação do marido (o verbo aporrinhar vai aqui numa sentida homenagem ao crítico de costumes Ibrahim Sued). O Caio Mourão é um artista e, sendo artista, é um criador. Não ficou só nas primeiras inovações. Foi criando outras, até que chegou a esta surpreendente bossa nova: o umbigo da mulher amada. Sendo — como aliás somos eu e o distinto leitor — um cultor da mulher, o Caio acha que tudo aquilo que o homem puder fazer para exaltá-la é válido e comovente e foi baseado nesta verdade tão linda que bolou as coisas.

Trata-se de um colar que o camarada traz no pescoço e no qual fica pendurado o umbigo da amada. Palavra de honra! Usando uma massinha sutil, o Caio tira o molde do umbigo da mulher e leva para sua oficina. É, sem dúvida, um trabalho dos mais agradáveis e eu até me ofereci a ele para ser aprendiz deste novo tipo de umbigada. Mas isto deixa pra lá!

Sigamos o Caio: tirado o molde e levado este para a sua oficina, o umbigo é reproduzido em metal (do mais precioso ao mais honroso, dependendo do valor que se está disposto a pagar pela joia) com uma chapinha em volta, de formatos vários, estes dependendo sempre do poder de criação do artista. O umbigo, naturalmente, fica reproduzido — se me permitem o termo — em negativo, ou seja, o furinho dele se transforma num dedalzinho e ele fica representado mais em profundidade do que em diâmetro, embora este, é claro, figure na joia.

Disse-me ainda o Caio Mourão que tem encontrado grande aceitação e também tem encontrado umbigos interessantíssimos, o que me deixou aqui a meditar sobre o assunto. Não resta a menor dúvida que marca ponto às pampas com a amada carregar no pescoço, pendente no peito, o umbigozinho dela, não é mesmo? Trata-se de atitude das mais bacaninhas mas — eu disse — fiquei a meditar e começaram a surgir nesta minha incorrigível mente episódios interessantes tais como — por exemplo — o cara chegar numa festa portando o umbigo-da-mulher-amada e um cara olhar para o colar, depois dizer:

— Vem cá... este umbigo não é da Rosinha?

Acho, inclusive, que a nova joia deve ser difundida exaustivamente, para que não aconteça também o caso do cara chegar e alguém perguntar, apontando para o umbiguinho dependurado: "Que qui é isso"... e, no ato da informação, sorrir aliviado e admitir:

— Umbigo! Ainda bem. Eu já estava pensando besteira!

Filosofias do nefando Altamirando

Ontem Primo Altamirando foi dormir lá em casa. Quando ele aparece e pede pousada, ou está sendo cercado por algum senhorio ou perseguido pela polícia, tanto que eu já nem pergunto qual é o babado, para não me sentir cúmplice. O que eu sei é que ele chegou, comeu como um frade, bebeu como um ianque e depois acendeu um charuto de maconha para conversar um pouco.

É extraordinária a capacidade de Mirinho para as chamadas observações malignas. Esteve a maldizer uns e outros e depois entrou no caso de uma senhora, nossa conhecida comum, que era casada também com um amigo comum e hoje está separada do marido e tornou-se amante de um camarada da corriola do primo.

— Você se lembra quando ela casou? — perguntou-me o abominável consanguíneo.

Admiti que me lembrava sim. Era uma moça muito alegre, de excelente família e fez um casamento bastante razoável. E acrescentei:

— O marido era um bom sujeito.

Mirinho riu desta observação e garantiu-me que, nos tempos atuais, o marido bom sujeito era uma coisa arcaica, e rara é a mulher que se deixa comover por este detalhe.

— Mas eu me lembro — protestei — que ela, durante o namoro, parecia muito mais interessada nele do que ele nela. Isto prova que ela era uma moça casadoira que queria seguir a vida dentro dos padrões burgueses, respeitando, inclusive, uma tradição de família.

Primo Altamirando puxou uma baforada do charuto e ficou meditativo, a balançar a cabeça, com um sorriso cínico pendurado no lábio. Achou que eu não estava totalmente destituído de razão. E acrescentou:

— Até mesmo aquele arzinho meio maroto que ela usava era *show off*. Ela, de fato, casou para ficar casada, mas as mocinhas de hoje gostam de fingir para os homens que são mais sabidinhas do que eles pensam, mesmo que isto lhes traga uma certa reputação de mulher suspeita, dessas que ninguém sabe de nada mas não bota a mão no fogo pelo comportamento delas.

— As pessoas maldizentes — e eu frisei a palavra maldizentes — estão sempre dispostas a suspeitar de mulher casada.

Mirinho deu uma gargalhada:

— Ora, primo! Nos tempos que correm, se você suspeitar de todas está cometendo menos injustiça do que suspeitando só de algumas.

Nas discussões com meus parentes eu só dou razão incondicional a Tia Zulmira, mas não posso negar que Mirinho tinha razão, no que dizia. E mais cabisbaixo e meditabundo ainda fiquei, quando ele saiu-se com esta:

— A jovem senhora de que há pouco falávamos... Ela casou-se para ficar casada? Eu duvido muito. E você sabe por quê? Enquanto ela foi casada teve sempre um comportamento que deixava margem a suspeitas, embora talvez fosse tudo atitude. Agora

295

ela vem de se separar do marido para viver com um amante e só você vendo como ela está. Quieta, não se pinta, não tem o menor gesto assanhado. Parece uma esposa do século passado.

E acrescentou com aquele seu tom cínico:

— Antes as mulheres casavam para ter um marido. Hoje as mulheres se casam para ter um amante. Pelo menos, elas hoje só estão sossegando na terceira etapa.

Ninguém tem nada com isto

Chega no sábado, seu Galdino não quer vender sapato. Quer é encher a cara, grande amigo da cachaça é o distinto. Pode chegar freguês à vontade que ele não vende bulhufas, mesmo durante o horário comercial sabatino, isto é, de oito ao meio-dia. Até aí — diga-se em favor da verdade — seu Galdino fica só na sede, aguardando a hora. Mesmo assim não vende. Se chega freguês ele até finge que não vê. Aliás, não chega freguês nenhum, pois todo mundo lá manja a mania do sapateiro. Mas chega garoto chato, pra gozar o velho. Chega e pede:

— Seu Galdino, tem sapato preto tamanho 35?

O velho olha e resmunga:

— Não tem sapato nenhum, seu besta. Essas caixas estão todas cheias de... e larga o palavrão que francês tanto gosta de usar.

Mas é depois de meio-dia que seu Galdino começa. Fecha a loja e chama um garoto que trabalha para ele:

— Meu filho, vá na venda do Fulgêncio e me traz uma garrafa de cachaça. Mas leve esta caixa de sapato vazia e bote a garrafa dentro. Não convém esse povo falador ver a cachaça, senão vai dizer que eu sou bêbedo e não é verdade. Eu não sou bêbedo, eu só bebo um pouquinho, pra distrair.

O menino pega o dinheiro, pega a caixa de sapato vazia e vai no botequim, trazendo, em seguida, a cachaça pedida e escondida. Seu Galdino vai lá pra dentro e brinca fácil pelo gargalo. Quando dá negócio de duas, três horas, ele chama o menino de novo, dá dinheiro e manda buscar mais uma. O garoto pergunta se é pra trazer na caixa, mas seu Galdino diz que não:

— É dar muita importância a essa gente faladeira. Traz embrulhada num pedaço de jornal e basta.

O menino vai, compra, embrulha e manda, ou melhor, traz. Seu Galdino some lá pra dentro. Aí, quando vai baixando a tardinha, seu Galdino vem lá de dentro cambaleando, com um monte de dinheiro amassado na mão e diz:

— Meu filho, vai na venda do Fulgêncio e me compra duas garrafas logo de uma vez. E não embrulha, não. Vem pela rua batendo uma na outra e se alguém perguntar, diz que é pra mim, porque vagabundo nenhum tem nada com isso e eu não devo um vintém a essa cambada.

Um sargento e sua saia

Mora nos últimos acontecimentos policiais: o cidadão José Gouveia Filho entrou numa delegacia com um estranho embrulho debaixo do braço e, depois de avisar que era casado com d. Afrodisina (nome de esposa dos mais afrodisíacos) declarou ao delegado:

— Minha mulher me engana com um sargento.

O comissário ficou meio cabreiro e tentou argumentar, quando o depoente meteu uma segunda:

— Cheguei em casa e a Afrodisina estava com ele. Quando me viram, ele pulou a janela pelado e se mandou.

O comissário, depois desta, ficou mais intrigado ainda e quis saber como é que o José Gouveia sabia que o cara era sargento, se só viu o homem pelado. E veio a explicação insofismável:

— Doutor, eu não sou burro... — abriu o embrulho.

— Olha só o que foi que ele esqueceu lá em casa.

Dito o quê, de dentro do embrulho saltou uma farda de sargento em muito bom estado de conservação. O homem que estivera ali dentro pertencia às armas da Cavalaria e talvez por isso mesmo é que saíra galopando pela janela.

299

O comissário recebeu a bonita farda como prova da prevaricação de Afrodisina e seu Gouveia retornou ao seu entortado lar.

Pois não demorou nem meia hora, entrou uma senhora na mesma delegacia para se queixar. Estava a distinta lavando roupa no seu quintal, quando um sujeito mais pelado que filho de rato pulou o muro, roubou uma saia vermelha que estava no varal e se mandou, desaparecendo do outro lado do mesmo muro.

Pouco depois vinha a ordem para os patrulheiros: procurem um homem de estatura mediana, moreno, forte, acusado de furto e de adultério. O homem veste uma saia vermelha e é sargento.

O prontidão leu aquilo, entregou ao patrulheiro, e ambos se confessaram surpresos:

— Um sargento de saia vermelha. Deve ser do Exército escocês.

Essas galinhas desvairadas

E mais esta agora, hem? As galinhas estão ficando loucas! Meus camaradinhas, não estou inventando nada. Nessa coisa de galinha tem nego que exagera um pouco. Mas não é o caso das galinhas doidas da zona rural. Estas são galinhas mesmo, isto é, penosas. O sr. Carlos Alberto Horta Rodrigues, que é chefe do Serviço de Agricultura da Secretaria de Economia, deu até uma entrevista a respeito. Aliás, um cara chamado Horta fica ótimo para chefiar serviço de agricultura. Mas isto deixa pra lá.

O importante é que o dito chefe comunicou o pânico que está se generalizando entre os avicultores da zona rural do estado da Guanabara, porque suas galinhas estão endoidando, acordando tarde, pulando cambalhota, zombando do galo, enfim, no maior desvario, tudo por causa de um vírus que está grassando nos galinheiros.

Informa o Serviço de Agricultura que o fato não é novidade. Há coisa de alguns anos o mesmo vírus atacou as galinhas do estado do Rio e matou milhares delas, sem que a população nada sofresse. Mesmo assim — para que não haja bronca — as autoridades estão pedindo aos abatedores de aves e aos criadores, para que não vendam galinha doida à população, nem mesmo os ovos dessas doidivanas.

Outro aspecto interessante do fenômeno é que o troço só dá nas galinhas e nunca nos galos. Estes — naturalmente — devem estar meio chateados de circular no terreiro no meio de tanta maluca, mas o vírus não pega no macho.

A notícia estourou lá na Boca do Mato como uma bomba. Sabem como é: Tia Zulmira cria seus galináceos no quintal e, embora todas as suas galinhas estejam aptas a passar em qualquer exame psicotécnico proposto pelo Dasp, a ocorrência não deixa de ser alarmante.

Na manhã de ontem, antes do almoço lá no aprazível casarão de titia, a turma estava acesa e o assunto era um só: a epidemia de galinha doida. Primo Altamirando, enquanto ia se inteirando das novidades, queria saber:

— Quer dizer que a gente não vai poder comer galinha tão cedo?

— De maneira nenhuma! — berrou Bonifácio, o Patriota: — Precisamos de uma pátria de homens lúcidos. Ninguém pode comer galinha.

— Coitado do galo! — zombou Mirinho.

Mas o distraído Rosamundo, que até então ouvia calado, entrou no papo:

— Coitado do galo por quê, se ele jamais teve qualquer compromisso com a galinha por via oral?

Transistor anticoncepcional

Pílula anticoncepcional — segundo uma menina de onze anos — é um remédio que dão pra mãe da gente, pra gente não nascer. Acontece que andaram dando remédio demais e começaram a nascer crianças de menos. Aí foi um blá-blá-blá que eu vou te contar. Pararam de fabricar a piluleta e passaram a usar uma tal de serpentina e teve muito pau-d'água que, quando soube que "serpentina envitava filho", parou de beber chope. Sabem como é, né? Mais vale prevenir, do que uma surpresa em casa. E tinha bêbado que argumentava no botequim:

— Bota uma cana aí. Chope, não, que negócio de criança é com a patroa.

E depois de muito falatório, conferências, plantas medicinais e outros quitutes, chega uma notícia da Índia que vamos transcrever, que é para vocês não pensarem que a gente tá inventando coisa:

Cada indiano que aceitar a esterilização receberá um rádio portátil de presente do governo — esta é a fórmula que está sendo estudada pelas autoridades da Índia, que pretendem adotar a esterilização masculina compulsória para todos os homens com três ou mais filhos.

Tá vendo só? Daqui a uns dias, lá na Índia, vai ter nego na base de "música, exclusivamente música". E a medida vai evitar muita coisa. Quando o cara for convidado para um programinha diferente, poderá meter uma segunda na distinta e dar de curva:

— Hoje não, neguinha. Estou com a pilha fraca.

Vai ter muito curiboca nacional, caso a medida se estenda ao Brasil, com o rádio colado o dia inteiro no ouvido, para esquecer os bons tempos. Em compensação, vai ter também cidadão informando que, desde 1936, "está escutando rádio, com uma sonoridade perfeita". Vai sair briga, pois o brasileiro, com seu jeitão gozador, quando quiser bagunçar o coreto de alguém é só chamar o cara de "rádio-ouvinte". Ah, Margarida... pra quê! Vai ser cada bolachão.

Um golpe porém terminará, para desespero do pessoal que tem sangue de peixe e consequentemente tem a mãe piranha: o golpe da paternidade. Há tempos atrás, Mirinho saiu-se muito bem, quando uma desajustada social telefonou para ele e disse que estava esperando neném. Mirinho tirou uma baforada de seu charuto de maconha e disse:

— Olha, neguinha, deixa nascer. Se parecer comigo eu fico com ele. — Isso foi bem num sábado de Aleluia, e o dinheirinho da fantasia de piranhuda foi por água abaixo. Agora o golpe vai ficar mais difícil, pois quando alguém telefonar e vier com a mesma queixa, pode ouvir a resposta salvadora:

— Bobagem, neguinha. Não é meu, não. Eu tô tirando onda de indiano há muito tempo. Só escuto rádio.

Antes só do que muito acompanhado

Era pintor, queria sossego e um pouco de sol. Por isso, quando leu o anúncio, informando que o apartamento de cobertura naquele edifício pequeno, quatro andares, dois por andar, oito apartamentos e mais o dele em cima, onde fora o terraço, nem quis saber de conversa. Foi direto e alugou. Bem que lhe avisaram que aquilo era um ninho de fofoqueira. A mulher do 201, por exemplo, já tinha até embolado na rua uma vez, com mocinha das mais aceitáveis, que morava no prédio em frente e que costumava sair rebolando aquilo tudo que Deus lhe deu e ela emprestava. Não se sabe por quê, a dita moradora do 201 cismou que o remelexo era dedicado a seu marido e houve a troca de bolachas regulamentares.

Houve outros casos: a velha do 301 derramou o conteúdo do vaso noturno na varanda do 202, porque apanhou o rapazinho do 202, de binóculo, olhando a mocinha do 102 tomar banho, e a mocinha do 102 era sobrinha da velha do 301. Tinha a eterna pinimba entre o chefe da família do 101 com o chefe da família do 402 — um era Vasco e o outro era Flamengo —, enfim, fofocas mil. Não havia um morador no prédio que não tivesse carteirinha de sócio-atleta da CBP (Confederação Brasileira dos Paqueradores).

Ora, quando o pintor mudou-se, sobrou morador pendurado nas janelas. Pintor moço ainda, endinheirado pelo visto; fez uma mudança de encher os olhos: móveis alinhadíssimos, geladeira tinindo, vitrola com amplificadores, quadros muito bem acondicionados, tapetes caros, ar-refrigerado e o chamado trivial variado, caixas de champanhe francês, caixas de uísque escocês, latas e mais latas de salgadinhos importados (o pai do pintor era do Itamaraty). Os homens da companhia de mudanças ainda estavam fazendo os últimos fretes e já a madama do 201 dizia para a sua vizinha de andar:

— É um precedente muito perigoso, d. Iolanda. Afinal, aqui só moram famílias de respeito e um rapaz solteiro lá na cobertura pode desmoralizar o edifício todo.

A outra apertava os lábios e concordava, com um balançar de cabeça:

— E nós temos filhas. Dizem que ele é pintor e isto é mais grave ainda. Ele deve pintar modelos nus. Minha falecida mãe sempre dizia: "Artista é gente que não presta".

— Modelos nus??? — e a dama do 202 arregalava os olhos, como se os modelos nus, quando convocados para posar no estúdio de um pintor, já viessem pelados pela rua.

Os dias se foram passando e a onda crescendo. Ninguém via nada, mas quem tem o feio vício da paqueragem só acredita no que vê e duvida do que não vê.

Se não estava acontecendo nada era porque a coisa era pior do que pensavam. Vejam vocês que filosofia maldita a dessas senhoras que, por não terem o que fazer, fazem sempre o que não devem. Consta — não sei se é verdade — que d. Iolanda, em companhia de d. Mercês, que não é outra senão a que embolou

306

no asfalto com a boazuda do prédio em frente, fez amizade com a família do último andar do prédio ao lado, na esperança de observar, de plano mais propício, o que acontecia no seu próprio prédio, no apartamento do pintor. Parece incrível, mas o pintor pintava e nem sequer era mulher nua. O pintor era abstrato. E abstrato às pampas, pois, morando assim tão bem instalado e sendo solteiro, não aproveitava o apartamento para as chamadas divagações pecaminosas. Era ser abstrato demais!

No fim de um mês, a grande maioria dos condôminos estava convencida de que o pintor era um artista respeitador; um rapaz que — se era de fazer suas badernas — não as fazia ali. Mas eu disse "a grande maioria", onde — por certo — não estavam incluídas as senhoras do segundo andar. Estas, com louvável persistência, vigiavam udenisticamente.* E vocês sabem como é: em edifício de apartamento, se há uma coisa que restringe a liberdade, é a eterna vigilância.

Não havia movimento de mulher, na cobertura; não havia barulho, não havia sons suspeitos, mas alguma coisa tinha que haver. D. Iolanda e mais d. Mercês tanto fuxicaram que acabaram descobrindo.

Uma noite, houve um jantar no último andar do prédio ao lado. Elas foram convidadas e, à sobremesa, d. Iolanda esticou o pescoço e espiou pela fresta da cortina. Do outro lado, o pintor não tinha tido a devida cautela. No dia seguinte a corda arrebentou para o lado mais fraco e o zelador do prédio foi despedido.

---

* De UDN (União Democrática Nacional), partido político cujo lema não oficial era "o preço da liberdade é a eterna vigilância".

Bom para quem tem dois

Tinha um português que lavava carro na garagem aqui do meu prédio que era um grande filósofo. Uma vez eu tive uma contrariedade qualquer — não me lembro mais qual foi — com meu carro, e ele, para me consolar, disse: "Doutor, automóvel é como mulher, só é bom para quem tem dois". Noutro dia, Rosamundo, que sempre esnobou muito o português, só porque o coitado chegou ao Brasil como lavrador e acabou como lavador, teve que se dobrar ao pensamento do lusitano, envolvido que foi em tremenda trapalhada automobilística.

Deu-se que o Rosa foi a um teatro e, ao sair, chovia com aquela prodigalidade tão comum na atual conjuntura, tanto que ele olhou pra cima, na esperança de uma marquise que, por sinal, faltava. Destemido, como todo carioca, arregaçou as calças e correu para o carro que — felizmente — sempre deixou de porta aberta, já para essas dificuldades pluviais.

Entrou, praguejou e ligou o motor. E aí é que começou a chateação. O motor nem parecia. Virou a chave de novo, duas, três vezes e nada. Devia ser a ignição. E agora? Quando olhou em volta, não tinha mais ninguém na rua. Saída de teatro e de cinema, na última sessão, numa cidade onde se assalta até o guarda, parece estouro da boiada: sai todo mundo ao mesmo tempo e, dois minutos depois, não tem mais ninguém na rua, dando sopa para os marginais.

Rosamundo ficou um instante parado, mastigando a sua raiva devagarinho. Aí se lembrou que era sócio do Touring Club. Remexeu os bolsos e achou a sua carteirinha. Pagava o clube havia seis anos e nunca se valera dele para nada. Agora ia ser diferente. Correu dois quarteirões com água no lombo até encontrar um botequim aberto. Entrou esbaforido e perguntou, sem se dirigir a ninguém em particular:

— Aí tem telefone?

O sujeito que estava por trás do balcão, contando a féria, disse que não; o outro sujeito, que estava de tamancos, lavando o chão, disse que sim. Ficou aquele negócio malparado até que o caixa se mancou e falou:

— Bem, se o senhor não vai demorar!

Não. Ia só telefonar para o Touring. Pediu o catálogo imundo e achou o número com certa dificuldade. Estava escuro, entendem? Pois é... aí ligou e — é claro — estava em comunicação. Na terceira tentativa, sempre olhando para o caixa e dando um sorriso mais amarelo que todo o exército de Mao Tsé-tung, conseguiu ser atendido. Explicou sua dificuldade. O cara, no outro lado da linha, perguntou se estava quite, qual o número da inscrição, qual o defeito do carro, qual a chapa, uma porção de coisas sem o menor interesse já que, sendo ele sócio do clube e estando quite, como o cara fez questão de verificar logo de saída, deixando-o plantado no telefone uns quatro ou cinco minutos, tinha direito a reboque. Era — pensou — um sujeito a guincho.

Nova espera e volta da voz do cara, para explicar que o carro de Rosamundo não estava inscrito no clube:

— Mas que diabo. Afinal o sócio sou eu ou o carro?

O cara disse que o sócio era ele mas, como o carro não estava inscrito, teria que ficar esperando o socorro chegar, para mostrar os documentos do veículo. Falou assim mesmo: veículo. E lá ficou o Rosa plantado ao lado do carro. A demora estava prevista para quarenta minutos a uma hora, já eram umas três e meia da matina, quando Rosamundo, furioso, abandonou o local não sem antes dar um tiradentes carimbado de cruzeiro novo para o porteiro de um edifício próximo. Perguntou se ele ia ficar ali a noite toda, o outro respondeu que sim e Rosamundo deu o telefone:

— Eu só quero ver a que horas vem esse reboque. Por favor, se chegar o pessoal do Touring aqui, dê meu telefone e diga para me telefonar.

Foi uma providência idiota, sem dúvida. Já estava dormindo ferrado quando o telefone tocou e uma voz grossa falou:

— Sr. Rosamundo, aqui é do Touring. O carro não pôde ser rebocado. O senhor deixou-o trancado e deu informações erradas ao posto de socorro.

O palavrão do nem sempre afável Rosamundo saiu sincero e alto, mas ninguém ouviu, porque o telefone foi desligado nas suas fuças. Isto mesmo, nas suas fuças. Andava de um lado para o outro no quarto — perdera o sono —, resmungando contra este país cretino, onde tudo é desorganização. Fosse na Inglaterra — e sorria de satisfação, se fosse na Inglaterra — num instante estava tudo resolvido. Como não podia ir à Inglaterra, foi à geladeira, tirou um copo de leite. Depois foi para a sala, pegou os jornais, leu um artigo do Gustavo Corção e ficou com mais raiva da humanidade ainda.

Afinal, às sete da manhã, tomou um banho, vestiu uma roupa e foi arranjar um reboque particular na garagem de um amigo. Quando chegou em frente ao teatro, seu carro não estava:

— Ladrões! — berrou Rosamundo. — Deve ter sido o porteiro daquele prédio ali que avisou aos puxadores. Sabia que eu não ia voltar.

E não esperou conselho. Partiu para a portaria do prédio, onde outro porteiro respondeu pela probidade do colega. Mas não adiantou bulhufas. Queria ver o membro da quadrilha. Foram acordar o coitado e o porteiro da noite veio estremunhado saber o que havia. E o que havia é que ele era um ladrão.

— É a mãe! — berrou o porteiro, e já ia saindo cacetada entre os dois, se a turma do deixa-disso não separasse. Afinal, depois de muita discussão, Rosamundo foi informado.

— Eram quase seis horas, quando chegou um camarada, abriu o carro e ligou o motor. Eu corri e falei com ele que o carro era seu. Ele me disse que não. Mostrou os documentos. O carro era dele mesmo.

— Hem!!! — exclamou Rosamundo, branco de espanto:

— Era dele!!! — e não quis saber mais nada. Correu para a calçada e olhou para o lado de lá da rua. Mais ou menos a uns cinquenta metros de distância, encostado ao meio-fio, estava um carro igualzinho ao seu. Tão igualzinho que era o mesmo.

Rosamundo entrou, praguejou e ligou o motor. Saiu de fininho e nem olhou pra trás. Quando chegou em casa me disse:

— Aquele português tem razão. Carro é como mulher, só é bom para quem tem dois.

Ginástica respiratória

Não há dúvida nenhuma de que o fiscal do Juizado de Menores é geralmente ofuscado pelos cavalheiros que se apresentam para trabalhar voluntariamente pela instituição. O voluntário é um tipo que sonhou um dia ser policial e, tendo ido parar noutra repartição da vida, resolveu bancar autoridade com uma carteirinha que lhe dá apenas o direito de impedir que os garotos banquem o homenzinho. Uma vez eu vi um desses voluntários entrar num bar durante um show e pedir a carteira de identidade da falecida cantora Silvinha Teles, já nessa época uma senhora desquitada e mãe de filha bem crescidinha. Na porta do bar, quando eu saí, tinha três garotinhos de treze a quinze anos vendendo drops. O voluntário tinha passado por eles e não deu pelota.

Se vocês duvidam do que eu estou contando, reparem no jeito dos fiscais do Juizado de Menores (mas os voluntários), que são os filhotes de policiais quando invadem um bar para inspecionar. Reparem como transpiram o abuso de autoridade. Morem no jeito arbitrário, muito comum ao tira que se dá cordialmente com os bicheiros. Mas deixa isso pra lá. A inspeção é necessária e, se os fiscais são poucos, o Juizado de Menores tem que se servir dos voluntários que aparecem. "Cavalo dado não se olha os dentes", costuma dizer Tia Zulmira — só que os voluntários, com honrosas exceções, não precisavam ser tão cavalos assim. Noutro dia vimos um deles exigir a carteira de identidade de uma senhora que, pelo visto, já tem mais ponto perdido na tabela que o time da Portuguesa.

Ultimamente, o juizado tem brigado com os donos de inferninho, boates, bares, caves e covas onde rebola o iê-iê-iê, onde mocinhas que ainda não ficaram prontas entram para beber e fumar e depois ficam caindo pelas tabernas. Parece que, pela filosofia desses pedagogos, frequentar tais botequins é proibido, mas servir bebida alcoólica a menor torna a infração ainda maior, daí ter sido organizada uma turma de fiscais voluntários para verificar quais os menores que ficam no bar fingindo que estão tomando Coca-Cola, Guaraná e outros refrigerantes ditos inocentes, mas que, na verdade, estão castigando um samba em berlim, cuba-libre, hi-fi, "mamãe-eles-são-de-família", "um-balde-tigre", "baile-de-preto", "embalo-de-onça" ou "contragolpe-do-gargalo", que é uma mistura tão maldita que, quando servem, o copo vem saindo fumaça azul.

Assim, a ordem a cumprir é de cheirar o copo de refrigerante de todo menor que for encontrado em bar. Se houver cheiro de álcool na bebida dele, vai direto para o SAM* (aquela universidade de formar "Mineirinhos"), enquanto o dono do bar vai em cana. Eu não tenho nada com isso, eu não sou menor, pelo contrário, desde o tempo de menor que eu já era grande. Também nunca fui mal sintonizado. No tempo de garoto eu só gostava do que os guris gostavam. No tempo de rapaz, eu só gos-

---

* Serviço de Assistência ao Menor, a Febem da época.

tava daquilo que era do gosto da rapaziada e depois de homem-
-feito passei a ter os gostos relativos à minha idade.

Mas os tempos são outros e esta ordem para fiscal do juizado
cheirar copo vai dar em besteira. Tem tanto menor castigando
mata-bicho pela aí, que muito voluntário vai ficar com cirrose só
de cheirar copo.

Para que vocês tenham uma ideia de como tem botequim
tocando iê-iê-iê, com criança balançando as cadeiras lá dentro,
aqui vai, ilustrando a matéria, um desabafo do distraído Rosamundo, quando, recentemente, entrou num desses barzinhos
com nome francês e música debiloide na discoteca. O Rosa
olhou em volta, coçou a cabeça e disse:

"Chiiii... Se der uma epidemia de sarampo aqui, só quem
não cai de cama é o discotecário."

A guerra das deslumbradas

Mirinho entrou na mansão da Boca do Mato dando gargalhada. Todo mundo quis saber qual era a piada e o nefando
primo mostrou um recorte do jornal com um despacho da
France-Presse. E a gente vai transcrever: "Saigon (FP) — Uma
Associação de Homossexuais Patrióticos foi fundada nos Estados
Unidos para lutar no Vietnã. Argumentam que 'se de cada quatro americanos um é homossexual, sem nós o Exército ficará des-
falcado'". Foi aí que Mirinho começou a contar as situações de
um batalhão de bicharocas, caso os mesmos sejam aceitos. E o
primo dizia:

— Você já pensou, na hora de um ataque vietcongue forte,
uma bicha levantar e gritar para o outro: "O tenente deles é lindo
de morrer. É a cara do Jack Palance!'".

O primo ficou imaginando situações e dando as maiores
risadas do mundo. Olha só o que ele disse que pode acontecer
num batalhão de bonecas: fuzil enfeitado com flores, de preferência rosas vermelhas, colocadas na boca do cano. Canhão de
cento e cinco milímetros com cortina de veludo, enfeitada com

miosótis; cantil cor-de-rosa, com braçadeira grená; cavalos com pompom no rabo e trança quepe com capa de filó e pala bordada em paetê. E quando chegar a hora da instrução, vai ser muito alinhado. O sargento vai dar um berro:

— Direiiita, queridos, direita, volver, lindão!

Batalhão desgraçado, esse. Quando o inimigo estiver chegando bem perto da linha de mira, o artilheiro vai acionar o gatilho da bazuca. Dá aquele estouro tremendo e o inimigo é coberto de pétalas e de perfume Miss Dior. Isso vai dar um bode que eu vou te contar. Depois, bem depois é aquela hora de alistamento. O bicharoca vai chegar ao centro de recrutamento e começar a conversar com o soldado que anota os dados:

— Nome, data do nascimento, estado civil, nome do cônjuge, residência e profissão?

— Lulu, um dia 21 qualquer... Chiii, o praça é lindo. Casada. Sebastião Ferreira, rua dos Amores. Olha, benzinho, é a terceira casinha da direita de quem sobe. Na porta tem um retrato do Johnny Mathis. Quanto à profissão deixa isso pra lá. Se o coronel insistir diz que é prendas domésticas.

Aí o soldado vai explicar que a barra lá no Vietnã é pesada. Que existem torturas, fome, os homens vietcongues são desumanos e o diabo. O bicha vai ficar muito sério e pede que o militar fale sobre o soldado vietcongue:

— Ele é mau. Prepara armadilhas, tortura, maltrata, bate, rasga as roupas, pisa, dá chicotadas, enfim, é fogo!

Foi aí que o bicharoca olhou pra trás, deu um grito e apareceram uns quinhentos voluntários gritando:

— Espera, boneca, espera. Não empurra que tem vaga pra todo mundo.

E Mirinho garante que o que mais trabalho vai ter no batalhão é o corneteiro. E quando a gente perguntou por quê, o primo explicou:

316

— Você acha que bicharoca vai querer ser acordado por toque de alvorada? Quando começar o toque tem um que vai gritar: "Toca 'Blue Moon'. Toca 'Blue Moon'!".

A experiência matrimonial

Bernardino, Bolão e Madureira eram três amigos inseparáveis. Viviam juntos e onde ia um, ia o resto. Pois bem, de repente o Bernardino sumiu. Passou uma semana sem aparecer no botequim e os amigos já estavam ficando preocupados. Ficaram tão preocupados que chegaram a telefonar para o Dops. É a atual conjuntura. Nego quando some, atualmente, ou tá viajando ou tá hospedado no Hotel Palace Dops. Mas, felizmente, não era nada disso e dias depois o Bernardino apareceu. Vinha com cara de cachorro que quebrou panela, e sentou-se à mesa do bar meio constrangido. Pediu uma cachaça e, enquanto era crivado de perguntas pelos outros dois pinguços, dava um riso de experiente e depois contava:

— Bem... eu fui dar uma de casado e me dei mal.

— Ué, por quê? — perguntaram os caneados de souza.

— Não dá pedal, meu camaradinha. Eu arrumei uma grinfa e me maloquei uns dois dias. Depois, bem, depois eu pensei que dava pra gente fazer um casório pelo facilitário e foi aí que eu me estrepei. Foi só ela chegar lá em casa e começar a mandar brasa na minha felicidade.

318

E foi desfiando o seu rosário de queixas. A grinfa chegou no modesto apartamento do Bernardino e mandou logo pintar a sala. Jogou fora todas as garrafas vazias que estavam na área e que, embora vazias, já tinham dado algum prazer a ele. Era tudo coleção: Praga de Mãe, Respeita a Mulher do Sargento, Mocotolina, Sabugo de Velha, E Então?, cachaças de rótulos originais e que nunca mais apareciam outras iguais. E o Bernardino continuava se queixando com justa razão:

— Além disso, mandou limpar a cozinha, arrumou meus sapatos, passou meus ternos, minhas camisas e mandou eu cortar o cabelo e fazer a barba.

— Bem, olha aqui, Bernardino — falou o Madureira —, quanto à cachaça, eu não dou razão a ela, mas quanto à arrumação, vamos lá...

— Que nada, rapaz! Dois dias depois ela estava igualzinha à minha primeira mulher. Cheia de intimidades, querendo beber no meu copo, dormir agarrada comigo. O que é que há?

— Mas espera aí, Bernardino — disse Bolão. — Isto é onda de mulher casada. Elas faz tudo isso. Será que você não sabia?

— Você é gozado... Claro que eu sabia. Por isso é que não deu nada certo. O apartamento, além de pequeno, tinha o problema da Margarida, que não gostava dela.

— Ué, eu não sabia que você tinha cachorra!

— Que cachorra, rapaz! Margarida é o nome da minha esposa.

Já estava acostumada

Chovia torrencialmente! O largo era um verdadeiro mar. Ônibus parados, carros inundados, casas ilhadas e um monte de gente temendo desabamentos, mortes, desmoronamentos e tantas outras coisas que acontecem quando chove no Rio de Janeiro. E chamaram os bombeiros. O Corpo de Bombeiros é aquela corporação pobre, sem recursos, onde os soldados ganham pouco e somente têm funções arriscadas: apagar incêndios, salvar vidas, enfrentar desabamentos, catástrofes etc. Pra que risco de vida, não é mesmo? Afinal, essa verba bem que pode ser desviada para o Cerimonial do Palácio Guanabara, para o transporte (em carros oficiais) dos secretários sem pasta, com pasta, empastados e que pela manhã enfrentam bravamente as ondas de Ipanema, Leblon e adjacências em sadios banhos de mar. Mas, deixa isso pra lá que o assunto é outro.

Era um mar, o largo suburbano! Chamaram o Corpo de Bombeiros e assim que os rapazes chegaram foi um corre-corre dos diabos. Era pedido de tudo que era jeito. Tinha gente querendo atravessar a rua, passageiro preso em ônibus, garoto brincando de barquinho, cachorro andando em canoa. E tome chuva! Os bombeiros não tinham equipamento moderno para estas situações. Sabem como é? Pra quê, né? Vai mesmo na base da corda e da força bruta. Não é à toa que eles são chamados de "valorosos soldados do fogo", e agora da água. Têm que fazer jus ao apelido. Vai daí que a faixa era impressionante. Puxa cadáver de um lado para outro, levanta parede que tá caindo, segura o crioulo de porre que queria beber água no bueiro, enfim, um trabalhão. Foi aí que um dos soldados deu um grito:

— Você aí! Tenta atravessar o largo pra salvar aquela velhinha.

O outro bombeiro bem que queria, mas era impossível. Estava lutando contra a correnteza, num rio de lama, que descia de uma ladeira em frente. Foi quando todo mundo ficou em suspense. A velhinha tirou a roupa, os sapatos, fez uma mochila, amarrou às costas e deu um mergulho tipo Esther Williams e meteu um crawl de dar inveja aos grandes campeões. Batida compassada, respiração perfeita, batida de pernas impressionantes. Uma verdadeira campeã. Foi a velhinha chegar do outro lado e o povo que estava abrigado prorrompeu em aplausos. Os bombeiros ajudaram a velhinha a subir numa viatura, que servia de ancoradouro, e um dos rapazes disse:

— Meus parabéns, minha senhora. Na sua idade e nadando tão bem.

A velha agradeceu enquanto se enxugava à maneira das grandes campeãs. O bombeiro insistiu:

— A senhora não é aquela que fazia trottoir em Veneza?

A velhinha respondeu rapidamente:

— Nada disso, meu filho. Eu sou de família, mas infelizmente morei quarenta anos na praça da Bandeira.

A importância do título

Hoje em dia anda todo mundo tão pendurado na mão de agiota que a gente bota um cabeçalho como esse aí o leitor vai logo pensando que o título é uma promissória e a importância é uma quantia. Calma, pessoal. Não é nada disso. Eu compreendo perfeitamente a vossa deformação intelectual, principalmente depois do período redentor colocado à disposição do sr. Roberto Campos, mas posso garantir que eu me referia à importância do título numa obra literária.

E isto me veio à cabeça porque estava eu aqui a ler a correspondência dos chamados leitores assíduos, quando dei com o assunto, numa carta interessante de Bernardino Fernandes, leitor de Santos, um cavalheiro que é corretor de café há quase trinta anos, até o momento em que apareceu um luminar para presidir o Instituto Brasileiro de Café e acabou com a praça cafeeira de Santos. Eta Brasilzinho bem administrado, sô! Mas isso deixa pra lá — que é justamente o que pede o leitor. Nós estávamos falando sobre a importância etc. etc. etc.

Então conta ele:

322

Há um salão de barbeiro na rua Frei Gaspar, bem perto da Bolsa Oficial de Café. O dono é um bom português chamado Gonçalves que era metido a literato e achava que a palavra barbeiro não lhe definia bem a profissão: dizia-se decapilador. Lia tudo o que lhe aparecia pela frente e estava sempre com livros e revistas debaixo do braço, mania que lhe valeu o apelido de Sovaco Ilustrado. No Bazar de Paris — livraria que ficava perto do salão — uma das mais antigas de Santos, ele estava sempre a par das novidades literárias. O homem era mesmo puxado para literato e os fregueses do salão eram pessoas do alto comércio do café e certos intelectuais que apreciavam o Gonçalves.

Entre esses era freguês exclusivo do Gonçalves o grande poeta Martins Fontes, com quem o decapilador, certa vez, discutiu a importância do título no trabalho literário, tanto assim, que, lá um dia, disse o Gonçalves ao poeta: "Sr. Fontes, acabo de escrever um livro e estou cá cheio de dificuldades para encontrar o título".

Martins Fontes, aquela finura de homem, com toda a calma que Deus lhe havia dado, não se perturbou e perguntou: "Seu livro fala de tambores?".

O Gonçalves pensou e retrucou: "Tambores? Não, não fala de tambores".

Martins insistiu: "Fala de cornetas?".

Não. O livro também não fala de cornetas — garantiu o autor.

E Martins Fontes, já vestindo o paletó para sair: "Pois está aí um bom título — 'Nem tambores nem cornetas'. Pagou e foi embora".

Vantagens do subdesenvolvido

Um noticiário vindo de Nova York conta o estranho fenômeno: os homens estão ficando com os olhos cor-de-rosa. Não é bossa de médico consertador de cara não, embora médico consertador de cara seja uma das grandes leviandades deste século — não confundir plástica em acidentado com narizinho de madama. Mas — eu dizia — os homens estão ficando com os olhos cor-de-rosa por causa da pílula. Não é brincadeira. Diz que a pílula masculina de evitar conta na maternidade provoca esse fenômeno na córnea visual, caso quem fizer uso dela beba qualquer bebida alcoólica (e deve provocar outros casos de córnea, mas isto é outro assunto). Ora, como em Nova York bebe-se pra valer, tudo que é homem está ficando de olhos cor-de-rosa.

Mas isto não me parece nada, diante do que vem acontecendo em Londres, também no setor do "toma-que-o-filho-é-teu". No mundo moderno ninguém está mais querendo se preocupar com a santa missão de procriar. Da capital do Reino Unido, que não é tão unido assim como eles dizem, vem a informação de que mais de um milhar de ingleses (homens) foram esterilizados voluntariamente, nos últimos meses. O jornal *Sunday Times* dá o berro e ainda esclarece alguns detalhes, tais como o preço variado da esterilização (por que será que varia, meu Deus?) e mais uma declaração do famoso psiquiatra londrino, um tal de Charles Blacker, cujo arrumou até uma desculpa para os desertores da fecundação... bacana pra burro isto que eu acabo de inventar, hem? Desertores da fecundação! O psiquiatra, que já deve estar quase mudando para o time dos psicopatas, acha que a esterilização dará mais calma aos homens, porque não os deixará mais preocupados e medrosos "de provocar gravidez imprevista".

Grande calhordagem, né? Já vi o cara ter medo de cada coisa que até o Altíssimo duvida, mas medo de mulher, isto é, medo do principal, nunca vi. Medo de mulher todos nós temos sob diversas formas, mas esta eu não vi nem em certos machos da família dos aracnídeos que, após o contato com a fêmea, são devorados por ela.

Enfim, são os problemas criados pelo progresso. Nós aqui, subdesenvolvidozinhos, ainda não estamos trabalhando com essas armas. Pelo contrário. Ainda na semana passada, em Madureira, um açougueiro foi preso porque vinha, há meses, vendendo carne de cachorro à freguesia. Isto deu uma dimensão nova àquilo que os ingleses pretendem explorar cada vez menos. De tanto comer carne de cachorro, lá em Madureira, tem nego que, quando passa por um poste, fica com uma vontade desgraçada!

O homem do telhado

Quando a gente passa em conjunto residencial e olha para o teto dos edifícios, fica pensando que está passando numa estação espacial e que todas aquelas antenas são instrumentos de comunicação com Marte, Vênus, Júpiter e outros planetas. Conjunto residencial é aquele local em que construíram mil e duzentos apartamentos, num só edifício, ao lado de outro edifício com mil e quatrocentos apartamentos e na frente de outro edifício com mais ou menos uns mil e oitocentos apartamentos, que eles chamam de bloco. Todos com televisão e todos com antena no telhado. Vai daí, que olhando para baixo, parece a entrada do prédio das Nações Unidas. Todas as janelas têm bandeiras. Bandeiras em forma de meia, de calcinha, de ceroulas e anáguas. E no telhado, parece aquela estação espacial que a gente falou. Só que em vez de foguete, tem sempre um gato deitado ou uma pipa.

E quando o dono do apartamento 1191 chamou o antenista para colocar sua antena no telhado, o homem se viu mal. Subiu lá e, quando olhou o negócio, pensou até em instalar a antena no

326

teto do vizinho. Vai daí ele conseguiu colocar a antena bem na beirinha, em boa posição e miseravelmente dava pra assistir a meia hora de Chacrinha sem que a televisão virasse de cabeça para baixo. Mas, infelizmente, não demora muito e quando menos a gente espera, a voltagem cai, a corrente modifica e a dona boa que a gente tá vendo no vídeo vira aprendiz de monstro.

E foi por isso que o nossa-amizade, morador no apartamento 1191, mandou chamar o antenista. Era um rapazinho, com pinta de criado na República da Praia do Pinto, magrinho e com mais ginga que pato sozinho em galinheiro de franga. Ele foi chegando e explicando o babado todo:

— O morador deve entender as mumunhas. Quando passa um ônibus elétrico, a corrente cai e adefeculta a mensagem no vídeo. Às vêis é preciso um reajuste, pra que a seletora da canalização das image fica clara outra vez.

O dono da televisão não entendeu nada, aliás nem eu, mas ele queria era a imagem boa e o problema deveria ser antena. O rapazinho subiu para o telhado e meia hora depois voltou:

— O senhor vai desculpar, mas eu não posso fazer o serviço, não, senhor.

— Ué, mas por quê?

— Bem, é por causa de que a antena está muito na beirinha.

— E daí, ó meu??

— Daí, meu distinto, eu tô fora. Se eu chegar muito na beira eu entro no ar e quem tem que entrar no ar é a estação, não sou eu.

327

Teatro moderninho

Quando abre o pano, ouve-se motor de carro freando violentamente. O som de porta batendo e passos que se encaminham para a cena. Entram em cena dois débeis mentais. Ambos cabeludões, sujos e cuidadosamente maltrapilhos. O idiota que entrou por último diz para o idiota que entrou na frente: "Puxa, tu quase atropelou aquela velha". E o outro faz cara de chateado e diz que só não atropelou a velha porque a desgraçada pulou pro lado, acrescentando: "Velha... (ESPAÇO RESERVADO PARA PALAVRÃO)."

Um deles abre o bar, tira uma garrafa, e embora haja um monte de copos em sua volta, bebe pelo gargalo. O outro acende um cigarro de maconha e grita para a coxia: "Vovó, vem cá, vovó". A velhinha entra devagarinho no seu passinho miúdo, sorrindo para os netinhos, sem perceber que os dois estão querendo brincar com ela. O que estava em pé larga a garrafa e enfia uma faca na barriga da velha. Esta vai caindo de costas para o chamado decúbito dorsal, mas não consegue. O que estava sentado emendou de bico na nuca da sexagenária, que rodopiou no espaço e caiu de peito no chão, com os braços abertos. Os dois caem na gargalhada, começam a beber e a cantar juntos aquela música dos Beatles, que diz: "*I need somebody to help me!*". Aí termina o primeiro ato. O segundo ato começa com o mesmo cenário. Os dois personagens principais estão sentados, cada um numa dessas poltronas que dão ao sentante o direito de tomar a posição mais desrespeitosa possível. Um deles olha pra velha, ajoelha e grita: "Vovó tá rindo, rapaz, vovó tá rindo. Mora só que legal, vovó tá rindo". Ri também e acrescenta: "Que velha... (ESPAÇO RESERVADO PARA PALAVRÃO)". O outro cuspiu pro lado, ajoelhou também (diz três palavrões absolutamente desnecessários): "Rindo nada, idiota. É a dentadura que está escorregando", nessa altura os dois ouvem passos e se entreolham espantados. O mais alto, que dá a entender à plateia ser o autor intelectual da brincadeirinha, segura a velha pelas canelas e diz pro companheiro: "Vamos escamotear vovó, senão vai ser... (ESPAÇO RESERVADO PARA MAIS UM PALAVRÃO)". O final do segundo ato passa-se todo com os dois resmungando e tentando esconder a velha num canto qualquer do palco. Termina o ato com o mais baixo dizendo para o mais alto: "Tu é um cretino mesmo, hem? Inventa o crime e esquece de inventar o local pra esconder o boneco da velha". O outro faz sotaque de dupla caipira e diz: "É verdade". Fecha o pano.

O terceiro ato começa com os dois voltando de uma dependência interna da casa — supostamente a casinha, porque o mais alto diz para o mais baixo que foi uma "ideia mãe" colocar a velha no freezer da geladeira. O mais baixo faz cara de gênio e confessa que se inspirou na garoupa que o pai comprara no mercado e colocara no mesmo lugar, dias atrás. O cenário mudou e parece ser uma antessala de casa de rico. Vai daí começa a chegar gente, tudo gente parecida com os dois atores principais. A cada novo débil mental que chega, há explosões de júbilo sempre eivadas de pornografia atualizada. Alguém coloca um disco na vitrola e a voz de uma cretina começa a cantar "*Bang-bang I shoot my baby down*". É uma bonita canção sobre um crime. Todos dançam. Duas garotas começam a fazer striptease. Diálogo bem sintético, com palavras suprimidas de uma ou duas sílabas. Assim se desenrola todo o terceiro ato, até o grande final, quando entra a mãe dos rapazes, com uma minissaia até o umbigo, para a vitrola e começa a berrar porque os filhos sujaram o tapete de sangue e entupiram a geladeira com coisas supérfluas. O palavrão abunda e o pano cai.

CRÍTICA — À moderna crítica teatral está reservada a missão de descobrir a mensagem do dramaturgo. A peça acima foi um sucesso e o papa da crítica explicou-a de maneira notável, resumindo-se o seu trabalho de pesquisa nos pontos culminantes, a saber: a) Os palavrões simbolizam o desprezo da nova geração pelas convenções; b) O assassinato da avó demonstra que entre o controle da natalidade e a eliminação dos macróbios, muita gente prefere o segundo caso; c) O fato de a velha ficar estirada de braços abertos é uma alusão ao cristianismo (a imagem parece forçada — escreveu o grande crítico — mas, por isso mesmo, mais válida); d) A dentadura que um dos personagens confundiu com um sorriso é apenas para lembrar que os mais velhos estão sempre predispostos a perdoar a inconsequência dos seus consequentes; e) Perpetrar o crime e depois não ter onde esconder o cadáver é simbolismo puro, pois demonstra a insegurança dos jovens nas "menores" atitudes; f) Decidir-se o mais moço pelo esconderijo na geladeira, baseado no que viu o pai fazer com uma garoupa, dá a exata ideia de que, apesar dos pesares, a nova geração ainda não se libertou totalmente dos cânones paternos; g) Quando um dos personagens fala com sotaque caipira, está avisando à plateia que o país ainda é, de certa forma, um pouco subdesenvolvido; h) O striptease das moças é o grito de protesto contra o supérfluo; i) A mãe zangada com a mancha de sangue no tapete é uma acusação do autor. Afinal, os pais só repreendem os filhos depois que os filhos prevaricaram. Logo, a culpa é dos pais.

Os doces de Amarante

A carta vem de Portugal, assinada pelo leitor Calixto, abrindo-me os olhos sobre as hipotéticas possibilidades de o Brasil sair vencedor caso houvesse um Festival Internacional de Besteira. Para provar que Portugal também é um excelente candidato (páreo até para os Estados Unidos), envia a fotocópia do anúncio de uma confeitaria de Amarante, que é a mais antiga "casa de doces regionais" e faz também os famosos pastéis conventuais. Esses pastéis são motivo de discussões, pois há quem diga que nunca houve freiras nem convento na cidade. Para tirar a dúvida, o anúncio da confeitaria publica "Acórdão da relação do Porto de 11 de novembro de 1793 sobre a contenda do cano das freiras d'Amarante com os frades da mesma vila".

Aqui vai a transcrição:

Acordam em relação, vistos estes autos as Autoras — D. Abadessa, Discretas e mais religiosas do real convento de Santa Clara de Amarante, mostram por ter um cano seu próprio por onde despejam as suas imundices e enxurradas, o qual atravessa de meio a meio a fazenda dos Frades dominicanos da mesma vila. Provam elas autoras a posse em que estão de limpar o cano quando precisam. Os réus, Prior e mais religiosos do Convento de São Gonçalo, assim o confessam e se defendem dizendo que lhes parece muito mal que lhes bulam e mexam na sua fazenda sem ser a sua satisfação e que, conhecendo a necessidade da limpeza do cano das Madres, tinham feito unir o seu cano ao delas, para mais facilmente se providenciarem as cousas, por cujo modo vinham a receber proveito. Portanto, e o mais dos autos, vendo-se claramente que aquela posse só podia nascer do abuso; vendo-se a mais boa vontade com que os réus se prestam a limpar o cano das Madres autoras e que, outrossim, da união resulta conhecido benefício, conclui-se visivelmente que tais dúvidas e questões da parte da autora só podem nascer de capricho sublime e temperamento ardente, que precisa mitigar-se para bem d'ambas as partes. Pelo que mandam que o cano das Freiras autoras seja sempre conservado corrente e desembaraçado, unido ou não unido ao cano dos Frades, segundo o gosto destes e inteiramente à sua disposição, sem que as Freiras autoras possam intrometer-se no dia e na hora nem nos modos ou maneiras da limpeza, a qual, desde já, fica entregue à vontade dos réus que a hão de fazer com prudência e bem, por terem bons instrumentos seus próprios, o que é do conhecimento das autoras que o não negam nem contestam. E quando aconteça, o que não é presumível, que os réus, de propósito ou omissão, deixem entupir o cano das freiras, em tal caso lhes deixam o direito salvo contra os réus, podendo desde logo governar a limpeza do dito seu cano, mesmo por meios indiretos e usando de suspiros, precedendo primeiro uma vistoria feita pelo Juiz de Fora com assistência de p'ritos louvados sobre os canos das autoras e réus, pagando estes às custas do permeio.

333

Mas o mais bacaninha e surpreendente vem agora. Depois de transcrito o histórico documento, o anúncio da confeitaria faz publicar: "É esta a cópia fiel do acórdão, não deixando dúvidas a ninguém que houve freiras em Amarante e que os doces regionais d'Amarante, da Confeitaria Amarantina, são provenientes de receitas do antigo Real Convento das Freiras de Santa Clara de Amarante".

Lá é assim: antes da gente provar o doce, o doceiro prova a existência do doce, mesmo que D. Abadessa Prior, Discreta e mais frades e freiras entrem todos pelo cano.

Por causa do elevador

A notícia saiu pequenina num desses jornais impressos com plasma sanguíneo. O cara chegou ao hospital com as longarinas empenadas e necessitando serviço de lanternagem na carroçaria. Tinha brigado com a mulher e a distinta deu-lhe uma bonita surra de abajur. Pelo menos foi o que o cara contou: tinha sido vítima de um abajurcídio.

Provavelmente o abajur tinha se transformado em objeto inútil como, de resto, acontece em todos os lares cariocas, desde que a Light resolveu acabar com esse luxo de luz acender de noite. O marido folgou e a ponderada senhora tacou-lhe o dito abajur nas fuças.

O sr. Barros — este o nome da vítima — declarou que foi atacado em metade de cara pela sua cara-metade e, por isto, as autoridades acharam uma boa ideia bater um papinho com a agressora.

Conversa vai, conversa vem, ela disse ao comissário do dia que o marido, depois que a luz apagou, ficou um bocado cínico:

— Imagine, doutor — esclareceu ela ao zeloso protetor da

corretagem zoológica —, que o Mário chega todo dia em casa de madrugada e quando eu pergunto por quê, o miserável diz que ficou preso dentro de um elevador qualquer, por falta de energia. Um dia eu acreditei, no outro também, mas no terceiro dia que ele ficou preso por falta de energia, eu achei que quem estava sem energia era eu e esperei que o vagabundo viesse com a desculpa de novo, pra dar o corretivo. Ontem não deu outra coisa. Ele chegou quase com o dia clareando e falou que ia descendo no elevador do prédio de um amigo, onde foi deixar um embrulho e aí faltou energia. Eu aproveitei e disse que energia era o que não ia faltar e... pimba!... agarrei um abajur que estava ao meu lado e fiz o serviço.

Vejam — caros leitores — que drama chato. A desculpa de ficar preso em elevador é excelente, mas a reincidência estragou tudo. Não há mulher que caia nessa mais de duas vezes por ano e, assim mesmo, espaçado; bem espaçado.

De qualquer forma, nunca é demais aproveitar a experiência alheia e fazê-la nossa. Nada de ficar preso em elevador mais de uma vez. Primo Altamirando, é verdade, já ficou preso — desde que começaram a desmontar o Rio de Janeiro — umas dezoito vezes, mas por motivos diferentes. Quando ele percebe que a luz vai faltar, ele entra no elevador com a jovem senhora de seus interesses particulares e fica lá dentro até voltar a energia (do elevador, naturalmente).

Acredito que outros estejam usando o mesmo processo e vou logo avisando: não se surpreendam se, dentro de uns nove meses, mais ou menos, algumas criancinhas sejam levadas à pia batismal com o nome de Otis, Atlas, Schindler etc. Será uma bonita homenagem!

Febeapá 3
(1968)

O mal do Brasil é ter sido descoberto por estrangeiros.

Deputado Índio do Brasil,
na Assembleia da Guanabara

PREVIDÊNCIA E PREVISÃO

O Instituto Nacional de Previdência Social entra de sola no volume 3 do *Festival de Besteira que Assola o País*. Isto porque baixou uma circular prevendo o seguinte: se o senhor é segurado no INPS, não tem certidão de casamento, mas necessita de maternidade para sua mulher ter filho, terá que fazer o pedido com trezentos dias de antecedência, conforme o regulamento previdenciário. Mas como o período de gestação é de apenas duzentos e setenta dias — o que dá nove meses — o senhor deve dar uma passadinha lá no INPS trinta dias antes de pensar em fazer qualquer coisa.

FOI LONGE

Está aqui, no jornal *Unitário*, que se edita em Fortaleza (CE), na coluna de Ademar Nunes Batista: "O professor Olívio

Martins, docente do Liceu, encontra-se em Berlim, especializando-se em português, com bolsa de estudo".

EDUCAÇÃO

Em Minas, realizou-se a Exposição Nacional do Cavalo; falando a O *Globo*, o general Lindolfo Ferraz Filho, que representava o ministro da Guerra, afirmou: "O certame foi o melhor e o mais educativo de quantos já vi".

Explica-se: o general é do Serviço de Remonta do Exército.

ORA!

Agora mais esta: arrumaram aí uma comissão, composta de três militares e dois civis (até que desta vez os civis não perderam de goleada), para resolver as crises estudantis. O comandante da comissão é o coronel Meira Mattos, aquele que fechou o governo de Goiás e o Congresso Nacional e comandou a Força Expedicionária de Paz a São Domingos.

Os estudantes estão de parabéns. Merecem um discurso como aquele que o Moreira da Silva fez, quando foi homenageado por ter atingido trinta e cinco anos de vida artística. O Moreira levantou-se, olhou para os circunstantes e disse apenas: "Ora!".

O PROBLEMA

O professor Raul Pitanga, com setenta anos de idade, anuncia algo assombroso: conseguiu descobrir a cura para o homossexualismo. O professor vai comparecer nos próximos dias à Academia Brasileira de Medicina para explicar que o homossexualismo é uma doença curável. Mirinho diz que o professor septuagenário tem toda razão. O problema é a recaída.

SURPRESA

O ministro Jarbas Passarinho fez uma declaração muito bonitinha, que a gente vai transcrever: "Os novos níveis do salário mínimo surgirão com o aumento do dólar sem que ninguém saiba, de surpresa".

Se vão surgir com o aumento do dólar, o ministro vai me desculpar, mas não será surpresa nenhuma.

DR. MIRINHO

O jornal chileno *La Segunda*, editado em Santiago, publicou um artigo que nos foi enviado por um leitor, assinado pelo sr. Alfredo Marín, defendendo a tese de que *"La virgindad causa cancer"*.

Logo que o artigo chegou à Pretapress, Mirinho tomou conhecimento do assunto e ligou para uma carpintaria pedindo a seguinte placa, de madeira, com letras garrafais:

DR. ALTAMIRANDO P. PRETA

MÉDICO DE MOÇAS

TRATAMENTO PREVENTIVO DO CÂNCER

INDIGESTÃO

Atendendo a conselhos de amigos, que lhe indicaram ferro como o melhor remédio para seu mal digestivo, José Trindade,

343

de vinte e sete anos, morador em Botafogo, desandou a comer objetos metálicos. Foi atendido no Hospital Miguel Couto, onde retiraram de seu estômago catorze pregos 19 × 36, um pedaço de arame de quinze centímetros e um ferrolho de oito centímetros. Esse só vai ao banheiro quando está pregado.

UM DOENTE

Um médico de plantão do Hospital Miguel Couto estava às voltas com atendimentos graves, fraturas, atropelamentos, cirurgias de emergência e o diabo, quando entrou um cavalheiro nervoso e muito apressado. Entrou, interrompeu o atendimento do médico a um doente grave, e foi dizendo:

— Eu sou coronel.

O médico tirou o estetoscópio do pescoço e perguntou:

— E qual é o outro mal de que o senhor se queixa?

EM SÃO PAULO

Cerca de cinquenta e uma bandeiras dos países que mantêm relação com o Brasil foram colocadas no Aeroporto de Congonhas. O secretário de Turismo de São Paulo — deputado Orlando Zancaner — quando inaugurou a ala das bandeiras, disse que "era para incrementar o turismo externo".

OS JUDEUS E A PÍLULA

O rabino Henrique Lemle, durante uma conferência na Associação Cristã Feminina, afirmou que "os judeus não se interessam pelo uso das pílulas anticoncepcionais, pois nós estamos mais preocupados em recuperar os seis milhões que Hitler nos levou".

Teve nego que assistiu à conferência e ficou plenamente de acordo. Imediatamente olhou para a mocinha que estava sentada ao lado e disse:

— Viu, o que o rabino falou?

AINDA O INPS

Com muito respeito, vamos transcrever uma nota que foi publicada em vários jornais:

Mulher concubina de trabalhador solteiro que, em vida, descontou para a Previdência Social, tem direito, após a morte do companheiro, de receber pensão como se fosse esposa, segundo decisão da 5ª Câmara Cível do Tribunal da Justiça da Guanabara, em que foi relator o desembargador Rebelo Horta.

Quando a gente lê uma notícia assim fica meio bronqueado. Afinal, o que é que eles querem? Isso é um negócio líquido e certo. Claro que o sujeito tem direito, se descontou a vida inteira. O que devia acontecer era o seguinte: o falecido, além de deixar a pensão para quem ele quisesse, devia mandar um bilhete ao INPS: "Concubina é a mãe".

DESPERDÍCIO

A presidente da Associação das Viúvas de Minas Gerais, sra. Eurides Dunstan de Oliveira, enviou um ofício ao secretário de

Segurança do estado, aplaudindo a proibição da queima de fogos de artifício no Mineirão.

Diz a presidente da associação que "muitos homens morrem com bombas e isso ainda aumenta a emotividade dos aficionados no futebol, fazendo com que eles não liguem para outras coisas belas da vida".

Tia Zulmira leu a notícia e comentou que a presidente da Associação das Viúvas tem toda a razão. Com tanta viúva pela aí, agarrando em fio desencapado e chamando urubu de meu louro, é mesmo um desperdício uns e outros ficarem soltando bombinha no estádio. Tem que bombardear é coroa.

O IMPOSTOR

Podem pensar que é brincadeira, mas é a pura verdade: terminado o pega pra capar entre Flávio Cavalcanti e o "Almirante" Henrique Foréis, um contra-almirante telefonou para a TV Tupi, para informar que "no quadro do almirantado não existia nenhum almirante com o nome de Henrique Foréis, sendo — portanto — um impostor, esse almirante que interrompeu o programa".

INSULTO CEREBRAL

Quando a censura federal proibiu em Brasília a encenação da peça *Um bonde chamado desejo*, a atriz Maria Fernanda foi procurar o deputado Ernâni Sátiro para que o mesmo agisse em defesa da classe teatral.

Lá pelas tantas, a atriz deu um grito de "viva a democracia". O sr. Ernâni Sátiro na mesma hora retrucou:

— Insulto eu não tolero.

OS SUICIDADOS

O *Diário Oficial* publica "Disposições de seguros privados" e mete lá: "O superintendente de Seguros Privados, no uso de suas atribuições, resolve [...]. Cláusula 2 — Outros riscos cobertos — O suicídio e tentativa de suicídio — voluntário e involuntário". Pombas! O que será suicídio involuntário? Alguns acham que é aquele que a polícia faz, de vez em quando, nuns presos pela aí.

O ELEGANTE

Em São Paulo, Pedro Mário de Carvalho, mais conhecido como "Jolie Madame", tentou o suicídio de maneira diferente e segundo ele, combinando com seu temperamento de homem delicado e sensível: tomou um vidro inteiro de Leite de Rosas e misturou com sais de banho. Atendido no pronto-socorro do Hospital das Clínicas foi posto fora de perigo. Quando contaram a notícia para o Mirinho, ele disse logo:

— Ia custar a morrer, mas na hora do enterro, seus coleguinhas iam vibrar de satisfação: "Lindo de morrer!".

EM TRÂNSITO

A polícia de Porto Alegre prendeu quatro vigaristas cariocas, especialistas em bater carteira. Carlos, Albino, Francisco e Boanerges foram manjados pelos investigadores gaúchos e levados para uma delegacia, onde — depois de pedirem a confirmação do Rio — ficou provado que eram todos devidamente fichados. Até aí nada de mais; um simples serviço de rotina. Mas acontece

347

que ao serem interrogados, os quatro declararam que não tinham a menor intenção de ficar em Porto Alegre. Estavam ali em demanda do Uruguai e da Argentina, tendo um deles informado:

— Fomos obrigados a tomar esta atitude porque, na qualidade de batedores de carteira, estamos na pior. As carteiras do Brasil andam muito michas.

EM NITERÓI

Em Niterói, lugar onde urubu tá voando vestido de Chacrinha para ganhar Ibope, o cidadão português Manuel Vieira Martins acertou um soco no olho direito de sua mulher porque, quando chegou em casa para almoçar, encontrou a mulher de calças compridas, coisa que ele tinha proibido.

Mirinho garante que d. Luciete Martins, a esposa agredida, apanhou porque quis. Bastava tirar as calças, sempre que o marido chegasse em casa.

DOBRE A LÍNGUA

Eu falei em Niterói? Falei sim e por isso vou contar mais uma de lá: por ter chamado o comissário Valdir Monteiro, do 2º Distrito Policial, de você, o guarda Ari Costa está sendo processado por desacato à autoridade.

ELA É CARIOCA

O ex-coleguinha e deputado estadual Fabiano Villanova Machado apresentou requerimento pedindo a concessão do título de Cidadão do Estado da Guanabara para o sr. Evandro de Castro Lima, como reconhecimento à sua arte posta a serviço do Carnaval carioca.

O deputado justificou o seu pedido, afirmando que Evandro, já em 1960, desfilava como "estátua barroca".

ESPIRITISMO

A direção da Sala Cecília Meireles está se vendo na maior fria para explicar a publicidade contida em anúncio oficial da Secretaria de Educação e Cultura do estado. Esse anúncio garante a próxima vinda ao Rio do maestro Hermann Scherchen para reger a orquestra daquela sala. E ainda declara também que o célebre compositor soviético Serguei Prokófiev estará breve no Rio, para participar do júri do Festival Internacional de Balé.

É que muita gente acha pouco provável que Scherchen venha ao Rio, pois ele morreu em junho de 1966 em Praga; quanto a Prokófiev, ainda é menos provável, pois ele morreu em 1953.

DESQUITE

Em Niterói, o professor Carlos Roberto Borba iniciou ação de desquite contra a professora Eneida Borba, alegando que sua esposa não lhe dá a menor atenção e recebe mal seus carinhos quando é hora de programa de Roberto Carlos na televisão.

A professora vai aprender que mais vale um Carlos Roberto ao vivo que um Roberto Carlos no vídeo.

O URSO AMIGO

A alfândega do Galeão desconfiou de um urso que estava junto com bagagens esperando liberação. O ursinho, que era de pelúcia e muito grande, estava gordo demais. Não deu outra coisa! Abriram a barriga do bicho e dentro, muito bem arrumadinho, estavam nada mais nada menos de quinhentas calcinhas femininas de náilon.

Podemos garantir que é o primeiro urso a usar calcinhas em consumo interno.

GREGO PROCURADO

Em Niterói, que está participando demais deste III Festival, a Secretaria de Segurança proibiu a peça *Édipo rei*, de Sófocles, num teatro, alegando que o texto é subversivo.

Não demora muito, vai aparecer na porta do teatro aquele tira disfarçado — chapéu, terno escuro e duas .45 na cintura — querendo saber como é que pode intimar o tal de Sófocles a depor no Dops.

O PADRE E A MOÇA

Em Porto Alegre, um padre do interior, quando, por sua conta e risco, pesquisava condições de vida de prostitutas locais, foi roubado em cem cruzeiros novos por uma das mulheres que tinha entrevistado.

Ao saber desta notícia, o Primo Altamirando, que aliás entende muito de pesquisas iguais a essa, disse que a entrevista foi muito cara:

— Enfim, resta a esperança de que tenha sido boa.

O QUE ELES RECOMENDAM

O filme de Wanderléa, comediota no pior estilo Doris Day, está sendo apresentado em São Paulo com a seguinte chancela da Censura: "Recomendado para a juventude".

EM NITERÓI

Em Niterói, onde urubu já voava de costas e agora tá fazendo acrobacia, o deputado estadual Jarbas Lopes vem de propor ao Executivo fluminense a construção de privadas condicionadas para os senhores agentes fiscais do Imposto de Circulação de Mercadorias, que funcionam nas barreiras interestaduais, alegando que a medida redundará num aumento da receita do estado, através de uma fiscalização mais vigorosa, por parte dos "valorosos fiscais responsáveis pelo termômetro da arrecadação".

ÍNDIO QUER APITO

O deputado estadual Índio do Brasil, aquele que, tempos atrás, defendia da tribuna da Assembleia Legislativa do Estado da Guanabara o direito de qualquer cidadão, principalmente os feirantes, obrar nas vias públicas, vem de apresentar projetos de lei engraçadíssimos, visando transformar Santa Cruz e Jacarepaguá em *cidades*.

O Índio continua o mesmo, apesar do fracasso do Serviço de Proteção ao Idem.

O DECÁLOGO

O senador Ermírio de Moraes subiu à tribuna e divulgou para o Brasil e para o mundo o que se pode constituir no decálogo do bom burguês.

Segundo sua excelência, o homem de bem deve pautar sua existência nos seguintes postulados:

1. No lar, bondade, educação e austeridade.
2. Nos negócios, honestidade.
3. Na sociedade, urbanidade e respeito.
4. No trabalho, integridade.
5. No esporte, lealdade.
6. Contra a maldade, resistência.
7. Para com os felizes, congratulações.
8. Para os fracos, ajuda.
9. Para os que se arrependem, perdão.
10. Para com Deus, reverência, amor e obediência.

Tia Zulmira disse que o senador podia botar um décimo primeiro mandamento no decálogo: "11. Para com os senadores, paciência".

PALMAS, QUE ELE MERECE!

Colhemos num coleguinha do *Jornal do Brasil*:

O general José Horácio da Cunha Garcia fez uma firme apologia da revolução e manifestou-se contrariamente às teses de pacificação, bem como condenou o abrandamento da ação revolucionária. O conferencista foi aplaudido de pé.

352

O distraído Rosamundo leu e, na sua proverbial vaguidão, comentou:

— Não seria mais distinto se aplaudissem com as mãos?

CONCURSO DE JUIZ

O Senado aprovou o nome dos sete últimos bacharéis indicados (ainda pelo governo já falecido), para o cargo de juiz federal em São Paulo. Os senadores Josafá Marinho e Aurélio Viana foram contra, pois entendem que a nomeação de juiz só mesmo depois de aprovação em concurso de provas, conforme prescreve a Constituição Federal (a última, sim, senhores). Outros dez senadores acompanharam os dois tresloucados congressistas que teimam em respeitar a Lei das Leis. Felizmente, trinta e cinco senadores votaram a favor, e o atual presidente poderá nomear os sete remanescentes.

É como diz Tia Zulmira:

— Concurso de juiz, agora, só para apitar jogo de futebol.

CADA UM PAGA O SEU

O *Diário Oficial* do estado do Rio deixou de ser publicado por falta de papel. O governo fluminense não paga ao fornecedor há vários anos, montando o débito a mais de trezentos mil cruzeiros novos.

O deputado Paulo Pfeil, líder da Arena, na Assembleia Legislativa do Estado do Rio, acha que o governador Jeremias Fontes não tem nada a ver com isso e não deve pagar um débito que, na sua quase totalidade, foi gerado em governos anteriores.

Bom aviso para os devedores em atraso, do fisco fluminense: o que passou, passou.

A SEPARAÇÃO DOS PODERES

Enquanto o marechal presidente declarava que em hipótese alguma permitiria fosse alterada a ordem democrática por estudantes totalitários, insuflados por comunistas notórios, quem passasse pela Cinelândia do dia 1º de abril depararia com o prédio da Assembleia Legislativa totalmente cercado por tropas da Polícia Militar.

Na certa, a separação dos poderes, prevista na Constituição, passará a ser feita com cordão de isolamento e muita cacetada.

O DISFARCE

O deputado Clóvis Stenzel, da Arena, descobriu uma foice no escudo da Diocese de Nova Iguaçu (RJ), através de uma fotografia da posse de d. Adriano Mandarino Hypolito naquela diocese, e que lhe foi enviada por um dedo-duro qualquer.

Afirma o deputado que a foto mostra claramente a foice "disfarçada em cruz de prata", no meio de um campo vermelho semeado de espigas de trigo.

BRUXAS NO CEARÁ

Notícia publicada pelo jornal *O Povo*, de Fortaleza (CE):

O dr. Josias Coreia Barbosa, advogado e professor, esteve à beira de um IPM, por haver passado um telegrama para sua sobrinha Loberi, em Salvador, comunicando-lhe que a bicicleta e as pitombas tinham seguido.

Houve diligências pelas vizinhanças, parentes foram procurados e outras providências tomadas.

354

Passados dois dias, soube o dr. Josias que o despacho telegráfico não fora transmitido porque um James Bond do DCT estranhara os termos "bicicleta", "pitombas" e "Loberi", que "deviam ser de um código secreto".

CASTRADO O REI SAUL

Nosso correspondente em Brasília informa: "Stan, você pode pensar que é brincadeira, mas aqui vai textualmente o que despachou a Censura, sobre a peça *O segundo tiro*: 'A peça fica proibida para menores de 10 (dez) anos, por não ser própria para crianças'".

Mas o mais bacaninha aconteceu com a peça de César Vieira — *Um uísque para o rei Saul* —, que a extraordinária atriz Glauce Rocha encenou aqui na capital federal. Na frase dita pelo rei — "Dei meus testículos para o bem do povo" — o censor sublinhou a palavra testículos e anotou: "corte-se isto!".

COM O RABO DO OLHO

No jornal *O Popular*, de Goiânia (GO), Maria José, êmulo de Ibrahim, publica em sua coluna "Reportagem social": "Alda Moema Guimarães, a nosso ver, era a mais bonita da festa, num modelo saia e blusa, tendo na saia um enorme olho pintado atrás".
Comentário do distraído Rosamundo, quando leu a notícia:
— Tem gente que bota o olho em cada lugar!

FIESTA

— Os jornalistas deveriam apanhar da polícia não só durante a passeata, mas antes também. Eles são incapazes de reconhecer o valor da polícia. Os fotógrafos, por exemplo, nunca fotografam os estudantes batendo no policial.

Essa declaração foi feita pelo secretário de Segurança de Minas Gerais, coronel Joaquim Gonçalves.

CANSAÇO

Estava no *Correio da Manhã*: "Cabisbaixo e alegando cansaço, o general Dario Coelho chegou ao Palácio Guanabara para solicitar ao governador exoneração de seu cargo de secretário de Segurança do Estado da Guanabara".

Tia Zulmira leu a notícia e ficou com pena:

— Coitado do general. A polícia sob seu comando deu tanta cacetada no povo que ele ficou cansado só de ver as fotografias.

OS INOCENTES

O diretor do Dops, general Lucídio Arruda, afirmou que já tem ordens para prender mais estudantes. As centenas de estudantes presos são em número insuficiente para mais uma encenação de IPM. Diz o general que as novas prisões são "para apurar a origem do movimento deflagrado recentemente".

O Dops ainda não sabe que tudo começou porque a polícia matou um rapazinho. Vai ver que lá eles pensam que foi suicídio.

OS JUDAS ÓBVIOS

Muito antes do sábado de Aleluia, as autoridades policiais do Dops distribuíram uma circular muito bacaninha aos diversos departamentos: "É terminantemente proibido malharem judas que lembrem figuras políticas, governadores, presidente da República, ministros militares etc.".

O pessoal da Dops até que está ficando esclarecido. Antes mesmo do sábado de Aleluia eles já estavam sabendo o bicho que ia dar.

O BOM PASTOR

Enquanto os cristãos mais alienados pouquinha coisa esperam do catão do Sumaré (d. Jayme, para os íntimos) uma palavra de consolo, fé, esperança e caridade em favor de centenas de estudantes que amargam prisão injusta, em quartéis e presídios, eis que o piedoso sacerdote desce a colina e vai ao Palácio Laranjeiras entregar ao marechal esta cocoroquíssima mensagem:

Filhos do Brasil, sejamos verdadeiramente patriotas pelo amor ao trabalho, pela colaboração na vida pública, mas com verdadeiro espírito público e generoso. Lutemos, sim, mas para o bem comum, que requer paz e amor, para se obter a indispensável união de espíritos em torno das autoridades constituídas.

EM SECO

O Festival de Besteira no estado do Rio continua digno dos maiores encômios. O deputado Otávio Cabral achou estranho que uma indústria de pescado precisasse usar um terreno grande "porque o pescado é um produto do mar".

ELOQUÊNCIA

O secretário de Segurança recém-nomeado — general Luiz França de Oliveira —, quando foi tomar posse no Palácio Guanabara, fez um eloquente discurso de posse. Assim que terminou a cerimônia, meteu lá:

— Empossado, assumo a Secretaria de Segurança.

Pouco mais tarde, já na secretaria, fez novo discurso um pouco menos eloquente, pois limitou-se a respirar fundo e lascar:

— Assumo a Secretaria.

O LEITE DO BODE

O reitor da Universidade do Ceará, sr. Fernando Leite, interrompeu, outro dia, a conferência que d. Antônio Fragoso, bispo de Crateús, pronunciava para os alunos dessa universidade, aos gritos de "parem, parem com essa subversão, em nome de Deus!".

O magnífico é autor do "Bode mimoso", há tempos divulgado pelo *Jornal do Brasil*:

Eu nasci nas mangabeiras
E pequenino e treloso
Corria pelas campinas
Atrás do bode mimoso
Ah, que infância descuidada
Que horas primaveris
Eu correndo atrás do bode
E o bode com mil ardis
Tantos anos são passados
Daquela quadra gentil
Mas dentro do coração

Pulsa o mesmo ardor febril
Pela terra de Iracema
E a grandeza do Brasil.

SEM CEDILHA

Os parlamentares da Arena de Nova Iguaçu, liderados pelo deputado José Montes Paixão, solicitaram à Mesa que mandasse corrigir a placa fixada na porta da "Escola Vocaçional Marechal Castelo Branco", escrita assim mesmo, com "c" cedilhado. A placa foi retirada, mandada corrigir e dias depois aparecia novamente no local — desta vez com dois "s", naturalmente.

O FANÁTICO

O general Manuel Rodrigues de Carvalho Lisboa, candidato à presidência do Clube Militar pela chapa da Cruzada Democrática, disse que, se for eleito, o clube se empenhará na conquista da Revolução de Março.

Mais adiante o general disse que seu nome "já é uma definição para impedir qualquer penetração que venha destruir os ideais revolucionários. Somos fanaticamente democratas".

Mirinho quando leu a notícia comentou:

— Tem nego fanático pra tudo, mas vai gostar de democracia assim no raio que o parta.

O DIÁLOGO

O novo secretário de Segurança do estado da Guanabara, general Luís França de Oliveira, declarou à imprensa que está disposto a manter diálogo não só com os estudantes, mas com qualquer pessoa que o procure. Entretanto, manifestou-se contrário ao trottoir, principalmente na rua Senador Dantas, onde, segundo sua excelência, "as senhoras não podem mais passar por serem abordadas".

O atual secretário de nossa segurança é, portanto, pela liberdade da manifestação do pensamento, mas contra o direito de ir e vir. Afinal, ninguém é perfeito. Mas cá pra nós: com o pessoal do trottoir, ninguém escapa do diálogo.

AGRESSÃO

Em São Gonçalo, no estado do Rio, lugarzinho danado pra aparecer cocoroca, d. Maria Vidal da Silva, casada, de quarenta e dois anos, agrediu violentamente seu marido, porque o distinto roncava às pampas.

D. Maria chamou a atenção de João Vidal, seu esposo, por três vezes. Na quarta vez, d. Maria apanhou o chamado vaso noturno embaixo da cama e deu com o mesmo repetidas vezes na cabeça de João, que teve que ser atendido no Hospital Antônio Pedro.

Pior situação é a do comissário do dia, que não sabe como registrar a agressão, no livro de ocorrências. Aqui fica a sugestão da Pretapress: tentativa de pinicocídio.

UMA DE DEPUFEDE

Outro dia, na Câmara dos Deputados, o depufede Jonas Carlos fez a seguinte sugestão:

360

— Vamos, em nosso nome e no do povo que temos a honra de representar, fazer a seguinte sugestão ao senhor presidente da República: baixe-se um ato institucional permitindo-se legislar dentro e fora da Constituição em tudo aquilo que proporcione o bem-estar da coletividade brasileira e transforme em lei os nossos projetos que estão em suas mãos, para que eles deem paz e sossego de espírito ao povo, arrancando, assim, o país do subdesenvolvimento. Fazendo isso, vossa excelência terá poder para proporcionar o bem-estar da coletividade brasileira, que o está apoiando.

AINDA A CENSURA

O deputado Gama Lima (que Deus perdoe o eleitorado do estado da Guanabara) é a favor da censura e dirigiu solicitação ao ministro da Justiça, professor Gama e Silva, no sentido de endurecer cada vez mais a repressão ao que ele considera obsceno, pornográfico, amoral e de mau gosto.

Como o ilustre deputado não especificou onde exercer a repressão, é bem possível que o ministro venha a solicitar, por sua vez, ao presidente da República, o fechamento da Assembleia Legislativa.

BOMBA ATÔMICA

O sr. Luiz Cintra do Prado, membro do Comitê Consultivo Científico da ONU e da Agência Internacional de Energia Atômica, depondo na comissão parlamentar de inquérito sobre energia nuclear, manifestou-se contrário à criação da Atombrás, autarquia que, se criada, segundo o depoente, acarretaria o rebaixamento de nível dos entendimentos internacionais sobre a matéria, hoje mantidos de governo a governo.

Se é assim, concluiu Bonifácio Ponte Preta, para o bem do Brasil, que suba o nível dos entendimentos. Precisamos acabar com o Instituto Brasileiro do Café, a Petrobras e demais entidades, que impedem o governo brasileiro de manter conversações diretas com outros governos.

OPINIÃO

O ministro do Exército — general Lira Tavares — distribuiu nota oficial esclarecendo que "alguns dos conceitos" da entrevista que o general Manoel Rodrigues de Carvalho Lisboa concedeu e foi publicada por alguns jornais expõem "uma absoluta contradição com o sentido verdadeiro e até com o modo de ser e de pensar do próprio general Lisboa".

HÁBITO

Em Fortaleza, vários aviões a jato da Base Aérea de Fortaleza vão se transformar em panelas, frigideiras e outros artigos de cozinha, porque suas sucatas acabam sendo vendidas a uma fábrica de artefatos de alumínio.

Mirinho garante que vai ter muita cozinheira bronqueando:

— Virge, esse menino, a frigideira hoje tá dando cada queda de asa que eu vou te contar.

PROIBIÇÃO

O juiz de menores de Recife, sr. Nélson Ribeiro, vai proibir que "menores de dezoito anos comprem revólveres de brinquedo", porque outro dia o rapaz Amaro José da Silva, de dezessete anos de idade, assaltou com um revólver de brinquedo um ambulante e fugiu ameaçando todo mundo, inclusive vários policiais, que correram amedrontados.

Ainda bem: menor, só com revólver de verdade.

TEM RAZÃO

Em Niterói, o presidente da Assembleia Legislativa declarou que vai transferir a solenidade que havia programado para o próximo dia 14 de maio, quando entregaria o título de cidadão fluminense ao marechal Costa e Silva, porque foi informado de que o presidente da República não poderia ir lá naquela ocasião, e mandaria um representante para receber o diploma.

Altamirando comentou:

— Tem razão. Saco só puxa de corpo presente.

AEROMOÇAS

O senador Vasconcelos Costa vem defendendo, no Senado, a aposentadoria das aeromoças aos quinze anos de serviços prestados.

Tia Zulmira deitou sabedoria:

— Claro! Se tiverem de esperar mais, elas vão se aposentar como aerovelhas!

JUIZ CONTRA MENORES

O sr. Paulo de Castilho, juiz de menores de Petrópolis (RJ), deitou portaria proibindo que os menores exerçam o ofício de engraxates em logradouros públicos. O juiz, que havia autorizado, anteriormente, a título precário, que os menores engraxassem os sapatos dos bacanas nas vias públicas, constatou que os pequenos não vinham se portando convenientemente no trato com o público.

Agora, em Petrópolis, só maior pode ganhar a vida engraxando sapatos em público.

OS JUSTICEIROS

Por causa da posse do prédio onde funcionava, no Rio, o Supremo Tribunal Federal, a Justiça da Guanabara ameaça processar a Justiça Federal, que atualmente ocupa o referido prédio por empréstimo. Consultado a respeito, o dr. Data Vênia sentenciou: "No processo em que a Justiça processa a Justiça, o povo é quem paga as custas".

JULGANDO EM CAUSA PRÓPRIA

Eu falei em Justiça? Falei sim, e, se falei, aqui vai mais uma: "O juiz federal do estado do Rio, sr. Vitor Magalhães, concedeu mandado de segurança para que os juízes do estado do Rio não paguem imposto de renda".

O magistrado justificou a concessão do *writ* argumentando que "não só a estabilidade funcional do juiz haveria de ser respeitada, mas, também, a estabilidade econômica".

TÍTULOS

O comediógrafo Silva Filho enviou a Brasília, para que o Serviço de Censura aprovasse, a revista *De JK para K*.

A Censura achou que o título era meio fajuto e mandou dizer que Juscelino era um elemento "pernicioso à democracia vigente no país" e por isso o título estava censurado.

Silva Filho tentou, então, mudar o título para *Mulheres com Frente Ampla*, com o que não concordou a censura, alegando que a Frente Ampla já tinha acabado há muito tempo. No fim, a peça ficou com o título de *A nega tá lá dentro*.

TEVÊ

Tersten Breitz, um sueco, criador de cavalo de corridas lá em Estocolmo, anunciou que colocou um circuito fechado de TV para tomar conta de animais.

O telegrama acrescenta: "O sr. Bretz fica sentado na poltrona de sua sala vendo os valiosos animais e observando o seu comportamento".

Tia Zulmira leu a notícia e sorriu com superioridade, para depois comentar:

— Como está atrasada a TV sueca. Aqui o telespectador já faz isso há anos.

SOA MAL

Tratava-se da votação do projeto de lei que reconhece de utilidade pública o Grêmio Recreativo Bloco Carnavalesco Bafo do Bode, na Assembleia Legislativa do estado da Guanabara. O deputado Carvalho Neto manifestou-se contrário à sua aprovação, pois, segundo o representante carioca, a expressão "Bafo do Bode forma um cacófato terrível.

IPM

Prestigiando de maneira invulgar o Festival de Besteira que Assola o País, o sargento Agemar Rohring, que é juiz de futebol da federação gaúcha, exigiu um IPM contra o presidente do Grêmio, após o jogo entre este clube e o Cruzeiro, porque o dito presidente chamou-o de "sargentinho imundo" e "baixinho insignificante".

ULULANTE

Declarações prestadas pelo reitor Aldo Fernandes ao jornal *Tribuna do Norte*, de Natal, RN: "Vestibular é como emprego. Se uma companhia está necessitando de dez funcionários e aparecem vinte, só são aproveitados mesmo dez".

POBRES JOVENS

O secretário de Economia da Guanabara, Armando Mascarenhas, durante um almoço de confraternização no Clube de Engenharia, disse em seu discurso:

— Os problemas brasileiros devem ter soluções nossas, principalmente com a engenharia nacional, tanto na consultoria como na montagem e execução, e tendo ainda em vista que esse trabalho possa se apoiar nos jovens que vêm aí.

A FAVOR DO CONTRA

Um estudo do padre J. Comblin sobre a América Latina, que d. Hélder levará à II Conferência do Celam,* em Medellín (Colômbia), foi considerado em Recife (PE), pelo vereador Wandenkolk Wanderley, como subversivo e capaz de justificar a prisão de muitos padres do Nordeste.

Tia Zulmira não conhece o estudo do padre J. Comblin, mas ponderou:

— Se o Wandenkolk é contra, então deve ser um excelente estudo.

COMPROMISSO

A Escola Brasileira de Administração Pública da Fundação Getulio Vargas prepara professores de alto gabarito. Para lecionar, a FGV contrata mestres da Escola Interamericana de Administração Pública. Tais professores, ao aceitarem o cargo, são obrigados pelo Ministério da Educação e Cultura a assinar um termo de compromisso, que tem este texto: "Declaro que me comprometo a lecionar a Cadeira de... desde que motivos supervenientes não me obriguem em contrário".

ESCABREADA

Notícia publicada no jornal *Gazeta do Povo*, do estado do Rio:

Fato deveras hilariante e inacreditável acaba de ser constatado no município de Maricá, onde o proprietário de uma cabra procurou

---

* Conselho Episcopal Latino-Americano.

a Justiça para propor uma ação sui generis. O principal protagonista dessa estória é o sr. Élvio Gordo que, alegando ter sido sua cabra de estimação "seduzida" por três menores, recorreu à Justiça propondo uma ação de indenização da ordem de cinquenta cruzeiros novos pela "sedução e corrupção da cabra" que, no seu entender, perdeu a virgindade.

O NONO MANDAMENTO

Tia Zulmira tem lido livros estranhos, ultimamente. Ontem me mostrou um, escrito e publicado por Miguel Santos, chamado *Tiradentes: O patrono da nação brasileira*. Entre outras coisas o autor publica um Decálogo do Idealista, cujo nono mandamento reza: "Assinar o ponto e trabalhar".

CARTÓRIO PRA FRENTE

Em Natal (RN), Maria do Livramento, viúva do escrivão Francisco Martins de Castro, resolveu mudar de vida e sentou praça no cabaré conhecido como Boate de Rita Loura, levando para lá todos os livros de seu finado marido.

Assim, quem tiver nascido no município de Parazinho e desejar uma certidão de nascimento, batismo, ou outra certidão qualquer, tem que ir na Boate de Rita Loura, pedir uma cópia e pagar bom preço.

E para quem não gosta de esperar sem fazer nada, o local é dos mais convidativos.

DELICADEZA

D. Marina Ferreira, que está agora chefiando o Serviço de Censura da Guanabara, concedeu uma excelente entrevista onde, entre outras coisas, meteu lá:

— Se alguma companhia teatral tentar estrear uma peça sem autorização, o Serviço de Censura apressará a sua liberação para contornar a situação.

OLHO-GRANDE

Um tenente da Aeronáutica, comandando uma patrulha de oito soldados, prendeu no Aeroporto Internacional do Galeão o funcionário da Alfândega Arnaldo Batista do Nascimento, acusado de olhar com muita insistência para a minissaia da recepcionista Vera Maria.

DURO *MA NON TROPPO*

O ministro dos Transportes Mário Andreazza declarou em Belo Horizonte que "a crise política é 'artificial', pois o país está em franco desenvolvimento, e enquanto o presidente Costa e Silva for presidente, a Constituição será preservada, de sorte que qualquer endurecimento não ultrapassará os limites".

ESQUECERAM-SE

Numa entrevista gravada em videotape para a TV, o ministro Tarso Dutra declarou que "as passeatas não foram contra o ministro da Educação, porque entre os chavões apresentados, não havia nenhum nesse sentido".

PADRE NÃO

A Federação Piauiense de Desportos, com a finalidade de dar vez às mulheres do estado, que gostam de assistir a futebol, resolveu que, doravante, somente pagarão metade do preço dos ingressos. Mas em seu comunicado alerta: "Vestindo saia, mas somente do sexo feminino, terão direito ao abatimento".

DISTORÇÕES

Em Brasília, o sr. Luís Reinaldo Zanon, coordenador do II Congresso Brasileiro de Agropecuária, declarou:
— No Brasil não há fome, mas apenas distorções de hábitos alimentares.

CONTINUA

O deputado general Frederico Trota apresentou um projeto, sancionado pela Assembleia Legislativa, para que seja mudado o hino do estado da Guanabara — "Cidade maravilhosa" — composto por André Filho, em 1934.

Vão fazer um concurso, com verba da Secretaria de Turismo, para que seja escolhido o novo hino.

Quando se sabe de uma notícia assim, visando mudar uma coisa que o povo em geral aceita com enorme satisfação, a gente é obrigado a concordar com Tia Zulmira, quando diz que "O Frederico não mudou nada — continua trotando até hoje".

A MÁQUINA DE FAZER DOIDO

É preciso resgualdá a orobilidade.

Ibrahim Sued, em programa
apresentado na citada máquina

MINHA ESTREIA NA TV

A primeira vez que eu entrei num estúdio de televisão, eu não ia trabalhar; mas trabalhei sem querer. Foi assim: tinham recém-inaugurado a TV Tupi do Rio e eu não sabia. Aliás, alguns meses antes, o dr. Assis Chateaubriand, que era considerado um homem muito empreendedor — por justas razões, inclusive, porque o fundador dos Diários Associados empreendia às pampas — tinha inaugurado a primeira estação de televisão do Brasil: a TV Tupi de São Paulo. Esta novidade eu também ignorava e só estou contando que é para o leitor sentir o drama e perceber como eu estava por fora nessa coisa de televisão. Naquela época eu não trabalhava nem em rádio, quanto mais em televisão!

Dava-me, no entanto, muito bem com um uisquezinho vespertino que se tomava em bares da Esplanada do Castelo (não o falecido, mas o que foi morto e acabou derrubado sem a menor revolução, para em seu lugar nascer a citada esplanada).

Nesses bares, primeiro o Pardellas, depois o Grande Ponto e mais tarde o Villarino, se reunia à tarde um grupo grande de jornalistas, escritores, poetas, pintores e artistas populares. Eu era jornalista, como Lúcio Rangel, Décio Vieira Ottoni, José Auto; mas havia os escritores Luís Jardim, Eustáquio Duarte, Jaime Adour da Câmara, Fernando Sabino, Romeu de Avelar; os pintores Augusto Rodrigues, Santa Rosa, Antônio Bandeira, Di Cavalcanti; os poetas Paulo Mendes Campos, Vinicius de Moraes, Tomás Seixas (às vezes os arredios Manuel Bandeira ou Onestaldo de Pennafort); produtores de programas de rádio, como Fernando Lobo, Evaldo Rui e seu irmão Haroldo Barbosa; cantores como o Sílvio Caldas, a Elizeth Cardoso ou a Dolores Duran.

Embora este grupo tenha deixado de se reunir há mais de quinze anos e embora a maioria de seus componentes fossem homens maduros, noto que poucos faleceram, o que vem provar que uísque de tarde não faz mal a ninguém.

Mas isto deixa pra lá! O que me pediram foi um depoimento sobre a máquina de fazer doido. E onde é que eu estava mesmo? Ah, sim... A primeira vez que eu entrei num estúdio de televisão, eu não ia trabalhar; mas trabalhei sem querer. É que o Haroldo Barbosa estava me cantando para fazer programas humorísticos na Rádio Mayrink Veiga, para a qual ele iria se transferir, quando largasse a direção da televisão, que ele não queria ver mais nem pintada, quanto mais televisada!

— Televisão? E aqui no Brasil já tem televisão? — perguntei eu, com aquela sinceridade que é faceta marcante da minha às vezes humilde, às vezes exuberante personalidade.

Para que eu acreditasse na televisão — coisa que até hoje eu estou desconfiado de que não existe — Haroldo Barbosa me levou aos estúdios da TV Tupi, que eram ali na avenida Venezuela, uma avenida onde dá assalto a toda hora. Tanto que eu tenho um amigo venezuelano que não passa nunca nela, por dois motivos principais:

1º) Medo de assalto, 2º) Patriotismo, que aquilo não é lugar para se botar nome de país amigo. A não ser que o nome tenha sido posto em homenagem ao ex-presidente Pérez Jiménez, porque este assaltou tanto que até hoje está proibido de passar sequer pela Venezuela (Venezuela país, naturalmente, que pela avenida Venezuela, Jiménez passaria inteiramente despercebido até mesmo da radiopatrulha).

Mas já estou eu querendo sair da televisão outra vez, o que — diga-se a bem da verdade — sempre desejei, desde que entrei. O fato é que o Haroldo me levou lá e eu estava bem no meio do estúdio, conversando com alguns artistas meus conhecidos, quando um sujeito com cara de cretino berrou a plenos pulmões: "Atenção, no ar!!!".

E estava no ar, sim. Nos primórdios da televisão brasileira ainda se respeitava horário e assim, se estava na hora de botar um programa no ar, o diretor mandava botar e o produtor, o elenco e demais pessoas do programa que se danassem. Por isso, aquele sujeito com cara de cretino berrou que estava no ar e se algum dos leitores, nos idos de 1951 ou 2 (não me lembro bem), já tinha televisor e assistiu a um programa que começou com um cara grandalhão, meio desajeitado, correndo pelo estúdio, procurando se esconder das câmaras, esse cara era eu.

Quanto ao que deu o berro inconsequente, continua com sua cara de cretino e hoje é diretor artístico de uma das mais importantes emissoras de televisão do Brasil, o que não quer dizer que ele tenha melhorado. Pelo contrário: na televisão brasileira é assim; o sujeito que não sabe fazer nada acaba sempre diretor.

Há muitos casos assim, mas este me ficou na memória, justamente por causa do que acabo de lhes contar e também porque o distraído Rosamundo, quando soube desse meu primeiro papelão na TV, me perguntou o que fazia o cara que deu o grito de "no ar!", e quando eu disse que era um contrarregra, o Rosa, na sua proverbial vaguidão, comentou:

— Há gente contra cada coisa, neste país!

OS DIRETORES COMERCIAIS E... ARTÍSTICOS

O espectador assíduo de televisão ainda não reparou que ela está cada vez pior; o que não chega a ser um mistério, uma vez que, juntamente com a televisão, o público que a prestigia é de nível mental cada vez mais baixo. Portanto, o único fenômeno a estudar, no caso, seria o que levou as emissoras de televisão a descerem à indigência de programas que são verdadeiros bofetões na cara de quem tem sensibilidade e autênticos pontapés no traseiro desses coitados que, levados pela ingenuidade e muitas vezes pela necessidade, comparecem aos programas ditos de calouros, para serem humilhados; que frequentam auditórios para levarem com um saco de cebola pelas fuças ou uma manta de bacalhau por cima da cuca; que chegam ao extremo de subirem num palco para casar com a primeira pessoa que lhes indica o animador do programa; um sujeito dos mais desanimadores, pois quanto menos consciencioso for o "animador", mais êxito ele obtém junto ao público semianalfabeto que engrossa — nos dois sentidos — os relatórios do Ibope; este o grande dragão da TV.

Mas vamos com calma e deixar o Ibope para depois, mesmo porque eu não sou são Jorge para enfrentar o dragão logo de saída.

Eu lhes falava nos motivos que levaram as emissoras de televisão a baixar de maneira tão acintosa, já não digo o nível cultural dos programas, que este nunca existiu, mas o nível artístico e até mesmo artesanal.

378

Duas causas contribuíram para isso: a ganância por dinheiro cada vez em maior escala dos diretores comerciais e a desídia, preguiça, indolência, inércia, desleixo, descaso, negligência, incúria (obrigado, Aurélio Buarque de Holanda) dos diretores artísticos, que fazem toda sorte de imbecilidades para manter seus postos que são muito bem remunerados e eles — mais do que ninguém — sabem que podem ser substituídos por qualquer outro cocoroca.

A "esperteza" desses diretores artísticos vai a tal ponto que, se aparecer um produtor tentando fazer um programa melhorzinho, passa imediatamente a ser boicotado pela direção, pois o programa, sendo bom, pode pegar e aí o diretor ficará na dependência do produtor e não poderá despedi-lo quando lhe convier. Todos os programas devem manter um nível artístico relativamente ruim, para que o diretor possa despedir o produtor quando quiser e ficar no seu lugar até arranjar outro produtor bastante dócil ou bastante inconsequente para ocupar o lugar do despedido. Este, se for pessoa séria, abandonará a televisão; se for um necessitado ou um leviano, aprende a lição e vai para outra emissora. Eis a razão por que pessoas como Millôr Fernandes, Gianni Ratto, Flávio Rangel, Roberto Santos e muitos outros, quando se fala em televisão perto deles, respondem logo: "É a sua!".

Mas o caso inverso encontra um número infinitamente maior de aderentes, não só porque ser imbecil é mais fácil, como também porque a televisão paga bem e nem todos têm contratos fora dela capazes de suprir suas necessidades financeiras.

"Pior, não sei!" Uma vez, por exemplo, nós trabalhávamos na TV Rio — eu, Antônio Maria e Roberto Silveira (não confundir este último com o falecido governador do estado do Rio, pois este não quer governar ninguém a não ser a si próprio, tanto assim que trabalha na televisão escondido, para não se chatear mais do que o habitual). O programa que fazíamos era horrível,

379

mas era isto que o diretor artístico da estação queria, a ponto de — acredite quem quiser — manter outro redator só para piorar o que a gente escrevia.

Um dia o Antônio Maria se aborreceu, entrou pela sala do diretor com cara de mau, atirou o escrito para o programa seguinte em cima da sua mesa e disse: "Está aqui minha parte do programa. Eu sinto muito, mas pior do que isto eu não sei fazer". Depois, no café da esquina, nos contava o que fizera, às gargalhadas.

O CAFÉ DA ESQUINA

Como, minha senhora? Por que no café da esquina? Porque o café da esquina é o grande safa-onça de quem trabalha na televisão. Tirante a TV Globo, a TV Bandeirantes e a TV Jornal do Commercio (do Recife), que foram construídas com planificação para serem realmente estúdios de televisão, as outras todas não oferecem um mínimo de conforto ou higiene aos seus funcionários e artistas.

Não sei como anda a TV Jornal do Commercio, pois lá não vou há muitos anos, mas a TV Bandeirantes paga tão mal que até parece o ministro Magalhães Pinto, quando era governador de Minas: trabalha em silêncio. Já a TV Globo mantinha um bar e um grande terraço na parte superior de seu prédio refrigerado, onde os artistas podiam permanecer, estudando seus papéis, descansando nos intervalos de gravação etc. Mas a direção da TV Globo resolveu prestigiar apenas os programas popularescos (e há mais de dois anos vem confundindo popularesco com grotesco); por isso as chamadas "macacas de auditório" — praga inventada nos áureos tempos da hoje falida Rádio Nacional, quando domésticas desempregadas se engalfinhavam nos corredores, umas se esgoelando contra os dotes canoros de Emilinha Borba e outras tantas contra dotes idênticos da cantora Marlene — essas "macacas de auditório", repito, invadem sempre o terraço da TV Globo, tornando insuportável a permanência ali dos artistas. O bar, por sua vez, deixou de ser o mesmo. Noutro dia o jornalista e crítico musical J. Ramos Tinhorão, redator do telejornal, pediu um refresco gelado e o garçom foi de uma impressionante sinceridade, aconselhando: "Toma o café, que está mais frio que os refrigerantes".

Quanto às outras emissoras, nem é bom falar. A TV Excelsior do Rio, por exemplo, nos seus três primeiros anos de existência, decorou e redecorou os escritórios dos diretores umas oito a dez vezes. Colocou banheiros privativos, salas atapetadas e refrigeradas, além de móveis dos mais famosos decoradores do Brasil. Nesse período, conseguiu atrasar o pagamento de seus empregados de vários meses, a ponto de muitos deles passarem mais tempo do expediente em salas da justiça trabalhista do que no próprio local de trabalho. Pois a Excelsior nunca se lembrou de manter uma saleta que fosse para os artistas e músicos descansarem. E os banheiros são de tamanha imundície, que um dos trombonistas da orquestra, exímio gozador, apelidou-os de "sonho das mil e uma moscas".

Mas o que há de mais interessante nas instalações sanitárias da TV Excelsior são as coisas escritas nas paredes dos mictórios, que conseguem ser piores do que as coisas ditas nos programas humorísticos. E, ao afirmar isto, temo cometer uma injustiça para com as inscrições murais dos mictórios.

Em matéria de sujeira, não posso deixar de louvar também a TV Paulista. Os diversos donos e diretores, que enriqueceram à sua custa, foram comprando prédios vizinhos e abrindo túneis, construindo pontes, derrubando paredes, e hoje as instalações da TV Paulista estão mais remendadas que paletó de mendigo.

381

Há coisa de uns três meses, quando lá estive para receber o prêmio de Melhor Entrevistado de 1967 — troféu que até hoje ainda não entendi, pois quando uma entrevista é boa não é o entrevistado, mas o entrevistador que merece os prolfaças (atenção, senhor revisor: pode transcrever prolfaças sem susto, que é a mesma coisa que parabéns; mas se o senhor não acredita, apanha aí o *Pequeno dicionário brasileiro da língua portuguesa* que lhe facilito o trabalho: está na página 977).

Pronto, já me perdi de novo! Onde é que eu estava mesmo? Ah, sim... na TV Paulista. Azar o meu. Eu fui lá e, como não houvesse ninguém àquela hora na sala dos diretores — por sinal que bacanérrima, com móveis da Oca e tudo —, perguntei a um rapaz vesguinho que me guiara entre os remendos onde era a sala do Carlos Reis — um dos produtores mais ativos da estação. Pobre Carlinhos, quando eu vi a sala que a direção da TV Paulista destinou aos produtores, perguntei ao vesguinho qual o programa que estava no ar naquele momento, pois assim eu esperaria no auditório e me distrairia um pouco, enquanto não chegasse a hora do programa no qual eu seria tão dignamente entrofelizado (esta não procura não, seu revisor, porque é neologismo aqui do neto do dr. Armindo).

O vesguinho respondeu: "Quem tá no ar agora é o Chacrinha". Eu arregalei os olhos e exclamei: "É, que beleza, hem? Então me faz um favor: quando o seu Carlos Reis chegar, você diz a ele que eu estou esperando lá fora, na calçada".

AMERICANO E BAIANO

Os leitores compreendem, não? Eu não sou muito enturmado com o pessoal da TV Paulista e podia não haver conhecido meu nenhum, no café da esquina, pra gente ficar conversando.

O que não aconteceria, sem dúvida, na TV Tupi. Aliás, quando digo TV Tupi, não estou me referindo à de São Paulo, no Sumaré, onde a rapaziada fica no café da esquina e, quando sai, está mais cheia de caipirinha do que a programação da Rádio Record. Refiro-me, isto sim, à TV Tupi do Rio, na Urca, onde o café da esquina é o mais animado da televisão brasileira. Isto porque os estúdios estão instalados no antigo cassino, dos dois lados da rua.

Como não existe lugar para os artistas ficarem, eles têm de ficar passeando de um lado para outro e vários já foram atropelados pelos rapazes do bairro com mania de Jim Clark.

É verdade que o Serviço de Trânsito, diante de tantos atropelamentos, resolveu colocar uma espécie de rego, antes e depois do cassino, o que obrigava os motoristas a diminuírem a velocidade. Mas recentemente, quando houve a aula inaugural da Escola Superior de Guerra, no Forte de São João, no fim do bairro da Urca, o marechal Costa e Silva compareceu, e aí retiraram os regos. Realmente, fica meio chato o presidente da República estar pulando obstáculos.

Se a proteção aos pedestres foi recolocada, eu não sei. O que eu sei é que o café da esquina vive cheio, principalmente porque as gravações em videotape na TV Tupi são as mais demoradas do mundo. Lembro-me que uma vez eu estava no café em companhia do comediante Zé Trindade, aguardando a gravação de um programa que demorou apenas dezesseis horas para ser gravado (este é outro desrespeito às leis trabalhistas que todas as estações de TV cometem sem dar a menor pelota para o Ministério do Trabalho nem o menor alpiste para o ministro Passarinho); de repente o Zé se enfureceu deu um murro na mesa e falou:

— Palavra de honra, se me aparecesse agora aqui o inventor desse tal de videotape, eu dava-lhe um tiro na testa.

Expliquei a ele que a demora era consequência da improvisação de técnicos na TV brasileira; que lá nos Estados Unidos o uso do videotape é justamente para que os programas sejam feitos mais depressa e com maior perfeição; por isso era uma injustiça ele querer matar o inventor do videotape. Zé Trindade, porém, estava irritado, com toda razão, e me respondeu:

— Mas eu não sou americano. Eu sou baiano e se esse cara me aparecer aqui eu passo fogo!

Foi esta, inclusive, a melhor piada que eu ouvi durante aquelas dezesseis horas em que ficamos à disposição da TV Tupi, gravando um programa humorístico, sem poder nem "ir lá dentro" com comodidade, porque os vasos sanitários da TV Tupi não tinham tampa, os banheiros estão quase sempre sem água e os camarins quase sempre com baratas.

Recentemente, quando cumpri meu último contrato com a Tupi, perguntei ao diretor artístico do momento — Péricles Leal — por que ao menos não havia tampas nas latrinas e o distinto me explicou que o diretor de patrimônio tinha ordens de fazer economia e, por conseguinte, eliminar o supérfluo.

Ora, se os diretores da televisão consideram supérfluo os artistas atenderem às suas necessidades fisiológicas, os senhores imaginem a consideração que eles têm pelo pagamento dos salários desses mesmos artistas.

TV "PARA VOCÊ"

Antes, no entanto, de entrar no capítulo mais triste da história da máquina de fazer doido, que é a exploração deslavada dos artistas de menor renome e dos funcionários e técnicos de funções mais humildes pelos concessionários de canais de televisão e seus cúmplices diretos, os diretores comerciais e artísticos de cada uma das estações (alguns ricos e outros tantos milionários), eu gostaria de mostrar a que ponto vai a ganância dos mandões, neste meu modesto depoimento (eu já ia escrevendo espinafração, mas depoimento fica mais distinto).

A frase que o compositor Carlos Imperial — o grande gigolô do cinismo na TV — tomou emprestada ao detestável pianista ítalo-americano Liberace — "prefiro ser vaiado num Ford Cougar a ser aplaudido num ônibus" — há muito tempo é a filosofia de vida de quem explora a televisão de maneira tão mesquinha. Só que estes não merecem vaia num ônibus e sim voz de prisão em seus carros caríssimos. Com raras exceções, é claro.

Todas as vezes que o departamento comercial de uma organização, que explora uma ou mais emissoras de TV, bola um novo plano para ganhar muito dinheiro à custa dos trouxas (entre os quais se incluem até mesmo alguns anunciantes), tratam logo de dourar a pílula, inventando um refrão qualquer para os locutores repetirem centenas de vezes no ouvido dos telespectadores. Coisas assim como "Você em primeiro lugar"; "Nós só pensamos em Você"; "Cada vez mais perto de Você"; "Mais um esforço da sua TV para Você"; e tem muito "você" que acredita. Por isso fica de boca aberta diante do televisor, engolindo um anúncio atrás do outro.

Atualmente, como filme velho é melhor do que qualquer programa novo, pois a televisão piora dia a dia pelos motivos já expostos, todas as estações contrariam mais uma vez a lei — neste caso, a lei que obriga a programação com dois terços ao vivo, para não diminuir o campo de trabalho do artista nacional — colocando um filme atrás do outro, geralmente em péssimo estado de conservação.

Noutro dia uma senhora televiciada me dizia que deixou de assistir aos filmes da TV Globo porque passam tantos anúncios nos intervalos que, quando o filme volta a rodar, ela já não se lembra mais o que tinha acontecido com o mocinho antes e fica confundindo aquela velha do "senta-levanta" com a mãe da mocinha; as vacas do rancho do bandido com a vaquinha Mococa daquele leite em pó. Quando me dispus, dias depois, a assistir pela TV Excelsior (Rio) ao filme *O julgamento de Nuremberg*, cuja exibição nos cinemas eu havia perdido, me lembrei da observação dessa senhora e comecei a contar os anúncios, a cada interrupção da fita. De quinze em quinze minutos havia uma interrupção e eram passados dezesseis anúncios. Levando-se em conta que *O julgamento de Nuremberg* é um filme com três horas de exibição, a gente tem que reagir para não ficar besta para sempre, pois engoliu de mansinho cento e noventa e dois anúncios. Na hora não me deu tanta raiva assim, porque o filme é espetacular, mas quando terminou eu fiz uma oração a são Altamirando, que é um santo muito bom pra vingança, pedindo a ele que faça o diretor comercial da Excelsior ir também a julgamento; já não digo em Nuremberg, mas num jurizinho popular desses que botam o réu em cana por pouco tempo mas com muita justiça.

O IBOPE

Nas poucas vezes que circulei por salas de diretores, nas várias estações em que trabalhei, "atendendo a insistentes pedidos" — como dizem os locutores sempre que querem reapresentar uma cantora que ninguém pediu para ouvir de novo — ouvi reclamações de anunciantes contra os programas sob seu patrocínio.

Até mesmo o contato de agência de publicidade, que é conivente com o diretor comercial na quantidade de anúncios, já vi reclamando contra a má qualidade de programas que seu cliente patrocina, pagando um dinheirão. O que não tem lá muita importância porque, depois, ele despeja no imposto de renda e o resto que se dane. Mas é que tem programa que sai tão ruim, que nem mesmo o mais cocoroca dos patrocinadores aguenta.

E é aí que entra o dragão. Isto é, o Ibope, sigla de um negócio chamado Instituto Brasileiro de Opinião Pública e Estatística, que entrou para a televisão só para enganar anunciante e ajudar carreira de débil mental. O boboca que entrou com o dinheiro para um programa assim como — digamos — *Rainha por uma Noite*, que para uma pessoa de idade mental beirando os dez anos é um sacrifício assistir de graça, tem o direito de chiar.

E, às vezes, chia mesmo, porque eu vi vários na antessala do diretor comercial, aguardando a ocasião de ser atendido, para beber o sangue do desgraçado que o induziu a pagar aquela... aquela... enfim, deixa pra lá, porque querer definir um programa como *Rainha por uma Noite* é mais difícil do que explicar a um sueco o que é um bumba meu boi.

O quê, madama? A senhora nunca teve oportunidade de ver *Rainha por uma Noite*? Pois então trate de fazer uma novena para Nossa Senhora da Ajuda, porque ela é sua padroeira e a madama aí nem desconfiava, imagine, dona, que *Rainha por uma Noite* foi invenção de um tal de Silvio Santos, hoje milionário, segundo dizem, por ter industrializado, para uso exclusivo do rádio e da televisão, a burrice e a infelicidade humana.

Nesse programa ele reunia mulheres infelizes (portadoras de doenças incuráveis, abandonadas por maridos alcoólatras, indigentes, mães de família numerosa etc. etc. etc., pois etc. neste setor é o que não falta nesse nosso mal administrado país) e explicava para o auditório que as miseráveis eram candidatas a rainha por uma noite. Descrevia a infelicidade de cada uma e aí o auditório, através de palmas, elegia a que considerava mais infeliz de todas. Esta, então, era eleita rainha. Punham um manto e uma coroa e ela ganhava um monte de prêmios, tais como quatro pneus banda branca, um vestido do Dener, um jantar no mais elegante restaurante paulista com direito a acompanhante, um mise-en-plis no cabeleireiro mais chique do momento.

Eu nunca vi esse programa, madama, pois também sou muito devoto de Nossa Senhora da Ajuda. Mas juro por tudo quanto é mais sagrado que me contaram que era assim. Como, madama? Se o produtor foi preso? Não, senhora; está fazendo outros programas, em São Paulo.

O FAMOSO JOHN GRUNEBERG

Mas, dizia eu, quando fui interrompido pela madama curiosa, que o otário que pagou para um programa dessa espécie ir ao ar aparece na luxuosa sala do diretor comercial da TV querendo comer-lhe o fígado e pouco se importando se o diretor já teve hepatite ou não.

Mandam o otário entrar, oferecem aquele cafezinho regulamentar e depois o diretor tira de uma gaveta o último boletim do Ibope. Pronto... lá vai o trouxa ser embromado!

O diretor faz um sorriso de superioridade e parece que vai dizer: "O cavalheiro já experimentou o novo pó fixador de dentaduras que estamos fabricando?". Mas, como ele não vive *em* filmes comerciais e sim *de* filmes comerciais, diz:

— O senhor já soube o índice de audiência que o seu programa alcançou na semana passada, segundo o Ibope? Pois saiba que foi de trinta e dois por cento, meu amigo. Um índice excelente.

O trouxa, digo, o patrocinador faz um cálculo mental e não compreende. Na sua própria casa o programa deu cem por cento de audiência nos dez minutos iniciais; depois a mulher foi a primeira a se mandar da sala, e logo em seguida a mãe dela, mais tarde as crianças e, quando ele olhou para trás, nem as domésticas, que assistiam lá do fundo do corredor, estavam mais interessadas no programa! Ele mesmo, antes que aquela droga terminasse, desligara a máquina de fazer doido e fora dormir.

Portanto — pelo menos lá onde ele mora —, o programa só não dera um índice de audiência abaixo do nível do mar porque matemática é uma coisa e geografia é outra:

— Pois deu trinta e dois por cento — repete o diretor, com medo de que o trouxa reflita. — Em qualquer programa que dê este índice, centenas de patrocinadores querem colocar seus comerciais. E sabe por quê? Hem? Porque um programa com índice de audiência superior a quinze por cento já aumenta as vendas de um produto, seja ele cebola ou desodorante, em cem por cento. O senhor não é um fabricante, não produz? Sei que sua fábrica produz coisas ótimas, mas mesmo que fosse uma porcaria, a televisão venderia tudo para o amigo. Foi por isso que o grande John Gruneberg, com toda a responsabilidade de seu gênio, disse que a televisão, para o bem da humanidade, foi o maior invento do século.

Está claro que o trouxa saiu do escritório convencido. Até hoje vive — e cada vez melhor — de falsas liquidações em lojas que montou para vender retalhos muito dos mixurucas que colhe no rebotalho das fábricas de tecidos.

Assim como eu disse aos distintos que me leem que nunca vi o programa *Rainha por uma Noite*, com a mesma sinceridade eu lhes garanto que ouvi um papo furado parecidíssimo com este que acabo de lhes relatar. Lembro-me que, depois que o cara saiu do escritório, eu perguntei ao diretor comercial quem era o genial John Gruneberg e ele respondeu:

— Sei lá! Inventei o nome na hora, para convencer esse bestalhão. Você pensa que eu pago o Ibope para quê?

HISTÓRIAS IBOPEANAS

Claro que é para essas coisas, ué? As pesquisas de opinião pública, mesmo nos Estados Unidos, onde inventaram essa bossa, para vender aos nervosos e ansiosos de souza, aos indecisos e desconfiados da silva, sabem tão bem quanto eu que índice de opinião pública é uma coisa muito relativa. Mais relativa, talvez, que a virgindade de Creuza. E Creuza eu conheço bem, meus camaradinhas! Como, dona? Quem é Creuza? Esta eu não vou poder contar, não.

Entretanto, posso lhes contar que Stanislaw manja Ibope há muito tempo e já viu cada coisa de encabular até o Caetano Veloso. A Rádio Jornal do Brasil está aí mesmo, para confirmar. Os boletins do tal de Ibope eram tão diferentes da realidade, que a direção da emissora recusou-lhe os serviços. Atualmente, a Rádio Jornal do Brasil é, inegavelmente (a não ser na hora que tem jogo de futebol), a mais ouvida do estado da Guanabara e adjacências, mas está sempre lá embaixo, nos boletins ibopeanos, dizem que por vingança.

Quando a professora Ieda Linhares esteve na direção da Rádio Ministério da Educação, exigia honestidade acima de tudo. É uma mulher de inteligência e força de vontade excepcionais; tanto assim que hoje está constantemente no estrangeiro, fazendo conferências em faculdades, dando cursos etc. (depois da "redentora", cassaram os direitos políticos de d. Ieda e puseram no lugar dela o Eremildo Viana, um dos mais famosos dedos-duros de 1º de abril, cuja obra máxima é ter criado um corpo de baile para a Rádio Ministério da Educação e, se algum de vocês me disser para o que é que serve um balé numa estação de rádio, ganha como prêmio uma passagem de ida à Bolívia, para visitar o general Barrientos).

Pois muito bem; como era honesta, a ex-diretora da rádio um dia recebeu os cumprimentos de um agente do Ibope, porque um dos programas da emissora tinha subido em cinco por cento de audiência. Ela agradeceu muito, mas avisou ao sujeito que os serviços do Ibope estavam dispensados, pois o programa que os boletins acusavam como tendo melhorado de audiência, saíra do ar já ia pra mais de dois meses.

Noutra ocasião foi comigo. Eu fazia um programa no Canal 6 e muita gente comentava. Encontrava pessoas que diziam: "Olha, vi o programa ontem. Estava muito bom". Não estava, é lógico. Estava muito mixa, mas — como disse Noel Rosa, num dos seus melhores sambas — "tirando a modéstia de lado", para a televisão até que estava mais ou menos.

Na zona sul do Rio, onde eu moro, ouvi tanta gente falando que tinha visto o programa, que comecei a achar chato que o índice de audiência nunca ultrapassasse vinte e dois por cento. Não é que eu fosse conferir, não. Não sei nem como é que se consulta o boletim; mas tinha gente que trabalhava no programa e que vinha me buzinar isso no ouvido.

Aí, como eu conhecia um rapaz que tem um irmão que faz pesquisa pro Ibope, eu falei com ele que falasse com o irmão e depois me falasse o que foi que o irmão falou. Então, depois ele me falou que o irmão falou que o meu programa não era muito visto na zona norte, mas falou também que o Ibope não faz pesquisa na zona sul por causa de que, na zona sul, quase ninguém vê televisão. Isto, porém, o irmão falou pro irmão que me falou, que não falasse pra mim porque ele achava que essa política do Ibope é uma besteira; coisa que pardal também deve achar, porque, se ninguém visse televisão na zona sul, onde é que pardal ia pousar, sendo arisco como é, não fossem aqueles milhares, e milhares, e milhares de antenas de televisão, no alto dos edifícios?

ESPERA ATÉ AS SETE

Mas chega de Ibope. Ou melhor, para terminar eu vou contar mais uma. Aconteceu com o Vicente Leporace, em São

Paulo. A gente pode dizer que o Vicente é feio, que o Vicente é sem graça, o que é verdade, pois em matéria de graça o irmão dele, Sebastião, é mil vezes melhor, tanto que é pai de Graça Leporace. A gente pode chamar o Vicente de uma porção de coisas, mas chamá-lo de burro não pode; porque o Vicente nunca foi burro. Ele tinha um programa aos domingos que praticamente toda a cidade de São Paulo assistia, e muito mais ainda depois que a federação paulista proibiu que se transmitisse os jogos de futebol na hora em que eram realizados. De mais a mais o programa era despretensioso, leve, tinha a beleza e simpatia de Myriam Pérsia e não prometia prêmio pra quem comesse mais bananas ou levasse mais pulgas ao estúdio. E tinha um detalhe: domingo. Não sei se vocês conhecem uma célebre frase de Tia Zulmira: "Quem assiste televisão durante a semana é incapaz de desconfiar que aos domingos é pior".

Pois o programa do Vicente não era ruim e era aos domingos. Mas não dava Ibope. Um dia ele se chateou e perguntou a um "pesquisador" por que aquela perseguição com ele. O cara explicou que absolutamente, que não havia perseguição nenhuma. Aos domingos, justamente, havia uma pesquisa muito melhor organizada, porque, com mais gente em casa, via-se mais televisão e os boletins eram fidelíssimos. Mas — como eu disse a vocês — o Vicente Leporace não é burro. No domingo seguinte mostrou um cheque de um milhão de cruzeiros, logo que o programa começou, e explicou que, segundo o Ibope, seu programa era visto por mais ou menos umas vinte mil pessoas. "Muito bem" — prosseguiu — "se algum telespectador receber em sua casa ou conhecer algum 'pesquisador' do Ibope, mande-o aqui com o seu respectivo cartão de identificação que este cheque de um milhão será dele. São quatro horas da tarde. Eu espero até as sete."

Até hoje não apareceu nenhum.

O PESSOAL E OS TELEFONES

Em quantas estações de televisão eu já trabalhei, fosse sob contrato, fosse na base do cachê? Meu primeiro contrato foi com a TV Paulista, meu primeiro cachê com a TV Tupi do Rio que, naquele tempo, pagava antes do programa. Juro por Deus que é verdade! Depois minha cara apareceu na pantalha de todas as estações do Rio e de São Paulo (por sinal que até hoje a TV Excelsior do Rio ainda não me pagou aquele décimo terceiro salário), fora as dezenas de outras em que minha cara apareceu como convidado especial.

Parece brincadeira, mas a única que sempre respeitou seus empregados foi a TV Record. Esta nunca deixou de pagar ninguém até o dia 10 do mês seguinte, como manda a lei, e nunca deixou de liquidar um cachê que qualquer artista tenha merecido em seus estúdios. Algumas atrasam um mês, como é o caso atual da TV Globo, outras não são de pagar a não ser na bronca.

A TV Rio chegou a ter seu ônibus de reportagem externa penhorado na mão do locutor Odilon del Grande, que muitas vezes me perguntou se eu não queria dar um passeio com ele e algumas moçoilas em flor naquele bruto automovão.

A TV Excelsior chegou a mudar a cor do papel de cachê para amarelo, na esperança de enganar o tempo, uma vez que o tempo sempre gostou de pintar papel velho de amarelo. Artistas que trabalharam na TV Tupi, certa vez, organizaram uma festa de aniversário: estavam convidados todos aqueles que tivessem cachê atrasado com um ano de idade ou mais. Foi um festão! Tinha gente aos potes.

Na TV Rio havia um caixa de cabelo vermelho chamado não sei quanto de Vasconcellos. Botava uma banca enorme: um dia deu um desfalque, abriu uma butique com o dinheiro da gente e pediu demissão. O dono da estação não estrilou porque também estava ficando cada vez mais rico e o elenco cada vez mais magro.

Puseram um outro caixa, chamado Nicolau. Mas este não era Papai Noel, embora xará do bom velhinho. Apelidaram o Nicolau de "limpador de para-brisa", porque era a gente entrar na sala e ele ficar balançando o braço por trás do vidro, num gesto que confirmava a falta de erva para pagamento.

Quanto à TV Continental, noutro dia eu tinha acabado de gravar o telejornal e precisei falar no telefone. Todos os aparelhos estavam mudos, menos o da sala dos diretores, naturalmente. E, diante de um telefone calado, ouvi o que me disse um faxineiro: "Meu caro, o telefone está calado pelo mesmo motivo que nós todos aqui devíamos estar berrando". E ante meu espanto, concluiu: "Falta de pagamento".

O CONTEL BEM QUE SABE

Um diretor do Contel — Controle de Telecomunicações — já disse, numa entrevista: "O que mais desmoraliza a televisão não é a programação imbecil, mas o cinismo dos diretores, que não pagam ninguém em dia".

A verdade é mesmo esta, mas o Contel se omite com a maior tranquilidade. Afinal, os canais foram concedidos aos que exploram milhares de coitados, embora ganhando lucros extraordinários, em caráter precário, pois só o governo pode dispor deles.

Se o Contel fosse macho, dava uma ordenzinha, num memorando: "Todo concessionário de canal de televisão que não pagar seus funcionários em dia terá sua concessão suspensa definitivamente".

Eu queria me chamar Ibrahim Sued se, no dia seguinte, o pagamento de todo mundo não estivesse em dia. Portanto, a frase do zeloso diretor do Contel (que é uma opinião oficial) pode ter sido uma frase de efeito, mas não foi purgativa, uma vez que os "donos" fictícios de canais de televisão continuam os mesmos, isto é, continuam com a concessão, continuam cada vez mais ricos e cada vez piores pagadores.

"DEIXA ISSO PRA LÁ"

A impressão que se tem é a de que o relaxamento dos patrões contaminou os seus subalternos diretos, pois estes não se interessam em melhorar um programa, mesmo quando sabem as besteiras que estão fazendo.

O *Chico Anysio Show*, por exemplo — contou com vários quadros feitos por mim e — uma vez — a coisa passava-se na corte de Maria Antonieta. Eu estava assistindo ao ensaio quando ouvi o ator Jaime Costa (que fazia o papel de Luís XVI) afirmar que era filho de Luís XV. Chamei o diretor num canto e observei:

— Houve um engano de quem escreveu esta parte do programa. Diz ao Jaime para mudar o texto dele. Luís XV não era pai de Luís XVI; era avô.

O diretor olhou para mim sorrindo e disse:

— Ora, deixa isso pra lá. Ninguém se lembra mais de uma bobagem destas.

Para o distinto, a mais discutida época da história da França era uma bobagem. Noutra ocasião, já na TV Excelsior, um diretor me chamou para assistir ao ensaio geral de um programa que seria lançado com grande estardalhaço como, aliás, é costume na tevê. Eu fui, sentei no auditório e assim que começou, um imenso coral cantou: "Times Square/ É uma esquina... etc. etc.". Eu aí falei assim pro distinto:

— Nego, Times Square não é uma esquina não. É uma praça, tanto em Londres como em NovaYork.

O diretor me olhou zangado e respondeu:

— Mas lá vem você atrapalhar tudo.

Então eu fiquei calado e, durante mais de dois anos, o programa começava, toda semana, com esta mesma besteira: "Time Squares/ É uma esquina...". Que se danem, né?

OS DONOS DOS CANAIS

São pequenos exemplos que provam o quanto é educativa a TV brasileira. Nas outras cidades eu não sei como é que anda a distribuição misteriosa de canais. No Rio é uma bagunça tártara! O Canal 4, que era da Rádio Nacional, foi — digamos — negociado com a TV Globo; o Canal 2, que era da Roquette-Pinto, acabou na mão de um grupo (sempre que se pergunta de quem é a TV Excelsior, respondem assim mesmo: "É de um grupo"); o 6 era da Rádio Mayrink Veiga, que a "redentora" fechou sem dar a menor satisfação a funcionários que tinham mais de trinta anos de casa; o 9 está com o vice-governador da Guanabara, sr. Berardo; o 11 foi cedido à Rádio Ministério da Educação e nunca foi explorado; o 13 é da Rádio Mauá, estação pertencente ao Ministério do Trabalho, e talvez por causa disso é que é tão duro trabalhar nela. Está, desde a inauguração — como direi? —, emprestado às Emissoras Unidas, de São Paulo, ora em franca desunião.

Logo, a gente não precisa ser nenhum Nostradamus para adivinhar que tem linguiça por debaixo do feijão. Tenho a impressão que, se gritarem "pega ladrão", vai ser uma correria!!!

Pela distribuição mencionada, o leitor percebe também que a intenção era de entregar a concessão dos canais aos que, já no rádio, vinham explorando um setor de grande responsabilidade ou a ministérios que dariam um tom educativo à televisão, porque para isso ela foi criada. Mas — Deus me perdoe — o que seria educativo, deu no que deu. Por estas e outras é que minha Tia Zulmira, a mesma que apelidou todos os televisores de máquina de fazer doido, costuma dizer:

— É uma infâmia dizer que no Brasil não existe a tv Educativa. Existe sim.

E quando a pessoa fica olhando para ela, pensando que titia já está gagá, ela esclarece:

— Nada é mais educativo na nossa televisão do que o botão de desligar.

NA TERRA DO CRIOULO DOIDO

Um governo que fizer tudo, mas não fizer estradas, não fez nada; ao passo que um governo que não fizer quase nada, mas fizer estradas, fez tudo.

Coronel Andreazza, em entrevista a um matutino

O grande compositor

Eu sei lá! Mas a impressão que me dá é a de que estamos vivendo num país de folgados. É verdade que o problema não é nacional; além-fronteiras também tem muita besteira. Ainda noutro dia, lendo um artigo num semanário norte-americano, cheguei a pensar que era coisa traduzida do português, artigo de algum observador brasileiro. Mas não era não. Eu não me lembro agora o nome do sujeito que escreveu o artigo; lembro-me, porém, que ele chamava a atenção do leitor para as figurinhas difíceis que ocupam postos-chave em seu país, comparava essas figurinhas com figurões que ocuparam os mesmos postos noutros tempos e chegava à conclusão de que o nível de valores baixou mais do que o cruzeiro na bolsa de Wall Street (esta última comparação é minha, lógico, que lá eles nem sabem que existe uma moeda chamada cruzeiro).

Ontem, estava eu a ler uma crítica sobre a peça que minha amiga Teresa Raquel está levando no Teatro Glaucio Gill, quando deparei com um trecho em que o crítico conta que a grande revolta da personagem é ver baixar o gabarito artístico das telenovelas em sua terra, porque o patrocinador de seu programa necessitava de mais realismo, de algo mais cretino, porque a realidade é esta: no mundo atual são os imbecis que ocupam os postos-chave. Era o fenômeno do obscurantismo por que passa o mundo.

Ora, embora eu seja mais ou menos viajado, não me atreveria a dizer que o obscurantismo é universal, mas o fato da peça ser inglesa e o autor confessar que há um festival de besteira assolando a ilha de sua majestade britânica me consola um pouquinho, sabem? Palavra de honra que me consola.

Isto, naturalmente, não nos diminui a responsabilidade. Não há de ser porque a besteira é universal que a gente vai passar a plantar besteira na horta do quintal. Pelo contrário, é diminuindo, restringindo, enxugando esse estado de coisas que se acaba com os folgados.

E isto é que me parece mais sério; estamos vivendo num país de folgados.

Se o exemplo vem de cima, não é problema aqui do escriba. Sou um mero observador e acho que se não houvesse tanto cocoroca querendo botar banca, a turma de baixo ficava mais tranquila. O fenômeno é sociológico, claro. E tem nego que adora virar fenômeno.

Passemos a um exemplo singelo, que estes são os que melhor retratam o fenômeno na sua generalidade. Foi há dias. Estava eu aqui a batucar esta intimorata, quando um cavalheiro que eu conheço vagamente me telefonou e foi logo dizendo: "Tu tem que me defender contra essa safadeza".

Não sei por que há gente que acha que eu tenho que defender tudo, que nem goleiro de seleção, mas, em todo caso, perguntei do que se tratava:

— Me cortaro minha música no festival — disse ele.

Realmente, agora está dando mais festival pela aí do que cará no brejo e eu quis saber de qual festival tinha sido ele eliminado:

— Desse aí da prefeitura.

— Mas, velhinho, não tem mais prefeitura.

— Num faz hora comigo — pediu ele: — Eu tô falando desse da Secretaria de Turismo, que eles vai fazer primeiro nacional e depois internacional.

Localizado o festival, perguntei qual tinha sido a safadeza:

— A safadeza é que eliminaro minha música.

— Bem — ponderei —, mas isto não chega a ser uma... uma safadeza, como diz você. A comissão escolhe as que lhe parecem melhores e as outras têm que ser eliminadas. A não ser que a sua fosse muito boa mesmo e a comissão não deu por isso.

— Mas a minha é o fino, tá? Tu quer ouvir? — e antes que eu dissesse que estava sem tempo, ele já estava metendo lá: "Fui bem infeliz na minha vida/ Por deixar a Margarida/ Dona do meu coração (Ela era um pão...).

O que está dentro do parêntese é breque. O resto eu não me lembro. O que eu me lembro é que era um samba chatíssimo de letra e com uma melodia que me pareceu conhecida. Expliquei que nessa coisa de festival, como eu não sou concorrente, prefiro ficar por fora.

— Mas isto não se faz com um compositor — lascou ele.

Concordei em termos e também com bons termos perguntei se já compunha há muito tempo. Como disse acima, conhecia o cara vagamente:

— Componho há três mês, quando fiz esta música pro festival, né?

— Então esta que foi eliminada era a sua estreia?

— Era. Confesso que era. Mas eles não podia fazer isso já num é nem comigo. É com o falecido Ari Barroso.

— Mas o que tem Ari Barroso a ver com isso?

— A melodia, meu chapa. A melodia eu tirei de um samba dele.

Como eu dizia, caros leitores, estamos vivendo num país de folgados.

405

O estranho caso do isqueiro de ouro

De princípio me declarou que na hora em que tudo aconteceu não estava bêbedo. E insistiu: "Eu estava absolutamente lúcido, embora tivesse bebido o bastante para ficar de quatro na grama". Evidentemente, se não tivesse bebido nada, não teria nem descido do carro, quanto mais ficado de quatro na grama! Mas o fato é que ficou, e agora — diante do acontecido — está a se perguntar se estava realmente lúcido, o que, de resto, não importa, uma vez que a consequência intriga-o mais do que a ocorrência.

Estava muito alegre e ria muito, e isto não era nem sequer por conta da bebida. Era um pouco por causa do uísque que tomara e mais o momento, a mulher, enfim, um estado de espírito que tomou conta dele e que já fazia por merecer. Depois de muitos dias seguidos de pequenos aborrecimentos, muito trabalho, um resfriado.

"Estas coisas", dizia-me, "vão deixando a gente sem reservas de humor. Mas, quando terminou a festa e ela pediu-me que a levasse em casa, veio-me de súbito aquele estado de espírito. A prova de que eu estava raciocinando perfeitamente é me lembrar deste detalhe: tenho certeza de que já vinha alegre lá de dentro e, quando fui tomar o carro, senti o perfume de jasmim dos jardins do vizinho. Eu nasci e morei durante anos numa casa cheia de jasmineiros, você entende?

Eu entendia. Já vinha alegre da festa, na hora de entrar no carro, com uma bela mulher que o tinha escolhido para levá-la em casa, tudo isso e mais um cheiro da infância deram-lhe aquela alegria interior que conservou até o momento em que viu, sobre a grama, as pernas do guarda, firmes, como que plantadas no gramado — aquelas duas colunas negras, porque era um guarda de perneiras, desses que passam solenes, de motocicleta, altivos e barulhentos.

"Mas eu não ouvi barulho nenhum — explicava ele —, eu estava de quatro, rindo, na grama, quando vi as pernas e, em seguida, o guarda. Aquele bruto guarda, de mãos na cintura, me olhando."

É estranho que uma pessoa, justamente na hora em que se sente eufórico, vivendo um momento raro, meio sonho meio realidade, possa explicar cada minuto desse momento que já está no passado e, no entanto, no presente, absolutamente sóbrio e sério, não consiga encontrar uma explicação que satisfaça a si mesmo, que possa acalmar uma dúvida sem apelar para o sobrenatural.

Recorda-se que entrou no carro e perguntou à mulher onde morava e ela deu-lhe o endereço. A noite era fresca e o ar livre, o carro deslizava pelas ruas tranquilas e desertas. Então pôs-se a cantar a canção que ela também cantarolou junto com ele, e iam tão felizes que começou a guinar o carro de um lado para outro, ao ritmo da música. A mulher morava num recanto do maior bucolismo, em frente a uma praça toda gramada. Ele parou o carro e propôs à mulher que fumassem mais um cigarro, e ficaram ali fumando, num silêncio convidativo; tão convidativo que ele começou a fazer-lhe cócegas na nuca, os dois rindo, ele se chegando e — de repente — deu-lhe uma mordidinha no lóbulo da orelha. A mulher sentiu um arrepio, riu mais: "Ai, Carlos, você é um cachorrinho e está me mordendo", ela disse.

Isto foi o que bastou para que descesse do carro e fosse lá para o meio do gramado, onde ficou de quatro, a latir para ela. A mulher ria e, como estivesse escuro, começou a gritar: "Onde você está, Carlos?" — e como ele calasse os latidos para fazer-lhe uma surpresa, ela manobrou o carro e acendeu os faróis na direção do gramado, mas numa direção em que as luzes não o atingiam. Pôs-se a caminhar de quatro para se esconder atrás de um arbusto, quando viu que ela saíra do carro e já caminhava também sobre a grama — embora sem latir e sem usar os braços à guisa de patas dianteiras.

Foi aí que viu o guarda. Ou antes: as pernas do guarda. Levantou a cabeça e notou o quanto ele estava sério, e assim ficaram um tempo indefinido, que deve ter durado alguns segundos, mas que lhe pareceu uma eternidade. Notou também que a mulher voltara para o carro e ria muito da situação.

Por certo o guarda tinha todo o direito de pensar outra coisa, e quando lhe perguntou "o que é que o senhor está fazendo aí?" — já tinha opinião formada. Contar a verdade lhe pareceu pior, o que prova a sua lucidez na ocasião. E então, porque precisava dar uma resposta qualquer ao guarda, disse que estava procurando o isqueiro. Daí passou a mentir, uma mentira em cima da outra, sobre um isqueiro, que era de ouro e tinha seu nome gravado de um lado.

"Como é seu nome?" — quis saber o guarda. E foi a única verdade que disse: "Carlos Silva. E está escrito do lado do isqueiro. É um isqueiro francês Dupont". Falava e olhava para os lados, fingindo que procurava. O guarda continuava a não aceitar nada do que dizia, mas mantinha-se sério, perturbando-o ainda mais. Quando perguntou como conseguira perder o isqueiro ali na grama se estava com a mulher no carro, fingiu que não ouviu e acrescentou: "É um isqueiro de estimação. Foi minha mãe que me deu. Ela já morreu". Falava e caminhava devagar, tentando se aproximar do carro. O guarda caminhava também, mantendo a distância entre os dois, até o instante em que se abaixou para apanhar algo que brilhou em sua mão, apesar da escuridão.

"Aqui está o seu isqueiro, cavalheiro" — disse o guarda, enquanto ele engolia o próprio espanto, diante do espanto do guarda, que conservava o isqueiro de ouro na palma da mão aberta.

Agora repetia — de certa maneira — a atitude do guarda da véspera. Estava com o isqueiro na palma da mão aberta e me dizia. "E te juro! Eu nunca tive nenhum isqueiro!"

Luís Pierre e o túnel

Tudo começou por causa do procedimento da mulher do Luís Pierre! Ela não era sequer bonitona, mas se achava. Mulher que se acha o fino, quando não é, costuma ser um perigo. Adora dar bolas pros outros num complexo de autoafirmação que deixaria qualquer Freud doido.

Pois a mulher do Luís Pierre era assim e, de bola em bola, acabou saindo por cima do travessão. Aí, vocês sabem como é: prevaricou a primeira vez, fica freguês. Todo mundo lamentava o procedimento dela, que nas primeiras prevaricações ainda tomou um certo cuidado, mas depois se mandava, pouco ligando para a boca do povo, uma boca que, para essas coisas, não se cala nem pra mastigar.

Foi então que o blá-blá-blá chegou aos ouvidos do Pereirão, que era amigo de Luís Pierre e nunca tinha reparado em nada. Porém, alertado, foi conferir e ficou chateadíssimo:

— Ora, para o que deu essa sirigaita — dizia ele na roda do clube. — O Luís Pierre casou com ela quase que amarrado. Fingia-se de apaixonado e agora está aí que nem chuchu no mercado, subindo pelas paredes.

Mas o Pereirão não podia ir dizer ao amigo. Essas coisas dão sempre em besteira, quando o amigo tenta desentortar o que está torto. No entanto, na qualidade de amigo, tratou de fazer sentir ao Luís Pierre que tinha linguiça por debaixo do angu. Uma insinuaçãozinha aqui, outra ali, na esperança de que o outro se mancasse e tomasse uma atitude.

Estas coisas, todavia, são sempre parecidas. O pobre do marido, se não desconfia por si mesmo, se não pega num flagra ocasional, não adianta insinuar, pois é dos inocentes o direito de não desconfiar. Vendo o seu trabalho ir por água abaixo, o Pereirão começou a se irritar ao contrário, isto é, começou a achar que um marido tão boboca merecia. E mais de uma vez disse na roda do clube:

— O idiota merece.

No fim de um certo tempo, dava razão à sirigaita (conforme ele mesmo classificara a mulher) e começou a implicar com o Luís Pierre. Uma tarde — na roda do clube —, comentou-se qualquer coisa sobre a mais recente aventura de madame Luís Pierre, e o Pereirão foi mordaz, afirmando que Luís Pierre não podia nem passar mais no túnel. Houve uma gargalhada geral e a piada de mau gosto se espalhou, não demorando muito para que um safado qualquer mandasse uma carta anônima ao marido enganado contando tudo.

Luís Pierre ficou estarrecido. Em vez de dar a bronca na mulher, comentou com ela a safadeza do Pereirão, seu amigo do peito, a dizer aquelas maldades. A mulher aproveitou para insuflar, dizendo que "ou você toma uma atitude ou tomo eu", enfim, essas bossas.

À tarde, no clube, Luís Pierre chegou mais cedo, para esperar o Pereirão, mas lá chegando só encontrou o Gustavinho, velhote aposentado, que bebia muito para esperar a morte. Não valia nada, o Gustavinho.

Caneca vai, caneca vem, os dois foram ficando meio caneados e Luís Pierre contou por que viera mais cedo. Contou tudinho: que o Pereirão era um safado, que ele ia tomar satisfações, que aquela história de ele não poder passar mais no túnel era ofensa que não ia ficar assim. E arrematou:

— Hoje eu arrebento a cara daquele safado.

O Gustavinho era contra violências. Aconselhou a quebrar o galho de outra maneira. Afinal, aquilo de não poder passar mais no túnel, francamente. E como Luís Pierre insistisse, perguntou:

— Vem cá, velhinho, seu escritório não é na Esplanada do Castelo?

— É — respondeu Luís Pierre.

— E você não mora em Botafogo?

Nova confirmação de Luís Pierre. E aí Gustavinho aconselhou:

— Então, rapaz, você para ir de casa para o trabalho e do trabalho para casa, não tem a menor necessidade de passar no túnel!

A escandalosa

Foi realmente lamentável o pequeno acidente ocorrido numa daquelas salas superatapetadas do Itamaraty. Não posso precisar em qual delas, mas posso resumir o caso para os caros leitores, se tiverem a paciência de me ler até o fim destas mal traçadas linhas. Vão todos comigo? Então toquemos em frente, mas desde já aviso às senhoras e senhoritas que o caso é dos mais cabreiros.

Deu-se que numa dessas salas do Itamaraty, estavam quatro funcionários dos mais ociosos, talvez não por culpa deles, mas porque deve ser duríssimo o cara ficar plantado naqueles salões sombrios o dia inteiro — full time, como eles gostam de dizer, pois diplomata adora falar na língua dos outros. Ficar ali sem dormir é dose pra mamute, que, conforme vocês não ignoram, era um elefante muito pré-histórico e quatro ou cinco vezes maior do que os elefantes hodiernos.

Vai daí, o funcionário do Itamaraty vive batendo papo, para deixar o tempo passar sem esbarrar em ninguém. Os quatro que se encontravam na sala estavam quase a cochilar por falta de assunto, quando entrou um quinto funcionário, atualmente secretário de embaixada e com todas as deficiências técnicas da atual diplomacia nacional. Jeitinho elegante, paletó lascado atrás, muito equipadinho, lenço combinando com as meias, gravata de Carven, enfim, essas bossas.

Deu um olá geral e, mesmo sem ninguém perguntar, começou a contar por que tinha chegado atrasado:

— Rapazes, não lhes conto nada!

Mas isto era força de expressão, pois notava-se que ele estava doido para contar. Aliás, em o caso sendo verdadeiro, devo informar aos caríssimos que jamais darei o nome dos outros quatro que estavam na sala (entre os quais estava o que me contou o caso), e muito menos o do quinto personagem, já nesta altura personagem principal.

Ele acendeu um cigarro americano daqueles enormes, recentemente contrabandeado, guardou no bolso o isqueiro Dupont, da mesma origem, e sentou na beira de uma das mesas de jacarandá. Terminado o suspense, puxou uma baforada azul e suspirou:

— Rapazes — repetiu, porque diplomata adora tratar os coleguinhas de rapazes —, acabo de ter uma aventura amorosa genial, mas simplesmente genial. Que mulher bárbara, rapazes!

— Casada? — perguntou um dos coleguinhas, já de olhar rútilo, no mais perfeito estilo Nelson Rodrigues.

O aventureiro já ia responder que sim, mas preferiu a bacanidade:

— Infelizmente, isto eu não posso informar.

E prosseguiu explicando que a tal mulher devia ser tarada por ele, que nunca tinha reparado no detalhe mas, noutro dia, durante um coquetel dos Almeida, tiveram um contato maior e marcaram o encontro.

— Estou vindo de lá. Rapazes! Que mulher! No fundo, todo diplomata sonha com aventuras amorosas mais ao estilo belle époque. Vestindo *robe de chambre* grená e cachecol de seda branca; uma garrafa de champanhe dentro de um balde de gelo, sobre uma mesa de canto e, se possível, com uma vitrola em surdina tocando trechos da opereta *O conde de Luxemburgo*. Este derradeiro detalhe é da maior finesse, mas raro é o diplomata que chega a ela antes de chegar a embaixador.

— Mas conta aí, vá! — pediu outro dos quatro coleguinhas.

O diplomata garanhão esqueceu-se da carreira e enveredou para farta bandalheira. Contou detalhes escabrosos, descreveu cenas de ruborizar o próprio Marquês de Sade, para terminar com esta informação:

— Nem as cortinas do apartamento escaparam. Ela era tão espetacular que, no auge da coisa, rasgou as cortinas todas.

— *Mon Dieu!* — falou o que estava mais próximo e que é diplomata há mais tempo que os outros e prefere exclamações em francês do que ditos em inglês.

Aí ficou aquele silêncio imaginativo, sabem como é? Ficaram os quatro imaginando as cenas relatadas e o outro com cara de quem recorda. Não demorou nem um minuto, o distinto resolveu se ausentar da sala, para que os outros curtissem a inveja necessária. Com andar elegante, caminhou até a porta e recomendou:

— Vou ao gabinete do ministro Fulano. Se ligarem para mim, por favor, peçam para deixar recado ou telefonar mais tarde — suspirou mais uma vez e retirou-se.

Aí é que foi chato! Mal ele saiu, o telefone tocou e uma voz feminina perguntou por ele. O colega que atendeu explicou que não estava e emendou, em seguida:

— Quer deixar recado?

— Quero sim! Por favor, avisa a ele que é a senhora dele que está falando e diz para ele não esquecer de mandar alguém para consertar as cortinas.

A solução

João José, de batismo. Nome todo: João José de Sousa. Nascido no estado da Guanabara, no bairro do Encantado. Atualmente conta vinte e dois anos; é um rapaz honesto, de bom caráter e que sempre ajudou a família. O pai morreu quando ele ainda era menino, e, por isso, desde cedo aprendeu a trabalhar para ajudar a mãe e duas irmãs menores. Vendeu pastel na estação do Encantado, foi boy de escritório, contínuo de banco — tudo na época em que fazia o curso ginasial de noite.

Sempre foi um rapazinho esperto e logo percebeu que era preciso estudar para ser alguma coisa na vida. Mas nunca teve ilusões: era preciso trabalhar e estudar ao mesmo tempo. A família era unida e todos se ajudavam mutuamente. A irmã mais velha está noiva de um colega seu, que também é bom rapaz. Em suma: para João José a vida era dura, mas não era intolerável. Era um bom aluno de farmácia, um dos mais aplicados da turma, e ia se virando para pagar as anuidades, os livros, tudo que precisava, enfim, com o soldo da Polícia Militar. Bom soldado, também. Antes tinha sido um bom atleta e não foi difícil passar nos exames para a PM. Lá, ao menos, comia de graça, tinha farda de graça e ainda o soldo.

No dia em que foi mais sangrenta a luta entre estudantes e polícia, estava de folga no quartel. Nem soube de nada. Aproveitara o dia para repassar a matéria de química. A faculdade estava fechada, todos em greve, uma lástima. João José se dividia em seus afazeres com um zelo raro. Estudou até tarde e acordou tarde, também.

Foi a mana mais moça que lhe invadiu o quarto com um café cheiroso e um sorriso fraternal, chamando-o vagabundo, dizendo que aquilo não era hora para pobre estar na cama. Levantou-se fazendo cara de bandidão e avançou para a menina, como se fosse triturá-la por tê-lo despertado. A irmã colocou o café sobre uma mesinha tosca e deu um gritinho. Ele a alcançou e pôs-se a fazer-lhe cócegas, enquanto a chamava de bruxa. Ela conseguiu desvencilhar-se e saiu rindo para o corredor, gritando que "João José está maluco! João José está maluco!".

Ainda não estava.

Depois do banho foi beijar a mãe na cozinha e viu o jornal, num canto. Apanhou e pôs-se a ler. Logo no cabeçalho dos noticiários percebeu que seu plano de ir até a faculdade saber das novidades e depois se apresentar no quartel (ia dar plantão) era inexequível. A mãe disse-lhe qualquer coisa que ele não percebeu o que era, porque mergulhou na leitura e foi quase inconscientemente que voltou ao quarto, sentou-se na beira da cama e ficou lendo.

Leu tudo de um fôlego, às vezes sem acreditar no que lia, mas tendo que continuar a leitura, tal era a sua curiosidade, tal era a sua estupefação. João José — homem honesto e correto —, depois de ler tudo, olhou para as fotografias, reconheceu policiais, reconheceu vários colegas de faculdade. Começou a ler de novo, correndo a lista de presos, a lista de feridos.

Já não sabia mais de si mesmo; não sabia se tinha sido direito dormir o sono que, na noite anterior, seu organismo pedia. Se ao menos soubesse antes! Claro que não iria dormir, mas onde teria se apresentado? Ao grupo de colegas que o havia procurado, na certa, e que só não o encontrara porque não tinha telefone e morava num subúrbio... ou teria ido para o quartel? Lá, certamente, todos sabiam com antecedência que o pau ia comer e aguardavam sua apresentação. Ele não fora e nem dera satisfação. Muitos companheiros deviam ter saído para o centro das hostilidades pensando que talvez o encontrassem do outro lado, atirando pedras, gritando suas reivindicações.

Como estudante, sabia que o protesto era justo. Tinha acompanhado assembleias, visto como seus colegas insistiram para ser ouvidos serenamente. Como policial, seu dever era cumprir ordens. Correu os olhos pela lista de presos: o Alfredo, o Carlos, a Luísa — moça tão bonita, como estariam tratando-a os agentes do Dops? De repente viu a notícia da morte do PM Nélson. Puxa, o Nélson! Leu trêmulo: no alto dos edifícios o povo tentou ajudar os estudantes massacrados e algo caíra sobre o Nélson, seu companheiro Nélson, matando-o.

A mãe passou pelo corredor e viu-o nu da cintura para cima, mas com as calças que costumava usar quando ia à faculdade:

— Vai à faculdade, meu filho? — e nem estranhou de não ouvir resposta. Estava muito ocupada com o almoço para notar que o filho estava completamente transformado.

O que devia ter feito, meu Deus! Ficado do lado dos colegas e enfrentar a fúria policial? Juntar-se aos companheiros do quartel, na repressão às manifestações? Ele teria batido? Ele teria apanhado? A ordem de um lado era não ter medo de apanhar; a ordem do outro era não ter pena de bater.

Por cima das calças vestiu o dólmã de PM. Quando a irmã entrou no quarto para arrumar, foi que viu. Saiu correndo, chorando, gritando: "João José está louco! Está batendo de sabre nele mesmo...".

O sangue jorrava do nariz! Da testa!

Não ter medo de apanhar, não ter pena de bater!

Diálogo de festas

Iam os dois sentados no banco da frente. O ônibus era desses que levam oitocentos em pé e duzentos sentados. Mas ia meio vazio, naquela hora da madrugada. Pelo tempo que eu fiquei parado, junto ao poste, esperando-o, aquele devia ser o último ônibus do ano. Mas isto não importa. O que me interessava — pelo menos naquele momento — era a conversa dos dois, no banco da frente. Um era magrelinha, desses curvadinhos para frente, vergado ao peso da vida. O outro parecia mais velho, mas era espigadinho. O cabelo ralo, mais grisalho do que o do companheiro.

No momento, quem falava era o espigadinho:

— Eu não cheguei a ver castanha, a não ser em vitrina, é lógico.

— Eu vi! — disse o vergado: — Eu tenho um vizinho... o Alcides, você conhece. Aquele que a filha fugiu com um sargento da Aeronáutica!

— Ainda está com ele?

— As castanhas?

420

— Não. O sargento da Aeronáutica, inda tá com a filha dele?

— Não. Com ela está é o filho que ele fez. Mas eu dizia: o Alcides comprou castanhas com o décimo terceiro. Ele trabalha numa firma que paga certo.

— Estrangeira?

— Deve de ser. O Alcides me mandou seis castanhas.

— Você é que é feliz!

— Feliz nada. Tive que dar pra outro. Tenho sete filhos, seis castanhas ia causar "probrema".

O ônibus recebeu mais uns três ou quatro passageiros, que foram sentar lá na frente. A conversa entre os dois continuou. Ainda desta vez, quem falou primeiro foi o espigadinho:

— A mulher do patrão me deu uma camisa.

— Tava boa?

— Tava larga.

— Eu ganhei um sapato, por causa do serviço que eu fiz pra d. Flora.

— Tava bão?

— Tava apertado.

O curvado jogou o toco de cigarro pela janela e deu um suspiro. O companheiro sorriu:

— A gente devia fazer faxina pra dona que tem marido do nosso tamanho, assim o que a gente ganhasse delas no Natal pelo menos cabia na gente.

— Ganhar coisa larga é melhor que apertada.

— Ah é!!! Largo é melhor que apertado!

Ficaram calados, ruminando esta verdade natalina durante algum tempo. Depois um deles — já não me lembro qual dos dois — ponderou:

— Diz que este ano o comércio levou uma fubecada.

— Conversa. Tinha mais gente nas loja que no ano passado. Eles sempre se queixa.

— Ué! Pra mim tanto faz. Quem não ganha já perdeu. Eu num tenho pra dar, também não posso ganhar.

Era um raciocínio honesto, cheio de experiência. Tanto que o outro balançou a cabeça, concordando. Mas advertiu o companheiro de que não podia se queixar do Natal. Afinal, ganhara uma cesta de festas.

— Todo ano eu consigo uma. Minha mulher gosta muito dessas cestas de Natal, pra guardar a roupa limpa e fazer a entrega pra freguesia. É fácil da gente arrumar essas cestas. Eles ganham elas cheias de garrafas e latas de conserva. Depois de esvaziar até gostam quando a gente leva a cesta vazia pra nós.

O curvado pelo peso da vida ficou olhando pela janela e argumentou:

— Natal é bom por causa dessas novidades. Sempre sobra uma coisinha.

— Eu dei a cesta pra minha mulher. E tu? Que é que deu pra tua?

— Dei o sapato. Tava apertado ni mim, mas ela corta atrás e faz chinela.

Um deles fez sinal para o ônibus parar:

— Eu salto aqui.

Deu um tapinha nas costas do outro e disse com a maior sinceridade, sem o mínimo laivo de ironia:

— Um feliz 1968 para você!

— Obrigado. Para você também!

JK e o crioulo doido

O "Samba do crioulo doido", único samba feito aqui pelo neto do dr. Armindo, colocou Stanislaw nas paradas de sucesso. O samba, como a maioria deve saber, pois o disco está tocando mais do que telefone de bicheiro, conta a história de um crioulo que ficou doido de tanto fazer samba de enredo para sua escola, contando episódios da história do Brasil. O crioulo já estava misturando estação, quando pediram que ele fizesse mais um samba, desta vez usando como tema a atual conjuntura. Aí o crioulo endoidou de vez.

Endoidou e fez um samba que é um amontoado de incongruências sobre episódios históricos. A única verdade está no primeiro verso, que diz: "Foi em Diamantina, onde nasceu JK...". Pois muito bem! Deu-se que o dr. Juscelino, noutro dia, driblou a Frente Ampla, e abriu uma segunda frente, desanuviando um pouco as preocupações. Resolveu ir com um grupo de amigos até o Le Bateau, onde a gravação do "Samba do crioulo doido", pelo Quarteto em Cy, é muito apreciada pela rapaziada sadia que fica lá surupembando de dez da noite a sete da matina, num rebolado que, se fosse emprego, todos já tinham pedido aposentadoria.

E foi o dr. Juscelino chegar e tacaram na vitrola o samba. Ainda bem o ex-presidente não tinha colocado o que era dele no assento da boate e já tava o maior "foi em Diamantina onde nasceu JK", perturbando no salão. Ele gostou do samba e perguntou quem era o autor. Era eu!

No dia seguinte, ele resolveu dar um telefonema para mim, para dizer que o samba era bacaninha às pampas, e isto e mais aquilo: enfim, incentivar o artista. Contou a decisão que tomara ao nosso amigo comum Geraldo Carneiro. O Geraldo achou boa ideia, mas pediu para falar comigo primeiro, talvez por conhecer a doméstica aqui de casa, que — toda vez que atende o telefone — cria um problema para o patrão.

Ainda noutro dia, eu estava aqui batendo na máquina, porque ultimamente o trabalho é tanto que eu só levanto a cabeça para botar colírio, quando o telefone tocou. Ela atendeu e perguntou "quem é que quer falar com ele". Dada a resposta, veio até o escritório e disse:

— Seu Diarreia quer falar com o senhor!

Corri para desligar o telefone, antes que a sala ficasse toda suja, mas felizmente "seu Diarreia" era o John Herbert, cujo nome ela tinha entendido mal.

Não sei se o Geraldo conhece essa prenda que se diz copeira; o que eu sei é que ele telefonou antes e me disse que o dr. Juscelino ia telefonar depois. E explicou:

— Você compreende... Eu tive receio de que ele telefonasse, dissesse quem era, e alguém aí pensasse que era trote.

Foi, realmente, uma sábia providência. Depois que ele desligou, fiquei de sobreaviso e pude atender, quando JK, que nasceu em Diamantina, ligou para incentivar aqui o sambista.

Pelo jeito o Geraldo conhece aquele caso do falecido Osvaldo Aranha, quando era ministro da Fazenda. Um dia ele

424

precisou telefonar para o extinto escritor Álvaro Moreyra e ligou direto, sem auxílio de secretário.

Ora, o Alvinho tinha uma copeira mais ou menos tão eficiente como esta que me serve agora. Não fosse o caso ocorrido já há algum tempo e eu examinaria a hipótese da copeira ser a mesma.

O que eu sei é que o falecido Osvaldo Aranha ligou para o extinto Álvaro Moreyra e, quando atenderam, ocorreu este lamentável diálogo:

— Quem fala?

— É da casa de seu Álvaro.

— Ele está?

— Tá sim sinhô. Quem qui qué falá co'ele?

— É Osvaldo Aranha, ministro da Fazenda.

Houve uma pausa, e logo em seguida:

— É bebé, mamá na vaca você não qué!

A anciã que entrou numa fria

Gosto de ler jornal impresso com plasma sanguíneo. Não sou um leitor-vampiro. O que me diverte não é a notícia, porque não tenho carteirinha de necrófilo; o que me diverte é a redação da notícia, a maneira pela qual ela é abordada nesses jornais que, se a gente apertar, dá hemorragia.

Agora mesmo estava aqui a folhear um deles. Na página 4, lá em cima, à esquerda de quem lê, há uma coluna de ocorrências. E logo a primeira notícia vem sob a manchete: QUIS VER ANCIÃ NUA E APANHOU. Ora, por mais ocupado que eu esteja, uma nota com este título eu não deixo pra lá de jeito nenhum.

E li. A coisa passou-se num desses conjuntos residenciais — autênticas cabeças de porco construídas pelos institutos de previdência para enganar contribuinte — onde o pau come de cinco em cinco minutos, entre vizinhos de parede e meia. Sai tanta briga nesse tipo de residência para coitado que, não faz muito tempo, eu participava de um show no qual o conjunto regional brigava tanto que eu o apelidei de Conjunto Residencial do IAPI.* Mas isto deixa pra lá.

Voltemos à anciã nua que abalou Ramos. Sim, porque foi em Ramos, aprazível subúrbio leopoldinense, onde cabrito pasta deitado para não pegar rebarba de tiroteio. O bandido da história chama-se Matias Afonso — solteiro, vinte e oito anos, morador na rua A, nº 5. Quando o cara mora em rua que não tem nem nome, é porque o apartamento dele é desses em que o morador abre a porta e entra com cuidado para não cair pela janela da frente.

Pois muito bem: Matias Afonso foi parar no Hospital Getúlio Vargas, vítima de um panelicídio. Palavra de honra! Não estou inventando nada. Está aqui no jornal: "No hospital, onde os médicos constataram uma lesão que pode levá-lo à cegueira, Afonso contou que Joana de Jesus, viúva com setenta e um anos, residente na rua A, nº 4", vizinha pois do dito Matias, "agredira-o com uma panela, furiosamente".

Mas é aqui que *the pig twist it's tail* — como diz Lyndon Johnson, quando tenta explicar a batalha campal do Vietnã. Por que teria uma velha de setenta e um anos agredido um rapaz de vinte e oito? Alguma coisa ele fez de muito grave, porque, nessa idade, a pessoa geralmente já não aguenta levantar uma panela, quanto mais fazer dela um porrete de gladiador.

E o rapaz fez mesmo; cometeu uma temeridade que eu vou te contar. Outra vez transcrevo do órgão da imprensa sanguinária: "Porque olhava para o quarto onde a anciã trocava de roupa, Matias Afonso foi agredido, na madrugada de ontem, a golpes de panela, sofrendo contusões e escoriações na cabeça, estando ameaçado de perder a visão".

---

* Instituto de Aposentadorias e Pensões dos Industriários, também responsável, a partir de 1945, pelo financiamento de projetos de habitação popular.

Convenhamos que perder a visão porque espiava uma velha de setenta e um anos inteiramente pelada é duro, é um bocado duro. Mas — pelo jeito — a vítima do panelicídio gostava. Senão, vejamos: "Matias confessou que via Joana de Jesus despir-se, diariamente, por uma fresta da janela. Ontem, não se contendo, pulou a janela e foi repelido com uma panela".

Esta é a história que o jornal — como tudo que é noticiário policial — termina enfaticamente, com o tradicional: "o comissário do dia tomou conhecimento do fato".

O comissário pode ter tomado conhecimento, mas nós queremos mais, é ou não é? Em não sendo policial, a gente tem uma curiosidade maior pelas ocorrências deste tipo. Basta reler o que foi contado para se ver que um dos dois personagens está mentindo, ou melhor, pode não estar mentindo, mas está omitindo. Se um rapaz de vinte e oito anos apanhou de uma velha de setenta e um, levando tanta panelada na cabeça, é porque — enquanto ela batia — ele tentava segurar outra coisa que não era a panela, do contrário teria se defendido melhor. O que estaria Afonso tentando segurar enquanto a septuagenária baixava-lhe paneladas na cuca? Tirem vocês a conclusão.

Para Primo Altamirando a solução do mistério é outra. O jornal não conta que o cara via a velha pelada todo dia? — pergunta Mirinho. E ele mesmo responde:

— Diz sim. E se era todo dia, dificilmente a velha ignorava o fato. Portanto, para mim, esse tal de Afonso apanhou porque, ao pular dentro do quarto, a velha não quis deixar ele sair.

A minicausa na justiça

Diversos empregadores, pra lá de cocorocas, despediram suas empregadas pelo uso de minissaias. Os distintos, que decerto andavam em aperturas financeiras, aproveitaram a deixa da saia curta, alegaram *justa causa*, e puseram as meninas no olho da rua. Estas recorreram à Justiça trabalhista e, finalmente, o Superior Tribunal do Trabalho lhes deu ganho de causa. Decerto que não haverá recurso ao Supremo Tribunal Federal, já que não se trata de matéria constitucional.

Pelo menos, não se discutiu sobre aquela constitucionalidade que o falecido marechal nos legou, embora muitos continuem achando que a matéria afete a constituição moral de cada um e a constituição física das moças, pelo menos quando viajam de minissaia nos trens da Central, no que estão enganados, pois nos trens suburbanos, não livram a cara nem de padre. Tendo saia, eles beliscam mesmo. E não consta que padre use minibatina.

Agora, com a sentença transitada em julgado debaixo do braço, as moças podem retornar aos antigos empregos, para alegria dos seus colegas, que voltarão a apreciar o belíssimo panorama, visto de todos os lados.

A questão empolgou tanto os meios forenses que resolveram entrevistar duas figuras bastante conhecidas da Justiça do estado da Guanabara. Perguntaram ao dr. Elmano Cruz, atual corregedor dessa Justiça, o que ele achava de minissaia. O distinto respondeu que gosta muito de minissaia, da calça comprida, do baby-doll, do biquíni, enfim, ele gosta mesmo é de mulher, o que lhe fica muito bem.

O invólucro é despiciendo, como diria o dr. Data Vênia, que entrevistado pela Pretapress sobre a momentosa questão, que vem estimulando a libido de nossos juristas, assim se pronunciou:

— Meu caro Stan, o mais perigoso em tudo isso é que já estão confundindo justa causa com calça justa.

O candidato ideal

O dr. Valcuro — não confundir com aquele calunguinha da novela feita pelo Sérgio Cardoso, que morreu tocando violino — poderia ter sido um bom especialista, caso não fosse puxado a mamar em boca de gargalo. Ao contrário do calhordíssimo médico vivido pelo Sérgio, este Valcuro era pessoa absolutamente normal; só que não podia ver cachaça que aderia com a mesma facilidade com que o Moreira Salles adere a qualquer governo, neste país.

O diabo é que o dr. Valcuro enchia a caveira e, durante o pifa, tinha sonhos estranhíssimos. Noutro dia, lá vinha eu ladeira abaixo, comendo minhas goiabinhas, quando dei com o dr. Valcuro, que subia com sua maletinha. Ele é especialista das vias urinárias e não tem preferência: qualquer que seja a via, em sendo urinária, ele trata.

Mas isto deixa pra lá. Ia eu descendo a ladeira, quando dei com ele. Foi mesmo uma feliz coincidência, pois vinha da casa de Primo Altamirando, que ultimamente deu para falsificar cachaça em seu laboratório de experiências malditas. O nome da cachaça é Reserva Moral e, como as goiabinhas tinham acabado no justo momento em que dei de cara com o dr. Valcuro, não pestanejei e ofereci a garrafa de presente. Muito mais bebedor do que conhecedor, ele tirou a rolha, deu uma suspirada no gargalo e regalou-se, murmurando:

— Esta é da boa!

Daí para cá não vi mais o dr. Valcuro, salvo esta tarde, quando voltei a cruzar com ele. Parou para um papozinho sem compromisso e me explicou que a cachaça que lhe dei era tão boa que ele tomou metade da garrafa e passou dois dias sonhando e roncando. Mais sonhando do que roncando — acrescentou.

— Mas sonhando o quê? — perguntei.

— Com transplante — explicou.

Como, agora, tudo que é médico sonha com transplante, ele sonhou que apareceu um cara no consultório dele sem as mãos e ele fez o transplante das mãos de um gato para o paciente. Pouco depois o cara perdia os pés e ele botou pés de boi no cara. Aí desapareceu a cabeça do coitado e ele imediatamente substituía por uma cabeça de bagre. Em seguida era o estômago e ele trocou por um estômago de avestruz.

— Aí eu acordei às gargalhadas — disse-me o dr. Valcuro, ainda rindo.

— Uai, mas as gargalhadas por quê?

— Porque no sonho eu pensava assim: este cara com mão de gato, pé de boi, cabeça de bagre e estômago de avestruz, só falta ter espírito de porco para ser o candidato ideal da "redentora" para a presidência, nas eleições de 1970.

Os grávidos em graves greves

Em 1962 a editora Civilização Brasileira publicava um trabalho do sr. Álvaro Vieira Pinto, em que era afirmado que os plutocratas não fazem greve por duas razões: primeira, porque não podem fazê-la, porquanto não trabalham; segundo, porque não precisam fazê-la, pois acreditam que os operários a fazem para eles. Oh, ledo engano do conceituado autor! Os recentes acontecimentos ocorridos no nosso querido Brasil (de venturas mil — desculpem o breque, mas é para contentar Bonifácio, o Patriota, que fica noivo hoje de uma senhorita chamada Brasilina Bandeira); os recentes acontecimentos — repito — provam o contrário.

De fato, uma mostra contundente do que afirmamos é a recente greve dos corretores da Bolsa de Valores do Rio de Janeiro, uma classe grávida de títulos, debêntures e erva viva, greve esta deflagrada contra uma circular baixada pela Gerência de Mercados de Capitais do Banco Central, que interpretava restritivamente as facilidades concedidas pelo decreto-lei nº 157. Tais corretores, face a interesses contrariados, não hesitaram em deflagrar uma das mais gaiatas greves dos últimos tempos.

Agora — talvez incentivados pela atitude dos senhores corretores — são os padres que entram em greve. São os vinte e três sacerdotes da diocese de Botucatu, que viram os outros botucarem e resolveram conjugar o verbo baseados na tese: botuca ele, botuco eu, botucatu. Clérigos esclarecidos, lançaram um manifesto declarando-se contrários à nomeação do novo arcebispo, d. Vicente Zioni.

Assim, naquela zona paulista, quem tiver necessidade de uma confissão ou mesmo de uma extrema-unção deverá ou importar um padre, ou tomar um ônibus intermunicipal, que vai encarecer bastante as práticas religiosas, com notório desfavorecimento à bolsa do povo, já tão sacrificada pela atual conjuntura.

Tia Zulmira — que ajudou a criar cinco sacristãos (ou sacristães — mas, por favor, Osvaldo, não me deixe sair *sacristões*) —, consultada a respeito, manifestou-se com a isenção que lhe é peculiar: "A burguesia e o clero já fazem greve. Não demora muito, teremos greve de militar e, quem sobreviver ao arrocho salarial, verá".

O inferninho e o Gervásio

O cara que me contou esta história não conhece o Gervásio, nem se lembra quem lhe contou. Eu também não conheço o Gervásio nem quem teria contado a história ao cara que me contou, portanto, conto para vocês, mas vou logo explicando que não estou inventando nada.

Deu-se que o Gervásio tinha uma esposa dessas ditas "amélias", embora gorda e com bastante saúde. Porém, madame Gervásio não era de sair de casa, nem de muitas badalações. Um cineminha de vez em quando e ela ficava satisfeita.

Mas deu-se também que o Gervásio fez vinte e cinco anos de casado e baixou-lhe um remorso meio chato. Afinal, nunca passeava, a coitada, e, diante do remoer de consciência, resolveu dar uma de bonzinho e, ao chegar em casa, naquele fim de tarde, anunciou:

— Mulher, mete um vestido melhorzinho que a gente vai jantar fora!

A mulher nem acreditou, mas pegou a promessa pelo rabo e foi se empetecar. Vestiu aquele do casamento da sobrinha e se mandou com o Gervásio para Copacabana. O jantar — prometia o Gervásio — seria da maior bacanidade.

Em chegando ao bairro que o Conselheiro Acácio chamaria de "floresta de cimento armado", começou o problema da escolha. O táxi rodava pelo asfalto e o Gervásio ia lembrando: vamos ao Nino's? Ao Bife de Ouro? Ao Chateau? Ao Antônio's? Chalet Suisse? Le Bistrô?

A mulher — talvez por timidez — ia recusando um por um. Até que passaram em frente a um inferninho desses onde o diabo não entra para não ficar com complexo de inferioridade. A mulher olhou o letreiro e disse:

— Vamos jantar aqui.

— Aqui??? — estranhou o Gervásio: — Mas isto é inferninho!

— Não importa — disse a mulher: — Eu sempre tive curiosidade de ver como é um negócio desses por dentro.

O Gervásio ainda escabriou um pouquinho, dizendo que aquilo não era digno dela, mas a mulher ponderou que ele a deixara escolher e, por isso, era ali mesmo que queria jantar. Vocês compreendem, né? Mulher-família tem a maior curiosidade para saber como é que as outras se viram.

Saíram do táxi e, já na entrada, o porteiro do inferninho saiu-se com um "Boa noite, dr. Gervásio" marotíssimo. Felizmente a mulher não ouviu. O pior foi lá dentro. O maître d'hôtel abriu-se no maior sorriso e perguntou:

— Dr. Gervásio, a mesa de sempre? — e foi logo se encaminhando para a mesa de pista.

Gervásio enfiou o macuco no embornal e aguentou as pontas, ainda crédulo na inocência da mulher. Deu uma olhada para ela, assim como quem não quer nada, e não percebeu maiores complicações. Mas a insistência dos serviçais de inferninho é comovedora. Já estava o garçom ali ao pé do casal, perguntando:

— A senhorita deseja o quê? — e, para Gervásio: — Para o senhor o uísque de sempre, não, dr. Gervásio?

A mulher abriu a boca pela primeira vez, para dizer:

— O Gervásio hoje não vai beber. Só vai jantar.

— Perfeito — concordou o garçom: — Neste caso, o seu franguinho desossado, não é mesmo? O Gervásio nem reagiu. Limitou-se a balançar a cabeça, num aceno afirmativo. E, depois, foi uma dureza engolir aquele frango que parecia feito de palha e matéria plástica. O ambiente foi ficando muito mais para urubu do que para colibri, principalmente depois que o pianista veio à mesa e perguntou se o dr. Gervásio não queria dançar com sua dama "aquele samba reboladinho".

Daí para o fim, a única atitude daquele marido que fazia vinte e cinco anos de casado e comemorava o evento foi pagar a conta e sair de fininho. Na saída, o porteiro meteu outro "Boa noite, dr. Gervásio", e abriu a porta do primeiro táxi estacionado em frente.

Foi a dupla entrar na viatura e o motorista, numa solicitude de quem está acostumado a gorjetas gordas, querer saber:

— Para o hotel da Barra, doutor?

Aí ela engrossou de vez:

— Seu moleque, seu vagabundo! Então é por isso que você se "esforça" tanto, fazendo extras, não é mesmo? Responde, palhaço!

O Gervásio quis tomar uma atitude digna, mas o motorista encostou o carro, que ainda não tinha andado cem metros, e lascou:

— Dr. Gervásio, não faça cerimônia: o senhor querendo eu dou umas bolachas nessa vagabunda, que ela se aquieta logo.

437

Foi num clube aí

Isto mesmo, foi num clube da Guanabara, desses que cultivam a chamada segregação racial. De repente o conselho deliberativo foi obrigado a se reunir em sessão especial por causa de um bode que deu num dos eventos sociais da agremiação.

Alguns conselheiros já sabiam vagamente do que se tratava, mas a maioria estava por fora, boiando no assunto. É que a grave ocorrência se dera em circunstâncias mais ou menos veladas. Todavia, clube vocês sabem como é: um antro de fofocas que eu vou te contar. Num instante começaram os boatos, os blá-blá-blás regulamentares.

Afinal, reunidos os senhores conselheiros, foi explicado que, durante uma reunião dançante, um sócio tinha bolacheado a namorada, num cantinho discreto do salão. A coisa, no entanto, se esparramara pela sede. Ora, em clube de gente metida a diferente, aquilo era insuportável. Imaginem: um sócio exemplando a namorada numa dependência social.

Discutiu-se a matéria *ad nauseam* — como dizem os latinistas enjoados — mas aí um dos conselheiros garantiu que a coisa não fora bem assim. Um sócio tinha, realmente, baixado a manopla numa mulher, mas não era namorada, era esposa. Ora, isto agravava o caso. Um homem que não sabia respeitar a própria "patroa" (em clube usa-se muito chamar a mulher de "patroa", assim como no Lion's eles chamam de "domadora"), era indigno do quadro social.

Discutiu-se a matéria outra vez e aí outro conselheiro afirmou que tinham visto e lhe contado que o sócio dera uma bolacha, de fato, mas fora numa bicharoca, e não numa mulher. Gravíssimo, pois!

Discutiu-se a matéria e o conselho deliberativo já ia deliberar, quando um dos membros viu-se na obrigação de contar tudo, garantindo aos seus coleguinhas que era pior ainda. Não fora um sócio, mas um diretor que batera na bicharoca.

Espanto geral! Mas que vexame! Sim, era, pior porém: duas bicharocas é que tinham se esbofeteado por causa de um diretor. A discussão — nesta altura — já era velada, tudo falando baixinho. E aí o presidente do egrégio conselho deliberativo foi obrigado a suspender a sessão e aconselhar a todos que não falassem mais nisso, pois acabava de ser informado ao ouvido, por um conselheiro discreto, que não foi o caso de duas bicharocas brigando por causa de um diretor, e sim dois diretores brigando por causa de uma bicharoca.

Zona de solução estudantil

(Do nosso correspondente em Montes Claros — MG) — Meu prezado chefe, aqui em Montes Claros tem um jornal. Até aí nada de mais. Toda cidade tem o seu jornalzinho e aqui tá funcionando o *Diário de Montes Claros*. No *Diário*, existe um cronista fabuloso, que quero apresentar-lhe. Ele encontrou a solução para os problemas dos estudantes aí do Rio. O nome dele é Oldemar Santos (atenção, prestem atenção!) e escreveu a crônica intitulada "Alô, estudantes!". Olha, meu caro chefe, eu só vou transcrever, sem pedir ajuda a ninguém:

> Há um noticiário incomum na maioria dos órgãos da imprensa, a respeito do infausto acontecimento da Guanabara, onde perdeu a vida um seu jovem colega de outras plagas. Conhecedor como sou do Rio de Janeiro de hoje, cuja cidade — em outros tempos tão acolhedora e humana — para a qual havíamos transferido residência, considero-me autoridade bastante para falar sobre o assunto.

440

Fui para o Rio de Janeiro com quatro filhos nascidos em Minas, e lá nasceram mais cinco robustos cariocas [eu acho que esse cara não teve tempo de conhecer tanto assim o Rio como ele diz — parênteses da Pretapress]. Dentro desse período de quase nove anos que passamos na Velhacap, tive oportunidade de travar conhecimento com um grande número de pessoas, das mais diversas posições sociais, econômicas, políticas, religiosas e militares. No meio estudantil foi onde mais convivi, acompanhando os filhos aos colégios, motivo principal da minha ida para o Rio de Janeiro. Eu próprio frequentei lá algumas escolas.

Pelas minhas observações, aconteceu um fato que transformou aquele avançado meio cultural e ordeiro — berço de tantos feitos históricos — numa cidade perigosa e até mesmo imprópria de se constituir família. Refiro-me à dissolução da antiga zona boêmia, o Mangue. Com a dissolução do Mangue, onde se concentrava o meretrício, como acontece nos grandes aglomerados mundiais (que possuem sua zona boêmia), para proteção da sociedade, a velha cidade do Luar de Paquetá absorveu todo aquele veneno, antes concentrado num ponto determinado.

Isto significa que daí para a frente, em qualquer bairro, qualquer rua, qualquer edifício, podia-se instalar o comércio da carne. E é o que aconteceu no hoje infeliz Rio de Janeiro. Sentindo as perigosas consequências daquele ambiente — onde com pequena exceção e grande sacrifício, ainda vivem famílias exemplares — usei de todos os meios para arrancar de lá os meus filhos, já iniciados em vários colégios. Tornou-se o Rio o foco da depravação e acredito, segundo observações de viagens pelo exterior, que nenhuma outra grande cidade se lhe iguale, no baixo nível de moral [o coronel aí adora observar zona de baixo meretrício, pelo visto. Vai gostar de espiar zona assim no raio que o parta. Parênteses da Pretapress].

441

O que acaba de acontecer com um jovem estudante no Rio deve ter muita ligação com o meio onde está se formando a juventude carioca, de hoje. Uma enorme percentagem daqueles jovens não tem ninguém na vida para lhes dar conselhos ou qualquer carinho: tais jovens — um grande número de filhos de pais desajustados — obedecem com facilidade a comuns agitadores, e se findam dessa maneira, ainda na flor da idade, como aconteceu recentemente.

Há algum líder político nacional carioca ocupando posição de comando nos dias de hoje? Isto deixa muito a pensar, porque o Rio sempre foi tido como o maior centro cultural do país. Nestes argumentos, não há nenhuma indisposição pessoal contra o Rio. Admiro muito a Velhacap, dou-me com o seu clima, e lá têm registro de nascimento cinco dos meus filhos. Lastimavelmente, numa hora de reflexão e tomada de rumos para melhor se preparar a juventude, também os agitadores de casaca se valem da infelicidade de uma jovem criatura, para assuntos de tribuna, cujos fins são nitidamente demagógicos.

Jovens estudantes! Tenho moral para lhes falar, pois sou pai de nove de seus colegas, todos cursando do primeiro primário ao primeiro ano de direito. Ainda mais, considero que estudantes todos somos, enquanto vivos. Meus filhos! O que lhes peço é para que vocês não deem ouvidos a certas pessoas, possivelmente mal informadas, cujas consequências poderão ser uma interrogação na sua vida. Alimentem-se, estudem, interessem-se pelos seus deveres. Só assim, nós pais nos certificaremos de que vocês bem conduzirão e engrandecerão a pátria. O momento é de muita reflexão. Pensem bem e digam sem temor. No dia de amanhã, tudo será seu, mas para melhor desempenharem o papel, em qualquer setor da vida, faz bem ouvirem os ocupantes anteriores, das posições que irão suceder. Um muito obrigado para vocês.

Tá vendo só, seu caro chefe? O homem tem ou não tem razão? E pelo visto, deve ter andado pelos mesmos lugares que Mirinho anda. E a solução dele, peço ser enviada ao ministro da Educação: basta abrir a zona, basta incentivar o perfeito funcionamento do Mangue, que a crise estudantil está resolvida.

O poder velho

Estava escrito no jornal:

Um expert em mulher — integrou o júri que escolheu Miss Minas Gerais 68 —, o cirurgião plástico Onofre Moreira conhecerá nos próximos dias os seis velhinhos do Asilo São Francisco de Assis, entre cinquenta e cinco e setenta anos, em quem aplicará a técnica lançada no Egito e já adotada na Europa e nos Estados Unidos, que assegura o rejuvenescimento sexual do homem.

Eu li e, como os velhinhos são do Asilo Francisco de Assis, pedi ao bondoso santo que os proteja. Esse negócio de expert em mulher me parece um pouco temeroso. Uma vez já quiseram me apelidar disso aí, mas eu chiei, declarando ao coleguinha jornalista que me concedeu o título que eu não entendo nada de mulher. O fato de escolher as certinhas é pura picardia e nada tem de conhecimentos profundos. Lembro-me que ainda ponderei: "Ninguém entende de mulher, nem o diabo, pois — se entendesse — não tinha nem chifre nem rabo".

444

Mas isto deixa pra lá! O importante é não deixarem os velhinhos entrarem nessa fria do rejuvenescimento proposto pelo Onofre, ainda mais sendo ele um cirurgião plástico, cavalheiros perigosíssimos quando se metem a endireitar velha pelancuda, quanto mais enveredando para esta nova faceta, de ajeitar velho para temerosas recuetas sexuais.

Diz aqui o Onofre, no mesmo jornal: "Não há limite de idade para a recuperação sexual. Ela pode ser obtida até em homens de cem anos de idade, desde que não tenha desaparecido o desejo."

Consultei Tia Zulmira a respeito — pois a velha senhora é craquíssima nessas questões — e titia me garantiu que não existe desejo nessa idade, e sim a chamada reminiscência sexual, que é coisa muito diferente e muito menos cansativa, pois a natureza é sábia e quando o indivíduo já se encontra alquebrado, certas atividades não devem ser nem sequer facultativas, mas apenas lembradas, com certa bonomia e total dignidade.

Primo Altamirando, inclusive, ao ouvir as palavras da sábia macróbia, concordou plenamente e espinafrou o tal método do dr. Onofre, afirmando que tem contrabandista amigo dele, egípcio de nascimento, que se submeteu ao método e se arrepende mais do que a bíblica Madalena. Assegurou Mirinho que o seu amigo, durante um mês ou dois, ficou o fino, mas — decorrido este exíguo espaço de tempo, que parece menor ainda quando o cara já passou das oitenta primaveras — ele começou a ratear outra vez e não houve mais jeito.

— Ficou furioso com o doutor — finalizou o abominável parente — porque, se antes vivia doces reminiscências, passou a viver recentes badalações, o que está longe de ser a mesma coisa.

Por tudo isso é que lamentei os velhinhos do asilo. Ainda mais porque, num momento em que o mundo enfrenta a preocupação das tais dificuldades demográficas de um futuro próximo, dando-se força às pílulas anticoncepcionais justamente por causa disso, embora esteja na cara que nessa defesa da pílula haja muita demagogia, não existe o menor sentido em querer botar mais gente na produção.

O homem, esse passional

Primo Altamirando foi comer rabada no casarão da Boca do Mato e, depois do repasto, ficou sentado na varanda calado, lendo jornal. Quando o primo fica quieto é porque lá vem besteira. Tia Zulmira — sempre adepta do policiamento preventivo — deu-lhe uma catucada e perguntou qual o motivo da placidez. Mirinho sorriu, soltou uma baforada do seu charuto de maconha e esclareceu que estava lendo os jornais e descobrira, para seu desconsolo, que mulher está ficando cada vez mais difícil. E apontou um trecho da página policial, onde se lia: "Mulher de cinquenta testa amor em duelo à faca" — e aí se contava o caso de Damião de Paiva e João Santino, de João Pessoa (PB), que duelaram à faca por amor a Maria da Luz, de 53 anos e vinte anos mais velha que os dois brigões.

Mirinho garante que mulher na Paraíba está pela hora da morte, pois do contrário ninguém ia puxar peixeira por causa de uma coroa que além disso era mais dura que nádega de estátua. E, para confirmar a valorização do produto, o nefando parente leu outra notícia: "Maria de Lourdes deu entrada no Hospital de

São Gonçalo, em Niterói, com a orelha pendurada e a cabeça quebrada". Seu marido, José Santiago, deu-lhe a maior sessão de cacetadas quando soube que ela ia se mandar com outro. E o pior é que, pelo retrato, Lourdes é um bofe, mais feia que mudança de pobre.

Mirinho apagou a ponta do charuto, guardou atrás da orelha a guimba e leu mais: "Em São Paulo, Batista de Oliveira exigiu cinco mil cruzeiros novos de indenização para deixar Vanda dos Santos em paz. E com uma condição: não aceitava cheque".

Até essas alturas das provas, eu estava duvidando, embora quase convencido de que a situação está muito mais pra couve-flor do que pra miosótis, em matéria de arrumar mulher. E o que me convenceu foi mais uma notinha do jornal, apontada por Mirinho: "Em Recife, Egídio Ferreira, um excelente dançarino de frevo, foi preso quando segurava seu próprio filho pelas costas, para que seu amigo Carlos Santos o matasse". Tudo — diz a notícia — por causa da namorada do rapaz — uma morena de fazer coronel pular muro de quartel — que o pai estava paquerando, mas que pelo jeito ia sair premiada para o filho.

E Primo Altamirando foi realista:

— A rigor só encontrei hoje no jornal uma nota a favor do homem: Manuel Augusto França, que está sendo processado pela sra. Conceição Moreira da Silva, com quem vivia mas já despejou na lixeira, foi quem tirou o zero do placar a favor dos homens. D. Conceição está pedindo indenização, mas deverá entrar bem. De qualquer maneira estamos perdendo de goleada. O escore de hoje foi contundente: mulher quatro, homem um.

O vagabundo e a previdência

Chamava-se Domingos e, fosse por influência do nome ou porque fosse um pilantropo típico, o caso é que detestava trabalho. Sempre que alguém lhe oferecia um emprego, recusava com este argumento bíblico: "Sinto muito, mas os domingos foram feitos para descansar. Até Deus respeitou esta teoria".

O pai já fizera tudo: arrumara com amigos influentes algumas sinecuras governamentais, onde o rapaz teria um cargo de ocioso letra "O", mas nada adiantava.

A mãe (lá dele), coitadinha, entre dar-lhe uma mesada e desejar que o filho fosse alguma coisa na vida, acabou suspendendo a primeira e desistindo da segunda. Atrás, ela sempre desconfiou de que um dia seria assim. Coração de mãe, sabem como é. Isto porque, desde pequenino, quando perguntavam ao Domingos o que gostaria de ser quando crescesse, ele respondia, convicto:

— Viúvo!

Explicaram à criança que isto não era uma profissão — embora, na moita, todos soubessem que tem muito nego pela aí que vive da própria viuvez e vive muito bem, graças a um golpe do baú adrede preparado.

Ultimamente, sem o apoio financeiro da família, praticamente não fazia absolutamente nada. Ia à praia, no verão, que por enquanto é de graça, pois o atual governo ainda não descobriu um jeito de cobrar imposto de praia, mas, no resto, era aquela leseira. Deitado no sofá, lendo jornal de ontem (o pai nunca o deixava ler o jornal do dia, como castigo, embora isto — na atual conjuntura — talvez seja até uma fórmula amena da gente se chatear menos); ficava horas na janela, vendo passar mulher; prolongava suas idas ao banheiro, pois quem não tem o que fazer não precisa de pressa em eventualidades tais. A não ser, é lógico, quando pega um camarão de mau jeito, um vatapá ao qual esqueceram de requerer aposentadoria; enfim essas bossas.

Mas estes não seriam jamais casos capazes de afligir o Domingos, que só tomava uma sopinha no almoço e outra no jantar, "para não ter o trabalho de mastigar".

Uma vez, diante de ameaças tremendas do pai, assustou-se. O velho arranjou para ele ser caixa numa loja feminina de um parente e o dono da loja, embora a contragosto — conhecia perfeitamente a peça que tinha como parente — aceitou o sacrifício. Domingos disse que não ia e o pai jurou que ia dar queixa na Delegacia de Vadiagem. Praticamente todas as delegacias de polícia são de vadiagem (pelo menos interna), mas esta era especializada e, ante a perspectiva de ir em cana, aceitou. Relutou o que pôde, mas acabou prometendo que, no dia seguinte, iria à loja de artigos femininos, do parente.

Meia hora depois estava de volta, afirmando que tinha sido despedido. O pai não acreditou e chegou a telefonar para o parente, que, com voz furiosa, berrou pelo telefone.

— Despedi sim. E nunca mais me mande aqui este vagabundo — dito o quê, desligou o telefone com uma violência de PM em serviço.

450

O pai de Domingos nunca chegou a saber o motivo da demissão tão rápida, mas calculou que fora a morosidade do filho a causadora de tudo. No entanto, não se dera bem assim: Domingos, na esperança de ser logo despedido, chegou à loja de artigos femininos, tomou posse e, imediatamente, ficou nu do umbigo pra baixo, explicando ao patrão que detestava trabalhar de calças.

Acontecimentos parecidos enchiam a biografia do vagabundo. Até que, um dia, Domingos concordou em acompanhar o pai ao INPS, onde iria receber seus vencimentos. O pai do Domingos era ao contrário. Trabalhou desde rapazinho e conseguiu sua aposentadoria ainda relativamente moço.

Os dois foram e, no caminho, Domingos quis saber o que era INPS. Instituto Nacional de Previdência Social. E, como Domingos ficasse na mesma, o pai explicou que era uma autarquia encarregada de pagar àqueles que se tinham aposentado, após trinta anos de serviço, nos quais sempre descontavam uma quantia do próprio ordenado, para o instituto guardar e ir — depois — pagando os vencimentos de cada um.

— Bacana! — disse Domingos.

Mas, também, foi só. Chegaram no banco, o cheque não estava assinado por determinado diretor do INPS; entraram numa fila imensa de outros aposentados com cheques idênticos; voltaram ao banco e este indicou uma outra agência, pois o pagamento já não era mais ali; estiveram na outra agência, mas também não era mais lá: tinham mudado para a sucursal do próprio instituto, na Penha.

— Mas eu não moro na Penha — estranhou o velho.

— Bem — disse o funcionário —, o senhor terá que ir à sede do INPS fazer um requerimento, explicando que não mora na Penha. Vá lá, receba o cheque atual e depois entregue, com protocolo, o seu pedido de mudança para quitação de vencimentos.

Quando chegaram lá o expediente estava encerrado, mas Domingos tinha tomado uma decisão, após indagar:

— Papai, todo mundo que trabalha desconta para esse tal de INPS?

— Todos — respondeu o pai.

E Domingos acompanhou-o durante a semana em que esteve de repartição em repartição, entrando em filas, recebendo respostas malcriadas, aguentando explicações dadas de má vontade, até o momento em que recebeu a quantia de 345,23 cruzeiros novos. Na verdade, o pai costumava receber 541,69 cruzeiros novos, mas, naquele mês, o governo tinha feito uma cobrança em folha de um troço que o pai explicou ao filho ser um tal de imposto compulsório para não sabia lá o quê.

Quando chegaram em casa, Domingos abraçou o pai comovido. As lágrimas brotaram de seus olhos, a ponto de espantar o pai:

— Mas o que é isto, rapaz?

E Domingos:

— Obrigado, papai. Foi bom ter acompanhado o senhor nesse safári pelo INPS. Até aqui eu só tinha desculpas para não trabalhar. Agora que eu conheço o INPS, eu tenho é razão.

Posfácio
Notícia do *Festival de Besteira que Assola o País*

João Adolfo Hansen

> *As Forças Armadas constituem uma de nossas classes produtoras. Produzem aquilo que mais vale, pois é a base sem a qual nada se poderia fazer de útil, ordenado e permanente: a segurança nacional.*
>
> General Artur da Costa e Silva*

> [...] *estamos enveredando para o perigoso terreno da galhofa.*
>
> Tia Zulmira

Em 1951, o carioca Sérgio Porto inventou o autor cômico Stanislaw Ponte Preta. Bonitão, simpático, brincalhão, satírico, Stanislaw é um homem livre. Frequenta a vida noturna do Rio, bebe até de madrugada, sai com as mulheres mais lindas da cidade, as "cer-

---

* Apud Eliézer R. de Oliveira, *As Forças Armadas: Política e ideologia no Brasil (1964-1969).* Petrópolis: Vozes, 1976, p. 161.

tinhas do Lalau". Petulante, escreve numa velha Remington; foi cronista policial; depois, cronista do café-soçaite. Sempre ironizando a abissal inteligência do cronista social Ibrahim Sued, um dos mais brilhantes intelectuais orgânicos da burguesia carioca, Stanislaw tem a língua afiadíssima, sendo o autor de expressões que hoje circulam por aí sem dono, na boca de todos, como "picadinho-relations", "teatro rebolado" e "bossa nova".

Sérgio Porto dizia que ele era seu irmão de criação. Tinham morado na mesma casa, vivido a mesma infância e comido muitas vezes do mesmo prato. Entre 1964 e 1968, embora ainda vivessem do jornalismo, não eram mais tão ligados, tinham poucos gostos em comum e raramente se viam. Não era muito prudente continuar sendo companheiro de um homem tão livre como Stanislaw em suas andanças e intemperanças.* Nesses anos, os textos cômicos que assinou, tendo por tema e fundo a estupidez e as maldades dos cinco anos iniciais da ditadura, foram reunidos e publicados nos três volumes do *Febeapá*, ou *Festival de Besteira que Assola o País*, tornando-se peças fundamentais na ridicularização das arbitrariedades do regime imposto ao país pela direita burguesa e os militares vendidos para os Estados Unidos.

Como surgiu Stanislaw? Em *Dupla exposição: Stanislaw Sérgio Ponte Porto Preta*, Renato Sérgio informa que Rubem Braga o teria sugerido a Sérgio Porto a partir de Serafim Ponte Grande, nome do herói burlesco do romance homônimo que Oswald de Andrade publicou em 1933, quando se despediu da sua vida de palhaço da burguesia e se declarou casaca de ferro da revolução proletária. Sérgio Porto teria acatado a ideia porque admirava Oswald. Mas o próprio Stanislaw tinha outra versão: seria criação do pintor Santa Rosa, ilustrador do jornal *Diário Carioca*, que teria proposto a Sérgio Porto inventar um persona-

---

* Renato Sérgio, *Dupla exposição: Stanislaw Sérgio Ponte Porto Preta*. Rio de Janeiro: Ediouro, 1998, pp. 146-7.

gem cabotino para comentar notícias, misturando crítica social e crítica artística. Outra hipótese é a de uma invenção coletiva de que teriam participado Rubem Braga, Santa Rosa e Lúcio Rangel — jornalista, diretor de shows, crítico musical e tio de Sérgio Porto —, além do mesmo Sérgio. Renato Sérgio lembrou que, desde o início, autor e personagem viveram em "harmônica interação" como Sérgio Stanislaw Marcos Ponte Rangel Preta e Porto:

Mestre da simplicidade, conseguia sempre se manter precisamente no nível da maioria dos leitores, milagre da multiplicidade, agradava não só a gregos e baianos, negros e troianos, como a fenianos e democráticos. Sérgio Stanislaw Marcos Ponte Rangel Preta e Porto, harmônica interação. Um dividido em dois. Côncavo e convexo, Sérgio Porto, codinome Stanislaw Ponte Preta, pessoa e persona, ele e seu alter ego. Participantes, ambos, de uma tragicomédia ambulante e permanente que era aquele Rio de Janeiro dos anos 30, 40, 50 e 60, tempo de muitas molecagens, porque ainda era possível acreditar em alguma coisa. Stanislaw era a máscara com a qual Sérgio Porto entrava no cotidiano, pela contramão, fugindo da egolatria na conjugação da crônica mais tradicional, abolindo a escravidão do *eu*, trocando a primeira pessoa do singular pela terceira do plural, eles. Em perfeita conexão, Sérgio estava por trás de Stanislaw e vice-versa. Vice ou versa, uma inspiração inesgotável, ora lírico, ora hilário, ora densamente dramático, ora irresistivelmente cômico, dono de tal agudeza e tão profunda percepção, que mostrou, como ninguém, o pedaço de tempo que lhe coube: 1923-68. Uma vida e uma obra que são a autópsia de um clichê: o carioca cordial.*

* Ibid., pp. 142-3.

Fugindo da egolatria, abolindo a escravidão do *eu* e fazendo muitas molecagens como autópsia de clichês de seu tempo, Sérgio Porto publicou dois livros e Stanislaw Ponte Preta, sete.* Entre 1964, quando saiu *Garoto linha-dura*, e 1968, ano do *Febeapá 3*, as muito bem traçadas linhas de Stanislaw se ocuparam de assuntos colhidos diretamente de acontecimentos diários do Rio de Janeiro e do país, de temas estilizados de discursos oficiais ou de transcrições de matérias divulgadas pela imprensa. No começo do *Febeapá 1*, ele lembrou a política do dedurismo — a prática de acusar pessoas de subversão — como origem do Festival de Besteira:

> É difícil ao historiador precisar o dia em que o Festival de Besteira começou a assolar o país. Pouco depois da "redentora", cocorocas de diversas classes sociais e algumas autoridades que geralmente se dizem "otoridades", sentindo a oportunidade de aparecer, já

---

* Com autoria de Stanislaw, saíram: 1. *Tia Zulmira e eu* (Rio de Janeiro: Editora do Autor, 1961); 2. *Primo Altamirando e elas* (Rio de Janeiro: Editora do Autor, 1962); 3. *Rosamundo e os outros* (Rio de Janeiro: Editora do Autor, 1963); 4. *Garoto linha-dura* (Rio de Janeiro: Editora do Autor, 1964); 5. *Febeapá 1: Primeiro Festival de Besteira que Assola o País* (Rio de Janeiro: Sabiá, 1966); 6. *Febeapá 2: Segundo Festival de Besteira que Assola o País* (Rio de Janeiro: Sabiá, 1967); 7. *Na terra do crioulo doido: Febeapá 3; A máquina de fazer doido* (Rio de Janeiro: Sabiá, 1968). Sérgio Porto publicou: 1. *A casa demolida* (Rio de Janeiro: Editora do Autor, 1963), republicado, em 2014, com acréscimo de outros textos do autor (*O homem ao lado*. São Paulo: Companhia das Letras, 2014); 2. O volume de novelas *As cariocas* (Rio de Janeiro: Civilização Brasileira, 1967). A partir de 1964, Stanislaw passou a intitular os livros com o nome de uma crônica que sintetizava o estado de coisas do momento. Por exemplo, *Garoto linha-dura*. Disse que adotava a fórmula clássica dos cronistas, que costumam intitular seus livros com o nome da primeira crônica deles; no entanto, nomes como *Garoto linha-dura* ou *Primeiro Festival de Besteira que Assola o País* são explicitamente políticos, referindo-se antes de tudo à situação do Brasil sob a ditadura.

que a "redentora", entre outras coisas, incentivou a política do dedurismo (corruptela de dedo-durismo, isto é, a arte de apontar com o dedo um colega, um vizinho, o próximo, enfim, como corrupto ou subversivo — alguns apontavam dois dedos duros, para ambas as coisas), iniciaram essa feia prática, advindo daí cada besteira que eu vou te contar.

Num texto de *Garoto linha-dura*, explicitou pressupostos do seu método de trabalho com essas feias práticas: "Cronista que escreve sobre o diário não devia ter nunca automóvel. O andar na rua, trafegar em coletivos, ter contato mais direto com a plebe ignara ajuda às pampas. A gente se imiscuindo é que colhe material para estas mal traçadas".

Afirmou que não inventava nada, pois só fazia "transcrições" de bobagens. Como a besteira da fala do coronel Andreazza, no começo do *Febeapá 3*: "Um governo que fizer tudo, mas não fizer estradas, não fez nada; ao passo que um governo que não fizer quase nada mas fizer estradas, fez tudo".

Segundo Stanislaw, o texto sobre a cabra que perdeu a virgindade seduzida por três menores em Maricá também era transcrição de notícia, que classificava de "inacreditável", publicada pelo jornal *Gazeta do Povo*, do estado do Rio:

Fato deveras hilariante e inacreditável acaba de ser constatado no município de Maricá, onde o proprietário de uma cabra procurou a Justiça para propor uma ação sui generis. O principal protagonista dessa estória é o sr. Élvio Gordo que, alegando ter sido sua cabra de estimação "seduzida" por três menores, recorreu à Justiça propondo uma ação de indenização da ordem de cinquenta cruzeiros novos pela "sedução e corrupção da cabra" que, no seu entender, perdeu a virgindade.

A matéria principal dos três volumes do *Febeapá* são, assim, coisas engraçadas, jocosas, gozadas, bestas, broncas, ridículas, absurdas, vis, infames, porcas, indecentes, obscenas, tradicionalmente constitutivas das relações sociais no Brasil, desde os tempos coloniais, e intensificadas pelo "liberou geral" do retorno do recalcado fascista nos cinco primeiros anos, entre 1964 e 1968, dos longuíssimos vinte ou 21, ou mais, que por aqui durou a ditadura de 1964.

Tradicionalmente, desde os gregos antigos o gênero cômico foi produzido segundo os preceitos expostos por Aristóteles na *Poética*:

> A comédia é, como dissemos, a imitação de homens inferiores; não, todavia, quanto a toda espécie de vícios, mas só quanto àquela parte do torpe que é o ridículo. O ridículo é apenas certo defeito, torpeza anódina e inocente; que bem o demonstra, por exemplo, a máscara cômica, que sendo feia e disforme, não tem expressão de dor.*

Os preceitos aristotélicos ainda valem para pensar o cômico nos textos de Stanislaw. O gênero cômico representa o que é baixo, pior e péssimo. Pressupondo a convenção cultural antiga, greco-latina, que define o *belo/bom* como unidade sem deformação e mistura, o cômico representa o feio, que é de duas espécies, feio físico e feio moral. A deformação física do que se considera *belo* costuma ser utilizada para representar a deformação moral do que se considera *bom*, erros e vícios associados à estupidez e à maldade. A estupidez é vício fraco considerado ridículo e representado com jocosidade irônica; quanto à maldade, vício forte, é figurada satiricamente, com sarcasmo agressivo.

---

* Aristóteles, *Poética*. Trad., comentários e índices de Eudoro de Souza. São Paulo: Abril Cultural, 1984, cap. v, § 22, p. 447.

O que é a estupidez? Muitos que tentaram defini-la desistiram, pois concluíram que a pretensão de dizer o que é pressupõe a não estupidez de quem a define, muito estúpido justamente por julgar-se livre dela.* De todo modo, costuma-se dizer que a estupidez não é uma modalidade de conhecimento; que não se identifica com o erro e que não é ilusão. Qualquer um pode ser verdadeiro, não estar enganado e ser muito estúpido. É impossível dizer o que é, pois não tem unidade ou forma determinada, manifestando-se como a obtusidade imprevisível de uma besteira, sempre humana, demasiadamente humana, que não é falta de inteligência, mas quase sempre a obstinação em se deixar guiar por uma falha qualquer do juízo. Como ela é possível? Na ditadura, a estupidez se manifestou como a plenitude de uma certeza que, sempre cheia da falta de forma de si mesma, enchia todos os buracos do ser dos indivíduos que aderiam à barbárie. Enquanto a ditadura durou, de 1964 a 1985, foi estúpida a pretensão de ter a verdade sobre o verdadeiro e legislar a vida, determinando universalmente o que se podia ser e fazer. Nenhuma dúvida no dedo-duro denunciando subversivos, nenhuma insegurança na ordem-unida de pais e mães de família marchando com Jesus o passo de ganso dos milicos, nenhuma indecisão em fazer sofrer arrancando da vítima a confissão já sabida do torturador, mas só e sempre a *eucracia* — a estupidez é isso ou tem tudo disso —, o governo de um eu cheio de si sem si.

Imagine, o leitor que não teve o azar de viver aquele tempo sórdido, um cavalão condecorado, relinchando o ditado que impunha a obrigação de comer capim e escoicear abanando rabo e orelhas afirmativamente para coisas asnais como as pala-

---

* Cf., por exemplo, Robert Musil, *De la bêtise* (Trad. do alemão por Philippe Jaccottet. Paris: Allia, 2000).

vras do ditador citadas na epígrafe deste texto. No século XVIII, Swift inventou os Houyhnhnms, cavalões fantásticos que dominavam os humanos Yahoos; no século XX, eles galoparam reais e soltos no Brasil por mais de vinte anos e hoje ainda querem sair quando há treva. Ignorando a particularidade e a relatividade históricas dos valores, na ditadura a estupidez ignorou a si mesma, cega sobre sua cegueira, plena como um arroto verdamarelo de alma.

Belíssimo caso de estupidez transcrito por Stanislaw é o da representação da peça grega *Electra*. Em junho de 1966, quando ela estreou no Theatro Municipal de São Paulo, agentes do Dops lá foram para prender o autor, acusado de subversão. Mas Sófocles infelizmente não pôde atendê-los porque tinha morrido em 406 a.C. Um intelectual católico, Tristão de Ataíde (Alceu de Amoroso Lima), então declarou numa conferência: "A maior inflação nacional é de estupidez". Pouco antes, Stanislaw conta, num dos clubes mais exclusivos de Belo Horizonte se realizara a festa da escolha da Glamour Girl de 1965. A bela eleita foi enrolada numa faixa onde se lia "Glamour Gir de 65". Os novos-ricos que patrocinavam a ditadura e a festa saberiam que gir é vaca, mas de inglês provavelmente só se interessavam pelo *how much*.

A estupidez não seria moralmente má se ficasse quieta no seu canto, besta e fátua da falta de discernimento de si mesma. Mas a incapacidade da falha do juízo que caracteriza sua obtusidade a produz justamente como alienação de si, prepotente e plena. E, porque ignorante de si, imediatamente manipulável. Na ditadura, foi muito comum, banal, corriqueira, rotineira a prepotência da estupidez patrocinada e manipulada por autoridades. Impossível enumerar todos os tipos sumamente desprezíveis dessas autoridades contempladas com a galhofa zombeteira e o desdém do *Febeapá* — pais e mães de família, filhos de família, filhinhos de papai, virgens 100% ou quase, rapazes do bem,

460

padres, freiras, pastores, mocinhos, mocinhas, prefeitos, vereadores, donas de casa, donos de cartório, gerentes de bancos, juízes, reitores, diretores de escolas, donos de cursinhos, professores, delegados, policiais, agentes do Dops, deputados estaduais, deputados federais, senadores, ministros de Estado, médicos-legistas, advogados, promotores, militares, soldados, cabos, sargentos, tenentes, capitães, majores, coronéis, generais, marechais, torturadores.

Quando o recalcado estúpido deu as caras, era pulsão de morte, e a maldade se declarou no poder de causar mal, gozando pra danar ao fazer sofrer com a dor física e a dor moral. A maldade foi minuciosa, ilimitadas suas formas de gozar, fazendo sofrer. E nem era preciso ser psicótico extremado para ser malvado, qualquer pai de família ou bostinha subalterno descobriu que era e podia ser malvado, vingando-se impunemente da miséria da sua vida triste, com aquela sinistra banalidade da brutalidade que Hannah Arendt evidenciou nos crimes nazistas. Entre 1964 e 1985, gente banal se especializou em fazer sofrer em grande estilo em nome de Deus, da Família, da Moral, da Propriedade, do seu desejo bestial esconso. Contra a subversão. Contra as ideologias exóticas. Contra o comunismo. Tempos áureos de Primo Altamirando, personagem mau-caráter de Stanislaw e sua observação, horrível e cínica, feita só de experiências feitas nos outros: "Rolha no gargalo dos outros é refresco".

Muitos textos do *Febeapá* tratam da viração do povão nas contingências da ditadura, o povão como sempre dando um jeitinho de se safar também das estrepadas armadas pelos depufedes da Arena (o termo "depufede", abreviatura de "deputado federal", alude, nas crônicas de Stanislaw, ao perfume inconfundível dos políticos brasileiros) — e prefeitos, governadores, milicos presidentes e as mais notórias otoridades áulicas de sempre, padre, dono de cartório, gerente de banco, dono de jornal financiando a tortura, dono de colégio, dono de cursinho participando da tortura, juiz de direito, delegado, professor universitário, reitor, editor etc. e tal.

Nas vezes em que se achou o *belo/bom* da virtude, ele foi definido como o meio-termo racional situado entre dois extremos tidos como vícios que forneciam assunto para os autores cômicos invocarem a moral uma vez mais, falando dos velhos bons tempos e seus bons costumes para sempre esquecidos, e então dizer que o homem não tem jeito. Na *Ética a Nicômaco*, Aristóteles propôs que sempre há dois extremos viciosos gravitando em torno da virtude: a falta e o excesso. O extremo da falta é mais fraco, mais baixo e mais vergonhoso que o outro, definido como mais forte, mais nocivo e mais horroroso. Supondo-se, por exemplo, que a Coragem é virtude, seus dois extremos viciosos são, de um lado, a Covardia e, de outro, a Temeridade. A Temeridade é vício, mas não ridículo, porque é excesso misturado com a força e a audácia do ânimo. A Covardia é ridícula, porque se mistura com a fraqueza e a impotência. Aristotelicamente, a Covardia é ridícula e objeto de riso, sendo tratada pela comédia; a Temeridade mete medo e é objeto de agressão, sendo assunto da sátira.

Essa distinção antiga se mantém nas crônicas de Stanislaw. Quando tratam de assuntos que envolvem a estupidez, vício fraco, fazem a representação deles ser ridícula, semelhante à da comédia. Quando o assunto é a maldade, vício forte, representam coisas horrorosas, merecedoras de agressão e sátira. Nos três *Febeapás*, porém, domina de modo geral a galhofa, o jogo irônico de brincadeiras zombeteiras e desdenhosas associadas ao riso das coisas ridículas.

As distinções aristotélicas de virtude, vício fraco e ridículo e vício forte e agressão também estão pressupostas nas questões ético-políticas relacionadas às representações cômicas das crônicas. Por exemplo, na questão fundamental: a gente ri do ditador, julgando-o estúpido, ou deseja que ele morra, sabendo que é tirano? Se é evidente que o ridículo decorre de coisas feias, mas inofensivas, também é óbvio que muitas vezes coisas horríveis e nocivas também fazem rir,* caso do ditador. Aristóteles chega a duvidar que seja possível definir o ridículo pois, enquanto algumas coisas ridículas são extremamente dolorosas para muitos, para outros as coisas dolorosas é que são ridículas. Essa disjunção está na base do antigo lugar-comum "lágrimas de Heráclito e riso de Demócrito". Segundo a antiga medicina dos humores, Demócrito tem o fígado e a cabeça arruinados pela atrabile, a bile negra, causa da sua melancolia; por isso não compreende a desgraça alheia e sempre ri de tudo; Heráclito, também melancólico, compreende o mal em excesso e nunca ri, só chora.

É a situação de comunicação da representação cômica que determina seu sentido como brincadeira ridícula ou maledicência agressiva: uma desonestidade censurada num político brasileiro é como uma desonestidade censurada em Messalina, mulher depravada, ou seja, só uma brincadeira irônica; a mesma desonestidade censurada num honesto varão da República é como uma desonestidade censurada em Lucrécia, mulher virtuosa, ou seja, maledicência agressiva. Logo, um tema que é ridículo pela matéria pode tornar-se satírico pela maneira: se o cômico é produzido para atacar a reputação de alguém, não se pode falar de feiura apenas ridícula. O inverso também é válido: o assunto horroroso pode ser transformado em assunto ridículo se o jogo verbal for feito para brincar e ironizar, não para agredir. Júlio César disse de um criado: "Esse é o único criado para quem nada é proibido". Se tivesse dito: "Esse criado é um ladrão", teria tratado a matéria baixa de maneira maledicente, produzindo

---

* Aristóteles, *Ética a Nicômaco*. Trad. do inglês por Leonel Vallandro e Gerd Bornheim. São Paulo: Abril Cultural, 1984, pass.

uma injúria para agredir. Não o fez e produziu uma ironia ridícula pelo equívoco, como na expressão latina *dicere turpia non turpiter* (dizer coisas feias sem feiura).

Aqui, de novo, a questão ético-política: o ditador é ridículo ou horroroso? Ele comanda um regime político que proíbe ideias e persegue, tortura e mata pessoas que divergem. O ditador é estúpido, besta, ridículo, e a gente ri dele? Ou é nocivo, horroroso, e a gente o agride pela sua maldade, desejando que morra o quanto antes? Adorno criticou o filme *O grande ditador*, afirmando que Chaplin tinha edulcorado o personagem Hillel (Hitler) de modo ridículo, quando o mais adequado esteticamente teria sido o mais violento sarcasmo. Adorno lembrou que o nazismo não é ridículo, mas horroroso. Logo, não merece nenhuma complacência, devendo ser exterminado e reduzido a pó. Do mesmo modo, pode-se dizer que, embora tenha havido muitíssimas coisas e muitíssimos homens do regime de 1964 que de fato eram bestas, estúpidos e ridículos, a ditadura foi antes de tudo má, malvada e criminosa, merecendo por isso o pior e o péssimo.

Documental e ficcionalmente, os três volumes do *Febeapá* põem em cena o besteirol dos cinco primeiros anos do regime militar, tendendo a representá-lo como ridículo. No tempo coberto pelos textos, o regime ainda não tinha executado o melhor do seu horror, mas já acumulava barbaridades a dar com o pau. E choque elétrico. Entre 1964 e 1968, a citação, a alusão, a metáfora, a alegoria, a paródia, a ironia, a ridicularização e o sarcasmo foram recursos técnicos muito usados nas crônicas de Stanislaw e nos textos e nas artes de outros grandes intelectuais humoristas, como Millôr Fernandes e Jaguar, ao lado da crítica direta da estupidez reacionária dos brucutus da ditadura:

> O coronel brigou com o major porque um cachorro de propriedade do primeiro conjugava o verbo defecar bem no meio da por-

taria do edifício de onde o segundo era síndico. Por causa do que o cachorro fez, foi aberto um IPM de cachorro. King — este era o nome do cachorro corrupto — cumpriu todas as exigências de um IPM. Seu depoimento na Auditoria foi muito legal. Ele declarou que au-au-au-au. (*Febeapá 1*).*

Veja-se ainda, por exemplo, na crônica "Zezinho e o coronel" (*Febeapá 2*), as caracterizações do coronel Iolando como "onça com sinusite" e "frankenstein de farda" que tira o trabuco do coldre e desce a escada "de quatro em quatro degraus botando fumacinha pelas ventas arreganhadas" como "um búfalo no inverno".

Em 13 de dezembro de 1968, quando o ato institucional nº 5 foi promulgado, tudo se fechou totalmente. Foram impostas a censura e a repressão diretas de toda oposição ao regime. A partir de então, o recurso à linguagem cifrada tornou-se prática rotineira. O *Jornal do Brasil* de 14 de dezembro de 1968, por exemplo, publicou uma previsão do tempo em sua primeira página:

---

* Para o leitor interessado num estudo extenso, muito analítico e bem documentado das crônicas de Stanislaw Ponte Preta, sugerimos a leitura do trabalho de Dislane Zerbinatti Moraes, "*O trem tá atrasado ou já passou*": A sátira e as formas do cômico em Stanislaw Ponte Preta. (São Paulo: FFLCH-USP, 2003, mimeo. Tese. Doutorado em Literatura Brasileira), disponível no banco de dados da USP e na Biblioteca Florestan Fernandes. O texto tem cinco capítulos, em que a autora estuda a construção do personagem satírico, expõe o projeto literário de Sérgio Porto, faz o levantamento da sátira política do *Febeapá*, analisa a música "O samba do crioulo doido", de 1968, e faz o repertório das representações literárias associadas ao Rio de Janeiro e seus habitantes. Propondo que o gênero predominante nas crônicas de Stanislaw Ponte Preta é o satírico, a autora cria um texto muito minucioso e preciso, fazendo a análise exaustiva de procedimentos retóricos e figuras de linguagem dos textos, como a paródia, a estilização, a metáfora e a ironia, produtoras de efeitos de comicidade.

"Tempo negro. Temperatura sufocante. O ar está irrespirável. O país está sendo varrido por fortes ventos. Máx.: 38° em Brasília. Min.: 3° nas Laranjeiras".

Logo depois, clássicos jornais da direita que haviam participado do golpe, como *O Estado de S. Paulo*, passariam a publicar receitas de doce e trechos de clássicos, como *Os lusíadas*, na primeira página, no lugar de notícias censuradas. Então e depois, enquanto um ditador morria e era substituído por outro, o ridículo e o riso continuaram sendo temidos e perseguidos pelas autoridades, permanecendo sempre imprescritíveis e incontroláveis.

Como visto, Stanislaw dizia que seus textos eram transcrições, ou seja, apenas reproduziriam as besteiras existentes. O procedimento de transcrição consiste em fazer a cópia de um discurso qualquer num meio material diverso do meio original de inscrição. A transcrição desloca o discurso da sua situação inicial de comunicação, na qual ele tem uma função determinada — como a de ser documento oficial — para a situação do novo contexto discursivo, que altera sua função inicial, modificando-lhe também o sentido. Assim, transcrito para o livro de crônicas do *Febeapá*, o discurso passa a ser lido com o distanciamento irônico próprio do gênero cômico dos textos que o precederam e sucederam, criticando e relativizando as referências e as significações que ele antes comunicava positivamente como documento oficial. Dessa maneira, o texto transcrito continua sendo o mesmo discurso do lugar original de onde foi copiado; ao mesmo tempo, deixa de sê-lo, porque a nova situação de uso lhe confere outro valor.

Stanislaw explora de modo magistralmente irônico esse intervalo cronológico e semântico dos usos. Por exemplo:

A *transcrição* abaixo é de uma *transcrição*, isto é, *transcrevemos* do jornal de Nova Friburgo (RJ) a *transcrição* que fez de um decreto municipal:

"Decreto nº 166 — O prefeito municipal de Nova Friburgo, usando das atribuições que lhe confere o artigo 20, nº 3, da lei nº 109, de 16 de fevereiro de 1948, e considerando que o marechal Castello Branco tem se conduzido na presidência da República como um estadista de escol; considerando que o presidente Castello Branco com o seu manifesto de então chefe das Forças Armadas foi o primeiro grito de alerta contra a corrupção e subversão que assoberbava a pátria brasileira; considerando que o presidente Castello Branco, como chefe da revolução baniu a subversão comunista e a corrupção do Brasil; considerando que o presidente Castello Branco trouxe a paz, a tranquilidade à família brasileira; considerando que o presidente Castello Branco vem implantando no país o clima de ordem, respeito e trabalho; considerando que o presidente Castello Branco como herói da FEB, se fez credor da gratidão do povo brasileiro, decreta: — Artigo 1º — Fica denominada praça Presidente Castello Branco o logradouro público conhecido por largo do Matadouro — ass.) Engenheiro Heródoto Bento de Melo — Prefeito."

Originalmente, o discurso desse texto foi documento oficial da prefeitura de Nova Friburgo. Como documento, arquiva a declaração, fundamentada no artigo 20, nº 3, da lei 109, de 16 de fevereiro de 1948, de que o logradouro público de Nova Friburgo conhecido como largo do Matadouro passa a se chamar praça Presidente Castello Branco por decreto do prefeito com nome de historiador grego, o engenheiro Heródoto Bento de Melo. Declara-se nele que o nome do militar passa a substituir o nome da praça porque o ditador é "estadista de escol", deu o "primeiro grito de alerta contra a corrupção e subversão que assoberbava a pátria brasileira", "baniu a subversão comunista e a corrupção do Brasil", "trouxe a paz, a tranquilidade à família brasileira" e "vem implantando no país o clima de ordem, respeito e trabalho", tornando-se "credor da gratidão do povo brasileiro".

A substituição faz o nome do ditador, presidente Castello Branco, equivaler ao nome anterior da praça, Matadouro. Para implantar no país o clima de ordem, respeito e trabalho que traz a paz e a tranquilidade à família brasileira, a ditadura comandada pelo presidente Castello Branco censura e prende, humilha e proíbe, tortura e mata. O nome antigo da praça, "Matadouro", é justamente o nome do que a ditadura é, do que a ditadura faz e do que a ideologia da ordem, respeito e trabalho da ditadura, condensada no nome do ditador-chefe, Castello Branco, recalca e oculta: Matadouro. Junto com o recalcado, que se evidencia para o leitor como a significação substituída pelo nome do presidente, fica ironicamente também explicitado o horror da maldade e da estupidez naturalizadas no país, que é um matadouro físico, moral, político, cultural etc., organizado como normalidade da ordem, do respeito e do trabalho a partir de 1º de abril de 1964.

Fazendo as transcrições ou fingindo fazê-las, Stanislaw inventou múltiplas perspectivas sobre a vida nacional dos anos 1960, pondo em cena representações populares e burguesas, civis e militares, de direita e de esquerda, de classes, grupos sociais, gêneros, tipos e indivíduos do Rio de Janeiro e do país. É com elas que inventa o discurso galhofeiro dos narradores de suas crônicas. Recorre ao gênero literário *crônica* como meio simbólico estruturalmente eficaz para acolher, repetir e transformar anedotas, boatos, causos e estórias que circulam na oralidade e fazer citações e estilizações de trechos ou transcrições inteiras como paródias de discursos de autoridades militares, políticas, intelectuais e artísticas. Por definição, a crônica é polêmica, pois Stanislaw nela encena pelo menos duas perspectivas ou dois pontos de vista antagônicos e contraditórios, transformando comicamente as incongruências das matérias que os constituem em equívocos intencionais. Ele os comunica para duas espécies principais de leitores, que são constituídos nos dois pontos de vista: o leitor reacionário, do tipo "linha-dura", partidário da ditadura, patriota, tradicionalista, anticomunista, carola e "dedo-duro", e o leitor crítico, "de esquerda", ateu ou agnóstico, inimigo dos milicos e dos civis reacionários que apoiam, sustentam e realizam a repressão.

Como diz o Drummond de *Confissões de Minas*, a crônica é o gênero que trata de "todos os instantes" da vida de todos os dias. Escrita como imitação de coisas da vida comum, ela não é usada por Stanislaw como gênero teórico ou filosófico em que se discute o que é essencial para a experiência existencial do "eu", mas como gênero que toma "pelo meio" assuntos e argumentos do dia a dia que permitem ao narrador dar conta sumariamente de suas particularidades até o dia seguinte, quando uma nova crônica é produzida. Como seu próprio nome diz, a crônica trata do tempo, tempo do *aqui/agora* das questões do presente do leitor. Com os equívocos intencionais, Stanislaw sempre alude ao fechamento político-cultural desse presente, ironizando as baixezas da vida besta do Rio de Janeiro e do país.

Assim, compondo a crônica como representação de vários tipos humanos — homens e mulheres, jovens e velhos, heterossexuais e homossexuais de diversas classes e posições políticas — e também como representação de inimigos do povo — militares, políticos da direita, agentes da polícia e do Dops —, além de trechos, imagens e tópicos de discursos partidários da ditadura e inimigos dela, Stanislaw recorre às técnicas retóricas adequadas às duas espécies principais do gênero cômico já referidas, o ridículo e a maledicência, que produzem deformações e misturas. Amplificando a estupidez em caricaturas ridículas e a maldade em deformidades grotescas, intervém nos hábitos dos leitores com o comentário divergente da normalidade institucional a que estão habituados. Com as técnicas do cômico, inventa tipos estúpidos, descreve seu aspecto feio, narra suas ações broncas, expondo-os ao desdém irônico do leitor. No caso, faz proliferar muitíssimas espécies de ridículo. Quanto à sátira, menos frequente no *Febeapá*, tem por tema coisas horrorosas, que agride com a maledicência sarcástica, a maledicência que arranca o couro do satirizado.

Para escrever as crônicas com eficácia artística e crítica, Stanislaw mantém os elementos gramaticais e retóricos que fazem do gênero uma forma literária própria para a comunicação imediata de assuntos do presente do autor e seu público. De modo geral, escreve narrativas breves, lineares e claras, com começo, meio e fim bem demarcados, recorrendo a termos, expressões e torneios sintáticos coloquiais, muitas vezes da gíria carioca contemporânea, para representar eventos, lugares, tipos humanos e assuntos quase sempre já conhecidos do leitor. Lidas com facilidade devido a esse conhecimento prévio e também à brevidade, à clareza e à linearidade, as estórias contadas, comentadas ou transcritas são muito fáceis de memorizar, podendo ser reproduzidas oralmente, como ocorreu muitas vezes, em novas situações, como piada, gozação e boato depreciativos dos militares, seus asseclas e adeptos.

Como se sabe, nas ditaduras o ditador faz o ditado de um discurso dogmático, que impõe a todos sua voz única. Como na ditadura de 1964, a voz é a única fonte autorizada da verdade, e proíbe, persegue e elimina outras vozes divergentes. A arte cômica de Stanislaw evidencia que essa pretensão de domínio é estúpida e falsa e sobretudo precária e passageira, combatendo-a por meio das vozes provenientes de vários pontos da sociedade carioca que falam nas crônicas do *Febeapá*. No caso, o gênero cômico está a serviço da esperança da luz no fim do túnel. Para produzi-lo de maneira eficaz, Stanislaw insere referências baixas, deformadas e caricatas no discurso da crônica, fazendo o narrador interpretar a significação dos enunciados dela para o leitor

470

num sentido divergente do sentido previsível na forma linear e comunicativa do gênero e, principalmente, na ideologia da normalidade institucional alardeada pelos órgãos oficiais da propaganda do regime, como a TV Globo, entre 1964 e 1968. Sobre esse sentido divergente, Bernardo Kucinski escreve:

> Cínicos e libertários, os escritores satíricos e cartunistas desempenharam um papel central na resistência à ditadura brasileira. [...] Em primeiro lugar, como diz Henfil, "o humorista tem a consciência de que só pode expressar o que sente das coisas se tiver absoluta liberdade". Em segundo lugar, esse humor funcionou como terapia coletiva, socializando uma das principais funções psicológicas do riso, a de dissipar tensões lentamente acumuladas. Por isso ele floresceu nos dois momentos de anticlímax do regime militar, logo após o golpe e, de novo, quando se esgotou o impacto do AI-5.*

Stanislaw produz o cômico como deformação e mistura por meio de procedimentos retóricos que repete de texto a texto. Maria Célia Rua de Almeida Paulillo enumerou alguns. Ele costuma, por exemplo, usar comparações exageradas, que deformam a realidade representada: "O cara estava mais suado que o marcador do Pelé". Quase sempre cita ironicamente o que chama de "estilo cocoroca", a linguagem empolada e pedante de letrados ou semiletrados que se autorrepresentam como tipos "cultos", falando "difícil". Para isso, Stanislaw os faz usar palavras "raras" e "finas", que distinguem uma posição de classe, como "tugúrio" por abrigo, "intimorato" por sem medo, "macróbio" por idoso, e as formas de tratamento, muito convencionais, correntes na burguesia, "minha senhora", "madame", "cava-

---

* Bernardo Kucinski, *Jornalistas e revolucionários: Nos tempos da imprensa alternativa*. São Paulo: Página Aberta, 1991.

lheiro", além de expressões estereotipadas, como "plebe ignara", "bom alvitre". Isso lhe permite, por exemplo, escrever com ironia que "O macróbio intimorato recolheu-se a seu tugúrio", o que é bem diferente de dizer que "O velho sem medo recolheu-se a seu abrigo".

Stanislaw também recorre a formas da oralidade popular que deturpam a forma usual por ignorância e hiperurbanismo, como "vento *encarnado*" (no lugar de encanado); "libras *estrelinhas*" (no lugar de esterlinas); "*compromisso* de cafiaspirina"(no lugar de comprimido). Latricério, personagem do livro *Rosamundo e os outros*, diz "não compreendo como eles entraram. Pois as portas estavam *aritmeticamente* fechadas" (hermeticamente). Com frequência Stanislaw mistura a norma culta com a popular: "A notícia se esparramou *pela aí*"; "Os que trabalhavam no edifício onde se instalava o serviço secreto *moraram* logo que *tinha linguiça por debaixo do pirão*".*

No texto "E esta é a gíria de hoje", publicado no livro *Rio de Janeiro em prosa e verso*,** Stanislaw explica muitas fórmulas da gíria que usa nos seus textos, como a expressão "bagunçar o coreto", que significa "acabar com a festa na base da bagunça"; "cara de pau", que equivale a cínico; e também "vai da valsa":

De qualquer jeito. A expressão nasceu do programa radiofônico criado por Haroldo Barbosa com esse título, e inspirado na história ocorrida com uma bandinha do interior, que tocava muito mal, a não ser determinada valsa. Assim, quando começavam a

---

* Cf. Maria Célia Rua de Almeida Paulillo (seleção de textos, notas, estudo biográfico e crítico e exercícios), *Sérgio Porto (Stanislaw Ponte Preta)*. São Paulo: Abril Educação, 1981 (Literatura Comentada).
** Cf. Manuel Bandeira, Carlos Drummond de Andrade et al., *Rio de Janeiro em prosa e verso*. Rio de Janeiro: José Olympio, 1965, pp. 370-9.

executar um número e saía tudo desafinado, berrava o maestro: Vai da valsa! Os músicos emendavam a valsa e tudo dava certo.

Na crônica "Repórter policial", de *Primo Altamirando e elas*, ele explica o que é "estilo cocoroca":

> O repórter policial, tal como o locutor esportivo, é um camarada que fala uma língua especial, imposta pela contingência: quanto mais cocoroca melhor. Assim como o locutor esportivo jamais chamou nada pelo nome comum, assim também o repórter policial é um entortado literário. Nessa classe, os que se prezam nunca chamariam um hospital de hospital. De jeito nenhum. É nosocômio. [...] Qualquer cidadão que vai à polícia prestar declarações que possam ajudá-la numa diligência (apelido que eles puseram no ato de investigar) é logo apelidado de testemunha-chave. Suspeito é "Mister X", advogado é causídico, soldado é militar, marinheiro é naval, copeira é doméstica.

Quando o leitor ri com as incongruências dessas besteiras, quase sempre ri com muita seriedade, pois Stanislaw tende a usar o gênero *crônica* subordinando sua estrutura comunicativa à dramatização de contradições depositadas nas matérias sociais que transforma nela. Num tempo em que o termo *subversão* foi usadíssimo para classificar e perseguir qualquer divergência da estupidez dominante, Stanislaw foi sempre magnificamente *subversivo* — e *literalmente* subversivo — pois sempre faz outro discurso verter sob o discurso da crônica, invertendo as coisas de maneira sutil, irônica, desapercebida e eficaz. Como exemplo, observe-se o início de "Bronca — Arma de otário":

> Lá vinha ele no "atrasado" das cinco para ser despejado na estação Pedro II, por conta da Central do Brasil. Hermenegildo, pacato e

casado, pai oito vezes, pois jamais teve erva pra comprar a pílula, residente pra lá de Madureira. Magrinho, fanhoso e com asma; como viração: cobrador de uma firma de secos e molhados. Para ele, aquele era um dia igual aos outros. Tinha saído de casa às cinco horas da manhã.

A caracterização de Hermenegildo e dos lugares por onde anda é muito óbvia, tão óbvia que nem é notada, já que a evidência é mesmo o que nunca se vê. Qualquer brasileiro pobre, em qualquer dia da sua vida de pobre, sobrevivendo pobremente como pode nos espaços pobres de qualquer cidade brasileira, toma o "atrasado" — o nome significa o atraso da condução que já virou norma —, é "despejado", gado e carga, na Central ou outra estação; sempre tem muitos filhos por impossibilidade material e cultural de acesso a meios de prevenção; sempre mora para lá do mapa; sempre é doente, sempre é subempregado; por isso mesmo, sempre sai de casa às cinco da manhã, sempre tem um dia igual aos outros em que sempre as mesmas coisas idiotas de sempre se repetem idiotamente sempre.

A ditadura se dizia "redentora": vinha para salvar e redimir a pátria, impedindo que a ideologia exótica do comunismo se infiltrasse no organismo nacional sadio e contaminasse, com seu deletério miasma deletério, a saúde plena da normalidade da vida cristã, trabalhadora e ordeira de milhões de brasileiros como Hermenegildo. Ao serem enfileirados de maneira acumulada na crônica, os elementos óbvia e normalmente miseráveis que caracterizam a vida miserável do personagem amplificam seus infortúnios, sem explicitar para o leitor que os exageram como dificuldades de uma vida cotidiana estúpida, que acontece como corrida de obstáculos sem fim e sem finalidade. O acúmulo dos acidentes cômicos sem sentido é um desmentido frontal da grande saúde da redenção fascista alardeada pela ditadura. O texto nada diz a favor nem contra o regime; mas, no acúmulo de porcarias da vida de Hermenegildo, diz tudo o que era fundamental dizer sobre sua essencial barbárie. Foi dito que o cômico é a imitação dos piores. Nos ótimos desenhos de Jaguar que acompanharam os textos dos três livros do *Febeapá*, o general e outros golpistas são representados como centauros, corpo de cavalo e homem, o peito coberto de alto a baixo com medalhas, faixas, condecorações e mais ornamentos típicos das repúblicas bananeiras da América Latina. Por quê? Foi visto que o vício é deformação irracional da virtude; não tem unidade e pode assumir muitíssimas formas, mistas e deformadas. Guimarães Rosa dizia que a todo momento novas variedades do feio fazem sua entrada triunfal na realidade. A realidade da ditadura foi o triunfo absoluto do feio. Por exemplo, como feiura da manifestação da psicologia da ralé. Com a bênção das autoridades civis, religiosas e militares, nas marchas com Deus, pela Tradição, pela Família, pela Propriedade, patrocinadas por organizações da direita, antes e depois do golpe, nas delações, prisões, torturas e mortes, o recalcado retornou, e era horroroso.

Corajosamente, Sérgio Porto/Stanislaw transformou as duas espécies tradicionais do feio em grande arte. Usou do ridículo para dar conta da estupidez da barbárie, pondo ênfase nos aspectos pequenos, banais, mesquinhos, insignificantes, estropiados e porcos de personalidades militares e civis e suas ações, medidas e intervenções. Por exemplo, no *Febeapá 3*:

DURO MA NON TROPPO

O ministro dos Transportes Mário Andreazza declarou em Belo Horizonte que a crise política é "artificial, pois o país está em franco desenvolvimento, e enquanto o presidente Costa e Silva for presidente, a Constituição será preservada, de sorte que qualquer endurecimento não ultrapassará os limites.

Antes de tudo, a gozação irônica aparece, alusiva, no título, "Duro *ma non troppo*", trocadilho com *allegro ma non troppo*, nome de movimento ou condução musical, alegre mas não demais. Efetivamente, a fórmula "duro, mas não demais" não se refere à música, mas aos militares autores do golpe que, segundo os jornalistas políticos, estariam divididos entre os adeptos da "linha-dura", a extrema direita de tradicionalistas reacionários e anticomunistas vendidos aos Estados Unidos, ligados à tropa, amigos de cavalos e cultores dos sacrossantos signos e valores da pátria, e outros, supostamente brandos, intelectualizados, civis e militares da Escola Superior de Guerra, também anticomunistas e também vendidos aos Estados Unidos. O que distinguia de fato os dois grupos era uma questão de física, que envolvia a eletricidade. Ela os dividia e impedia de chegar a um consenso harmônico a respeito da voltagem mais adequada para os choques.

Como se não bastasse, o texto encena o ridículo da declaração do ministro, coronel Andreazza, evidenciando como é estúpida a sua estupidez, que pressupõe a estupidez do leitor da declaração. Antes de tudo, o ministro da ditadura abre a boca e, denunciando o artificialismo de uma suposta crise, garante que a Constituição está preservada pelo presidente, que é o ditador presidente Costa e Silva. O ditador preserva a Constituição como ditador. Por isso mesmo, garante que qualquer endurecimento nocivo para ela será apenas um endurecimento brando, sem passar dos limites, como depois diria um ex-prefeito de São Paulo, famigerado pela honestidade suíça com que administra bens públicos: "estupra, mas não mata". A transcrição de "Duro *ma non troppo*" propõe para o leitor um mundo totalmente às avessas, em que as palavras estão prostituídas e falseiam tudo. Andreazza mente e Costa e Silva é o ditador; logo, ambos merecem o melhor do pior do leitor, pois não são inofensivos, como o ridículo da estupidez costuma ser.

476

Como exemplo, pode-se ler no *Febeapá 1*:

E Minas Gerais continuava fervendo; depois de aparecer um delegado em Ouro Preto que tentou proibir serenata; depois de aparecer um delegado em Mariana que proibiu namorar em jardim da praça pública; depois de aparecer um delegado em Belo Horizonte que proibia o beijo (mesmo em estação de trem na hora do trem partir); depois de aparecer, na mesma cidade, uma autoridade que não queria mulher de perna de fora no Carnaval, um juiz de menores proibia as alunas de colégios de fazer ginástica "porque aula de educação física não é desfile de pernas". Mas o impressionante mesmo foi o prefeito de Petrópolis, que baixou uma portaria ditando normas para banhos de mar à fantasia. Eu escrevi prefeito de Petrópolis, cidade serrana do estado do Rio.

Aqui, a estupidez do ridículo aparece como inofensiva e quase comovente, pois a preocupação do prefeito de Petrópolis com a decência é tão intensa, talvez tão estupidamente verdadeira, que o leva a baixar lei sobre os banhos de mar à fantasia na cidade da serra. Mas só isso? A medida evidencia algo mais sinistramente encruado na sociedade brasileira, a velha ordem patriarcal machista, moralista e carola, que em 1964 toma a palavra e afirma a família, célula social organizada pelo Estado, como polícia e milícia fascistas da conservação de sagrados valores.

Stanislaw inventou dezenas de tipos masculinos e femininos. Entre eles, cinco personagens antológicos, que condensam características de vários tipos humanos brasileiros e de posições políticas e ideológicas dos anos 1960, como membros da família Ponte Preta: Primo Altamirando (Mirinho), Tia Zulmira, Rosamundo das Mercês, Bonifácio (o Patriota) e o dr. Data Vênia.

Primo Altamirando é um malandro, mau-caráter típico: de direita, anticomunista, autoritário, machista, inescrupuloso, corrupto, desclassificado desde sempre. Quando menino e jovem, foi péssimo aluno e fez estágio no Serviço de Assistência ao Menor. Ao sair do reformatório, estava pronto para aconselhar políticos. Foi um grande benemérito quando aconselhou Ademar de Barros a abandonar a medicina e dedicar-se à vida pública em São Paulo. Repórter policial, teve e tem contatos com o crime organizado; dirige um escritório de corretagem envolvido com prostituição, tráfico de drogas e contrabando.

Tia Zulmira, velhota vivida, sábia e experiente, é muito culta, muito livre e muito irônica. Nas crônicas, funciona como o alter ego feminino de Stanislaw Ponte Preta. Grande mulher, nasceu em Vila Isabel, foi amiga da princesa homônima e do marechal Deodoro da Fonseca. Estudou na Sorbonne e foi vedete no Folies Bergère, o cabaré de Montmartre famosíssimo principalmente entre 1890 e 1920. Além disso, participou da Revolução Russa de 1917 e foi espiã dos Aliados na Primeira Guerra Mundial. André Gide aprendeu literatura francesa com ela. E foi ela quem ensinou a teoria da radioatividade para madame Curie. Herdeira de um casarão na Boca do Mato, mora nele quando Stanislaw se torna cronista. Dotada de um magnífico poder de síntese, diz coisas definitivas sobre a ditadura e seus personagens.

Nas crônicas, quase sempre é observadora dos acontecimentos, fazendo crochê sentada numa cadeira de balanço. Seus enunciados defendem a racionalidade, a coerência, a ética, o bom senso e o decoro. Por exemplo:

O deputado general Frederico Trota apresentou um projeto, sancionado pela Assembleia Legislativa, para que seja mudado o hino do estado da Guanabara — "Cidade maravilhosa" — composto por André Filho, em 1934.

Vão fazer um concurso, com verba da Secretaria de Turismo, para que seja escolhido o novo hino.

Quando se sabe de uma notícia assim, visando mudar uma coisa que o povo em geral aceita com enorme satisfação, a gente é obrigado a concordar com Tia Zulmira, quando diz que "O Frederico não mudou nada — continua trotando até hoje".

Como exemplo de coisas que chateiam Tia Zulmira: "sujeito vestido de árabe no mesmo elevador em que a gente viaja", "declaração de autoridade carioca dizendo que o serviço de águas vai ficar normalizado", "velha de batom", "tango", "rádio do vizinho", "caminhão-pipa parado em frente à casa de ministro", "televisão ligada na sala", "políticos dos dois lados", "conversa de estrangeiros, quando a gente não manja a língua deles".*
Na posse de Mr. Harold Polland no Conselho Nacional de Economia, um economista brasileiro, Glycon de Paiva, declarou: "O Brasil é um país com problemas urgentes, ingentes, mas sem gente". Tia Zulmira comentou: "Essa frase que parece inteligente é justamente de gente indigente metida a dirigente".
Dislane Zerbinatti Moraes propõe que:

Em contraposição ao personagem Tia Zulmira, que representa o conjunto de virtudes idealizadas pelo narrador, Primo Altamirando sintetiza todos os vícios que o discurso satírico quer recriminar. No conjunto da obra de Stanislaw, a interação entre Tia Zulmira e Primo Altamirando produz um sistema de oposições bem nítido: certo/errado, justo/injusto, honesto/desonesto.**

Quanto a Rosamundo das Mercês, é um distraído, à mercê de tudo. Nasceu de dez meses no Encantado, em 1922, porque se esqueceu da hora de sair. Filho da Conceição, lavadeira de

---

* Cf. Dislane Zerbinatti Moraes, op. cit., p. 46.
** Ibid., p. 48.

Tia Zulmira, para quem levava a trouxa de roupa lavada do Encantado para a Boca do Mato, num dia se esqueceu de voltar para casa, e foi adotado pela velhota. Aprendeu a ler e a escrever, fez curso superior, trabalhou no gabinete do ministro do Trabalho. Depois de muitos meses, quando o excelentíssimo não se sabe bem por que razão resolveu aparecer lá pela primeira vez, Rosamundo lhe perguntou se procurava o ministro. Brincando, o próprio respondeu que sim e Rosamundo lhe disse que o procurasse em casa, porque o ministro era um vagabundo e nunca aparecia. Também foi investigador de polícia e comissário de bordo. Sempre distraído. Quando investigador, prendeu um delegado e soltou o bandido. Comissário de bordo, abriu a porta do avião para ir comprar cigarros quando alguém os pediu. Também não se deu bem como vendedor de bilhetes de loteria. Esqueceu-se de vender alguns e quatro deles foram premiados.

Mais duas de Rosamundo:

Ontem, quando soube que o sr. Lincoln Gordon não era mais embaixador dos Estados Unidos no Brasil, perguntou: "Vem cá, o Lincoln Gordon deixou a embaixada pra se desincompatibilizar e ser candidato à presidência pela Arena, é?".*

Ordem baixada pela Secretaria de Segurança do Estado de Minas Gerais: "Para evitar propaganda subversiva da ordem, os serviços de alto-falantes da capital e do interior devem retransmitir todos os dias o programa *A Voz do Brasil*, da Agência Nacional. O distraído Rosamundo achou a medida excepcional e dizia: "Pronto, nunca mais haver subversão em Minas". (*Febeapá 2*)

---

* "Fofocalizando" (coluna de Stanislaw Ponte Preta no periódico *Última Hora*), apud Renato Sérgio, op. cit., p. 211.

O nome de prócer da Independência de Bonifácio Ponte Preta, o Patriota, proclama que é nacionalista e defensor das sagradas instituições da pátria. Como a ditadura. Adepto fervoroso da civilização norte-americana, é favorável à guerra do Vietnã, quer invadir a China e exterminar Mao Tsé-tung. Entre as frutas, prefere as goiabinhas, tipicamente brasileiras.

Advogado, o dr. Data Vênia é um cocoroca. Fala como um juiz do STF em quem baixou, exu, um tratado de direito. Seu nome indica que é personagem sempre disposto a contradizer argumentos:

> Por causa da posse do prédio onde funcionava, no Rio, o Supremo Tribunal Federal, a Justiça da Guanabara ameaça processar a Justiça Federal, que atualmente ocupa o referido prédio por empréstimo. Consultado a respeito, o dr. Data Vênia sentenciou: "No processo em que a Justiça processa a Justiça, o povo é quem paga as custas". (*Febeapá 3*)

> A questão* empolgou os meios forenses [...] Perguntaram ao dr. Elmano Cruz, atual corregedor dessa Justiça, o que ele achava de minissaia. O distinto respondeu que gosta muito de minissaia, da calça comprida, do baby-doll, do biquíni, enfim, ele gosta mesmo é de mulher, o que lhe fica muito bem.
>
> O invólucro é despiciendo, como diria o dr. Data Vênia, que entrevistado pela Pretapress sobre a momentosa questão que vem estimulando a libido de nossos juristas, assim se pronunciou: "Meu caro Stan, o mais perigoso em tudo isso é que já estão confundindo justa causa com calça justa". (*Febeapá 3*)

---

* Decisão, tomada pela Justiça do Trabalho, de demitir por justa causa funcionárias que usem minissaia.

Nas crônicas de Stanislaw Ponte Preta, o cômico é, assim, efeito que *diverte*, no duplo sentido do termo: efeito inesperado, desvia o leitor da expectativa de um sentido já previsto retardando as ações, fornecendo-lhe pistas falsas, sugerindo-lhe uma relevância do assunto que não se realiza, ou que só se realiza num final inesperado em que o comentário satírico ou irônico do narrador faz o leitor rir, fazendo-o lembrar do velho *de te fabula narratur,* "a fábula é sobre você". A crônica segue as regras do gênero, como uma piada que ensina algo politicamente útil.[*]

A prosa dos três livros do *Febeapá* é, assim, uma fina arte literária que se efetua na leitura como discurso de gênero dramático, pois Stanislaw a inventa como encenação de múltiplas vozes representativas de posições contraditórias emitidas de múltiplos pontos da sociedade carioca e brasileira. Reunidas na cena de cada texto e de cada volume do *Febeapá* como multidão de atores sociais, as vozes constituem o murmúrio incontrolável de uma enunciação coletiva na página palco e praça. Como aquele broto de grama que nasce no intervalo das pedras da calçada pisadas pelas botas de soldados, cada uma das vozes isolada é quase insignificante, pequena e fraca. Mas, como multiplicidade de vozes, o conjunto das crônicas dos três *Febeapás* se constitui como a cena, movimentadíssima, para uma enunciação coletiva incontrolável, que mais fala quanto mais a ditadura lhe impõe o silêncio do ditado.

[*] Cf. Dislane Zerbinatti de Moraes, op. cit., p. 53.

1ª EDIÇÃO [2015] 1 reimpressão

ESTA OBRA FOI COMPOSTA POR OSMANE GARCIA FILHO EM ELECTRA E
IMPRESSA PELA GEOGRÁFICA EM OFSETE SOBRE PAPEL PÓLEN SOFT
DA SUZANO PAPEL E CELULOSE PARA A EDITORA SCHWARCZ
EM ABRIL DE 2016